LE DERNIER RÊVE DE SOLIMAN

DU MÊME AUTEUR

Le Complot Schellenberg, Belfond, 1984.
Impact, Albin Michel, 1985.
La Dame de Palerme, l'Archipel, 1998.

ALAIN PARIS

LE DERNIER RÊVE DE SOLIMAN

roman

l'Archipel

Si vous désirez recevoir notre catalogue et être tenu au courant de nos publications, envoyez vos nom et adresse, en citant ce livre,
aux Éditions de l'Archipel,
4, rue Chapon, 75003 Paris.
Et, pour le Canada, à
Édipresse Inc., 945, avenue Beaumont,
Montréal, Québec H3N 1W3.

ISBN 2-84187-184-3

A Jean-Marc Donnat

Les personnages

Soliman (dit « le Magnifique », 1494-1566) : *sultan ottoman.*

Roxelane (Alexandra Lisowska, dite) : *paysanne ruthène, favorite puis épouse de Soliman.*

Ibrahim : *fils d'un pêcheur grec, esclave puis ami et grand vizir de Soliman.*

Ogier de Mercœur : *chevalier français au service des Hongrois puis des Habsbourg.*

Hélène Cibaco : *nièce de l'évêque hongrois Cibaco. Épouse d'Ogier de Mercœur.*

Luigi Gritti : *gentilhomme vénitien au service des Turcs.*

LES TURCS

Gülbahar : *favorite de Soliman. Mère du prince Mustafa.*

Hafsa Hatun : *princesse tatare, épouse de Sélim Ier le Cruel et mère de Soliman.*

Sélim Ier (dit « le Cruel », « Yavuz ») : *sultan ottoman. Père de Soliman.*

Hadice Hanim : *sœur de Soliman.*

Mustafa : *fils de Soliman et de Gülbahar.*

Sélim, Bayezid, Cihangir, Mehmet : *les quatre fils de Soliman et de Roxelane.*

Piri Pacha : *grand vizir de Soliman, remplacé par Ibrahim.*

Evliya bey : *frère de Piri Pacha. Gouverneur de Varna.*

Hayreddin (dit « Barberousse ») : *renégat chrétien converti à l'islam. Corsaire barbaresque réputé.*

Ishak : *frère d'Hayreddin.*

Saadet Giray : *khan des Tatars, oncle maternel de Soliman.*

Dame Zomorrod : *mère adoptive d'Ibrahim.*

LES CHRÉTIENS ALLIÉS DES TURCS

Jan Zapolya : *voïvode de Transylvanie, prétendant au trône de Hongrie.*
Jérôme Laszki : *secrétaire et conseiller de Jan Zapolya.*
Pierre Rares : *voïvode de Moldavie.*

LES CHRÉTIENS

Louis II (1506-1526) : *roi de Hongrie.*
Marie de Habsbourg : *sœur de Charles Quint, épouse de Louis II de Hongrie.*
Ferdinand de Habsbourg : *frère puîné de Charles Quint, prétendant au trône de Hongrie.*
Paul Tomori : *archevêque hongrois, conseiller du roi Louis II de Hongrie.*
Perenyi : *évêque hongrois.*
Cibaco : *évêque hongrois.*
Bathori, Marczali, Kinizsi, Nicolas Zriny : *nobles hongrois.*
Johann Berger : *chevalier de l'Ordre de Saint-Jean, ami d'Ogier de Mercœur.*
Roggendrof : *mercenaire allemand au service des Habsbourg, ami d'Ogier de Mercœur.*
Nicolas Salm : *mercenaire allemand au service des Hongrois puis des Habsbourg.*
Gromski : *comte polonais au service des Hongrois.*
Paul Bakics : *noble serbe au service des Habsbourg.*
Philippe de Bavière : *comte palatin, gouverneur de Vienne.*
Francesco Bonvecchio : *ambassadeur de Venise auprès de Soliman.*
Hobordansky : *ambassadeur de Ferdinand de Habsbourg auprès de Soliman.*
Jean Frangipani, Antonio Rincon : *ambassadeurs de François Ier auprès de Soliman.*
Gera : *écuyer et ami d'Ogier de Mercœur.*
Jaxa : *boyard ruthène.*
Isaac : *banquier et changeur viennois.*

Chronologie historique

1492 : Christophe Colomb découvre l'Amérique.
Chute de Grenade et fin de la *Reconquista* espagnole.
1494 : Naissance de Soliman. Naissance de François Ier.
1500 : Naissance de Charles Quint.
1515 : Bataille de Marignan. Avènement de François Ier.
1516 : Charles Quint roi d'Espagne.
1519 : Charles Quint élu empereur.
1520 : Avènement de Soliman.
1523 : Ibrahim devient grand vizir.
1526 : Bataille de Mohacs. Bataille de Pavie.
François Ier est fait prisonnier.
1529 : Soliman assiège Vienne.
1536 : Exécution d'Ibrahim.
1547 : Mort de François Ier.
1553 : Mort du prince Mustafa.
1556 : Abdication de Charles Quint au profit de Philippe II.
1566 : Mort de Soliman.

Au début du XVIe siècle, alors que l'Europe chrétienne découvre la Renaissance, en Orient, l'Empire ottoman est à l'apogée de sa puissance.

En 1494 est né François Ier, futur roi de France, la même année qu'un jeune prince turc du nom de Soliman.

Lorsque commence notre histoire, ce prince n'est pas encore « le Magnifique », le Sultan des sultans, véritable Ombre de Dieu sur la Terre...

1

1518

Ogier de Mercœur était le quatrième fils d'une famille de petite noblesse auvergnate. Comme il était d'usage, l'aîné hériterait des terres et du château, le cadet exercerait le métier des armes auprès de quelque puissant du royaume et l'on ferait du troisième un homme d'église après avoir confié son éducation à un oncle, abbé en la bonne cité de Clermont. Mais l'avenir du dernier préoccupait le seigneur de Mercœur. Aussi fut-il soulagé quand Ogier annonça qu'il consacrerait sa vie à combattre les Infidèles.

Depuis la chute de Grenade et la fin de la *Reconquista*, un quart de siècle auparavant, l'Infidèle était le Turc, ou même le Barbaresque implanté dans les cités corsaires d'Afrique du Nord. Mais, préférant tourner ses regards vers l'opulente Italie, le jeune roi François Ier se désintéressait de ces ennemis de la chrétienté.

On prétendait pourtant que d'autres païens pullulaient dans les terres glacées de l'Europe septentrionale et qu'il fallait convertir à la pointe de la lance et de l'épée les sauvages Prussiens – « les Sarrasins du Nord » comme on les surnommait ! En réalité, ces Prussiens avaient depuis longtemps été exterminés par l'ordre Teutonique. En revanche, des hordes de Slaves adorateurs d'idoles sévissaient, que les chevaliers à la croix noire s'efforçaient avec plus ou moins de bonheur de soumettre, à leur joug d'abord, à la foi chrétienne ensuite.

Le sire de Mercœur affectionnait assez son dernier fils pour vendre une de ses vignes et lui en verser le bénéfice. Le jeune homme remercia, embrassa sa mère et ses sœurs, salua ses frères, enfourcha la monture qu'il possédait en propre depuis son adolescence et, sans se retourner, quitta le château où des générations de Mercœur s'étaient succédé pendant un demi-millénaire.

A dix-sept ans, Ogier n'avait pour ainsi dire jamais mis les pieds hors des terres familiales, sinon pour deux ou trois visites à des parents du comté d'Auvergne et un pèlerinage au Puy-en-Velay. Par des chemins défoncés, il gagna la Normandie, embarqua à bord d'une caraque pour la côte balte et débarqua à Dantzig, sur un quai luisant d'humidité. Un épais brouillard ouatait la cité et grisaillait le front de mer.

Quelques jours plus tard, le jeune homme se présentait sous les murailles de la forteresse de Marienburg et demandait naïvement à rencontrer le *Grosskomtur*, le grand commandeur Albert de Brandebourg. On lui rit au nez et on le conduisit devant le prévôt, adjoint du *Trapier*, le quartier-maître. C'était un individu d'une cinquantaine d'années, aux lèvres minces et au regard bleu scrutateur. Une cicatrice en forme d'étoile creusait sa joue droite. Il reçut Ogier en costume de cour – chapeau bordé de fourrure, pourpoint de brocart et justaucorps brodé. Quelques bûches se consumaient dans la cheminée, les nuits étant fraîches à Marienburg même au plus fort de l'été. Des panoplies d'armes ornaient les murs chaulés où les formes torturées des fauchards voisinaient avec de magnifiques lames damasquinées saisies en Terre sainte, de courts sabres mongols et des haches polonaises ou lithuaniennes à deux mains. Un râtelier supportait une collection de couleuvrines et d'arquebuses.

– Ainsi, dit le prévôt d'une voix rude, tu viens de France et tu souhaites servir l'Ordre des Chevaliers teutoniques de l'hôpital Sainte-Marie de Jérusalem.

– Oui, seigneur.

Le prévôt examina Ogier, apprécia son visage carré sous la broussaille de cheveux blond-roux, son regard gris direct, ses larges épaules et ses épais poignets : à coup sûr, une intéressante recrue ! Quant à l'impressionnante épée qu'il portait au côté, elle serait des plus utiles pour la défense de la Prusse orientale.

– Plusieurs chevaliers français servent l'Ordre, avec d'autres, venus d'Angleterre, d'Écosse, de Lorraine, de Hongrie et de je ne sais où encore... Mais seuls les Germains de souche peuvent prétendre au statut de chevaliers-frères.

Ogier voyait déjà s'envoler son beau rêve.

– Cependant, poursuivit le prévôt...

– Cependant ?

– Les chevaliers non germaniques sont acceptés parmi les convers...

– Cela ne me dérange point, exulta Ogier. Va pour convers !

– Cependant..., répéta le prévôt.

– Cependant ?

– Une période probatoire est nécessaire, surtout lorsque le postulant n'a pas encore fait ses preuves.

– N'ayez crainte, seigneur, je suis solide et...

– Je n'en doute pas un seul instant, mais le règlement est le règlement. Il te faudra acquérir de l'expérience. Durant quelques mois, tu serviras dans le corps des sergents convers.

– Sergent ? dit Ogier, esquissant une moue que le prévôt feignit d'ignorer.

– Les sergents de l'Ordre peuvent soutenir la comparaison avec la plupart des chevaliers d'Occident, assura-t-il en se levant. Tu recevras pour trousseau trois couteaux – un d'arme, un à trancher la viande et un petit –, une couverture de cheval, une tunique, une cotte maillée, un manteau noir, un haubert de maille légère sans manches et, pour la marche, une paire de chausses de fer sans avant-pied. Qu'en dis-tu ?

Dans la cheminée, une bûche se rompit avec un craquement sec. Ogier hocha la tête. Après tout, il n'avait pas fait tout ce chemin pour refuser et s'en retourner...

Deux années s'écoulèrent, durant lesquelles le jeune homme fit ses preuves contre les Polonais, les Lithuaniens, les Tatars, les tribus slaves et parfois même contre les colons allemands rebelles des cités et des campagnes. Il reçut trois ou quatre blessures sans gravité et acquit une réputation d'excellent combattant.

Enfin, un soir de l'été 1520, il comparut devant le grand maître Albert de Brandebourg. Ce dernier lui remit solennellement son trousseau de chevalier convers : un jupel à pans, entaillé en bas derrière et devant, une pelisse, une chape de mouton, un manteau léger d'été, un heaume, une épée droite à deux tranchants et pointe arrondie, une lance à hampe en frêne et fer conique et, pour finir, un écu triangulaire – bois matelassé à l'intérieur et cuir à l'extérieur – renforcé de lamelles cloutées.

Le soir, Ogier soupa dans la grande salle de Marienburg avec les convers et l'élite de l'Ordre, les fameux chevaliers frères.

Cet été-là, un certain Martin Luther, qui avait affiché trois ans avant ses quatre-vingt-quinze thèses à l'église du château de Wittenberg, rédigeait les trois manifestes d'une doctrine dont il ignorait qu'elle allait déchirer l'Europe pendant plus d'un siècle.

Les bases de l'Ordre en furent assurément ébranlées. Depuis la paix de Thorn, un demi-siècle auparavant, les Teutoniques ne conservaient plus que la Prusse orientale, sous suzeraineté polonaise, et la Livonie. La crise agricole, en entraînant la baisse du prix du blé, avait déjà considérablement appauvri l'État teutonique prussien qui vivait de l'exportation de ce dernier. Mais le coup fatal vint du grand maître Albert de Brandebourg lui-même qui adhéra à la Réforme avant de séculariser l'Ordre. Dès lors, chevaliers frères et chevaliers convers, partagés entre protestants et catholiques, s'opposèrent. Quelques années plus tard, les catholiques se retiraient à Mergentheim dans leurs domaines d'Allemagne, et laissaient les protestants contrôler la Prusse transformée en duché héréditaire.

Lorsque cette scission se produisit, Ogier de Mercœur avait déjà quitté la forteresse de Marienburg. Il voyait enfin l'Ordre tel qu'il était : non pas une congrégation assurant la protection des lieux saints, la défense des chrétiens et la conversion des païens, mais une puissance politico-financière qui ne reculait devant aucune compromission pour protéger ses intérêts profanes. Quant aux trois vœux solennellement prononcés par les nouveaux chevaliers – obéissance, pauvreté, chasteté –, ils étaient galvaudés par des hommes qui vivaient dans un luxe éhonté, entretenaient des bataillons de maîtresses et refusaient toute discipline, au point d'avoir déposé leur grand maître Heinrich von Plauen.

Quatre années presque jour pour jour après sa première visite au prévôt, Ogier annonça son intention de quitter l'Ordre. Le *Trapier* fit la grimace : de plus en plus nombreux étaient les chevaliers qui prenaient cette décision.

– Vous retournerez sans doute en royaume de France pour y servir le roi François ? demanda-t-il.

– Plus tard peut-être, répondit Ogier. Dans l'immédiat, je compte gagner Rhodes, en Méditerranée, où les Chevaliers de Saint-Jean sont menacés par le Grand Turc. L'autre soir, au réfectoire, on nous a lu le pressant appel au secours du grand maître Philippe Villiers de l'Isle-Adam.

– C'est là une noble cause, approuva le dignitaire. Songez toutefois que notre Ordre connaît ici de graves problèmes et que chaque nouveau départ l'affaiblit.

Ogier hocha la tête.

– C'est vrai, seigneur, mais le premier devoir de tout bon chrétien n'est-il pas de combattre l'Infidèle ? A Rhodes, on a besoin de mon épée.

On le laissa finalement partir. Dans les premiers jours de juillet 1522, Ogier franchit donc la porte principale de Marienburg, en compagnie de Vytutas, un serviteur livonien. Il se retourna pour contempler une dernière fois les murailles entre lesquelles il venait de passer quatre années, poussa un profond soupir de soulagement puis éclata d'un rire tonitruant.

– Vive la vie ! hurla-t-il à pleins poumons, effrayant un vol de corneilles qui se dispersa dans les bosquets.

Il était jeune et vaillant, un avenir glorieux l'attendait. Son séjour à Marienburg n'avait pas été inutile puisqu'il avait appris à manier la plupart des armes connues et maîtrisait désormais plusieurs langues. S'il n'y avait pas fait fortune, il possédait un équipement complet et de bonne facture, deux excellentes montures, un serviteur dévoué et une vingtaine de pièces d'or et d'argent qui pesaient dans sa ceinture.

– Quelle direction prendrons-nous, maître ? demanda Vytutas.

Guère plus âgé que le chevalier, l'homme était de petite taille, avait la tête casquée de cheveux noirs et raides, une peau très brune et des yeux bruns en amande hérités d'un aïeul tatar ou mongol. Au service d'Ogier depuis dix-huit mois, il l'avait secondé avec efficacité au cours des combats. Son arme favorite était une lourde cognée de bûcheron.

– Nous irons d'abord à Cracovie, une cité qu'on dit être la plus belle et la plus riche du royaume de Pologne. Ensuite, par le sud de l'Ukraine, nous gagnerons le royaume de Hongrie puis la Grèce où nous embarquerons pour Rhodes. Un long voyage... Es-tu toujours disposé à me suivre ou souhaites-tu reprendre ta liberté et retourner dans ton village ?

Le serviteur sourit.

– Il y a longtemps que j'ai dit adieu à mon village et rien ne me retient en Prusse. Où vous irez, je vous accompagnerai, seigneur, si tel est votre désir.

– Tu es un brave garçon et j'avoue que tu me manquerais. Puisque nous sommes d'accord, ne perdons pas de temps. En route pour Cracovie !

Le ciel et la terre se confondaient dans la même grisaille. Les pluies diluviennes de cette fin d'été transformaient les moindres chemins en bourbiers et les campagnes en marécages. Courbant la tête sous les rafales, les voyageurs avaient piètre allure dans leurs vêtements détrempés tandis que leurs montures s'épuisaient à progresser dans la glaise collante. Cracovie n'était qu'un lointain souvenir, Marienburg un plus lointain encore. Les villages se faisaient rares. On pouvait marcher plusieurs jours sans rencontrer âme qui vive.

Un soir, Vytutas, qui se plaignait de maux de tête lancinants, se mit à tousser. Toute la nuit, il fut agité de tremblements sous sa mince couverture. Brûlant de fièvre, il fut incapable le lendemain de se remettre en selle. Le soulevant dans ses bras comme un enfant, Ogier lui mit les pieds dans les étriers et attacha les rênes à ses poignets.

– Tiens bon. Tôt ou tard, nous trouverons un village où l'on te soignera.

Vytutas hocha la tête et rassembla ses ultimes forces pour conserver son assiette sur sa monture. Ils trottèrent botte contre botte, le maître surveillant du coin de l'œil le serviteur dont la toux se faisait de plus en plus rauque. N'en pouvant plus, Vytutas finit par se coucher sur la crinière de son cheval, retenu d'une main par Ogier. Au crépuscule, ils trouvèrent refuge entre les murs de torchis à demi effondrés d'une cabane en ruine.

– Ma bonne mère avait un remède souverain pour

abaisser la fièvre quarte, marmonna Ogier... Mais le diable si je me souviens de sa composition !

Au moyen de quelques planches, il construisit un abri rudimentaire au-dessus de Vytutas et l'enveloppa dans leurs deux couvertures. La fièvre empirant, le malade claquait des dents. Ogier tenta de le faire boire à l'outre, mais le Livonien recracha sans rien absorber. Espérant le réchauffer à sa chaleur, le chevalier s'allongea auprès de lui et, abruti de fatigue, s'endormit.

Au milieu de la nuit, des éclats de voix l'éveillèrent. Vytutas, manteau et couvertures rejetés, se déchirait la poitrine de ses ongles et délirait. Ogier le maîtrisa avec douceur, l'obligea à se recoucher et se rendormit.

Au petit jour, le serviteur gisait sans vie, bouche ouverte, lèvres bleuies. Ogier lui ferma les yeux et, tout en mâchonnant du lard séché, fit quelques pas hors des ruines. La pluie avait cessé, le vent se calmait et le ciel se dégageait.

Regagnant le cabanon, Ogier y prit la hache du mort et commença à creuser la terre. Mais la besogne n'avançant pas assez vite à son gré, il changea d'idée. Il répartit les affaires de son serviteur entre les deux montures et abattit sur le cadavre ce que la cabane avait de murs. Puis il tailla une croix grossière et la ficha au sommet du tumulus. La conversion de Vytutas était récente et sa foi certes fragile, mais cet homme n'en méritait pas moins une sépulture chrétienne. Aussi récita-t-il quelques prières avant de seller les chevaux et de quitter ce lieu de désolation.

Il chevaucha toute la journée, cherchant par habitude Vytutas à son côté... Il se souvenait maintenant de la recette de sa brave mère : elle accrochait au col du malade une araignée enclose dans une coquille de noix ! Mais la mémoire lui revenait trop tard, hélas, puisque Vytutas n'était plus... C'est alors qu'il aperçut la cité.

Il s'agissait en fait d'un gros village sommairement fortifié – précaution indispensable dans cette région en butte aux incursions continuelles des Tatars. Il était bâti au bord d'un étang, qui n'était rien d'autre que le bras mort d'un minuscule affluent du Dniestr, et sa principale défense consistait en une tour de bois au soubassement de pierre. Une soixantaine de bâtiments étaient disposés en cercles autour de la place dominée par le clocher d'une petite église. La forge voisinait avec l'atelier du tonnelier et celui du potier, et la menuiserie avec un estaminet tenant lieu d'auberge. Les autres masures abritaient une population de paysans et de charbonniers. Un grand appentis, à l'écart derrière la porcherie communale, tout contre le remblai hérissé de palissades, servait de dortoir à une vingtaine d'esclaves.

Ogier de Mercœur nota ces détails tandis que, suivi du regard par une bande de gamins, il franchissait le bras mort de la rivière sur une passerelle vermoulue. Mettant pied à terre, il marcha jusqu'au puits au centre de la place, laissa ses chevaux se désaltérer à l'abreuvoir et remplit ses outres.

Rares étaient les étrangers d'aussi martiale allure à s'arrêter dans ce village. Curieux et inquiets, les hommes et les femmes apparus aux portes des maisons considéraient en silence l'épée qui battait la cuisse de l'inconnu, le heaume, la longue lance et le bouclier attachés au flanc de son cheval. Son attitude pacifique ne les rassurant pas, ils semblèrent soulagés lorsqu'un individu entre deux âges sortit de la tour, un gourdin à bout ferré à la main. Petit et trapu, l'homme avait le visage large, le crâne poli comme un galet et des joues hérissées de barbe grise.

– Bors, régisseur du seigneur Jaxa, boyard de Rohatyn, se présenta-t-il avec rudesse. Qui êtes-vous et qu'est-ce qui vous amène ici ?

– Ogier de Mercœur, chevalier français en route pour Buda, répondit le voyageur dans un polonais correct. Mon serviteur est mort ce matin à six ou sept lieues d'ici et j'ai besoin de repos, de vivres et de fourrage pour mes chevaux.

– Un chevalier ? s'exclama l'homme sur un ton radouci. Un vrai chevalier ?

– J'ai servi quatre ans l'ordre Teutonique, précisa Ogier.

– Voilà qui intéressera le seigneur Jaxa ! Il faut dire que mon maître épouse demain la plus belle fille de la contrée. Je vais de ce pas le prévenir de votre arrivée, il vous invitera certainement à la noce ! En attendant, vous pouvez loger à l'auberge, on y prendra soin de vos chevaux.

Ogier remercia et, entraînant ses montures, il marcha jusqu'à l'estaminet tandis que le petit homme regagnait la tour. La population rassurée fit cercle autour de l'étranger, commentant sa bonne mine, la largeur de ses épaules, la richesse de ses armes et de son équipement. Ogier avisa un adolescent à l'air déluré et lui tendit les rênes.

– Garde-les un moment, mais méfie-toi du hongre : il est vicieux.

Puis il poussa la porte de l'auberge, un trou à rats tenu par un grand pendard d'une cinquantaine d'années, vêtu d'un pantalon flottant et d'une courte blouse sans manches serrée à la taille par une ceinture.

– Monseigneur ! Monseigneur ! salua l'homme, que puis-je pour votre service ?

– Du fourrage pour mes chevaux et de quoi manger et boire pour moi-même car il y a bien longtemps que je n'ai étendu mes jambes sous une table ! Qu'as-tu à me proposer ?

– Mettez-vous à l'aise, monseigneur, ce ne sera pas long ! En cherchant un peu, je dois pouvoir trouver une excellente soupe aux choux, quelques tranches de jambon fumé et une bouteille du vin de nos vignes !

Le vin se révéla une horrible piquette, le jambon présentait des taches de moisissure et l'écuelle dans laquelle la soupe fut servie était d'une propreté douteuse, mais Ogier dîna néanmoins avec appétit. Il paya son écot d'une piécette de bronze et réclama une paillasse près de ses chevaux.

– Pour le même prix, vous pouvez avoir une chambre, proposa l'aubergiste. La plus belle de mes chambres !

– Va pour la chambre, acquiesça Ogier. Mais auparavant, dis-moi, l'ami : j'ai aperçu une église...

– Bien modeste, en vérité, monseigneur !

– Là n'est pas la question. Où puis-je trouver le pope ?

– Le père Lisowski ? C'est bien simple : dans l'église. Il y habite avec sa fille.

– Sa fille ? Le pope serait-il marié ? Voilà qui est curieux !

L'aubergiste sourit d'un air qui se voulait finaud.

– Marié ? Non, monseigneur, son sacerdoce le lui interdit... Mais il avait autrefois une servante, morte il y a quelques années. La belle Alexandra s'occupe désormais de l'entretien des lieux saints.

– Je vois, grommela Ogier.

L'Église orthodoxe ne lui avait jamais inspiré de sympathie, mais puisqu'il fallait en passer par là...

Se levant de table, il remercia son hôte et sortit. Dehors, il faisait nuit noire. Des lumières brillaient aux fenêtres de la tour et de l'église. A longues enjambées, Ogier traversa la place, hésita un instant devant la porte puis entra.

Le chevalier n'avait jamais mis les pieds dans une église orthodoxe. Il s'attendait à être surpris, mais pas à y découvrir tant de splendeurs. De part et d'autre du narthex, des fresques naïves, parfois à demi effacées, représentaient l'épisode biblique où Adam donne leur nom aux animaux de la Création. Devant le premier homme, nu sur un rocher, défilent le lion, l'éléphant, le cheval, le dromadaire, le lièvre, mais aussi des créatures fantastiques tels le griffon, la licorne et le dragon... Sur la voûte centrale, on pouvait voir le Créateur et les quatre Évangélistes.

Ogier fit une génuflexion, se signa, puis il remonta l'allée jusqu'à l'autel dominé par un magnifique *ciborium* de bois ciselé. Dans la lumière d'une demi-douzaine de cierges presque entièrement consumés, il aperçut deux châsses d'argent contenant probablement les reliques d'un saint local et un code liturgique orné de miniatures. Sentant une présence derrière lui, il se retourna.

L'homme qui l'observait avait le visage rond, la barbe grise et des yeux bleus protubérants. Il flottait dans une robe noire trop large, usée jusqu'à la trame.

– Il est bien tard pour visiter la maison de Dieu, mon fils. Que cherchez-vous ici ? dit-il d'une voix douce, détaillant du regard le géant planté devant l'autel.

– Je suppose que vous êtes le père Lisowski ?

– C'est exact. Que cherchez-vous ? répéta le prêtre.

– Voilà, dit Ogier en portant la main à sa ceinture. J'avais un serviteur, un brave garçon nommé Vytutas. Il est mort des fièvres non loin d'ici. Je l'ai enterré de mes propres mains. Malheureusement, il a quitté ce monde en état de péché, sans confession ni absolution, et j'aimerais que vous célébriez quelques messes pour le salut de son âme éternelle.

Il produisit une pièce d'argent et le regard du prêtre brilla de convoitise.

– Vytutas, c'est un nom païen. Cet homme professait-il la foi chrétienne ?

– Il avait été baptisé.

– Dans ce cas, je prierai pour lui, affirma le pope en cueillant la pièce qu'il fit prestement disparaître dans un repli de sa robe. Vous êtes étranger à la région, ajouta-t-il courtoisement, peut-être un invité du seigneur Jaxa ?

– Non, je ne fais que traverser votre village. Je suis en route pour Rhodes où je compte servir l'Ordre de Saint-Jean en lutte contre les Infidèles ottomans.

– Puis-je vous inviter à partager notre modeste repas ?

– J'ai déjà soupé, avoua Ogier. Fort mal, d'ailleurs.

– Alors vous prendrez bien un doigt de notre eau-de-vie de prune. C'est Alexandra qui la prépare et nulle part on n'en trouve de meilleure ! Venez, chevalier, insista le prêtre.

– Je me nomme Ogier de Mercœur.

– Je n'ai pas souvent loisir d'entendre des nouvelles du

vaste monde, seigneur Ogier, et je suis persuadé que vous avez visité bien des lieux lointains...

Il précéda le chevalier jusqu'au fond de la petite église et s'effaça devant la porte de la sacristie.

– C'est ici que je vis, expliqua le pope, dans la maison de Dieu.

Il invita Ogier à entrer.

– Alexandra ! Sers-nous donc à boire !

Un joyeux désordre régnait dans la petite pièce. Un encensoir pendait à une patère par-dessus divers vêtements sacerdotaux ou profanes, des burettes et un coffret à encens voisinaient sur une table avec des reliefs de repas... Le tout, dans la clarté fumeuse et malodorante d'une lampe à huile. Le chevalier ne remarqua pas tout de suite la silhouette assise dans la pénombre. Quand la fille se leva et posa sur un coffre l'étole qu'elle était occupée à ravauder, elle apparut alors en pleine lumière et Ogier se figea. Dans sa robe de paysanne, Alexandra Lisowska – quinze ou seize ans à peine – réunissait tous les attraits des héroïnes de légende, Hélène de Troie et Iseut, Guenièvre, Léda et Pasiphaé ! De l'une, elle avait la lourde chevelure cuivrée croulant en copeaux dorés sur des épaules nacrées... De l'autre, les yeux couleur d'aigue-marine et la bouche pareille à une fleur entrouverte. Quant à sa poitrine ronde et ferme qui gonflait le tissu grossier, ses jambes nues et musclées, ses hanches épanouies, on aurait dit celles de Vénus. Hélas, quand elle parla, le charme se dissipa : la fille n'était ni Hélène ni Vénus, mais une vulgaire déesse de village...

– Quelle espèce de fainéant nous amènes-tu encore ? gronda-t-elle avec impatience. Crois-tu que le moment soit bien choisi pour t'enivrer avec le premier vagabond venu ?

– Tais-toi et salue plutôt le noble seigneur Ogier de Mercœur. Ce chevalier étranger vient de me remettre ce beau *matapan* d'argent en échange de quelques messes à dire pour le repos de l'âme de son défunt serviteur !

– Un chevalier étranger ?

La fille saisit la lampe et l'éleva à hauteur des yeux.

– C'est ma foi vrai qu'il ressemble à un noble seigneur, ajouta-t-elle d'un ton radouci, et ses vêtements sont de qualité ! Mais que vient-il faire à Rohatyn ? Êtes-vous un invité de Jaxa ? Un ami peut-être ? Un parent ?

– Rien de tout cela, répondit Ogier en s'asseyant sur le tabouret que lui indiquait le pope. J'ai fait un long voyage depuis Marienburg et je me rends à Rhodes.

– Marienburg ? Rhodes ?

La fille haussa les épaules, ces noms ne signifiaient rien pour elle.

– Où est-ce, Rhodes ?

– Une île de la mer Méditerranée, coupa le prêtre. Malgré tous mes efforts, elle n'a jamais été capable d'apprendre à lire et à écrire, seigneur chevalier, et pour elle, Buda, Athènes ou Constantinople, c'est du pareil au même ! Mais vous ne trouveriez pas mieux comme épouse dans toute la région, car Alexandra est une excellente couturière et elle cuisine comme personne ! De plus, elle est robuste, en bonne santé et ne rechigne pas à la besogne !

– Un beau parti, en vérité, dit courtoisement Ogier, en suivant du regard la fille qui allait et venait à travers la sacristie.

Alexandra débarrassa la table des restes qui l'encombraient, l'essuya d'un vague coup de chiffon et posa deux gobelets en bois et une bouteille en terre cuite dont elle fit sauter le bouchon de cire.

– D'ailleurs, ajouta le pope, notre seigneur Jaxa ne s'y est pas trompé puisqu'il l'épouse demain... Peut-être ignoriez-vous la nouvelle ?

– Le régisseur m'en a touché deux mots.

– Jaxa est un riche boyard, dit le pope. Outre Rohatyn, il possède deux autres villages et de vastes terres, sans compter une bonne trentaine d'esclaves mâles et femelles.

Demain soir, Alexandra sera une dame respectée et j'aurai ainsi tenu la promesse faite autrefois à sa pauvre mère, laquelle fut durant plusieurs années ma dévouée servante. J'ai juré en effet m'occuper de cette malheureuse orpheline comme si elle était ma propre fille jusqu'à ce qu'elle soit en âge de se marier. Mais j'avoue que cette conclusion dépasse mes modestes espérances.

– Je comprends votre satisfaction, mon père, et, si vous le permettez, si Alexandra le permet également, voici un autre *matapan* d'argent que j'offre à la future épousée.

Le pope tendit la main, mais, plus prompte, Alexandra se saisit de la pièce. Elle salua pour remercier puis contourna la table et se pencha par-dessus l'épaule d'Ogier pour remplir les gobelets, offrant à son regard, dans le décolleté de sa robe, ses jeunes seins à la blancheur laiteuse. Le chevalier rougit et se racla la gorge.

– Merci, dit-il en avalant d'un trait son eau-de-vie.

– Elle est un peu raide, dit le pope, mais très fruitée.

– Cornes du diable ! Pour être raide, elle est raide ! dit Ogier en toussant et en s'essuyant les yeux.

Le pope se signa.

Le regard rivé sur le chevalier, Alexandra s'était assise sur le banc de l'autre côté de la table.

– Vous disiez, seigneur Ogier, reprit le pope, que vous alliez rejoindre les chevaliers de l'Ordre de Saint-Jean ? Vous avez sans doute une grande expérience des combats et de la vie de soldat ?

– Oui-da. J'ai servi l'ordre Teutonique et appris à combattre les ennemis de tout bon chrétien... Mais il est tard. J'ai une longue étape derrière moi et un plus long chemin encore à parcourir avant d'arriver à destination. Une bonne nuit de repos me fera le plus grand bien. Je vais donc vous souhaiter le bonsoir en vous remerciant pour votre accueil. N'oubliez pas les messes pour l'âme du pauvre Vytutas, mon père.

– Je n'y manquerai pas, faites-moi confiance.

– Resterez-vous au village pour la noce ? demanda Alexandra. Je suis certaine que mon seigneur Jaxa serait très honoré de vous compter parmi ses invités. Si vous voulez, je lui en parlerai.

Ogier hésita. Le régisseur le lui avait déjà proposé, mais il n'avait aucune envie de se mêler aux ripailles et beuveries de ces paysans, surtout depuis qu'il connaissait la future mariée. Son regard croisa celui de la jeune fille et il crut y lire une vague promesse. Le lieu et les circonstances étaient assurément mal choisis pour s'attirer des ennuis. Il secoua la tête.

– Non... Je dois reprendre ma route demain dès l'aube.

Le pope le raccompagna jusqu'à la porte de l'église, un cierge à la main.

– Dieu vous bénisse, seigneur Ogier, et qu'Il vous conserve en Sa sainte garde.

– Merci, mon père.

La porte se referma et Ogier rejoignit l'auberge où veillait encore son hôte. L'aubergiste le conduisit jusqu'à sa chambre puis se retira, après avoir déposé sur le coffre à vêtements une mèche allumée dans un fond d'huile et un cruchon de vin clairet. Le chevalier enleva son équipement, ne gardant sur lui que sa chemise de toile. Avec un soupir d'aise, il se laissa tomber sur le lit dont les montants gémirent. Il plaça à portée de main épée et poignard, souffla la mèche et s'endormit sur-le-champ.

Un léger craquement et le sentiment d'une présence étrangère l'alertèrent. Se pouvait-il qu'il fût tombé dans un repaire d'égorgeurs ? Une main le frôla. Il la saisit vivement et chercha à tâtons son poignard.

– Je vous en prie, ne me faites pas de mal !

– Alexandra ?

Il écarta sa lame prête à mordre. La fille frotta son poignet endolori.

– Que faites-vous ici ? Comment êtes-vous entrée ?

– Moins fort, ou vous allez réveiller tout le village ! Je suis passée par le toit de l'appentis. Il fallait que je vous parle. Non ! N'allumez pas !

– Votre... le père Lisowski sait-il que vous êtes ici ?

– Ce vieil ivrogne ? ricana doucement Alexandra. Non, il ne se doute de rien. Il me battrait comme plâtre s'il soupçonnait seulement et le seigneur Jaxa me donnerait à ses esclaves ou me ferait coudre dans un sac et jeter dans la rivière !

Elle se rapprocha davantage, Ogier huma l'odeur de son jeune corps savonné de frais. Sa gorge se noua, il n'avait pas touché de femme depuis Cracovie. Il fit effort pour maintenir la fille à distance.

– Que veux-tu ? Aurais-tu oublié tes devoirs envers ton futur époux ?

– Ce porc de Jaxa ! soupira Alexandra, ce gros lard cruel qui a déjà la mort de ses deux premières femmes sur la conscience ! L'une tuée à coups de pieds pour avoir refusé de se soumettre à ses caprices, l'autre retrouvée pendue un beau matin... Lorsqu'il sera lassé de moi, il me tuera comme il a tué les autres ! Pour l'amour de Dieu, seigneur chevalier, emmenez-moi avec vous ! Je serai votre servante, je ferai tout ce que vous voudrez ! Mon père m'a vendue à ce démon ! Si vous êtes un bon chrétien, sauvez-moi ! Laissez-moi vous accompagner jusqu'à cette île dont vous parliez... Rhodes.

– Impossible... Les chevaliers de Saint-Jean font vœu de chasteté...

– Alors, vous me laisserez en route. Je trouverai bien dans les cités ou les villages que vous traverserez quelqu'un qui acceptera de m'employer.

– Non, je ne peux pas t'emmener.

– Pourquoi ?

– Pour la bonne raison que le boyard de Rohatyn est maître en son domaine et seigneur de ces lieux, et qu'un honnête chevalier ne convoite pas l'épouse ou la promise d'un autre gentilhomme ! Et comme ta disparition coïnciderait avec mon départ, il n'aurait aucun doute sur notre complicité. La meute d'égorgeurs qu'il lancerait à nos trousses nous rattraperait en moins de trois jours. Je ne tiens pas à ce que nos cadavres pourrissent dans la forêt ou au fond d'un marais ! Enfin, je te le répète, je ne puis m'encombrer d'une femme.

– Je pourrais te faire changer d'idée, murmura Alexandra.

Ogier perçut dans l'obscurité le frôlement de la toile sur un corps nu. Un souffle tiède caressa son visage tandis que des lèvres cherchaient les siennes. Un instant, sa résolution vacilla. Il plaqua ses larges mains sur des chairs brûlantes et rendit son baiser à la tentatrice. Mais, se redressant soudain, il repoussa la fille.

– Non !

Elle se coula plus encore contre lui, l'emprisonnant dans la douceur de ses bras et de ses jambes. Il se dégagea brutalement.

– Rhabille-toi ! ordonna-t-il, et sors de cette chambre ! Tiens-le-toi pour dit : je ne t'emmènerai pas !

– Dans ce cas, siffla Alexandra d'une voix que la déception et la colère faisaient trembler, malédiction sur toi ! J'espère que les *strigoïs* t'emporteront lorsque tu traverseras la forêt ! Tu n'es qu'un lâche, indigne de porter l'épée. Peut-être même un menteur ! Toi, un chevalier ? Allons donc ! Tu n'es qu'un bâtard de paysan qui a sans doute détroussé le cadavre d'un gentilhomme ou qui l'a assassiné pour s'emparer de ses biens !

– File, ribaude ! gronda Ogier, ou par le Saint-Nom du Christ, je t'administre une raclée dont tu n'as pas idée !

– Tu le regretteras, menaça Alexandra en rajustant sa robe, je te jure que tu le regretteras !

Ogier mit prudemment le poignard hors de portée de la fille. Il l'entendit refermer doucement la porte puis courir dans le couloir. Il hésitait. Devait-il se rendormir comme si rien ne s'était passé et attendre l'aube pour quitter Rohatyn ? Mieux valait sans doute prendre du champ immédiatement. Il alluma la lampe et s'habilla.

Dans la pénombre de la salle commune, l'aubergiste s'approcha en bâillant.

– Vous nous quittez déjà, seigneur chevalier ?

– Désolé de t'avoir tiré de ton sommeil, l'ami, mais j'ai une longue étape à parcourir, je dois partir sans attendre. Je t'avais d'ailleurs payé d'avance.

– Certainement, seigneur chevalier. Mais l'aube ne se lèvera pas avant deux ou trois heures et la forêt n'est pas sûre. Vous risquez d'y faire des rencontres dont vous vous passeriez, ajouta-t-il en baissant la voix.

– Quelles rencontres ?

– *Strigoïs* et *nosferats*, *stregonys*, *vurdalaks* ou *priccolitchs* ! chuchota l'homme en énumérant les entités maléfiques du monde de la nuit.

Ogier fronça les sourcils. Bien qu'il eût appris à ne pas traiter à la légère les manifestations du démon, il redoutait beaucoup plus la malice et la perfidie des hommes – ou la rancune d'une femme telle qu'Alexandra – que les superstitions locales.

– Conduis-moi à l'écurie !

Il sella les chevaux, rassembla son porte-manteau et tendit une pièce de bronze à l'aubergiste.

– Pour le dérangement et pour un renseignement : quelle est la plus proche cité ?

– Tourka, en marchant toujours vers le sud... Mais vous devrez d'abord traverser la forêt et franchir la Stry, en crue à cette période de l'année.

– Où trouverai-je un pont ?

– Un pont ? s'esclaffa l'aubergiste, il n'y en a pas avant Tourka... Mais à trois lieues d'ici, en suivant le cours de la rivière, vous arriverez à une cabane. C'est là que loge le passeur. Entre nous, l'individu n'a pas bonne réputation ! Mais on le tolère car il n'a pas son pareil pour mener son bac en travers du courant et faire passer les équipages de l'autre côté... N'empêche que ce foutu fils de *pokol* donnerait des cauchemars à n'importe qui !

– Que veux-tu dire ?

– On prétend qu'il a reçu en plein visage le souffle de la sorcière... Savez-vous de quoi il s'agit ?

Ogier secoua la tête.

– On raconte que cet homme était le bourreau de Buda, en Hongrie. Un jour, il a procédé à l'exécution de deux sorcières, la mère et la fille. Quand elle a vu sa fille se tordre dans les flammes, la vieille s'est tournée vers le tourmenteur et lui a soufflé son haleine empoisonnée au visage... Vous verrez par vous-même le résultat. Il est arrivé à Rohatyn il y a deux ans et a remplacé l'ancien passeur qui s'était noyé pendant les crues de printemps. L'homme vit seul dans sa tanière et paie régulièrement son cinquième au seigneur Jaxa.

– Merci l'ami, et adieu. Ne t'inquiète pas pour moi, je tiendrai compte de tes conseils et je me méfierai des... comment dis-tu, déjà ? Des *strigoïs* et des *priccolitchs* !

– Vous avez tort de plaisanter avec ça, seigneur chevalier...

Menant ses chevaux au pas afin de ne pas troubler la quiétude du village endormi, Ogier s'éloigna sans se retourner. Il emprunta bientôt un sentier qui s'enfonçait sous les arbres. La forêt étant la principale source de revenus dans cette contrée infertile, il dépassait de temps à autre une motte préparée par des charbonniers, mais sans déceler nulle part de présence humaine.

Au petit jour, il fit une brève halte afin de se désaltérer et de faire le point. Il gagnerait Tourka, franchirait les montagnes et traverserait le royaume de Hongrie. A Buda, peut-être trouverait-il quelque compagnon de voyage désireux de se rendre en Méditerranée ou, à défaut, un serviteur qui remplacerait le pauvre Vytutas.

Il remonta en selle et reprit le sentier herbeux et défoncé. Le cri strident d'un grand circaète lui fit lever la tête. Songeur, il suivit un instant des yeux son vol puissant avant d'aviser une masure abandonnée, réduite à quatre murs envahis de ronces. Sur la porte vermoulue étaient cloués les restes d'un chat noir, quelques os retenus par des lambeaux de pelage. Il se rappela les paroles de l'aubergiste. Cette chaumière avait sans doute été le repaire de sorciers, de démons ou de morts-vivants... Il sentit naître en lui une peur étrange. Décidément, cette région ne lui inspirait pas confiance... Talonnant sa monture, il s'éloigna de la maison en ruines dont les propriétaires avaient peut-être été écorchés vifs, eux aussi !

Plus la matinée avançait, plus le temps devenait orageux. Le sentier longeait maintenant une rivière, au cours tantôt paresseux, tantôt tumultueux. Chemin faisant, Ogier évoquait les cas de sorcellerie dont il avait eu connaissance durant son séjour en Prusse orientale. Ce Livonien, qui passait pour pratiquer la magie et dont les chevaliers frères s'étaient saisis pour lui faire subir le supplice du pal. On avait malheureusement négligé, lorsqu'on avait enseveli son cadavre, de lui enfoncer un clou dans le front, de l'enduire de graisse de cochon et de lui remplir la bouche de chaux vive. Si bien que, quelques nuits plus tard, le corps avait disparu... Cette vieille femme, près de Marienburg, qui avait promis en mourant d'avaler son suaire et déclaré que la peste durerait tant qu'elle n'aurait pas accompli cet acte maléfique. Quand on avait rouvert sa tombe, sur ordre du prévôt Gunther, le suaire était à moitié avalé ! Ogier tenait l'histoire du prévôt en personne, que le grand maître de l'Ordre avait chargé d'extirper la sorcellerie des campagnes et qui s'acquittait de sa tâche avec un zèle des plus louables. Pendant ses quatre années passées sous la bannière à croix noire, Ogier avait été témoin d'une trentaine d'arrestations et d'interrogatoires, dont celui d'une fillette de cinq ans accusée d'avoir provoqué la sécheresse et la maladie qui décimait les bovins de la région !

Au détour d'un éboulis, la berge s'abaissa soudain. Le sentier aboutissait à une cabane.

– Enfin ! souffla Ogier en apercevant le bac mollement agité par le courant. Holà ! quelqu'un ?

N'obtenant pas de réponse, il s'approcha du radeau. D'épais cordages reliaient les deux rives de la Stry.

– Passeur ! Holà ! Passeur !

– Patience, patience, messire ! gronda une voix à l'intérieur de la cahute. Je suis à vous !

La porte s'ouvrit sur un homme massif d'une cinquantaine d'années, vêtu de braies et d'une blouse serrée à la taille, qui ébranla de son pas le plancher vermoulu. Ogier soutint sans broncher le spectacle d'un visage qui n'en était plus un. Toute la partie gauche, du menton à la racine des cheveux grisonnants, n'était qu'une boursouflure violacée où l'œil disparaissait presque entièrement. Le nez ressemblait à une boule de cire que l'on aurait remodelée en l'aplatissant sur les joues. Il allait, la tête penchée, le cou raidi, les lèvres retroussées sur une partie de la denture.

– Vous désirez sans doute traverser, dit l'homme avec une horrible grimace.

– Oui. Quel est ton prix ?

L'œil enfoui dans les replis de chair ne cilla pas, mais l'autre jaugea rapidement le client.

– Une personne et deux chevaux, dont une monture de bât : ce sera un liard de trois deniers, messire.

– Tu es cher, grimaça Ogier. D'où je viens, on ferait traverser pour ce prix toute une famille avec son charroi.

– Libre à vous de continuer votre chemin de ce côté de la

Stry, grommela le passeur, mais autant vous prévenir : vous ne trouverez ni pont, ni gué, ni passeur avant longtemps.

– D'accord pour un liard, soupira Ogier.

L'homme haussa les épaules et monta sur son radeau. Il dénoua les cordes et vérifia le système de halage.

– Vous pouvez embarquer, messire, mais surveillez votre hongre. Qu'il ne s'avise pas de ruer et de nous déséquilibrer.

Il saisit une gaffe et s'apprêtait à repousser l'embarcation lorsqu'un mouvement à la lisière de la forêt attira son attention. Ogier avait perçu aussi l'agitation dans les broussailles. Sans quitter des yeux le passeur, il glissa la main sous son porte-manteau et en retira une petite bombarde d'environ trente centimètres. D'un repli de son manteau, il sortit une pierre à silex et une mèche, battit la pierre et approcha l'étincelle de la mèche qui s'enflamma en grésillant.

– Bors et ses amis, murmura le passeur. Ce n'est pas la première fois qu'ils tendent une embuscade à des voyageurs, mais jamais après règlement de leur passage. Ce porc ne respecte plus rien ! Eh ! Bors ! On ne touche pas à mon client ! Une fois embarqué, il est sous ma responsabilité !

Huit ou neuf silhouettes sortirent du sous-bois et s'avancèrent.

– Écarte-toi, Gera, et ne te mêle pas de nos affaires. Nous sommes ici sur ordre du seigneur Jaxa, afin de saisir cet étranger qui a tenté de violenter sa fiancée !

– Mensonge ! rugit Ogier dont le visage s'empourpra. En Nom Dieu, je n'ai jamais porté la main sur cette fille !

– Ce n'est pas ce qu'elle raconte, ricana le régisseur qui brandissait une vieille couleuvrine à main.

Ogier n'ignorait pas que, de ce tube de fer forgé, troué à une extrémité pour la mise à feu, pouvait jaillir une flèche capable de transpercer n'importe quelle cuirasse à plusieurs mètres. Bors était donc l'homme à surveiller. Quant au reste de sa bande, armé de bric et de broc – lourdes cognées de bûcherons, poignards et massues à bout ferré –, il ne valait pas tripette.

– Mais si c'est le cas, poursuivit le régisseur, pose tes armes et accompagne-nous jusqu'à Rohatyn. Tu t'expliqueras devant le seigneur Jaxa. Ce sera ta parole contre celle d'Alexandra !

– Jamais je ne remettrai les pieds dans ce nid de rats ! grinça Ogier. J'ignore ce qu'a pu raconter la fille, mais par le Sang du Christ, je répète que je ne l'ai pas touchée. Si elle prétend le contraire, elle ment ! A présent, en voilà assez ! ajouta Ogier en approchant la mèche à demi consumée de sa bombarde. Retourne d'où tu viens ou bataille, mais finissons-en !

– Tu l'auras voulu..., menaça Bors.

– Messire ! Prenez garde !

Il y eut un rougeoiement – le tison posé sur la mèche de la couleuvrine –, suivi d'une explosion infernale ! Ogier poussa de côté le passeur. Une grosse flèche d'acier fusa entre eux. Dans le même temps, sa bombarde tonna et Bors plongea à plat ventre. L'homme derrière lui reçut la balle en pleine poitrine, tomba cul par-dessus tête et resta inanimé sur le sentier. Dégainant son épée, Ogier sauta d'un bond sur la berge et para un coup de hache, puissant, mais maladroit. Bors se relevant saisit le chevalier aux genoux. Sans hésiter, Ogier abattit sa lame sur le crâne chauve du régisseur qui se recroquevilla à ses pieds. Les autres disparurent dans les taillis sans demander leur reste.

– Bonne besogne ! rugit Ogier en ramassant la couleuvrine. Celui-ci ne nous causera plus d'ennuis : la cervelle lui sort par les oreilles !

– Et celui-là ne vaut pas mieux, ajouta le passeur en retournant le deuxième cadavre de la pointe de sa botte. Vous m'avez sauvé la vie, messire, et je suis votre débiteur. Tenez, reprenez votre argent et traversons. Plus tard, on ne pourrait plus repérer les troncs qui flottent dans le courant.

– Tu m'as aidé et je te remercie, dit Ogier en tendant la main. Mais je crains que la mort de ces deux charognards ne t'attire des ennuis avec le boyard de Rohatyn.

Le passeur hésita avant de serrer la main tendue.

– C'est égal. Le temps qu'on revienne m'arrêter, je serai loin.

Ogier grimpa sur le bac et Gera s'activa à la manœuvre. Quelques minutes plus tard, l'embarcation touchait l'autre berge et hommes et chevaux quittaient le radeau. Le passeur ramassa des brassées d'herbes sèches qu'il étala sur le bac.

– Votre pierre à silex, messire.

Le chevalier la lui tendit. Gera battit la pierre, une flamme s'éleva et les herbes crépitèrent.

– Voilà qui retardera nos poursuivants.

Ogier hocha la tête.

– J'ai une proposition à te faire, l'ami.

– Laquelle, messire ?

– Nous nous connaissons depuis peu de temps, mais tu m'inspires confiance et je me sens responsable de tes ennuis. Je viens de perdre mon serviteur et je cherche quelqu'un pour le remplacer. La solde est maigre, on dort plus souvent sur la paille que dans un bon lit, mais on mange à sa faim et je ne crois pas être un mauvais maître. Si cela te convient, je te prends à mon service.

– Vous feriez cela ?

– Certes... Et si nous ne nous entendons pas, eh bien ! nous nous séparerons. Qu'en penses-tu ?

La demi-face intacte s'éclaira d'un hideux sourire.

– Ça me va !

– Hélas ! fit remarquer Ogier, tu as brûlé ton bac. Tu ne peux donc plus récupérer tes biens dans ta cabane.

– J'ai sur moi tout ce que je possède.

– Parfait. Allons donc. Tu monteras le hongre.

Ils chevauchèrent jusqu'à la nuit et firent halte dans une minuscule clairière. L'ex-passeur rassembla du bois mort sur quelques grosses pierres qu'il avait disposées en cercle : le feu tiendrait à distance bêtes sauvages et démons.

– Je vais en Méditerranée, expliqua Ogier, sur l'île de Rhodes, afin de combattre les Turcs infidèles. Le voyage sera long... Il a bien failli se terminer à Rohatyn par la faute de cette garce !

– Vous voulez parler d'Alexandra Lisowska, la fille du pope, messire ?

– Tu la connais ?

– Je l'ai aperçue une ou deux fois au village : c'est un beau brin de fille.

– Assurément. Elle m'a rendu visite dans ma chambre à l'auberge, pas plus tard que la nuit dernière, et m'a supplié de l'emmener. Si j'avais accepté, s'esclaffa le chevalier, c'est avec elle que je partagerais ce repas !

Au-dessus d'eux, une chouette hulula avant de prendre son envol à grands battements d'ailes. Gera s'assit et jeta une poignée de brindilles sur les braises.

– Puis-je te poser une question ? demanda Ogier.

– Faites, messire.

– Ces cicatrices qui marquent ton visage...

Gera leva son œil unique sur le chevalier.

– L'aubergiste m'a parlé d'un sort jeté par une sorcière. Est-ce la vérité ?

– C'est ce que vous croyez, messire ?

– Je ne sais que croire.

– Il n'y a aucune sorcellerie dans ces cicatrices. C'est une fable que j'ai inventée pour préserver ma tranquillité.

Malgré lui, Ogier soupira de soulagement.

– Ces brûlures datent de l'incendie de ma maison. Incendie dans lequel j'ai perdu ma femme et mes quatre enfants. J'ai tout tenté pour les sauver... Hélas, ils ont péri dans d'horribles souffrances. Certaines nuits, il me semble entendre leurs appels, leurs cris et je me réveille baigné de sueur. Après ce drame, j'ai quitté Buda et j'ai marché au hasard, droit devant moi. C'est ainsi que je suis arrivé à Rohatyn.

– Désolé, l'ami. Je ne voulais pas remuer de tels souvenirs.

– Le passé est le passé, messire, on n'y peut rien changer. Je vous guiderai jusqu'à Buda et ensuite, si Dieu le veut, nous irons ensemble combattre les Turcs à Rhodes. A défaut de savoir tenir une épée, je sais manier le gourdin et j'apprendrai à me servir d'une arbalète. Vous n'aurez pas de plus fidèle serviteur que moi, je vous le promets !

Ogier s'enroula dans sa couverture.

– Bonne nuit, Gera.

– Bonne nuit, messire. Et ne vous inquiétez pas : je veille sur votre sommeil.

2

Les averses s'étaient succédé toute la journée sans rafraîchir l'atmosphère ni entamer l'ambiance de liesse qui régnait dans Rohatyn. On avait installé des bancs et des tréteaux sur la place, à l'ombre de la tour de bois, pour les sujets du boyard venus de plusieurs lieues à la ronde participer aux agapes. La piquette coulait à flots et des bêtes entières rôtissaient au-dessus des fosses, sur les brassées de fournilles qui se consumaient sans fumer. Aux invités de marque, on servait volatiles, chapons, poussins en rôt ou en brouet, pigeons cuits en pâtés, pluviers et plongeons des marais. Aux villageois, saucisses poivrées et andouilles à la moutarde, abats et pâtés, bœuf aux oignons. Et aux esclaves, eux aussi de la fête, pain rôti trempé dans du vin et assaisonné de « sauce noire » au poivre, entrailles et têtes de veau. En ce jour de largesses, Jaxa dilapidait les revenus d'une année. Mais, songeait-il en détaillant Alexandra d'un regard lubrique, il ne regrettait pas sa dépense. Le gros boyard frémissait d'impatience à la perspective de posséder enfin cette perle si longtemps convoitée. En attendant, il se trémoussait sur les coussins d'un siège étroit à haut dossier.

Toute sa parentèle était là, proche et lointaine : frères, cousins jusqu'au troisième degré, boyards du voisinage – ceux avec lesquels il n'était pas en conflit – revêtus de leurs plus beaux atours, avec épouses et enfants. Bégayant de joie, le père Lisowski, déjà aux trois quarts ivre, vidait pichet sur pichet et caressait sans se gêner les esclaves et les villageoises qu'il attrapait et retenait sur ses genoux osseux !

Seule ombre au tableau, l'attitude de la jeune épousée. Raide sur son siège, visage fermé, elle répondait du bout des lèvres aux propos de Jaxa et grimaçait plus qu'elle ne souriait aux plaisanteries des invités. Des essaims de moucherons et de taons, énervés par la chaleur, harcelaient les convives. Tandis qu'elle les chassait d'une main agacée, le regard d'Alexandra croisa celui de son époux.

– Ma très chère, grasseya Jaxa, ne te fais donc pas de souci : ton honneur sera vengé. Bors nous ramènera cet étranger. S'il est mort, nous jetterons son cadavre aux porcs. S'il est vif, je lui ôterai à tout jamais l'envie d'insulter une noble dame, je te le promets !

– Il a osé porter la main sur moi comme je vérifiais si l'enclos de nos chèvres était bien fermé. Je me suis défendue et j'ai menacé de hurler et d'alerter tout le village... Alors, il m'a relâchée après avoir juré de me couper la gorge si je le dénonçais !

– Ma douce enfant, sourit Jaxa paternellement, tu n'as plus rien à redouter de ce sauvage. A l'heure qu'il est, Bors nous le ramène troussé comme une volaille. Son cas sera vite expédié !

– Je ne veux plus le voir ! supplia Alexandra en s'abandonnant sur l'épaule du boyard, plus jamais ! Ni l'entendre, car il va me couvrir d'insultes et protester de son innocence !

– Si c'est le cas, je trancherai sa langue de parjure ! En attendant, chère Alexandra, fais-moi plaisir : goûte ce pâté au lait d'amandes, ces tourterelles au sel, ce lapereau à la mie de pain !

– Je n'ai pas faim...

– Il faut manger ! intervint le pope qui manqua s'étaler en se prenant les pieds dans sa robe. Et il faut boire aussi ! Seigneur Jaxa, nous regrettons tous ce malheureux incident, mais nous avons confiance en votre justice ! Quand je pense à la sympathie que m'inspirait cet étranger ! Je l'ai même régalé de mon eau-de-vie de prune !

– Paix, mon père ! ricana Jaxa en attirant à lui une lardée de cerf. Ne songeons plus à ce traître et réjouissons-nous ! En prenant Alexandra pour épouse, je deviens votre gendre autant que votre fils ! ajouta-t-il en s'esclaffant, tandis que ses convives reprenaient sa plaisanterie en écho.

Alentour, la pagaille était à son comble. On chantait, on criait, on s'injuriait, on se bousculait et se battait autour des plats. Certains roulaient sous les tréteaux. Des jeunes gens s'éloignaient, entraînant la servante de leur choix. Un boyard belliqueux lançait des défis à qui voulait. Un autre, se prenant pour un cheval, galopait sur la table en hennissant, ce qui faisait s'étouffer de rire Jaxa.

Il se fit soudain un grand silence. Un groupe venait d'apparaître sur la place, portant sur une civière de branches le cadavre du régisseur. Jaxa se dressa d'un bond, renversant deux ou trois plats et aspergeant sa tunique de sauce.

– Bors ! Mon pauvre Bors ! Que s'est-il passé ?

Un homme s'avança et s'agenouilla. Une tunique en peau de loup lui descendait jusqu'aux genoux. Il enleva son bonnet pointu de fourrure grise et le tortilla entre ses mains.

– L'étranger s'est échappé, seigneur. Il a franchi la rivière avec l'aide de Gera, le passeur !

– Que dis-tu là ?

– La vérité, seigneur. L'étranger a tué Bors ainsi que le pauvre Boz que nous ramenons aussi. Il nous aurait tous tués si nous n'avions pas pris la fuite. Cet homme est un démon !

– Et vous de foutus lâches ! explosa Jaxa dont le visage se congestionnait à vue d'œil. A dix contre un, vous n'avez pas été capables d'en venir à bout ?

– Pitié, seigneur ! gémit l'homme en se jetant face contre terre, pitié !

Le reste de la bande l'imita.

– Qu'on se saisisse d'eux ! hurla Jaxa. Cinquante coups de fouet pour chacun ! Pas un de moins ! Et de l'eau salée sur leurs plaies !

– Pitié, seigneur ! Pitié !

Détournant la tête, Alexandra versa des larmes de soulagement. En regagnant l'église, la nuit passée, elle s'était trouvée nez à nez avec une sentinelle. L'homme lui ayant demandé ce qu'elle faisait là si tard, elle avait dit dans son affolement la première chose qui lui était venue à l'esprit. La sentinelle s'était précipitée à la tour et avait raconté au régisseur toute l'histoire. Mais Bors avait attendu le lever de son maître pour l'informer de l'incident. A ce moment-là, le voyageur était loin...

– Ne pleure pas, ma fille, dit le boyard en se penchant sur sa jeune épouse. Il nous a échappé aujourd'hui, mais nous le rattraperons demain !

– La mort du pauvre Bors est un signe de Dieu qui nous enseigne de pardonner les injures, mais se réserve le droit de châtier les coupables, déclara Alexandra. Je vous en prie, mon époux, laissons aller ce chevalier vers son destin et occupons-nous désormais de notre seul bonheur.

– Elle a raison ! éructa le père Lisowski. Dieu punira ce pécheur en le livrant aux lances des Turcs. Je vous en conjure, seigneur, en ce jour de fête, oubliez les affronts et faites preuve de clémence envers ces misérables !

– Soit ! accorda Jaxa. Ils recevront seulement vingt coups pour leur peine et on leur épargnera l'eau salée.

Il leva la main et on entraîna les malheureux qui ne savaient s'ils devaient se réjouir ou se lamenter encore.

La pluie se mit soudain à tomber avec violence, puis la grêle, et chacun courut se mettre à l'abri. Des éclairs effrayants déchiraient le ciel noir. Un grêlon, gros comme un œuf de pigeon, ouvrit le front de Jaxa qui, trempé et soufflant, se précipita en beuglant vers la tour.

Quelques minutes plus tard, il ne restait sur la place que deux ou trois ivrognes gémissant de terreur sous des tréteaux effondrés et des monceaux de nourriture baignant dans les flaques. Ainsi se termina le banquet des noces du boyard de Rohatyn.

A l'exception de quelques-uns, trop ivres pour tenir en selle, qui allaient passer la nuit sur la paille des chevaux, chacun était rentré chez soi. Les villageois avaient regagné leur logis, les esclaves leur enclos et le père Lisowski sa sacristie.

Jaxa, qui hésitait depuis quelques années à risquer ses trois cents livres sur les échelles, avait abandonné son ancienne chambre, au sommet de la tour, pour une autre dans la partie basse. Au passage, il but une lampée d'eau-de-vie avec ses gardes et, appréciant leurs félicitations et grivoiseries, il les gratifia de quelques pièces de bronze. Puis, d'un pas pesant, il franchit le seuil de la chambre.

Alexandra reposait au milieu de l'immense couche recouverte de peaux d'ours. A la lueur de sa bougie, Jaxa ne distinguait que ses yeux clos et son front auréolé de boucles rousses. Refermant la porte, il marcha droit au lit.

– Soufflez la bougie, chuchota Alexandra.

Émoustillé par la pudeur de sa jeune épouse, Jaxa s'exécuta. Il se dévêtit dans l'obscurité et se glissa sous les fourrures.

Alexandra appréhendait ce moment. Elle s'y était préparée, mais elle avait aussi espéré que le boyard serait trop ivre pour exercer son droit d'époux.

S'il lui était arrivé d'échanger quelques caresses avec de jeunes paysans, la fille du pope avait réussi à préserver sa virginité. Or, cette nuit, elle devait en faire don à son seigneur et maître. Elle frissonna de dégoût. Jaxa, se méprenant, l'attira contre sa panse velue.

– Ne crains rien, ma colombe, ma tourterelle, et laisse-moi faire.

On eût dit un enfant découvrant un nouveau jouet, un avare mettant la main sur un trésor. L'idée que la fille avait passé son existence dans l'enceinte consacrée d'une église l'excitait. Il imaginait le corps gracile se tordant nu au pied de l'autel. Sans brutalité, ses mains épaisses explorèrent les douces courbes, la chaude intimité d'Alexandra, et sa virilité se réveilla.

Sa première femme, une proche cousine épousée par intérêt, était une grande perche osseuse. Quant à la deuxième, elle passait son temps à se plaindre et larmoyer. Par la suite, il avait fait son choix parmi villageoises et esclaves, mais aucune ne pouvait se comparer à Alexandra ! Il avait fait preuve de patience et voilà qu'il cueillait cette fleur en plein épanouissement. Avec la bénédiction de l'église ! Que demander de plus ?

La fille s'agitant sous lui, Jaxa ne douta pas de son plaisir. Que n'aurait-elle donné, en réalité, pour lui échapper ! Elle imagina un court instant le chevalier Ogier à la place du boyard. Avec quel bonheur elle aurait répondu à ses baisers et se serait abandonnée à son étreinte !... Si elle le détestait de l'avoir repoussée, elle se réjouissait qu'il eût échappé à Bors et ses complices. Où était-il ? Comme elle aurait aimé le servir, partager sa vie aventureuse et découvrir le vaste monde dont elle savait s'être privée à jamais. Car elle ne se faisait guère d'illusions : passés les premiers temps, Jaxa redeviendrait le porc brutal et vicieux qu'il avait toujours été et il n'aurait pas pour elle plus de considération qu'il n'en avait eu pour ses deux précédentes épouses... Sauf peut-être si elle lui donnait un héritier ? Mais plutôt mourir qu'engendrer un fils de ce vieux bouc !

Elle éclata en sanglots et, une nouvelle fois, Jaxa se méprit. Comme elle était vierge, il pensa qu'elle pleurait de plaisir et de douleur mêlés. Et, haletant, suant et fier de lui, il se laissa tomber sur le dos.

– Allons ! Allons ! Ce n'était pas si terrible ! Te voilà maîtresse de Rohatyn et autres lieux ! Tu dirigeras ma maison et tu auras droit de vie ou de mort sur les esclaves. Je te donnerai deux servantes, une superbe pelisse que je tiens de ma mère et une jument que tu choisiras dans mes écuries ! Une fois l'an, nous irons renouveler l'hommage au comte et, si je suis content de toi, je t'emmènerai à Cracovie, à la cour du prince, ou à Kiev à celle du grand-duc !

– C'est vrai ? demanda Alexandra entre deux sanglots.

– Certainement, assura Jaxa. En attendant, ma petite perle...

Il fut interrompu par un coup de tonnerre qui ébranla la tour. L'orage se déchaînait au-dessus de Rohatyn. La pluie balayait la place, crépitait sur les toits, et des ruisseaux de boue déferlaient dans les ruelles. Les sentinelles avaient déserté leur poste et se terraient, maudissant leur inconfort.

Alexandra se blottit contre le boyard.

– Une pelisse de fourrure et une jument ? Et nous irons à Cracovie et à Kiev ?

– Sur la Vraie Croix, je te le jure ! dit Jaxa en attirant pour un baiser le visage d'Alexandra. Demain, nous visiterons mes domaines ! Quel dommage que Bors ne soit pas là... Crois-tu que le père donnera gratuitement des messes pour le repos de son âme ?

– Je lui en parlerai.

Après tout, cet homme n'était peut-être pas si mauvais. Qui sait si son sort n'était pas enviable, se disait Alexandra en se lovant contre son époux. Un ronflement répondit à ses avances. Comblé, le vieux boyard s'était endormi.

Cette même nuit, des Tatars venus de la lointaine Crimée franchirent le bras mort de la Stry et, profitant de l'orage et de la désertion des sentinelles, investirent le village.

Ils appartenaient au clan des Nogaïs, d'authentiques coureurs des steppes, et n'étaient donc pas de vulgaires pillards turcomans avec lesquels on les confondait souvent. Leurs ancêtres, assujettis par les Mongols, tantôt combattaient pour le Grand Khan, tantôt le trahissaient au risque d'encourir sa colère. Depuis un demi-siècle, les Nogaïs étaient tributaires des sultans de l'Empire ottoman. Ce qui ne les empêchait pas, quand l'occasion s'en présentait, de razzier les provinces du Padichah !

Les Tatars qui surprirent Rohatyn étaient commandés par le *mirza* Djudaï, officiellement nommé par le khan de Crimée avec l'aval du sultan. Ils auraient à rendre des comptes de leur incursion. Le *mirza* Djudaï, qui avait reçu pour mission de capturer des esclaves que l'on revendrait ensuite sur les marchés de Perekop, Trébizonde ou Istanbul, s'acquittait de sa tâche aussi efficacement qu'il pouvait.

Quatre cents cavaliers avaient quitté la Crimée au début du printemps, mais trois cents avaient déjà regagné les bords de la mer Noire, traînant derrière eux un millier de prisonniers. L'attaque de Rohatyn constituait l'avance ultime de l'expédition. La troupe de Djudaï n'irait pas plus loin car la saison des pluies était déjà bien entamée. La route du retour serait longue et les grands marchés d'esclaves se tenaient traditionnellement à l'entrée de l'hiver.

Djudaï était un individu de trente ans à peine, petit, mais puissant. Des bras noueux, un large torse, une face aplatie ravagée de cicatrices chamaniques, des yeux noirs réduits à deux fentes et la barbe rare. C'était sa première attaque en tant que mirza et il tenait à faire bonne impression sur le khan. Il n'avait commis aucune erreur jusqu'à maintenant.

Évitant les cités de grande et moyenne importance lorsque leurs effectifs se furent réduits, les Tatars se rabattirent sur les bourgades et les villages. Un berger interrogé sans ménagement leur ayant appris l'effervescence qui régnait à Rohatyn, ils espérèrent y trouver, en plus des esclaves, un butin intéressant. On enterra le berger jusqu'aux épaules et l'on sabra sa tête qui dépassait, histoire de se divertir un peu. Après quoi l'on passa aux choses sérieuses.

Afin de brouiller les pistes au cas où on les aurait repérés, les Nogaïs se divisèrent en quatre groupes, un pour chaque point cardinal. Après deux ou trois lieues, chaque groupe se scinda en trois, deux de ces sous-groupes empruntant une route perpendiculaire au premier. Une lieue plus loin, chaque peloton se partagea encore en deux ou trois et se dispersa en patte d'oie. Bien malin serait le pisteur qui s'y reconnaîtrait dans l'enchevêtrement des traces de sabots ! Quant aux éclaireurs, ils évaluaient le chemin parcouru et faisaient le point à l'aide d'une boussole rudimentaire.

A la nuit tombée, les Tatars ralliés autour de Djudaï constatèrent qu'il ne leur manquait ni un homme ni une monture. La tactique, qui avait fait ses preuves depuis longtemps, servirait encore aux générations d'après...

Outre sa monture, chaque cavalier possédait en propre un petit arc robuste et des flèches, une lance courte, un fouet et un lasso. En tant que mirza, Djudaï portait une calotte de fer sous son chapeau de fourrure et, sous son manteau de feutre brun, une cuirasse renforcée de mailles et de plaquettes, don du khan de Crimée qui en avait dépouillé un cadavre russe.

– Nous n'avons rencontré âme qui vive, déclarèrent les chefs de peloton.

– Nous avons croisé une famille sur une charrette, annonça un Tatar. Ils ne parleront pas...

Djudaï s'adressa à un tout jeune guerrier, treize ans à peine, réputé pour son agilité et sa faculté à distinguer dans l'obscurité ce que les autres ne voyaient pas.

– Va et repère les sentinelles, s'il y en a. Puis reviens me rendre compte.

Le garçon mit pied à terre et s'enfonça dans les ténèbres. Un moment s'écoula. Les hommes et leurs chevaux étaient parfaitement silencieux. On n'entendait que le tonnerre et la pluie qui martelait les feuillages et la terre détrempée.

L'adolescent reparut.

– Aucune sentinelle, dit-il, mais des lumières brillent dans la tour et dans l'église.

Djudaï sourit.

– L'affaire va être facile. Tuez tous les hommes sauf une douzaine qui panseront nos chevaux... Tous les enfants, sauf quelques garçons dont nous nous amuserons. Toutes les femmes, sauf les plus belles que nous emmènerons. Enfin abattez le bétail et mettez le feu aux maisons, à la tour et à l'église. Mais épargnez le prêtre : avec lui aussi, nous nous amuserons.

Les yeux des Tatars brillaient de plaisir tandis qu'ils se remettaient en marche, au trot nerveux de leurs petits chevaux.

L'éclaireur tatar s'était cependant trompé : bravant la pluie et les éclairs, une sentinelle était revenue à son poste et se morfondait sous un appentis, à l'entrée de la passerelle qui enjambait le bras mort de la Stry. A l'idée que le gros reposait entre les cuisses parfumées de la fille et que tout le monde dormait, ce n'était pas l'envie qui lui manquait de regagner la tour et de s'offrir aussi une bonne paillasse. Trop timoré pour affronter la colère de Jaxa, il craignait d'écoper du fouet si quelqu'un s'apercevait de son abandon. Il ignorait si d'autres sentinelles veillaient, mais il se fit une raison : trois heures de garde encore et on le relèverait.

Un martèlement régulier sur la passerelle l'alerta. Les Tatars ayant enveloppé de chiffons les sabots de leurs montures, l'homme pensa à un vagabond, un rôdeur ou un ours attiré par l'odeur des victuailles éparses sur la place. Il saisit sa cognée et se glissa hors de l'appentis. S'il capturait le rôdeur, ce serait bien. S'il tuait un ours, ce serait mieux encore car la peau de l'animal lui reviendrait et Jaxa la lui achèterait un bon prix.

Il fit deux ou trois pas et comprit alors son erreur. Tournant les talons, il cria de toutes ses forces :

– Aux armes ! Les Tatars !

Derrière lui, une demi-douzaine d'arcs se tendirent et autant de flèches l'atteignirent. Il tituba avant de s'abattre face contre terre.

– Pas de sentinelle, hein ? gronda Djudaï. Nous en reparlerons !

Et, du manche de son fouet, il frappa au visage le jeune éclaireur qui ravala un gémissement de douleur.

– En avant ! hurla le mirza. En avant !

Les cavaliers s'élancèrent en poussant des cris sauvages. Les uns empruntèrent la passerelle, d'autres enlevèrent leurs montures par-dessus le remblai et la palissade à demi effondrée. Un groupe mit pied à terre et, à l'aide d'un tronc, enfonça la porte vermoulue. Des torches flamboyèrent, s'élevèrent et retombèrent sur les toits des masures où elles s'éteignirent presque aussitôt en chuintant, le chaume détrempé refusant de s'enflammer.

Les villageois à moitié nus qui jaillirent des maisons furent aussitôt abattus à coups de lances. Un gamin boula sous les sabots d'un cheval, le crâne fracassé. Tournoyant sur la place, les Tatars tiraient au jugé avec une mortelle précision.

– La tour ! ordonna Djudaï. A la tour !

Le gros des pillards convergea sur l'édifice. Il fallait en éliminer les occupants avant qu'ils aient pu organiser leur défense.

Un soldat, vêtu seulement de sa tunique et de ses bottes et une torche à la main, ouvrit à la volée la porte de la chambre.

– Seigneur Jaxa ! Les Tatars ! Pour l'amour de Dieu, seigneur Jaxa, réveillez-vous !

Le boyard se leva, les paupières alourdies de sommeil. Il tenta maladroitement d'enfiler ses braies puis, avec un grognement d'impatience, les laissa tomber et jeta une fourrure sur ses épaules.

– Que se passe-t-il ? demanda Alexandra.

– Ne discute pas et habille-toi ! aboya Jaxa en saisissant son épée. Grimpe au sommet de la tour, mais surtout ne te montre pas ! Ce sont les Tatars...

– Les Tatars !

La gorge de la fille se noua. Une fois par génération, les Tatars déferlaient sur Rohatyn. Après leur passage, on n'avait plus qu'à dénombrer les morts. Le père de Jaxa et son grand-père avant lui avaient réussi à repousser les pillards, mais le gros boyard aurait-il la même fortune ?

Jaxa fit irruption dans la salle commune où ses hommes s'équipaient en toute hâte.

– Combien sont-ils ? Qui a donné l'alerte ? Comment ont-ils franchi la passerelle ?

– Ils ont surpris les sentinelles, répondit un garde coiffé d'une cervelière. On ne sait qui a donné l'alerte !

– Il y en a des centaines ! gémit un jeune soldat, nous allons tous mourir !

D'une gifle, Jaxa le fit taire.

– Ferme-la !... Vous autres, avec moi !

– Mais... protesta une voix, la tour est un abri sûr ! Nous pouvons nous y retrancher !

– A vos armes et suivez-moi !

Encore excité par ses ébats, Jaxa se sentait rajeuni de vingt ans ! Vêtu de sa seule fourrure et brandissant son épée, il se précipita hors de l'édifice. A la lueur des éclairs, il prit conscience du désastre. Les toits de chaume dégageaient une épaisse fumée, des femmes et des enfants couraient en tous sens.

– Seigneur, seigneur ! Sauvez-nous des Tatars !

Un cavalier arrivait au grand galop, lance dardée. Jaxa fit un pas de côté, esquiva la pointe meurtrière et frappa sauvagement l'agresseur qui vida les étriers. Rejetant la fourrure qui le gênait, il apparut entièrement nu, barrique plantée sur deux jambes pareilles à des colonnes. Barbe hirsute étalée sur la poitrine, crâne chauve luisant de pluie, il était formidable et comique à la fois.

Ses hommes avaient raison : il fallait se réfugier dans la tour, en espérant tenir assez longtemps pour lasser les pillards et protéger des projectiles enflammés la partie haute de l'édifice.

– En arrière ! commanda-t-il. En arrière ! A la tour !

Une flèche se planta dans le gras de sa cuisse. Il grogna de douleur. Autour de lui, les cavaliers poursuivaient leur ronde endiablée. Deux traits l'atteignirent entre les omoplates et à la gorge. Il ouvrit la bouche et vomit un flot de sang. Tandis qu'il oscillait, un lasso s'enroula autour de ses épaules. Il chargea, la hure basse, tel un sanglier forcé, tenant son épée à deux mains. Quittant le cercle, un cavalier se pencha sur lui. Sa lame courbe, jetant un éclair, fit voler la tête du boyard à dix pas. Un geyser de sang jaillit du cou sectionné et le corps décapité s'abattit dans la boue.

Hilares, trois Tatars entrèrent à cheval dans l'église et se dirigèrent droit sur l'autel. L'un d'eux tira à lui la délicate nappe brodée de fils d'or, saisit le ciboire ciselé et le considéra d'un air dubitatif avant de le glisser sous son manteau. Ses compagnons jetèrent leur dévolu sur les châsses en argent dont ils répandirent les saintes reliques sur le sol.

Ils mirent pied à terre et poussèrent la porte entrouverte de la sacristie. Allongé à plat ventre sur la table, sa robe maculée de boue et de vin retroussée à mi-jambes, le père Lisowski cuvait son vin et ne se doutait de rien. Un fond d'huile fumait auprès de lui. Un Tatar s'approcha et saisit le prêtre par les cheveux. Les paupières du pope s'entrouvrirent puis ses yeux s'agrandirent d'horreur. Il tenta de se redresser, mais des poignes solides le maintenaient sur la table. Le Tatar lui rabattit la robe par-dessus tête et, toujours hilare, fouilla dans sa culotte de fourrure avant de le chevaucher.

– Non ! hurla le père Lisowski, au nom du Christ Pantocrator, je vous en prie ! Non !

A la tête d'une trentaine de guerriers, Djudaï massacra les soldats qui résistaient. Plusieurs Tatars se ruèrent sur la tour que défendait avec acharnement un garde d'une force peu commune. Sourcils broussailleux, nez en forme de cimeterre, moustache noire relevée en croc, il décrivait avec sa hache de larges moulinets. Deux Tatars tombèrent, mortellement touchés, puis un troisième. Mais d'autres les relayaient, s'excitant de la voix et du geste. Face à eux, le *strajeri* saignait de dix blessures.

– Tuez-le, fils de chiennes ! hurla Djudaï. Qu'attendez-vous donc ?

Des arcs se bandèrent, le soldat fit un bond en arrière et les traits s'enfoncèrent dans le bois de la porte. Les agresseurs en profitèrent pour se jeter à l'intérieur de la salle commune et attaquer l'homme de tous les côtés. Il résista encore quelques minutes et abattit deux autres assaillants avant de succomber sous le nombre.

Djudaï jeta un œil dans la pièce voisine. Elle était vide.

– L'échelle ! ordonna-t-il.

Ses hommes grimpèrent et découvrirent au premier quelques paillasses, des coffres à vêtements et des râteliers supportant de vieilles arbalètes. Une autre échelle leur permit d'accéder à l'étage supérieur.

Dans la grande pièce obscure, le regard du mirza se porta immédiatement sur un amas de couvertures jetées dans l'angle le plus éloigné. Il s'approcha avec un sourire et fouilla les tissus de la pointe du sabre.

– Ne me faites pas de mal, murmura Alexandra.

Cette nuit-là, les Tatars tuèrent la plupart des habitants de Rohatyn et ceux des invités de Jaxa qui s'étaient attardés. Seuls, deux douzaines d'hommes, de femmes et d'enfants échappèrent au massacre à la faveur de l'obscurité et du désordre. Ils trouvèrent refuge dans la forêt où ils se terrèrent durant une semaine, se nourrissant de glands, de baies, de racines et d'écorces.

Suivant les ordres de leur mirza, les Tatars avaient épargné une poignée d'hommes afin de leur confier le soin de leurs chevaux. Quand ils se furent acquittés de la tâche, ils furent comme les autres passés par le sabre.

Quinze adolescents avaient été épargnés également. Après les avoir parqués entièrement nus dans l'enclos aux esclaves, les Tatars leur firent comprendre, avec force rires et gestes obscènes, qu'ils devaient s'accoupler. Les jeunes garçons protestèrent. Mais les Tatars en ayant émasculé deux avant de les décapiter et empalé un troisième, ils s'exécutèrent. Après avoir un moment joui du spectacle, leurs tortionnaires sautèrent dans l'enclos et les violèrent longuement avant de les achever.

Quant au père Lisowski, il mourut dans sa sacristie, le crâne défoncé par le ciboire de bois. Djudaï en conçut une terrible colère et s'attribua le butin du responsable.

Pour finir, les pillards jetèrent des cadavres dans le puits, empoisonnant l'eau pour plusieurs mois, et mirent le feu au village, après en avoir fouillé chaque recoin et rassemblé outils, armes et vêtements. Rohatyn n'étant guère prospère, le butin fut plutôt maigre.

Djudaï fit ensuite le compte de ses pertes : sept de ses hommes étaient morts et deux autres si grièvement blessés qu'ils ne survivraient pas. On les acheva en les étranglant et on brûla leurs corps. C'était cher payé pour seulement dix-huit femelles dignes d'être présentées sur le marché ! Il livra la plus jeune à ses compagnons qui en usèrent l'un après l'autre sur la place du village avant de la clouer au sol de leurs lances, mais il les prévint qu'on ne toucherait pas un cheveu des autres. La meilleure prise était sans conteste la fille rousse dont on tirerait assurément une somme confortable.

On lia les mains des captives et la troupe quitta Rohatyn où rien ne donnait plus signe de vie puisqu'on y avait aussi razzié les chevaux et tué le cheptel et les volailles. Les Tatars, qui projetaient de renouveler leurs provisions en attaquant sur leur chemin d'autres hameaux, n'emportèrent que le strict nécessaire.

Les premières journées furent épouvantables pour les prisonnières. Des heures à marcher derrière les chevaux nerveux, les poignets sciés par les liens tandis que claquaient les fouets. Les Tatars se gardaient toutefois d'abîmer la marchandise.

Dans l'esprit d'Alexandra, tout se bousculait : Ogier de Mercœur, les noces, la nuit avec Jaxa puis l'apparition des Tatars, le carnage, la mort du boyard et sa propre capture. Elle revoyait le corps décapité de son époux, l'église et la tour en feu et les masures effondrées. Elle entendait les cris des villageois, les sanglots des enfants, les hurlements de la fillette que l'on violait. Ses nuits en étaient hantées.

Qu'était devenu le pope, son père ? Avait-il réussi à s'enfuir ? Elle en doutait, mais voulait malgré tout espérer...

Dans sa robe en lambeaux, elle allait pieds nus, attachée à la monture du mirza. Celui-ci se retournait parfois et criait des paroles qu'elle ne comprenait pas. S'il la traitait avec moins d'égards que sa monture, il ne la brutalisait pas et, pas une seule fois, il ne tenta d'abuser d'elle. Il imposait à ses hommes une discipline de fer et, pendant le long voyage qui les conduisit jusqu'aux rives de la mer Noire, aucun d'eux ne prit de libertés avec les prisonnières sans sa permission.

Chemin faisant, les Tatars attaquèrent deux villages qu'ils incendièrent après y avoir capturé onze femmes et en avoir exterminé le reste de la population. Le trentième jour, ils arrivèrent dans un camp de chariots où les attendaient plus de trois cents Nogaïs, une centaine de captives et quelques beaux adolescents. Les retrouvailles donnèrent lieu à de bruyantes réjouissances arrosées de *koumis* [1]. Pour la circonstance, Djudaï sacrifia à l'ardeur de ses hommes quelques femelles parmi les plus éprouvées. Mais, ne perdant pas de vue les intérêts du khan, il interdit d'user des autres ou des garçons.

La nuit venue, tandis que retentissaient les chants des nomades et les hurlements des femmes violées, Alexandra s'assit auprès d'une fille brune dont elle avait remarqué l'assurance et l'allure altière.

– Comment t'appelles-tu ? Moi, c'est Alexandra, Alexandra de Rohatyn, sur la Stry.

– Anna, répondit la Bulgare, qui connaissait assez de polonais pour se faire comprendre.

– Où nous emmènent-ils ? Dans leur village ?

La Bulgare sourit devant tant de naïveté.

– Leur village ? Les Nogaïs sont fils du vent, ils ne restent jamais en place ! Saison après saison, ils se déplacent avec leurs troupeaux de chèvres, dans leurs chariots puants. Ceux-là vont tout d'abord nous conduire à Perekop, sur la mer Noire, où leur khan vend chaque année plusieurs milliers d'esclaves. Quand il aura reçu l'or des Turcs, il dispersera ses cavaliers jusqu'au printemps prochain.

– Les Turcs ? Qui sont les Turcs ?

– Espèce d'idiote, tu ne sais donc rien? Les Turcs sont les maîtres de la mer Noire, et le khan est leur vassal. A Perekop, des représentants du Padichah, ou bien de ses pachas et de ses beys, achèteront des lots d'esclaves. Ensuite on nous conduira Dieu sait où... Avec un peu de chance, peut-être à Istanbul [2], à la cour du sultan...

---

1. Lait de jument fermenté.

2. Le nom d'Istanbul, donné à Constantinople après la prise de la ville par les Turcs en 1453, n'a été employé officiellement qu'à partir de la révolution orchestrée par Mustapha Kemal Ataturk, le créateur de la Turquie moderne. Sous le règne de Soliman, le nom de la grande cité restait Constantinople (*Konstantinyya*). Pour des raisons de commodité, le nom moderne a été utilisé pour évoquer la capitale de l'Empire ottoman.

– Ouais, grogna Alexandra, vexée par le ton condescendant de la Bulgare, je comprends maintenant... Et je ne suis pas une idiote ! Je suis boyarde et épouse de boyard. Jaxa, mon époux, était seigneur de Rohatyn !

– Un beau seigneur que ce gros porc qui s'est laissé saigner par les Tatars ! ricana la veuve du tonnelier qui les écoutait. Ta nuit de noces s'est plutôt mal terminée, ma belle ! Est-ce que vous l'entendez, cette petite putain qui se donne des airs de princesse ? La fille du pope Lisowski ne possédait même pas une robe assez longue pour cacher son cul. Et ce cul maintenant va faire le bonheur d'un Infidèle !

– Ferme-la, Irma ! cracha Alexandra en se jetant sur la villageoise.

Les autres les séparèrent à grand-peine et Alexandra, hors d'haleine, se laissa retomber dans le cercle des captives.

– Devant Dieu et les hommes, je suis boyarde et Jaxa fut mon époux, même si notre union ne dura que quelques heures ! Pour me récupérer, sa famille paiera ma rançon !

Les rires redoublèrent. Les villageoises savaient parfaitement que la famille de Jaxa – s'il en restait après le massacre – ne songerait qu'à se partager les terres et les hameaux du défunt.

– Boyarde ou pas, tu es logée à la même enseigne que nous, dit Irma d'une voix lugubre. Et si j'ai un conseil à te donner, Alexandra Lisowska, c'est de ne pas l'oublier si tu veux faire de vieux os !

– Taisez-vous donc ! intervint Anna... Laisse-moi soigner cette écorchure, car elle pourrait mettre le mirza en rage et nous valoir à chacune dix coups de fouet, ou pire encore...

– Merci, murmura Alexandra, tandis que la Bulgare appliquait sur sa joue un emplâtre d'herbe et de boue.

– Notre Seigneur n'a-t-il pas dit que nous devions nous entraider ?

Honteuses, les femmes se serrèrent les unes contre les autres. Les chants et les hurlements avaient cessé et un vent d'est balayait le campement. Des torches trouaient les ténèbres. De l'autre côté des chariots, près de l'enclos réservé aux garçons, un chien aboyait.

– Elle est encore loin, cette cité où nous conduisent les Tatars ?

– Perekop ? A dix jours de marche environ, mais qui sait ? Ils peuvent changer d'avis et nous conduire à Tana, sur le Don... Mais Perekop est plus proche.

– Tu as l'air de savoir beaucoup de choses, dit Alexandra en considérant la Bulgare.

– Mon père et mes frères faisaient le commerce des peaux avec les Turcs. Moi, je tenais leurs livres de comptes. Nous venions de Bâriad, dans la province ottomane. C'est par hasard que nous avons fait étape dans ce village moldave que les Nogaïs ont attaqué. Maintenant qu'ils sont morts, je suis seule... Mais je sais lire et écrire, je connais les peuples et les cités de ces régions, je parle un peu le polonais et très bien le turc.

– Moi, dit tout bas Alexandra, je ne sais ni lire ni écrire. Malgré les efforts de mon père, je n'ai jamais voulu apprendre. Mais j'aimerais connaître la langue des Infidèles, ça peut me servir un jour...

Anna saisit Alexandra dans ses bras, comme elle aurait fait d'une petite sœur.

– Je t'apprendrai la langue des Turcs. D'autres choses aussi, si tu le veux. En attendant, dormons. La route sera longue demain et les Nogaïs seront sans pitié pour qui les ralentira. L'hiver approche : ils sont pressés de nous vendre et de disparaître dans leurs steppes.

Anna avait raison. Les Tatars prirent le lendemain le chemin de Perekop, principale cité du khanat de Crimée et marché aux esclaves réputé dans cette contrée. Le trajet fut moins long qu'elle ne s'y attendait : onze jours de marche seulement. Chaque soir, la Bulgare s'occupait d'Alexandra qui se révéla une élève plutôt douée. Si elle s'intéressait peu aux villes et aux peuples, elle fut bientôt capable de débiter quelques phrases usuelles.

La longue colonne des captives arriva devant une grille de fer qui s'ouvrait sur une cour intérieure ornée de jets d'eau et de massifs de fleurs aux parfums entêtants. C'était là qu'à Perekop on vendait les femmes.

Postés le long des galeries qui surplombaient la cour, des gardes armés surveillaient les enchères. On libéra les prisonnières. Un intendant aboya un ordre et des domestiques les dépouillèrent de leurs loques qu'elles entassèrent dans un coin. On les brûlerait plus tard. Puis, elles circulèrent d'une femme à l'autre, distribuant pains de savon et jarres d'eau fraîche. Alexandra, Anna et les autres se frottèrent avec frénésie, espérant peut-être éliminer, en même temps que la crasse, le souvenir de leurs épreuves. A l'aide de ciseaux et de peignes, on démêla et coupa des chevelures, mais on ne toucha pas à celle d'Alexandra : à coup sûr, sa couleur et son abondance attireraient les acheteurs.

Enfin, le savon n'ayant pu venir à bout de toutes les odeurs, on aspergea les prisonnières de parfums à bon marché.

– Elles sont un peu plus présentables, grogna l'intendant, l'air satisfait.

Des secrétaires s'installèrent derrière des tréteaux et l'on aligna les femmes nues sur quatre rangées selon leur âge et leur taille. Alexandra se retrouva dans la dernière, loin d'Anna. Elle ne pouvait s'empêcher d'éprouver un peu de jalousie devant la perfection des formes de la Bulgare. Elle-même se trouvait petite, jugeait sa poitrine trop lourde, ses hanches trop larges et ses fesses trop grosses.

Les grilles s'ouvrirent à nouveau devant des personnages richement vêtus, suivis de serviteurs armés de poignards et de bâtons à bout ferré. Certains parlaient le turc. D'autres, qui venaient de contrées plus lointaines, Perse, Arabie, Égypte, Moscovie, pays de la Caspienne, avaient recours aux services d'interprètes. Les transactions commencèrent.

A la mi-journée, elles duraient toujours. Les amateurs marchandaient, discutant sur des détails. Les secrétaires inscrivaient, raturaient, comptabilisaient. Les clients étrangers pesaient or et argent sur de petites balances.

La plupart des lots quittèrent la cour à la suite de négociants arabes et turkmènes. Quarante femmes furent achetées par le représentant d'un prince perse. Irma et les autres femmes de Rohatyn furent vendues en un seul lot. Alexandra et Anna, pièces uniques, devinrent la propriété du gouverneur de Varna, dans la province ottomane de Bulgarie. En apprenant qu'elle reverrait bientôt sa région natale, Anna fondit en larmes. Le soir même, sous bonne escorte, les deux amies quittèrent Perekop.

L'année d'avant, le jeune sultan Soliman s'était emparé de Belgrade, soumettant ainsi le royaume de Bulgarie. Le grand vizir Piri Pacha, principal artisan de cette victoire, avait obtenu en récompense rang de *beylerbey* de cette Roumélie qui regroupait les territoires européens de l'Empire ottoman. Se hâtant de placer sa famille aux meilleurs postes de la province conquise, il confia à Evliya, son plus jeune frère, le *sancak* de Varna. Varna était une cité de moyenne importance, protégée par une enceinte fortifiée et dont les maisons étaient de bois et de pisé. Bien que bâtie sans plan préconçu, on y retrouvait les larges avenues de l'Empire byzantin. Le nouveau *sancakbey* quitta donc la cour d'Istanbul pour s'installer à Varna dans un château massif qui dominait la mer Noire et appartenait jusqu'alors à un vassal du tsar de Bulgarie.

Dès sa nomination, Evliya avait reçu un *hass*, dotation d'un revenu annuel de cent cinquante mille *akçe*, afin d'assurer son train de vie. Le grand vizir n'était évidemment pas étranger à cette largesse que son frère utilisa pour se constituer un harem digne de son nouveau rang.

Agé d'une quarantaine d'années, Evliya était un homme intelligent et cultivé, mais peu porté sur le métier des armes, ce qui expliquait sa modeste carrière à la cour. Il n'avait jamais participé à une expédition militaire, jamais intrigué pour se rapprocher du Divan, jamais utilisé ses relations fraternelles pour obtenir dans l'administration un poste important. Sa principale occupation consistait à écrire des *gazel*, poèmes de cinq ou six distiques. *Gazel* que Soliman appréciait.

Evliya emmena avec lui à Varna tout son personnel, soit plus de cinquante personnes, ainsi que ses deux épouses, deux concubines et ses neuf plus jeunes enfants. Les trois aînés restèrent à Istanbul où ils servaient dans le corps d'élite des *kapikulu*, les *sipahis* de la Porte.

Une fois installé dans sa nouvelle cité, Evliya bey se mit au travail. En collaboration avec les fonctionnaires de la Porte, il organisa son *sancak*. Ensuite seulement, il revint à ses passions, la poésie et la musique.

C'est à cette époque que son intendant lui ramena Alexandra et Anna.

3

A la fin de l'année 1493, sous le règne du sultan Bayezid II, un enfant était né à Parga, un village de la côte Adriatique en face de l'île de Corfou. Michel était le deuxième d'une famille qui devait par la suite compter huit enfants dont cinq garçons. Son père était pêcheur, comme tous les hommes de là-bas, et avait sa propre barque. Bien que courageux, il redoutait cependant trois choses : le déplacement des bancs de thons vers des eaux lointaines, les tempêtes qui arrivent sans prévenir et les navires aux voiles triangulaires des pirates. Très tôt, Michel l'accompagna en mer avec ses frères et, à dix ans, il se débrouillait bien. Mais le père nourrissait d'autres ambitions pour ce fils qui faisait preuve d'une intelligence et d'une maturité d'esprit peu communes. Sur les conseils du prêtre, il fut convenu qu'on ferait de lui un serviteur de Dieu.

En ce jour d'août 1503, chacun pensait sans le dire que cet été serait le dernier que l'enfant passerait à Parga. A l'automne en effet, il devait quitter le village pour aller étudier dans un monastère. Mais le destin en décida autrement. Coupant la fuite de la barque, un chebec fit perdre ce matin-là au patron-pêcheur son gagne-pain, ses fils et sa liberté. Comprenant que toute résistance était inutile, les pêcheurs obéirent quand on les somma de grimper à bord du trois-mâts. On jeta le père et les aînés dans la cale avec d'autres prisonniers. Michel resta sur le pont pour servir de mousse.

Les pirates étaient des Turcs ou des Grecs renégats qui écumaient les côtes à partir de leur base de Durazzo. Ishak, leur capitaine, un Grec de l'île de Mytilène converti à l'islam, était le benjamin de trois frères – Elias, Aroudj et Hayreddin dit Barberousse – qui allaient bientôt semer la terreur dans toute la Méditerranée.

Ils n'étaient pour le moment qu'à l'aube de leur carrière. Et la flotte espagnole, qui prenait en chasse et envoyait par le fond les navires pirates après avoir pendu ou enchaîné à la chiourme leur équipage, leur menait la vie dure. N'ayant aucune envie de ramer le restant de ses jours sur une galère espagnole, Ishak prit la direction de la Turquie une fois ses cales remplies de captifs. Après maintes manœuvres pour semer les bateaux lancés à sa poursuite, il finit par arriver en vue d'Izmir où il débarqua son malheureux troupeau sur le marché aux esclaves.

Le jeune capitaine avait eu le temps de se prendre d'affection pour Michel. Avec ses cheveux noirs bouclés, sa peau claire et son regard brun sous des cils de fille, l'enfant était d'une beauté peu commune et plus d'un pirate rêvait de l'attirer dans quelque recoin pour abuser de son innocence. Mais Ishak ayant menacé de tuer de ses propres mains quiconque en manifesterait seulement l'intention, ses hommes se le tinrent pour dit.

– Vois-tu, confia-t-il un soir à l'enfant, mon père était un brave potier de Mytilène. Mais mes frères et moi-même, nous avions dans l'idée de devenir marins.

– Pêcheurs comme mon père ? demanda naïvement Michel.

Ishak éclata de rire.

– Non, prendre des thons n'était pas notre ambition. Aroudj, notre aîné, nous promettait des monceaux de richesses... Et ces richesses, nous savions où les trouver : sur les galéasses espagnoles, sur les galères de Venise et de Gênes...

– Moi, mon père voulait que je devienne prêtre. Mais je n'étudierai jamais au monastère, dit Michel.

– Tu es déçu ?

– Je ne sais pas, avoua l'enfant. Si j'aime bien les vêtements brodés d'or et d'argent des officiants, j'aime beaucoup moins la robe sombre des moines. Au monastère, j'aurais appris à chanter en latin, à jouer de la musique, à enluminer des manuscrits, à...

– Ne regrette rien, coupa Ishak. Entrer en religion, c'est mourir avant l'heure. C'est se condamner vivant au silence du tombeau ! Écoute, je ne peux ni te ramener avec moi à Durazzo ni te rendre ta liberté car l'équipage se plaindrait que je le vole de ses prises. Mais tu as ma promesse que je ne te céderai qu'à prix d'or et à un maître qui consentira à s'occuper de toi comme d'un fils.

– Je vous remercie.

– Une fois en terre turque, tu devras bien sûr abjurer ta religion et te convertir à l'islam. Mais prier Allah ou le Dieu des chrétiens, quelle différence ? Il te faudra aussi prendre un nom musulman. Lequel ?

– Je n'en connais pas.

– Que dirais-tu d'Ibrahim ?

– Il y a plus laid...

– Tu t'appelleras donc Ibrahim. Autant t'y habituer dès maintenant !

– Mon père et mes frères, murmura l'enfant. Que diront-ils quand ils sauront ?

Ishak lui ébouriffa tendrement les cheveux.

– De quoi t'inquiètes-tu...

– Ma mère nous pleure en ce moment. Elle nous croit morts, sûrement, disparus dans une tempête...

– Ta mère trouvera un autre pêcheur et elle aura d'autres enfants, si telle est la volonté de Dieu... N'est-ce pas cette même volonté qui a placé la barque de ton père sur notre route ? Inch'Allah... Ce qui est fait est fait, nul ne peut y revenir. Mais quelque chose me dit que ton destin sera grand. Plus grand qu'il n'aurait été en ce monastère où t'envoyait ton père.

Trois jours plus tard, le chebec entrait dans la rade d'Izmir.

Ishak tint parole. Écartant plusieurs acheteurs dont les intentions lui paraissaient douteuses, il donna la préférence à l'intendant d'une riche veuve de Manisa, une cité voisine.

– Bien qu'encore jeune et jolie, ma maîtresse ne veut pas se remarier, expliqua l'intendant. Elle déplore de ne pas avoir donné d'enfants à l'époux qu'elle chérissait. Elle s'occupera d'Ibrahim comme s'il s'agissait de son propre fils, capitaine !

Le pirate se tourna vers le garçon :

– Vois, tu ne perdras pas au change.

Ibrahim se jeta dans ses bras.

– Ne pourriez-vous m'emmener ? Je vous servirais...

– La vie d'un marin n'est pas pour toi, assura Ishak. Mais nous nous reverrons si telle est la volonté d'Allah. Adieu et veille sur toi.

– Je prierai pour vous, souffla l'enfant tandis que l'intendant l'entraînait hors du marché aux esclaves.

– Moi aussi, Ibrahim, je prierai pour toi.

La dame, qui n'avait pas plus de trente-cinq ans, se nommait Zomorrod, autrement dit « Émeraude ». Dès qu'il la vit, l'enfant trouva que ce nom lui allait bien. Son défunt mari, un riche négociant, faisait venir ses soieries de Perse et de Chine, par caravanes qui traversaient toute l'Asie. Le commerce avait été repris par son beau-frère, mais la veuve possédait encore dans l'affaire des parts qui lui permettaient de vivre dans une discrète opulence, au milieu de ses serviteurs et de ses animaux familiers.

Elle habitait une somptueuse propriété dans le plus beau quartier de Manisa. Quand Ibrahim pénétra pour la première fois dans la maison, tout, dans la pièce principale, l'enchanta : le divan et les coussins magnifiques, les tapis et les kilims où l'on s'asseyait en tailleur, l'estrade courant le long des murs où l'on avait creusé, à hauteur du regard, des niches pour la vaisselle. Sur des étagères, des rouleaux de manuscrits par centaines. Des armoires sculptées renfermaient draps et couvertures que l'on sortait pour la nuit. Des coffres regorgeaient de vêtements... Bouche bée, il contemplait les moulures et les peintures au plafond et sur les murs. Mais ce qui, plus que tout, le fascinait était une sorte de harpe posée dans un coin. Il demanda la permission de la regarder de plus près.

– Il s'agit d'un oud, expliqua la dame. Un luth à cinq cordes doubles. Si tu veux, je t'apprendrai à en jouer.

Dès le premier jour, la jeune veuve se prit d'une affection immodérée pour son esclave qui, très vite, répondit à son attachement par un amour sincère. La dame se chargea de lui enseigner le turc. Pour l'italien et le persan, elle engagea deux précepteurs. Après sa conversion, Ibrahim fréquenta l'école coranique de Manisa où il fit bientôt l'orgueil de ses maîtres. Il se rendait presque chaque jour à la bibliothèque publique, riche de milliers d'ouvrages calligraphiés et enluminés, et il s'y intéressait à tout : mathématiques, médecine, l'histoire et géographie, mais aussi droit, astronomie et astrologie.

Huit années s'écoulèrent ainsi. Le petit esclave, devenu un jeune homme superbe, au corps développé par les exercices physiques où il excellait – équitation, tir à l'arc, escrime et lancer de javelot... –, avait oublié son village et sa famille. Tel un fils de fonctionnaire impérial ou de riche marchand, il menait à Manisa une existence de privilégié.

Au début de l'année 1511, le prince Sélim nomma son fils Soliman, alors âgé de dix-sept ans, *kaymakam* de Manisa.

Le premier souci du nouveau gouverneur fut de rétablir la loi et l'ordre dans la région mise en coupe réglée par des bandes armées. Celles-ci, qui s'étaient organisées peu avant l'abdication du sultan Bayezid, s'affrontaient sauvagement jusque dans la cité, semant la terreur chez les commerçants et molestant les voyageurs étrangers. Avec une brutalité et une efficacité qui lui valurent les éloges de la population, le jeune prince réprima les désordres, fit décapiter les meneurs et expédia le menu fretin en prison ou aux galères.

– Il est temps pour toi de songer à l'avenir, déclara dame Zomorrod à son protégé. Si tu le souhaites, je puis t'envoyer à l'école des pages du palais d'Istanbul où tu compléteras ton éducation afin d'entrer dans l'administration impériale. Qu'en penses-tu ?

– Maîtresse chérie, répondit Ibrahim, l'idée de vous quitter m'est insupportable. Avec votre permission, je préférerais servir notre prince Soliman.

La veuve considéra le jeune homme :

– Vraiment ? L'école du palais t'ouvrirait un grand choix de carrières. Alors que le service d'un prince, fût-il Soliman, ne garantit pas un bel avenir... A moins que tu ne songes à un emploi militaire...

Elle appréhendait surtout que les choses tournent mal entre Sélim et son fils, car chacun connaissait les terrifiantes colères, le caractère soupçonneux et la jalousie du prince héritier. Sélim, qui livrait à ses frères une guerre impitoyable pour la succession de Bayezid, se méfiait de ses propres enfants ! Les trois aînés, Murad, Mahmud et Abdullah, ne quittaient pas leur prison. Seul Soliman jouissait d'une relative liberté. Mais ceux qui s'attacheraient à son service risqueraient tôt ou tard de le regretter.

– J'ai aperçu plusieurs fois Soliman quand il traversait la cité avec ses soldats et ses administrateurs. Il a l'allure d'un grand souverain. Je serais fier de servir un tel maître...

– Puisque telle est ta volonté, je ferai ce qui est en mon pouvoir pour te faire engager comme page, soupira la dame.

La veuve avait d'influentes relations, à Manisa comme à la cour d'Istanbul. Deux semaines plus tard, un officier du palais vint chercher Ibrahim. L'esclave et sa maîtresse se séparèrent en pleurant. Ils ne devaient plus se revoir. Quelques jours plus tard en effet, alors qu'elle se rendait au bazar, dame Zomorrod fut ensevelie sous les décombres d'un immeuble vétuste qui s'écroulait sur la voie publique.

Une brise parfumée montait des massifs de fleurs qu'arrosaient les jets d'eau. Des serviteurs allaient et venaient, déposant sur une table basse plateaux, coupes de fruits et boissons aromatisées. Sous une tonnelle ombragée, on avait déroulé un tapis et jeté les coussins sur lesquels Soliman, en pantalons bouffants, tunique et dolman, s'appuyait nonchalamment. Grand et mince, le prince avait un long nez aquilin, le teint pâle et les traits fins. Sa moustache était peu fournie et une courte barbe ornait son menton. Il portait enfoncé jusqu'aux yeux qu'il avait très bruns son turban surmonté d'une aigrette de diamants.

Ibrahim se prosterna.

– Relève-toi, ordonna Soliman d'une voix douce, mais empreinte d'autorité, et présente-toi.

– Mon nom est Ibrahim, Seigneur. J'appartenais jusqu'à aujourd'hui à la dame Zomorrod de Manisa. Que son nom soit loué cent fois pour les bienfaits dont elle m'a comblé !

– On m'a dit d'elle le plus grand bien, déclara Soliman. De toi également. Les maîtres de l'école coranique qui enseignent la théologie et le droit te considèrent comme un élève brillant. Il paraît que, bien que grec, tu maîtrises parfaitement le turc, l'arabe qui est la langue du Coran, l'italien et le persan. Il paraît aussi que tu ne délaisses pas les exercices du corps...

Ibrahim inclina la tête avec modestie. Le prince sourit.

– Aimes-tu la poésie ? La musique ?

– Si vous le désirez, Seigneur, avec le luth que m'offrit ma maîtresse j'enchanterai vos loisirs. Et, sans égaler le talent du tout-puissant Sélim, il m'arrive de composer d'agréables distiques.

Le regard de Soliman se voila. L'allusion au talent poétique de son père lui remit en mémoire la férocité de celui que l'on surnommait Yavuz – « le Cruel ». N'avait-il pas un jour répondu au grand mufti qui faisait appel à sa clémence : « Pourquoi ne ferais-je pas mettre à mort les deux tiers de la population de cet Empire pour le bien de l'autre tiers ? »

Même à Manisa, Soliman vivait comme un condamné en puissance, redoutant jour après jour l'ordre fatal qui viendrait d'Istanbul. Car il ne se faisait aucune illusion : tôt ou tard, Sélim concevrait à son encontre quelque soupçon et machinerait son exécution !

Réprimant un frisson, Soliman abaissa les yeux sur Ibrahim toujours agenouillé.

– Connais-tu la geste de Seyyid Battal, *Battal le Preux* ?

– De réputation seulement, seigneur.

– Je viens d'en recevoir un exemplaire. Consentirais-tu à m'en faire la lecture, ce soir ?

Le visage de l'esclave s'épanouit.

– Avec plaisir, seigneur !

– Alors c'est décidé, je te prends à mon service, page Ibrahim. Tu appartiens désormais à ma maison. Que l'acte soit dressé et enregistré, ordonna Soliman en se tournant vers un secrétaire, et que l'on dédommage la dame Zomorrod par un don substantiel... Mon intendant va t'indiquer ce que tu dois savoir de ce palais et de ta nouvelle charge. Nous nous reverrons pour le souper après la prière du soir.

Ibrahim se prosterna à nouveau. Puis, se relevant, il s'éloigna à reculons avec l'intendant tandis que les serviteurs déposaient devant Soliman un sorbet préparé avec de la neige glacée apportée de Mysie à dos de chameau et alors que le goûteur se précipitait.

Le soir venu, Ibrahim se présenta dans les appartements privés du prince et resta confondu devant la somptuosité des lieux : faïences d'Iznik aux murs, sols recouverts de tapis magnifiques, meubles ouvragés... Partout du marbre, des dorures, des armes de prix, des instruments de musique. S'approchant de la bibliothèque, il y reconnut certains des ouvrages les plus réputés : *L'Histoire de Sindbad le Philosophe*, les *Mille et une Nuits*, *Kalila et Dimna*, *L'Histoire des quarante vizirs*.

S'agenouillant aux pieds de Soliman, Ibrahim commença la lecture de la geste du preux Battal. Tandis que sa voix chaude de conteur animait la vie aventureuse du descendant du Prophète, le prince ferma les yeux et se laissa aller à rêver. Lui aussi serait un preux. Il marcherait sur les traces de Battal et les générations futures entendraient un jour le récit de ses exploits !

Quand Ibrahim interrompit sa lecture, à la requête de Soliman, les serviteurs et les gardes, eux aussi sous le charme, ne purent s'empêcher de louer la pureté de sa diction.

– Tu as conquis mon entourage, sourit le prince. Voudrais-tu maintenant jouer de ce luth ?

Il tendit un instrument assemblé des bois les plus précieux, doré à l'or fin et incrusté de pierreries. Le page pinça délicatement les cordes entre ses doigts. La mélodie s'égrena, poignante et nostalgique, et des larmes montèrent aux yeux de Soliman.

– Tu joues avec ton cœur, murmura-t-il.

C'était sans doute le plus beau compliment que l'on pût faire à un musicien.

Se découvrant au fil des semaines une foule de passions communes, Soliman et Ibrahim furent bientôt liés par une mutuelle sympathie. Durant la journée, l'esclave ne quittait pas le prince et, la nuit, il s'installait en travers de sa porte et veillait sur son sommeil. Leur amitié devint très vite exclusive et jalouse. Ensemble, ils se promenaient dans les jardins du palais, chevauchaient à travers la cité et la campagne, chassaient et, lorsqu'ils se séparaient, ne fût-ce que pour une heure, ils échangeaient des billets par l'entremise d'un messager. Leur accord était si parfait que l'on eût dit deux amants follements épris. Aussi les mauvaises langues ne tardèrent-elles pas à se répandre en calomnies.

Trois années passèrent. Un jour de décembre de l'année 1514, d'abominables nouvelles parvinrent d'Istanbul : le sultan Sélim avait fait étrangler les princes Murad, Mahmud et Abdullah, ses trois fils aînés, qu'il soupçonnait de comploter contre lui depuis leur prison. Soliman restait ainsi le seul héritier de la maison d'Osman. Sélim le Cruel, meurtrier de son père, de ses deux frères et de quatre neveux, n'avait pas hésité à frapper sa descendance ! Seules ses filles étaient à l'abri de sa folie.

– Je veillerai sur toi, seigneur, assura Ibrahim. Je le jure.

Des fonctionnaires impériaux arrivèrent à Manisa. Il s'agissait d'espions envoyés par Sélim pour vérifier que Soliman ne levait pas à son insu une puissante armée. Dans le cortège, se trouvaient quelques serviteurs chargés de cadeaux pour le prince.

Soliman reçut les fonctionnaires avec la plus grande courtoisie et leur fit visiter la cité et ses environs. Pendant ce temps, Ibrahim examinait avec soin les présents envoyés par Sélim. Une magnifique chemise de soie verte retint son attention.

Enfilant des gants, il déplia l'emballage, tourna et retourna la chemise avec méfiance, la renifla sur toutes les coutures. Apparemment, elle ne présentait aucune singularité. Il la remballa, appela un garde et se fit conduire jusqu'à la prison de Manisa où, dans l'attente du jugement qui les expédierait à la potence ou aux galères, croupissaient voleurs et brigands. Il se fit ouvrir une cellule vide, renvoya le geôlier et dit au garde :

– Rien ne doit transpirer de ce qui va se passer ici. Ta discrétion sera absolue ou tu en répondras sur ta tête. Ramène-moi un prisonnier, n'importe lequel, après l'avoir bâillonné et entravé.

Le garde revint peu après, traînant un individu couvert de crasse et de déjections. L'homme roulait des yeux effarés.

Ibrahim ordonna :

– Passe-lui cette chemise, mais évite tout contact avec la soie.

Le garde ne fit aucun commentaire. Il saisit le vêtement de ses épais gantelets lamellés. Le prisonnier gémit sous son bâillon.

– Tends les bras, aboya le garde, ou je te coupe les oreilles !

Le malheureux enfila la chemise et resta quelques minutes sans réaction. Ibrahim fronça les sourcils. Se serait-il trompé ? Avait-il été abusé par l'étrange parfum qui émanait du vêtement ?

Soudain, le prisonnier blêmit et une mousse verdâtre filtra à travers son bâillon. Il se tordit en hurlant de douleur sur la terre battue du cachot, se gratta frénétiquement le torse, le lacéra de ses ongles cassés et arracha des lambeaux de soie.

– Achève-le, commanda Ibrahim.

On brûla discrètement le cadavre sur lequel Ibrahim avait récupéré la chemise qu'il rapporta à Soliman.

– Seul ton garde est au courant.

– Alors, il doit mourir... Tu m'as sauvé la vie. Un jour viendra où je t'en récompenserai au-delà de tes espérances. Moi vivant, jamais on ne touchera un cheveu de ta tête.

Ibrahim se prosterna.

– Ma seule ambition est de servir mon seigneur et maître. Et je m'estimerai comblé si tu me permets de vivre dans ton ombre et de continuer à veiller sur toi.

– Tu seras grand parmi les grands, promit Soliman.

Mais en attendant, nul ne pouvait prévoir quand et où Sélim frapperait la prochaine fois...

Le cauchemar touchait cependant à sa fin. Au début de l'automne 1520, le sultan Sélim fut emporté par une crise cardiaque alors qu'il se rendait d'Istanbul à Édirne. Seuls assistèrent à sa mort le grand chambellan et le grand trésorier. Le dernier grand vizir, quant à lui, avait eu peu avant la tête tranchée.

Un changement de souverain s'accompagnant invariablement de troubles, surtout parmi les janissaires qui profitaient de l'occasion pour semer le désordre dans Istanbul et réclamer un don d'avènement exorbitant, le grand chambellan et le grand trésorier prirent la décision de tenir secret le décès de Sélim. Ils n'en avisèrent que les autres membres du Divan. Puis Piri Pacha rédigea un courrier pour Soliman. Le messager se rendit à bride abattue à Manisa et demanda à parler au prince. On le conduisit dans les appartements où Soliman et Ibrahim étaient occupés à élaborer un nouveau code de lois.

Soliman tourna et retourna le pli avant de se décider à en rompre le cachet. Sélim le rappelait-il à Istanbul ? Avait-il besoin de son fils pour préparer une nouvelle campagne contre la Perse ?

Soliman lut le message sans manifester le moindre sentiment. Son cœur battait à se rompre pourtant, et une sueur glacée inondait son dos. D'un ton détaché, il interrogea le messager :

– Sais-tu ce que contient cette lettre ?

– Non, seigneur.

– Qui te l'a remise ?

– Le grand chambellan, seigneur.

– C'est bon, retire-toi. Je te confierai plus tard la réponse.

La porte se referma derrière le messager et Soliman ordonna au capitaine de ses gardes :

– Veille à ce que personne ne me dérange jusqu'à l'heure de la prière.

Resté seul avec son page, Soliman relut encore une fois le pli.

– As-tu idée de ce dont il s'agit ?

– Non, seigneur, avoua Ibrahim. Mais je suppose que ce message émane du sultan.

– Il concerne le sultan, mais n'est pas de lui, rectifia Soliman. J'ose du moins l'espérer. Le grand chambellan m'y informe de la mort de Sélim. Je dois m'assurer de la véracité de la nouvelle.

– Que veux-tu dire, seigneur ?

Agitant le pli, Soliman arpentait la pièce.

– Yavuz est perfide... Je le crois capable de faire courir le bruit de sa mort pour me tendre un piège !

– Que vas-tu décider, seigneur ?

– Que me conseillerais-tu ?

Ibrahim réfléchit un instant.

– D'attendre la confirmation de la nouvelle avant de te mettre en route pour Istanbul. Envoie là-bas un homme de confiance afin d'enquêter...

– Il n'y a que toi en qui j'aie confiance !

– Ma vie t'appartient, seigneur. Je saurai découvrir s'il s'agit d'une ruse de Sélim.

– Tu sais que tu risques ta tête. Je ne me consolerais pas de te perdre.

– J'irai à Istanbul, insista le page. Et si je dois y laisser ma vie, je m'en réjouis, puisque c'est pour servir mon seigneur et maître. Voici venu le moment de te prouver ma reconnaissance pour les bienfaits dont tu m'as comblé...

– Soit, céda Soliman.

– Au message que je t'enverrai d'Istanbul, ajouta Ibrahim, je joindrai ce diamant que tu m'as offert. Ainsi, tu ne douteras pas qu'il vient de moi.

Le soir même, Ibrahim quitta Manisa. Deux semaines plus tard, un nouveau message parvenait à Soliman. Son sceau rompu laissa échapper le diamant.

> *Affectionné seigneur et maître, écrivait Ibrahim, Sélim est bien mort et le trône des Osmanli t'attend. Je me charge dès maintenant d'affréter les galères qui te conduiront d'Usküdar à Istanbul.*
>
> *O Sultan des Sultans, Souverain des Souverains, Distributeur des Couronnes aux Monarques du Globe, ton dévoué serviteur et ton fidèle ami te baise respectueusement les mains.*

A la tête de toute sa maison, Soliman quitta Manisa.

Le 30 septembre de l'année 1520, Ibrahim et le prince embarquèrent comme convenu d'Usküdar, sur la rive orientale du Bosphore, pour la capitale de l'Empire. Piri Pacha salua Soliman à sa descente de bateau et le conduisit au Sérail, le palais impérial, où il passa la nuit. Le lendemain à l'aube, Soliman se rendit dans la salle du Divan où l'attendaient les hauts dignitaires de la Porte, ainsi que le grand mufti et les *ulemas*[1]. Suivant le vœu du jeune homme, on procéda à son couronnement dans la plus grande simplicité et à midi, heure de la prière, l'Empire ottoman avait un nouveau sultan. Son premier acte officiel fut de se rendre à la porte d'Édirne pour accueillir la dépouille de Sélim.

Sous les regards de la foule silencieuse massée le long des rues, Soliman prit la tête du cortège funèbre qu'il guida jusqu'à la cinquième colline. Il ordonna qu'on

1. Théologiens musulmans.

bâtisse là une mosquée et un tombeau dans lequel reposerait Yavuz.

Le Sérail, édifié sous Mehmet II le Conquérant, était protégé par d'épaisses murailles jalonnées de tours, du haut desquelles on voyait à la fois l'Europe et l'Asie, le Bosphore et la Corne d'Or. Il s'agissait en fait d'un ensemble de constructions séparées par des cours intérieures, qui abritaient respectivement les services extérieurs, le palais officiel et les appartements privés avec le Harem. Devant la porte Impériale, toute de marbre blanc et noir, ainsi que dans la première cour, veillaient deux à trois mille janissaires.

Ces soldats d'élite, qui avaient aimé autant que craint le terrible Yavuz, étaient encore sous le choc de sa mort. Bien sûr, ils avaient murmuré à l'occasion de plusieurs campagnes et, à maintes reprises, ils avaient failli renverser la marmite – leur emblème sacré – et entrer en rébellion. Mais, chaque fois, Sélim avait réussi à les apaiser, quitte à faire décapiter ensuite quelques fortes têtes. Aujourd'hui, faute d'un autre prétendant, les janissaires avaient été contraints d'accepter sans discuter Soliman. Ils avaient réclamé un don d'avènement de cinq mille aspres par soldat. Le nouveau sultan n'avait consenti qu'à trois mille, mais il avait promis d'augmenter leur solde. L'avenir dirait s'ils se contenteraient de ces acquis ou s'ils se mutineraient pour obtenir davantage.

Les conciliabules entre *solaks* de la garde et certains *solacchi*[2] n'échappèrent pas à Ibrahim, que Soliman avait fait mander et qui arrivait au palais. Ni le manège de l'*aga* des janissaires qui allait d'officier en officier et s'efforçait de calmer les esprits, tantôt s'entretenant avec un *boluchassa*[3],

2. Archers de la garde.
3. Capitaine portant la grande louche, insigne de son grade.

tantôt plaisantant avec un *onbachi*[4]. Des regards hostiles suivaient l'esclave que l'on savait être le favori du nouveau sultan. Les sourcils se fronçaient, les lèvres retenaient l'injure...

Parvenu devant l'entrée du palais officiel que flanquaient l'orangerie et l'église Sainte-Irène transformée en arsenal, Ibrahim longea les bâtiments des services administratifs, ateliers, boulangeries et monnaies... puis s'arrêta devant la porte de la Salutation. Là, près d'une petite fontaine, se dressaient les «Pierres de l'Exemple», deux colonnes au sommet desquelles se décomposaient une douzaine de têtes coupées : celles de hauts dignitaires qui avaient encouru la colère ou la défaveur de Sélim. *«Que la malédiction d'Allah soit sur toi, puisses-tu être nommé vizir par Yavuz !»*... Ibrahim sourit malgré lui en évoquant la plaisanterie préférée du petit peuple d'Istanbul. Il franchit la porte de la Salutation sans remarquer le jardinier qui soignait avec délicatesse les fleurs du parterre. Il ignorait encore que ce brave homme était aussi le bourreau officiel et que les têtes exposées étaient son ouvrage.

Par la porte du Milieu, il accéda à la cour du Divan, siège du gouvernement. Mêmes constructions à un étage, mêmes jardins plantés d'arbres avec gazelles, autruches et chèvres en liberté. Des serviteurs s'affairaient, des dignitaires entraient et sortaient, des conversations s'échangeaient à voix basse.

Arrivé devant la porte de la Félicité qui s'ouvrait sur l'*enderûn*, partie du Sérail réservée au sultan et à sa maison, Ibrahim s'agenouilla. Il baisa le seuil, sous les regards glacés des *silhatars*, les cavaliers d'élite de la garde impériale. Un jeune page de la Chambre privée vint à sa rencontre et s'enquit des raisons de sa présence. Ibrahim se nomma et le page hocha la tête.

---

4. Simple caporal dont l'étui ornemental de coiffure portait une cuillère à soupe.

– Suis-moi, dit-il.

Et il précéda Ibrahim jusqu'au Selamlik, le quartier des hommes.

Le favori fut introduit dans le pavillon des Saintes Reliques, bâti quelques années plus tôt sur ordre de Sélim. Après la conquête de l'Égypte, le père de Soliman avait lui-même conçu l'écrin qui devait abriter les trésors sacrés ramenés du Caire : le manteau et le bâton de berger de Mahomet, son cimeterre, son sceau et quelques poils de sa barbe renfermés dans un reliquaire d'or serti de pierreries.

Ibrahim s'agenouilla et se prosterna trois fois jusqu'à toucher les dalles du front. Dans la pénombre, un imam lisait le Coran. Tâche à laquelle se consacraient les quatre membres du Has oda qui, de nuit comme de jour, se relayaient toutes les six heures.

Une petite porte donnait sur un réduit meublé d'un lit de repos où Soliman l'attendait.

– Vénéré Seigneur, souffla Ibrahim.

– Approche et assieds-toi.

– Devant toi, Ombre de Dieu sur la Terre ?

– Assieds-toi, insista Soliman. N'es-tu pas le meilleur de mes amis, le fidèle entre les fidèles ?

– Assurément, mon seigneur et maître.

– Te souviens-tu de ma promesse ? Aujourd'hui, je tiens parole. Je te fais grand fauconnier...

Ibrahim s'inclina.

– Ce n'est pas tout. Je te nomme Has oda basi, chef de ma chambre. Ce qui signifie que désormais tu m'accompagneras partout et que je te confierai l'un des trois sceaux de l'Empire.

– Maître, murmura Ibrahim d'une voix qui tremblait, c'est trop d'honneur, et trop vite ! Que vont penser...

Les yeux du sultan lancèrent des éclairs.

– Seule compte ma volonté, l'on fera bien de s'en souvenir ! Dis-moi plutôt ce que tu penses de la situation ? Réponds et ne me cache rien !

L'esclave réfléchit un bref instant :

– L'Empire retient son souffle, Seigneur. Et l'on jugera de ton équité sur tes premiers actes. Mais la révolte couve chez les janissaires qui n'attendent qu'une occasion pour semer le trouble...

– Oui, tôt ou tard, ils renverseront la marmite et mettront Istanbul à feu et à sang, je le sais... Quoi d'autre ?

– Le peuple ne demande qu'à t'aimer, seigneur, mais il n'oubliera pas facilement le règne de Yavuz... Les prisons regorgent de ses victimes innocentes et, parmi les hauts dignitaires, il en est dont les noms sont liés à de sanglants souvenirs...

– Ma justice frappera, dit Soliman. Sans distinction de rang ni de richesses.

C'est ainsi que les portes des prisons s'ouvrirent sur des centaines de citoyens qui s'empressèrent de chanter les louanges du nouveau sultan. La liberté de commerce avec la Perse fut rétablie et certains décrets de Sélim annulés. Mais surtout, Soliman épura la cour d'Istanbul et châtia quiconque s'était rendu coupable d'actes odieux pendant le règne précédent. Câfer bey le Sanguinaire, grand amiral de la flotte ottomane, fut conduit à la porte de la Salutation et décapité par le bourreau-jardinier. Son exécution donna lieu à des réjouissances populaires.

L'émir Canderbi al-Ghazzâli ayant soulevé l'Égypte, le sultan envoya un corps expéditionnaire qui défit l'armée rebelle et tua l'émir. Ayas Pacha, chef des janissaires, fut nommé gouverneur de cette province et la paix revint dans l'Empire.

Durant l'hiver qui suivit son accession au trône, Soliman envoya un ambassadeur à Buda afin de réclamer le tribut annuel que les Hongrois s'étaient abstenus de verser. L'ambassadeur fut froidement assassiné. Le sultan en conçut une terrible colère.

– Ainsi, gronda-t-il devant ses ministres, on me défie en massacrant mon représentant ! Pour ce crime, le roi Louis et ses partisans méritent un châtiment exemplaire. Je vengerai moi-même l'honneur des Osmanli !

– Quel sera l'objectif, ô Padichah ? demanda le grand vizir Piri Pacha.

Le regard du sultan fit le tour de l'assemblée.

– Belgrade, prononça-t-il. Je prendrai Belgrade. Cette cité, qui tint jadis en échec le grand Mehmet, est la clef qui nous ouvrira les portes de Buda et de Vienne !

Des messagers, porteurs d'ordres de mobilisation des *sipahis* féodaux, de réquisitions de marchandises et de personnels d'intendance, de rassemblements de chevaux, quittèrent aussitôt le palais pour toutes les provinces de l'Empire. On planta devant la porte Impériale deux *tougs*, bannières à queue de cheval qui y restèrent dressées six semaines, avant de prendre le chemin du campement des janissaires établi sous les murs d'Istanbul.

Et, le 6 février 1521, Soliman prit la tête de son armée. Deux mois plus tard, Belgrade tombait.

– Ibrahim, dit le sultan, toi seul peux me faire un rapport honnête sur l'état de notre nouvelle province.

– Oui, seigneur, mais mon cœur saigne à l'idée de me séparer de toi quelques semaines.

Soliman sourit.

– Je le sais, mon très cher ami, mon fidèle et loyal serviteur. Qui me fera la lecture durant ton absence ? Qui me divertira de chants et de musique ? Avec qui partagerai-je le contenu de ma coupe et de mes plats ? Cependant, cette tournée d'inspection, accomplis-la pour l'amour de moi. Et reviens vite...

Rempli de tristesse, mais conscient de l'importance de sa mission, Ibrahim quitta Istanbul à la tête d'une brillante escorte.

Tandis qu'il chevauchait dans les territoires nouvellement soumis, une pensée l'obsédait : quel présent rapporter à Soliman ? Sa mission s'achèverait bientôt. Durant quinze semaines passées à parcourir les circonscriptions de la province, il avait vu ce qu'il voulait voir, entendu ceux qu'il désirait entendre, constaté les efforts des uns et les lacunes des autres. Il avait dressé une liste des dignitaires méritants et de ceux qui l'étaient moins, promis des récompenses et la faveur du sultan aux uns, menacé de sanctions les autres. L'étape de Varna, la dernière, ne serait qu'une formalité. De toute évidence, le *sancak* était bien tenu, les garnisons disciplinées, les fonctionnaires impériaux accomplissaient leur tâche avec zèle et probité, la population ne se plaignait d'aucun abus et les comptes d'impôts ne présentaient pas d'irrégularités.

Ibrahim n'en attendait pas moins de la part d'Evliya bey qui avait la réputation d'être honnête. Il l'avait rencontré à plusieurs reprises au Sérail et les deux hommes s'estimaient. Bien que Varna ne fût pas un *sancak* très important, le bey y avait accompli un excellent travail et le grand fauconnier l'en félicita.

– Je te remercie, s'inclina Evliya. Je doutais un peu de mes compétences, et j'avoue que cette charge me paraissait plus un ennui qu'une faveur !

– Le Padichah sera satisfait, assura Ibrahim, et je veillerai à ce qu'il récompense tes mérites. Je te remercie pour ton accueil, mais, ne vois là aucune offense, je quitterai dès demain ton *sancak* pour rentrer à Istanbul par le plus court chemin, car j'ai hâte de revoir le Sultan des sultans.

– Je te comprends. Dans ce cas, profitons de cette soirée qui s'annonce douce et parfumée. Commence par goûter ces mets que j'ai moi-même choisis, car l'on m'a rapporté que tu as le palais délicat.

Servi par de jeunes garçons vêtus d'une robe safran et coiffés d'un bonnet blanc, Ibrahim mangea de tout – potage de fines herbes, pigeons, fromage d'Italie... – et de bon appétit. Le repas achevé, Evliya frappa dans ses mains et six jeunes danseuses apparurent.

– Je te prie par avance d'excuser leur maladresse, dit le bey. Elles sont encore inexpérimentées et ne se sont jamais produites que devant moi.

Les danseuses saluèrent. Ibrahim sourit. Sur un nouveau signal d'Evliya, une flûte dissimulée derrière les tentures se fit entendre et la voix la plus pure jamais entendue par l'esclave impérial s'éleva. Le regard brillant, il écouta la mélodie. Il s'agissait d'un très ancien poème d'Abou'l Atahiya, probablement adapté et mis en musique par la chanteuse elle-même.

Je l'ai étreinte, et mon âme, après cela, la désirait encore
Et pourtant, rien ne rapproche davantage que l'étreinte...

Les jeunes danseuses évoluaient avec grâce, mais, envoûté par la voix, Ibrahim ne les voyait pas.

Et j'ai baisé sa bouche pour étancher ma soif,
Mais ce que j'y goûtais n'a fait que l'enflammer !

Ibrahim se tourna vers le bey. Les yeux mi-clos, Evliya aussi était sous le charme.

Ah ! La fièvre de mon cœur ne saurait être coupée...

La flûte égrena les dernières notes, la voix se tut, les danseuses s'inclinèrent. Ibrahim tira de sa robe une bourse tissée d'or et la lança à la plus proche.

– Pour toi et tes compagnes, dit-il.

Les filles se retirèrent.

– Evliya bey, quelle enchanteresse a chanté ainsi pour notre plaisir ?

Le bey secoua la tête en riant.

– Une servante, seigneur grand fauconnier, rien qu'une servante. Une esclave ruthène. Mais il faut reconnaître que sa voix est remarquable.

– Pourquoi n'a-t-elle pas chanté devant nous ?

– La voix est sublime, comme tu as pu le constater, mais la fille est quelconque.

– J'aimerais en juger par moi-même. Fais-la paraître, je t'en prie.

Evliya considéra Ibrahim d'un air étonné. Puis, haussant les épaules, il fit signe à un serviteur. Le garçon revint aussitôt accompagné d'une fille de seize ou dix-sept ans. Elle était vêtue d'un pantalon bouffant de damas rose à fleurs d'argent, retenu par une ceinture de satin brodé, et d'un corsage de soie blanche sur lequel sa chevelure croulait en vagues cuivrées.

Evliya bey avait menti en prétendant la fille quelconque. Sans être une beauté incomparable, elle avait du charme.

– Parles-tu le turc ? Comprends-tu notre langue ? demanda Ibrahim.

La fille interrogea son maître du regard.

– Alexandra, réponds au grand fauconnier Ibrahim, chef de la chambre du Sultan, que la bénédiction de Dieu soit sur lui et sur sa maison, dit le bey.

– Je parle et comprends votre langue, dit la fille.

– Ton interprétation d'Aboul'Atahiya était remarquable. Connais-tu d'autres chants ? Sais-tu te servir d'instruments de musique ?

– Je joue de celui que vous nommez *gitarrah*... Si tu le souhaites, seigneur, je peux interpréter quelques chants de mon pays.

– Je t'écoute.

Alexandra interpréta cette fois une mélodie slave du Dniestr, mélancolique et nostalgique, qui évoquait les forêts et les marais, les steppes et le vent. Ibrahim garda les yeux fixés sur elle et, lorsque les dernières notes se turent, il hocha la tête.

– C'était très beau... Evliya bey, je crois que tu possèdes en ta maison un réel trésor, digne du Sultan des sultans.

A voir sursauter son hôte, Ibrahim comprit que l'esclave était sûrement plus qu'une simple servante. Concubine du bey ? L'affaire prenait une tournure délicate.

– Je disais que le Padichah apprécierait un tel cadeau.

Evliya bey pâlit. Formulée de cette manière, la requête ne pouvait être refusée.

– Ce qui est à moi appartient au Seigneur des seigneurs. Je ne suis que son représentant, l'humble dépositaire de ses biens.

– Nous sommes tous ses sujets, acquiesça Ibrahim. Ce qu'il nous donne, il peut nous le reprendre. Je tiens cependant à te dédommager car en t'enlevant Alexandra, je te prive d'une véritable perle. Dix mille aspres suffiront-ils ?

– Pas un dirhem, répondit le bey en secouant la tête. Demain matin, elle quittera ma maison et tu l'offriras de ma part au Sultan des sultans.

– Dix mille aspres, insista Ibrahim. Car, si tu le permets, ce cadeau sera le mien. Mais le Padichah saura ton geste.

Evliya comprit qu'il n'y avait pas à discuter. Dissimulant son trouble sous un sourire, il s'adressa à la chanteuse.

– As-tu entendu, Alexandra ? Le noble seigneur Ibrahim t'emmène avec lui afin de t'offrir au sultan. Tu appartiens désormais à l'Ombre de Dieu sur cette terre. Dès ce soir, tu dormiras sous la protection des gardes du grand fauconnier.

– Mais...

– Retire-toi et va préparer ton départ.

Alexandra s'inclina et quitta la pièce.

– Mon trésorier comptera la somme à ton intendant, dit Ibrahim en se levant.

Evliya bey se leva à son tour.

– Ton hospitalité fut parfaite, remercia Ibrahim. J'espère te rendre la même un jour prochain à Istanbul.

Alexandra se jeta dans les bras d'Anna. Après plusieurs mois passés à Varna, les deux femmes s'étaient liées d'amitié et Alexandra était pour Anna plus une sœur qu'une compagne de servitude. Evliya bey approuvait et encourageait entre épouses et concubines les bonnes relations qui assuraient paix et tranquillité en sa maison.

– Istanbul ! Le Padichah ! s'exclama la Bulgare. Tu prétends que le grand fauconnier Ibrahim t'a achetée au bey pour t'offrir au sultan ?

– C'est la vérité, je te le jure ! Dix mille aspres ! Oh ! Anna, que m'arrive-t-il ? Que va-t-il se passer ? Je dois rassembler mes affaires, les gardes d'Ibrahim attendent derrière cette porte !

– Le Harem ! Tu vas appartenir au Harem ! Comprends-tu ce que cela signifie ? Tu chanteras pour Soliman et sans doute seras-tu conviée à partager sa couche !

Anna était partagée entre l'incrédulité, la peine de la séparation et la jalousie. Ainsi, c'était cette paysanne à peine dégrossie que le grand fauconnier avait choisie parmi des milliers d'autres femmes pour l'offrir au sultan ! Que lui trouvait-il donc de si remarquable ? Elle chantait bien, il est vrai, mais à part la couleur de ses cheveux, qu'avait-elle d'extraordinaire ? Rien à voir avec les magnifiques créatures qui peuplaient le Harem !

– Je ne t'oublierai jamais, sanglotait Alexandra qui ne soupçonnait pas l'amertume de son amie. Tu m'as enseigné tout ce que je sais et tu m'as aidée à surmonter les épreuves que nous ont infligées les Tatars ! J'ai peur, Anna ! Que se passera-t-il si je déplais au sultan ou si le grand fauconnier change d'avis ? Oh ! Je voudrais que ce Grec n'ait jamais mis les pieds à Varna !

– Il est pourtant bel homme, dit Anna. Et l'on dit cet esclave plus puissant que bien des puissants. En tout cas, il a su imposer sa volonté à Evliya bey...

– J'aime notre maître, avoua Alexandra. Jamais de colère, jamais de cris, jamais de coups ! Comme il doit être déçu de me voir partir !

– Je te promets de tout faire pour le consoler, dit ironiquement la Bulgare.

– Ne te moque pas de moi !

– Tu n'es qu'une petite sotte, sourit Anna en embrassant son amie. Pleurer le jour où les portes du Sérail s'ouvrent devant toi ! Viens, je vais t'aider à remplir ce coffre ! Choisis les plus belles tenues afin de faire honneur à Evliya bey.

– Nous reverrons-nous ?

– Dieu seul le sait, soupira la Bulgare. Mais pareille chance ne se présente qu'une fois dans une vie, ne la laisse pas passer. J'ignore quel genre d'homme est le grand fauconnier, mais il a la faveur du sultan et cela seul compte. Tu as un caractère enjoué, le rire facile et tu chantes si bien ! Sers-toi de ces qualités pour séduire le sultan et cesse de regarder vers le passé ! Ce chevalier dont tu me rebats les oreilles... comment s'appelait-il, déjà ?

– Ogier de Mercœur...

– Eh bien ! il t'a certainement rendu le plus grand des services en refusant de t'emmener.

Les deux jeunes femmes s'étreignirent. Anna passa un collier autour du cou de son amie :

– Il te portera bonheur et tu te souviendras de moi ainsi...

Deux *voyniks* valaques entrèrent et saisirent le coffre qu'Alexandra avait rempli.

– Adieu, Alexandra...

La porte se referma. « Maintenant, Evliya bey est tout à moi », se consola Anna.

Alexandra voyagea à l'abri des regards indiscrets dans une litière tirée par des chevaux. Deux eunuques blancs de la suite d'Ibrahim lui apportaient ses repas et veillaient à son confort. Ibrahim profita des cinq jours de route qui séparaient Varna d'Istanbul pour faire plus ample connaissance avec elle.

– Ton père était le pope de ton village et ta mère, sa servante, n'est-ce pas ?

– Oui, seigneur.

– Réponds-moi sans mentir : y a-t-il jamais eu des maladies graves ou des malformations dans ta famille ? Des lépreux, des infirmes, des idiots ?

– Mon père et ma mère étaient en parfaite santé et, autant que je sache, leur parenté aussi. Ma mère est morte au cours d'une épidémie qui décima la région de Rohatyn. Quant à mon père, je suis sans nouvelles de lui depuis l'attaque des Tatars...

– Où as-tu appris le turc ?

– Mon amie Anna me l'a enseigné.

– Tu es douée et c'est tant mieux. Mais Alexandra est un nom difficile à prononcer. Pour plus de commodité, nous t'appellerons Roxelane. Sais-tu ce que cela signifie ?

La main de la jeune fille joua avec les boucles de ses cheveux.

– La Rousse ?

– La Russe, rectifia Ibrahim. C'est facile à retenir, le Padichah n'oubliera pas.

– Parle-moi du sultan, seigneur, osa Roxelane.

– Le maître de tout ce qui vit dans son Empire n'est que beauté et puissance. Comment le décrire ? As-tu déjà approché un lion ?

– Sur les fresques de notre église de Rohatyn, il y en avait un qui...

– La crainte que le lion inspire à ses ennemis fait de lui le roi des animaux. Ainsi de mon seigneur, le Sultan des sultans. Dès qu'il posera les yeux sur toi, ton cœur s'arrêtera de battre.

Ibrahim tira de sa chemise une liasse de messages parfumés et les porta à ses lèvres comme s'il s'agissait de reliques saintes. Roxelane comprit que les liens qui unissaient le sultan à son grand fauconnier dépassaient ceux de maître à esclave.

– Je suppose qu'il a déjà épouse et enfants ? dit-elle songeuse.

– Gülbahar, fille du khan des Tatars de Crimée, est la sultane en titre. Elle a donné au sultan un fils, le prince Mustafa. Mais ta voix enchanteresse devrait t'assurer dans le Harem une place de choix.

– Crois-tu ?

– Oui. Maintenant, n'oublie pas ceci : ne déçois pas Soliman, car chaque instant de bonheur que tu lui donneras sera ma récompense. Comprends-tu ?

– Oui, seigneur. Mais que se passera-t-il si j'ai le malheur de déplaire au Padichah ?

– Dans ce cas, dit froidement Ibrahim, tu seras reléguée parmi les exclues du Harem. Des femmes qui vieillissent dans l'indifférence générale et qui expient jusqu'à leur mort le déshonneur de n'avoir pas su séduire le sultan ! Aussi, je ne saurais trop te conseiller d'employer ton intelligence, tes charmes et tes dons pour que cela ne se produise pas. Mais si j'avais eu le moindre doute, ajouta-t-il, je ne t'aurais pas achetée à Evliya bey. Un bel étalon aurait dans ce cas mieux fait l'affaire.

Lorsque la colonne arriva en vue de la porte d'Édirne, Ibrahim interdit à Roxelane d'écarter les rideaux de sa litière. « Aucun regard ne doit se poser sur elle sous peine de mort», précisa-t-il aux eunuques. Puis il rejoignit les cavaliers de son escorte.

Roxelane réprima une grimace de déception. Evliya bey lui avait si souvent décrit cette ville des plaisirs qu'était Istanbul qu'elle était impatiente de la connaître. On disait qu'il y avait là cinq cent mille habitants. Cinq cent mille, voilà qui dépassait l'entendement ! Comment une pareille multitude pouvait-elle trouver à se loger et nourrir ? Juifs, Grecs, Arabes, Syriens, Égyptiens, Serbes, Albanais y cohabitaient avec les Turcs, de chaque côté de la Corne d'Or ! Les chrétiens et les musulmans y vivaient ensemble ! On pouvait même y rencontrer des hommes noirs venus du lointain Soudan. Des hommes noirs !

Dès que la colonne eut franchi la porte d'Édirne dans un tumulte de sabots ferrés claquant sur les pavés, la rumeur de la cité enveloppa la litière. Ibrahim menait son convoi directement au Sérail en empruntant le Divan Yolu, l'artère principale. Roxelane entendait les applaudissements de la foule qui saluait le retour du favori, mais elle ne pouvait voir les fleurs jetées à poignées, les spectateurs massés de chaque côté ou postés aux fenêtres des immeubles et des palais.

Finalement, sa curiosité fut la plus forte. Elle écarta légèrement le rideau et risqua un œil à l'extérieur. Le temps d'apercevoir dans la lumière du soleil des minarets pareils à des flèches dorées, des dômes, des coupoles... Le visage furieux d'un eunuque s'interposa et une main brutale referma le rideau.

La traversée d'Istanbul lui sembla interminable. Enfin, la litière s'immobilisa et des ordres fusèrent. Roxelane reconnut la voix d'Ibrahim. Mais il parlait trop vite, elle renonça à comprendre. Elle entendit des cliquetis de métal, des froissements de robes, une porte qui se refermait, puis ce fut le silence, à peine troublé par des gazouillis d'oiseaux. Non loin, une biche brama. Son appel plongea Roxelane dans la perplexité.

– Couvre ton visage, ordonna Ibrahim, et viens avec moi.

Le cœur battant, elle obéit. Une main saisit son coude et elle se laissa conduire le long d'un sentier sablé.

– Maintenant, tu peux enlever ton voile, dit le grand fauconnier.

Depuis plusieurs jours, Soliman ne tenait plus en place. Il accueillit Ibrahim avec des cris de joie. Sous les regards jaloux des hauts dignitaires, il le serra dans ses bras et, saisissant sa main, il l'entraîna jusqu'au pied du trône garni de coussins. Des serviteurs apportèrent mets et boissons. Soliman et Ibrahim mangèrent aux mêmes plats et burent à la même coupe.

– Raconte-moi ton voyage, mon ami ! J'ai lu tous tes messages, mais aucune lettre ne remplacera jamais le son de ta voix ni ta présence !

Après plusieurs mois de morosité, Soliman offrait à son entourage le visage de la félicité. Ibrahim évoqua les cités visitées, les dignitaires rencontrés, les aléas du voyage et les surprises, bonnes et mauvaises... Les yeux brillants, le sultan l'écoutait. Il fronçait parfois le sourcil et se promettait de ne pas oublier les noms de ceux qui, en la personne de son grand fauconnier, lui avaient fait injure en restreignant leur hospitalité.

– Evliya bey mérite toute ton attention pour l'excellente organisation de son *sancak*, termina Ibrahim en saluant Piri Pacha. Et, si j'ai écourté mon séjour chez lui, c'était parce que j'étais impatient de retrouver mon seigneur et maître.

– Je récompenserai Evliya bey, promit Soliman.

– C'est aussi chez lui que j'ai trouvé pour toi un présent, reprit Ibrahim. Souhaites-tu l'entendre maintenant ?

– L'entendre ?

La guitare préluda et la voix qui avait tant charmé Ibrahim chanta la mélodie slave aux accents nostalgiques.

Le menton sur les mains, Soliman se pencha en avant. Puis la voix se tut. Le sultan interrogea Ibrahim du regard.

– Elle se nomme Roxelane, seigneur. A part moi, personne au palais n'a vu son visage.

– Est-elle belle ? Oui, bien sûr, je suppose qu'elle l'est... Dieu ne peut avoir offert pareil don à un laideron !

– Tu pourras en juger dès que tu en manifesteras le désir, Seigneur.

– Ce soir ! Maintenant !

– Mes eunuques vont la conduire au Harem où tes serviteurs s'occuperont de la préparer, seigneur.

Soliman hocha la tête.

– Ainsi, elle appartenait à la maison d'Evliya bey ?

– Oui, Padichah.

Le sultan passa ses doigts chargés de bagues dans les cheveux bouclés de son favori :

– Dieu, que tu m'as manqué ! Pourquoi te le dissimuler ? Accompagne-moi à mes appartements. Tu m'aideras à me vêtir et tu me parleras de cette enchanteresse. Non ! Ne m'en parle pas ! Je veux que ma surprise soit totale ! J'apprécie déjà ton présent et, pour l'amour de toi, fût-elle la plus abjecte des souillons, je l'honorerai toute la nuit durant !

Tous deux éclatèrent de rire.

– Rassure-toi, dit le grand fauconnier, tu n'auras pas à te forcer.

Ainsi Soliman connut Roxelane.

4

Ogier de Mercœur et Gera franchirent les portes de Buda le quinzième de décembre, par une journée froide et ensoleillée.

Les deux hommes avaient mis plus de deux mois pour parcourir les quatre-vingts lieues qui séparaient Tourka de la capitale du royaume de Hongrie. C'était la faute du chevalier. De sa rencontre avec un ours, dans un défilé des Carpathes, sa poitrine garderait de profondes cicatrices et sa jambe droite un boitement léger.

L'ours était un vieux mâle solitaire dont l'unique préoccupation était de se nourrir avant d'hiberner. Attiré par une odeur de charogne, il avait quitté sa tanière et traversait le sentier muletier.

– Par la mort-diable ! avait rugi Ogier en se dressant sur sa selle, que voilà une belle pelisse pour notre hiver !

– Tout doux, mon maître, tenta de le raisonner Gera. Cette pelisse pèse quatre ou cinq cents livres et elle a pour se défendre griffes et dents plus que respectables !

– Ne t'inquiète pas, je sais comment m'y prendre avec ce genre d'animal !

Ogier abaissa sa lance à hampe de frêne, piqua des éperons et chargea en hurlant. L'ours irrité poussa un grognement.

– Attention, maître ! Prenez garde !

La bête s'était dressée et se balançait d'avant en arrière. Ogier arrivait comme un trait quand son cheval s'arrêta net. S'envolant par-dessus la crinière, il retomba sur le dos aux pieds de l'animal dont les grognements redoublèrent. Sa lance lui ayant échappé, il tenta de dégainer son épée, mais déjà l'ours était sur lui.

– Jésus Marie ! Je suis mort !

La bête fouillait sa poitrine de ses pattes de devant. A demi inconscient, Ogier feignit la mort. C'est alors qu'une pierre atteignit la bête à la gueule. Les yeux luisants de colère, la tête énorme se tourna. L'ours hésitait. Il avait une proie à sa merci, mais l'autre l'attaquait. Il se retourna contre l'écuyer.

Esquivant son étreinte mortelle, Gera fit un bond en arrière et frappa avec sa cognée. Le fer fendit la fourrure et les chairs, la bête gronda, ses griffes fauchèrent dans le vide. L'homme abattit de nouveau sa hache. Les os du crâne craquèrent et l'ours vacilla. Alors, de toutes ses forces, Gera lui donna le coup de grâce...

– Maître ! Maître ! M'entendez-vous ? C'est moi, Gera !

Ogier ouvrit les yeux, un vague sourire étira ses lèvres exsangues.

– Oui, je t'entends. Où est l'ours ?

– Il est mort.

– C'est bien, souffla Ogier avant de s'évanouir.

Attirés par l'odeur du sang, des essaims de mouches tournoyaient déjà autour de la bête. Gera entrava les chevaux et traîna le blessé plus loin. Il le déshabilla et fit une grimace en constatant la profondeur des blessures. Il confectionna un emplâtre de boue et de feuilles et l'appliqua sur la poitrine. Quant à la jambe, il se pouvait qu'elle fût cassée. A l'aide de quelques branches, il fit une attelle.

– Gera ?

– Je suis là, ne bougez pas !

Ogier serra les dents, maudissant sa stupide impétuosité.

– Tu m'as sauvé la vie...

– Pour le moment, rien n'est moins sûr. Vous avez perdu beaucoup de sang et vous en perdez encore. Il nous faut trouver du secours. Si ma mémoire est bonne, il y a un village non loin d'ici. Pourrez-vous tenir en selle une heure ou deux ?

– Il le faudra bien. Aide-moi, mon ami !

Le visage livide, Ogier grimpa sur sa monture et se cramponna au pommeau de la selle. Gera saisit les brides et ils allèrent botte à botte pendant un bon moment.

– Le village est proche ! J'en sens les fumées !

Au détour du sentier, ils tombèrent en effet sur des maisons en bois à toit de chaume. Rassemblés près du puits, des hommes et des femmes regardaient sans mot dire les deux cavaliers.

– Un ours a blessé mon maître : nous avons besoin d'aide !

Les villageois hésitaient. Le visage ravagé du serviteur effrayait ces gens simples et l'équipement du chevalier les impressionnait bien plus encore.

– Mon maître paiera ! insista Gera.

Il aida Ogier à descendre de sa monture et s'adressa aux hommes.

– Toi ! Et toi ! Approchez !

On saisit Ogier sous les aisselles, on le traîna à l'intérieur d'une maison et on l'allongea sur un banc. En hochant la tête, trois vieilles se penchèrent sur le blessé. Elles se concertèrent puis l'une d'elles enleva l'emplâtre, une autre fit bouillir de l'eau, la troisième fouilla le contenu d'un sac de peau et en retira des poignées d'herbes séchées.

– Vivra-t-il ? demanda Gera.

La vieille aux herbes se signa.

– Avec l'aide du Seigneur, c'est possible... Si la blessure ne s'est pas infectée.

– La jambe est-elle cassée ?

– On s'occupera de la jambe plus tard, grogna la vieille. D'abord les plaies.

La jambe était bel et bien cassée. Le forgeron du village, qui était aussi rebouteux, réduisit proprement la fracture, mais les blessures du chevalier furent longues à cicatriser. Aussi les deux voyageurs restèrent-ils plusieurs semaines immobilisés.

Le jour de leur départ, le chevalier embrassa les vieilles sur les deux joues. On leur donna des provisions et ils quittèrent le village sous les acclamations des villageois. Il est vrai qu'Ogier avait donné à leur chef une pièce d'argent pour les soins et l'hébergement et la peau de l'ours par-dessus le marché.

– Nous n'avons que trop perdu de temps. C'est ma faute, je dois le reconnaître. A l'avenir, mon ami, je suivrai tes conseils de prudence. Têtedieu, quand j'y pense, quelle triste fin tu m'as évitée !

– Maintenant que j'ai trouvé un bon maître, j'aimerais autant ne pas le perdre !

– Désormais, entre nous, c'est à la vie à la mort !

Touché par l'amitié exubérante du chevalier, le serviteur se détourna pour dissimuler ses larmes.

– Nous irons à Rhodes et ce sera bien le diable si l'Ordre de Saint-Jean ne t'offre pas une place d'écuyer ou de sergent ! Nous étrillerons les Turcs et nous chaufferons nos carcasses au soleil béni de la Méditerranée ! Qu'en dis-tu ?

– J'en dis, mon maître, que nous avons intérêt à nous hâter pour ne pas nous laisser surprendre dans ces montagnes par les premières neiges !

Ils se hâtèrent donc. Après deux semaines de voyage, ils arrivèrent au bord du Danube dont la largeur étonna le chevalier. Un des nombreux passeurs qui officiaient le long du fleuve les fit traverser. Le lendemain, ils aperçurent Buda que dominait la silhouette massive du Var, la forteresse royale. De l'autre côté du fleuve s'étendait Pest, la ville jumelle.

– Pourquoi toutes ces tombes ? demanda Ogier comme

ils chevauchaient sur l'ancienne voie romaine encombrée de chariots, de piétons et d'autres cavaliers.

– Des soldats d'autrefois sont enterrés ici, je crois.

Le chevalier s'arrêta devant une sépulture qui portait l'épitaphe à demi effacée : « Ici repose Julius Valens, *optio* à la XIIIe Légion Gemina »...

– L'empereur de Rome est donc venu jusqu'ici ? Je l'ignorais.

– Si les vieilleries vous intéressent, mon maître, vous verrez à Buda les ruines d'un amphithéâtre.

– Les vieilleries ne m'intéressent pas plus que cela, mon ami, mais à l'occasion, pourquoi pas...

Un beffroi sonnait lorsqu'ils entrèrent dans la cité. Des soldats filtraient les entrées, contrôlaient les marchandises et prélevaient l'octroi. Un sergent considéra avec curiosité le visage de Gera, la tournure martiale du chevalier, puis demanda ce qui les amenait à Buda.

– Le service du Christ, mon brave, répondit Ogier avec hauteur. Nous faisons étape sur le chemin qui nous conduit en Méditerranée. D'autres questions ?

Le sergent haussa les épaules et les laissa passer.

– Il nous faut trouver un logement, dit le chevalier.

Plus facile à dire qu'à faire car les auberges où ils se présentèrent étaient pleines à craquer. A la cinquième ou sixième, Ogier finit par suggérer de dormir sur la paille dans l'écurie en attendant qu'une chambre se libère. L'aubergiste ricana sans se gêner.

– Le moindre recoin est déjà pris, messire. M'offririez-vous le contenu de votre bourse que je ne pourrais vous satisfaire ! Mais si vous êtes invité aux noces de Sa Majesté Louis avec la princesse Marie, il suffit de vous rendre au palais et de vous y faire reconnaître !

– Hélas, dit Ogier, nous ne sommes pas invités. J'ignorais même qu'il fût question de noces royales ! De quelle princesse Marie s'agit-il ?

– Marie de Habsbourg, messire... Mais excusez-moi, j'ai cinquante pensionnaires qui attendent leur souper, dit l'homme en regagnant ses fourneaux sous leurs regards navrés.

– Je connais bien quelques établissements au bord du fleuve, dit Gera, mais le quartier est mal famé...

– Va pour le fleuve ! Je n'ai aucune envie de coucher à la belle étoile !

Tenant leurs montures par la bride, ils quittèrent les hauts quartiers et empruntèrent un dédale de ruelles pentues aux maisons parfois si vieilles qu'elles menaçaient de s'écrouler. Le vacarme et la presse étourdissaient Ogier. Porteurs d'eau, charretiers, mendiants, soldats le bousculaient. Plus d'une fois, il porta la main à sa ceinture de crainte qu'un tire-laine ne profite de la cohue pour lui voler sa bourse.

– Marie de Habsbourg... Il doit s'agir de la sœur de l'empereur Charles.

Ils arrivèrent au bord du fleuve. Sa berge servait de dépotoir. Chiens et chats crevés y voisinaient avec des roues cassées, des matelas pourris et des fauteuils dépaillés. D'énormes rats couraient parmi les immondices. Un cadavre dérivait sur l'eau.

– Charmant quartier !

– Je vous avais prévenu, mon maître.

Des gargotes infâmes devant lesquelles ils passaient, s'échappaient des rumeurs de bagarres entre mariniers et dockers. Des hennissements effroyables les arrêtèrent devant une forge où le patron, assisté de trois apprentis, renversait un cheval, lui passait une corde autour des naseaux avant d'écraser ses testicules entre deux tasseaux... Ils suivirent la rive, contournant des tas de bois et de houille et avisèrent enfin, entre les ateliers de tannage et les dépôts de laine et de pelleterie, une construction à deux étages, ni plus belle ni plus laide que ses voisines, flanquée d'une écurie, d'un fenil et d'une remise. Au mur, une enseigne aux couleurs passées annonçait *l'Auberge du fleuve*. Un vieux chien pelé, tapi sous un banc, aboya à leur approche.

Ogier et Gera attachèrent leurs montures à l'anneau scellé dans le mur et poussèrent la porte. Ils distinguèrent dans la pénombre une douzaine de tables, une cheminée où couvait un maigre feu, un escalier menant à l'étage, et se dirigèrent vers le comptoir de planches où un individu coiffé d'un bonnet de toile tirait la bière d'un tonnelet.

– Je voudrais une chambre pour mon serviteur et moi-même, dit Ogier. Et une place à l'écurie pour nos chevaux.

L'aubergiste s'essuya les mains à un torchon.

– Il me reste quelques chambres. Je ne vous conseille pas la vue sur le fleuve... Les odeurs, vous comprenez...

– Nous voudrions aussi nous laver.

– Hilda vous montera de l'eau, mais cela coûtera un supplément, messire.

– Va pour le supplément.

La servante, qui venait de servir deux mariniers aux tenues boueuses, sortit s'occuper des chevaux. Précédés par l'aubergiste, Ogier et Gera grimpèrent à l'étage et découvrirent une pièce qui donnait sur un jardinet bien entretenu. Peu après, la servante vint remplir le sabot et laissa deux serviettes. Ogier se dévêtit et s'immergea avec délices dans le bain.

Lorsque les deux compagnons redescendirent, l'aubergiste les installa à la meilleure table et leur proposa ses spécialités : pâtés de gibier ou de poisson, sauces verdies à l'oseille, au persil ou au cresson et parfumées au thym et à la marjolaine. Ogier choisit des perdreaux en croûte. En attendant d'être servi, il partagea un cruchon de vin clairet avec Gera et rugit de contentement en étendant ses jambes :

– Voilà ce que j'appelle vivre ! Au diable les privations ! Avant qu'il soit longtemps, nous aurons rejoint Rhodes et nous répandrons au soleil les tripes des Turcs !

– Rien n'est moins sûr, fit une voix derrière lui.

Ogier se retourna et aperçut un individu qui soupait seul dans un recoin de la salle. Il se leva et salua courtoisement.

– Permettez-moi de me présenter : Ogier de Mercœur, chevalier de France.

L'inconnu se leva pour saluer à son tour et se révéla en pleine lumière être un homme d'une trentaine d'années, de haute taille, le visage émacié.

– Johann Berger von Spanheim, chevalier du Palatinat.

– En toute simplicité, me feriez-vous le plaisir de votre compagnie ? Je crois comprendre que vous êtes informé sur la situation de Rhodes et j'aimerais vous entendre.

– Je vous remercie pour cette invitation, dit l'homme en apportant son couvert, mais vous n'y gagnerez pas : je n'ai que ce modeste pâté de merles à ajouter à vos perdreaux en croûte et de l'eau pour mouiller votre vin.

– Une raison de plus pour partager, sourit Ogier.

Et, joignant le geste à la parole, il servit généreusement son convive dont le regard brilla de convoitise.

– Mangez autant que vous voudrez, messire Johann !

L'Allemand ne se fit pas prier et avala sa part en quelques bouchées. Quand Ogier lui offrit du vin, il hésita.

– C'est contraire à la règle..., mais baste ! J'ai trois mois de disette à rattraper et la peau sur les os comme vous pouvez le constater... Vous parliez de vous frotter aux Turcs. Eh bien ! mon jeune ami, je doute que vous trouviez une embarcation pour vous conduire à Rhodes. Seul un miracle peut encore sauver les derniers défenseurs de l'île !

– Comment pouvez-vous en être sûr ? s'étonna Ogier. Il est vrai que l'Ordre de Saint-Jean lançait des appels pressants quand j'ai quitté Marienburg, mais il a déjà affronté le Turc avec succès !

– Cette fois, c'est différent. J'étais sur le bastion allemand avec le chevalier de Waldner quand les canons du *beylerbey* de Roumélie ont donné le signal de la première offensive. Et le 23 septembre, je combattais toujours sur ce bastion lorsque le sultan ordonna l'assaut général. En vérité, les défenseurs de Rhodes vivent l'enfer depuis des mois !

– Si vous appartenez à l'Ordre, comment se fait-il que vous vous trouviez ici, à Buda, alors que...

– Philippe Villiers de l'Isle-Adam, notre grand maître, a tout tenté pour persuader la chrétienté d'intervenir sans tarder. En dernier recours, alors que des négociations s'engageaient avec le Turc, il a fait évacuer un certain nombre de femmes et de blessés parmi lesquels nous nous sommes dissimulés, moi et quelques autres. Nous sommes les derniers messagers adressés aux princes chrétiens. J'ai pour mission de convaincre le roi Louis. Malheureusement, il a d'autres projets en tête et je n'ai obtenu que de vagues promesses jusqu'ici.

– Et, pendant ce temps, de braves chevaliers combattent, abandonnés de tous !

– Ils n'en ont plus pour très longtemps, dit Johann Berger sombrement. Ils ont accompli des prodiges d'héroïsme en repoussant l'un après l'autre chaque assaut. Cela n'aura servi à rien.

– Est-il exact que les chevaliers sont répartis en huit langues ou nations ?

– Parfaitement... France, Provence, Auvergne, Angleterre, Allemagne, Italie, Castille et Aragon. Chacune dépend d'un bailli.

– Auvergne, vraiment ? Sous quelles couleurs mes compatriotes combattent-ils ?

– Un dauphin noir sur bannière jaune. Je servais moi-même sous la bannière de l'aigle à deux têtes sur sable, mais j'ai quitté l'île sans armes ni manteau, comme un gueux. Voilà pourquoi vous me trouvez en si piètre appareil. Mais, à votre tour, dites-moi par quel hasard un chevalier d'Auvergne se retrouve à Buda...

Ogier retraça le chemin qui l'avait conduit de France en Prusse orientale, puis sur le Dniestr, et enfin au cœur du royaume de Hongrie.

– Il y a encore quelques semaines, dit l'Allemand, je vous aurais encouragé à terminer votre voyage et à rejoindre l'Ordre de Saint-Jean. Mais je sais aujourd'hui que vous risquez de tomber aux mains du Turc...

– Vous avez raison, approuva Ogier en échangeant un regard avec Gera. Voilà mes projets qui tournent court et je suis bien embarrassé ! Mais j'y pense : retournerez-vous au palais ?

– Tant qu'il restera un espoir d'aider mes compagnons restés à Rhodes. Ensuite...

– Ensuite ?

– Le royaume de Hongrie aura bientôt besoin de solides épées et d'hommes d'expérience pour les manier, car la soif de conquête du Turc est insatiable... J'offrirai mes services au roi Louis.

– C'est une idée, dit Ogier, l'air songeur. Affronter l'Infidèle à Rhodes ou en Hongrie. De gentilhomme à gentilhomme, messire Johann, puis-je vous demander un service ?

– De quoi s'agit-il ?

– J'aimerais vous accompagner lors de votre prochaine visite au Var.

– Demain, si vous le souhaitez... En attendant, permettez-moi de me retirer. Merci encore pour ce repas.

L'Allemand se leva, salua et disparut dans l'escalier. Ogier et Gera terminèrent leur souper.

– Que penses-tu de tout cela ? demanda le chevalier.

Le serviteur haussa les épaules.

– Quoi que vous décidiez, messire, je reste avec vous.

– Messire Johann a raison : le royaume de Hongrie va avoir besoin de défenseurs expérimentés. Nous trouverons bon ouvrage à accomplir ici. Accordons-nous maintenant une nuit de vrai sommeil et demain... Eh bien ! demain sera un nouveau jour...

Hélas ! l'audience de Johann Berger n'en finit plus d'être repoussée. Sa présence à Buda semblait embarrasser la cour et, malgré ses efforts, le chevalier de Spanheim se heurta aux refus des secrétaires royaux. En désespoir de cause, il s'adressa au comte Gromski, mercenaire polonais au service des Hongrois et ami de l'Ordre de Saint-Jean, qui promit d'intercéder en sa faveur. Enfin, le 8 janvier, un officier du palais apportait à l'Auberge du Fleuve une convocation pour le matin même. Johann Berger, Ogier et Gera quittèrent l'établissement.

La neige, qui tombait en abondance depuis quatre jours, recouvrait la ville et contraignait les habitants à rester chez eux, réduisant circulation et commerce aux besoins élémentaires. Courbant la tête sous les bourrasques, les trois hommes gagnèrent la cité haute.

– Un temps à ne pas mettre un chien dehors ! pesta Ogier qui avait fort à faire pour guider sa monture dans les traces de l'Allemand.

Il tentait d'apercevoir le château royal dont la construction, poursuivie durant deux siècles, s'était achevée avec l'avènement du roi Louis, mais la tempête limitait sa vision à quelques pas. Tout à coup les murailles surgirent devant les cavaliers. Deux soldats casqués et armés de hallebardes se morfondaient devant l'entrée principale. Ils s'écartèrent quand Johann Berger leur présenta le laissez-passer marqué du sceau royal.

Les cavaliers mirent pied à terre dans la première cour et confièrent leurs chevaux à un palefrenier aux yeux bouffis de sommeil. Ils empruntèrent l'escalier qui menait à la seconde enceinte et s'arrêtèrent devant une porte. Ogier brossa la neige accumulée sur ses épaules et tapa des pieds sur le dallage.

– Aucun bruit, nulle présence... Nous serions-nous fourvoyés dans le domaine du roi Morphée ?

– On vient, dit Gera.

Un serviteur portant la livrée de l'archevêque Tomori apparut.

– Êtes-vous le chevalier de Spanheim, de l'Ordre de Saint-Jean ? Son Excellence vous attend. Vos gens resteront ici.

– Ogier de Mercœur, chevalier de France, et son écuyer, rectifia Berger. Le chevalier souhaite présenter ses respects à Son Excellence.

Après un temps d'hésitation, l'homme les pria de le suivre. Ils traversèrent des pièces plongées dans la pénombre, déambulèrent dans un dédale de couloirs, gravirent des escaliers et arrivèrent enfin dans une longue salle voûtée à la charpente apparente. Un feu d'enfer, entretenu par un esclave bulgare enchaîné à un anneau scellé dans la maçonnerie, ronflait dans la cheminée monumentale. Des panneaux de bois sculpté s'ouvraient sur d'autres pièces. Des tentures et des tapisseries couvraient les murs où les armoiries des Tomori voisinaient avec un écu aux armes des Hunyadi.

– Attendez ici, je vous prie.

Le serviteur disparut derrière un panneau.

– Nous ne serons pas reçus par le roi ? chuchota Ogier.

– C'est sans importance, répondit Berger sur le même ton, car l'archevêque...

L'Allemand allait ajouter que, premier conseiller du jeune roi Louis, l'archevêque gouvernait en fait le royaume de Hongrie, mais il n'en eut pas le temps. Un homme de taille moyenne, aux traits rudes accusés par une calvitie prononcée et une barbe grise broussailleuse, faisait son entrée. Son Excellence Tomori n'avait rien d'un homme d'église. Il portait un manteau de zibeline sur une tunique orientale, et seule la croix d'or qui pendait à son cou révélait son état. Après un coup d'œil circulaire, il marcha vers ses visiteurs qui s'agenouillèrent et baisèrent son anneau.

– Excellence, dit Johann Berger, croyez en ma plus profonde reconnaissance pour...

D'un geste, Tomori l'interrompit :

– Ne me remerciez pas encore, messire Johann, car j'ai de tristes nouvelles à vous apprendre.

– Des nouvelles... ?

– Asseyons-nous d'abord, invita-t-il en désignant les banquettes qui couraient le long des murs. De tristes nouvelles, oui... Rhodes est tombée il y a sept jours, je l'ai appris cette nuit par un courrier. La cité a été saccagée par les Turcs. Le grand maître de l'Ordre a pu s'embarquer à destination de la Sicile avec deux cents chevaliers et un millier de soldats.

– Seigneur Tout-Puissant ! balbutia Berger. Tout cela aurait pu être évité si...

– Rhodes était déjà perdue pour la chrétienté, dit froidement Tomori. Tenter de s'y maintenir n'aurait fait que prolonger les souffrances des habitants. Mais nous prendrons notre revanche sur l'Infidèle... En quoi puis-je vous aider aujourd'hui ? Demandez, chevalier !

Berger soupira.

– Excellence... si, comme vous le dites, la chrétienté doit venger les martyrs de Rhodes, accordez-moi de m'engager au service du roi Louis. Et veuillez considérer avec bienveillance la même requête que vous adresse le chevalier de Mercœur. Il comptait se rendre à Rhodes, mais maintenant...

– La Hongrie a besoin d'hommes décidés, approuva l'archevêque. Quelle expérience avez-vous de la guerre, messire de Mercœur ?

– Deux années passées au service de l'ordre Teutonique, Excellence.

– De redoutables combattants, ces Teutoniques ! Eh bien ! c'est entendu. Le trésor royal pourvoira à votre entretien à tous deux en attendant que nous trouvions à vous employer. Mais je ne vous cache pas que ce trésor est bien pauvre et que vous subsisterez modestement...

– C'est égal, sourit Ogier. Sa Majesté n'aura pas de plus fidèle serviteur que moi !

– Dans ce cas, mon intendant vous versera deux mois de solde dès aujourd'hui... Le prince Ferdinand offre ce soir divertissement à la cour, ajouta-t-il sans transition, je vous y convie.

Les deux chevaliers remercièrent et Tomori tendit à nouveau son anneau à baiser, signifiant que l'entretien était terminé.

5

Bien qu'aucun prince, aucun État n'eût jugé bon de se porter au secours des chevaliers de Saint-Jean, la chute de Rhodes retentit dans toute l'Europe comme un désastre. Des possessions chrétiennes, il ne restait plus que Chypre, comptoir vénitien. Si Chypre tombait, c'en serait dit du commerce maritime en Méditerranée.

La nouvelle, bien évidemment, fut au centre des conversations durant la soirée offerte à ses hôtes par le prince Ferdinand. Le frère puîné de l'empereur Charles Quint était venu à Buda accompagné de sa sœur Marie, promise au roi Louis. Agée de quatorze ans, la princesse passait pour un des plus beaux partis d'Europe. Louis n'avait pas encore dix-sept ans, son gouvernement était aux mains de ses conseillers, l'archevêque Tomori et l'évêque Perenyi, mais il avait noble allure et chacun s'accordait pour lui prédire un règne glorieux.

– Le mariage a fait l'objet de discussions serrées, souffla Johann Berger. A la mort de Louis, c'est aux Habsbourg que reviendra la couronne de Hongrie.

– Que fera-t-on des héritiers s'il s'en présente ? s'étonna Ogier dont l'esprit simple était imperméable aux combinaisons politiques.

– La couronne de Hongrie est élective, elle n'est pas héréditaire. Louis a hérité le sceptre de son père Ladislas, mais cela ne garantit pas que les nobles accepteraient de voir lui succéder son héritier !

Voitures et cavaliers ne cessaient d'arriver dans la cour intérieure du Var. Les deux hommes se sentaient un peu perdus au milieu de la foule qui envahissait l'immense salle de réception. Le chevalier de Spanheim avait couru la cité toute la journée, mais aucun tailleur n'avait eu assez de temps pour lui livrer la tenue complète de l'Ordre de Saint-Jean. Aussi s'était-il contenté de ceindre sa taille d'une étoffe rouge et de se coiffer d'un béret de même couleur. Ogier avait enfilé sa tunique la moins élimée et jeté par-dessus son manteau d'hiver.

Intimidés par la richesse et la morgue des courtisans, les deux amis se tenaient à l'écart. Le comte Gromski fit son entrée et, reconnaissant l'Allemand, il lui adressa un signe de tête amical.

Les musiciens accordèrent leurs instruments et se mirent à jouer, tandis que des serviteurs disposaient sur de petites tables pâtisseries, confitures et boissons. Des groupes se formaient autour des personnages les plus éminents. L'un d'eux, dont les armes figuraient un cheval cabré, était remarquable par sa haute taille, ses moustaches tombantes et son abondante chevelure noire cerclée d'or.

– Qui est-ce ? demanda Ogier.

– Jan Zapolya, voïvode de Transylvanie. Il est allié par sa femme aux Jagellon de Pologne.

– Et l'homme vêtu de noir à son côté ?

L'individu, de taille moyenne, avait des traits délicats, presque féminins, une fine moustache, de longs cils bruns.

– C'est Luigi Gritti, dit Berger entre ses dents.

– Gritti ? Est-il parent avec le doge Gritti de Venise ?

– C'est son fils naturel. Il est le conseiller de Zapolya, mais n'en est pas moins un agent des Turcs !

– Un agent des Turcs ? A Buda ?

– Gritti est né à Istanbul alors que son père était retenu en otage. De mère grecque, je crois. Il parle parfaitement plusieurs langues dont le turc. Selon certaines rumeurs, il aurait noué des liens d'amitié avec Ibrahim, le favori du sultan !

– Et il parade avec impudence pendant que des chrétiens se font massacrer à Rhodes !

– Calmez-vous, conseilla Berger. Je ne vous conseille pas de vous faire un ennemi de Gritti. Ni de Jan Zapolya. On intrigue beaucoup à la cour de Hongrie et les faveurs vont et viennent au gré des puissants... Zapolya est un homme dangereux.

– Par Dieu, vous semblez être au fait de beaucoup de choses pour un simple chevalier !

Johann Berger sourit.

– Sans doute est-ce pour cette raison que l'Ordre m'a envoyé à Buda. Mais j'entends les premières notes de la carole. Approchons-nous. Connaissez-vous cette danse ? Savez-vous danser ?

– Moi ? s'esclaffa Ogier. Pas le moins du monde, pour dire la vérité. Pourtant, lorsque j'étais enfant, j'aimais bien gesticuler la danse des pastoureaux. J'allais du pied et de la tête, je faisais le touret à en perdre l'équilibre et me retrouver cul par-dessus tête...

– Je vois.

– A la Saint-Martin, on menait la trèche au son du tambour et des chalumeaux. Je conduisais la farandole autour d'un ormeau. Il me semble qu'à votre carole, je devrais me débrouiller...

Le chevalier de Spanheim esquissa une moue dubitative.

– C'est qu'il s'agit d'un branle réglé et non d'une pantomime de vilains...

Poussé par la curiosité et jouant des épaules, Ogier fendit la presse. Son compagnon suivit. Ils parvinrent ainsi aux premiers rangs. Ogier dépassant les autres d'une tête, des murmures de mécontentement s'élevèrent. Il se retourna et fronça les sourcils en reconnaissant Luigi Gritti. Les deux hommes se toisèrent sans aménité.

– Messire, vous me gênez ! protesta le Vénitien.

– Eh quoi ! Ce n'est pas la place qui manque !

– Vous m'écrasez les pieds !

– La belle affaire ! ricana Ogier en s'écartant cependant.

Hommes et femmes avaient formé une longue chaîne qui évoluait au son des instruments : trois pas en avant sur la gauche puis un balancé sur place. Placé en début de chaîne, un seigneur magnifiquement vêtu faisait fonction de coryphée et conduisait le branle. Il chanta quelques vers d'une voix de ténor et les danseurs reprirent au refrain.

Mais Ogier n'avait d'yeux que pour la gracieuse jeune fille qui fermait la chaîne. Jamais il n'avait vu visage à l'ovale aussi pur ni pareille beauté. Son front rasé, ses cheveux blonds tressés et ornés de bijoux et rubans, sa robe de brocart aux manches bouffantes et au décolleté carré, tout en elle l'émerveillait. Comme elle arrivait à sa hauteur, Gritti fit un pas en avant, saisit sa main gauche et se joignit à la carole.

– Foutredieu ! jura Ogier.

– Qu'avez-vous donc, mon ami ? sursauta Berger.

– Vous qui connaissez tout le monde dans cette assemblée, sauriez-vous me dire qui est cet ange radieux ?

– Quel ange ?

– Ne voyez-vous pas la jeune fille que le Vénitien tient par la main ?

– Si fait. Son visage me dit quelque chose...

– Alors ? souffla Ogier tremblant d'excitation.

– Je pense qu'il s'agit de la nièce de l'évêque Cibaco de Varasdin. Elle est orpheline et vit chez son oncle. Vous avez raison : elle est divinement belle...

Ogier ne l'écoutait plus. Marchant droit sur la chaîne des danseurs, il la rompit pour se placer à la droite de la demoiselle. Une lueur de colère traversa le regard sombre du Vénitien tandis qu'Ogier reprenait le refrain à pleine voix en souriant à sa voisine. La danse se poursuivit un moment puis s'acheva sous les applaudissements. Se tournant vers Hélène, le chevalier s'inclina.

– Damoiselle, j'aimerais être poète pour rendre hommage à votre beauté !

La jeune fille rougit au compliment, aussi direct qu'inattendu.

– Mais vous n'êtes que butor, rétorqua Gritti froidement. Cessez donc là vos croassements !

Empourpré à son tour jusqu'à la racine des cheveux, Ogier porta la main à son épée et fit un pas en avant. L'Allemand s'interposa.

– Messire Gritti, veuillez excuser les manières de mon compagnon. Il n'est guère au fait des mœurs de la cour, ayant passé ces dernières années à guerroyer contre les sarrasins du Nord !

– Nous avons donc affaire à un matamoros, comme disent les Espagnols ?

– Je ne sais ce que disent les Espagnols, répliqua Ogier qui avait retrouvé son sang-froid. Mais je suis gentilhomme et, si j'ignore les usages, je sais reconnaître un bélître lorsque j'en rencontre un !

– Messeigneurs !

L'altercation avait attiré des curieux, au nombre desquels Jan Zapolya. Un instant, le voïvode de Transylvanie considéra Ogier d'un œil pénétrant puis, s'adressant au Vénitien :

– Allons, Luigi, ce n'est ni le moment ni l'endroit pour chercher une querelle...

Il ajouta en posant sa large main sur le poignet de Gritti :

– Venez, j'ai à vous entretenir.

Le regard noir de haine et de jalousie, le Vénitien ne bougea pas.

– Je vous l'ordonne, insista Zapolya d'un ton si bas que seul Gritti l'entendit.

Le Vénitien pâlit et obéit. Les deux hommes s'éloignèrent, les curieux se dispersèrent et Johann Berger poussa un soupir de soulagement. Sans paraître autrement ému, Ogier reprit son compliment là où l'autre l'avait interrompu.

– Aurai-je le plaisir de vous revoir, damoiselle ?

– Je ne sais si...

Un prélat au visage rubicond couronné de cheveux blancs s'avançait et saluait Ogier d'une brève inclination de tête. Comprenant qu'il s'agissait de l'évêque, oncle et tuteur d'Hélène, le chevalier lui rendit courtoisement son salut.

– Excellence, dit Berger, permettez-moi de vous présenter le chevalier Ogier de Mercœur qui sert depuis ce matin le royaume de Hongrie et Sa Majesté Louis.

– Depuis ce matin ?

– Oui, Excellence. Par la faveur de Son Excellence Tomori.

L'évêque sourit.

– Eh bien ! jeune homme, je constate que vous ne perdez pas de temps : quelques heures à la cour et vous voilà l'ennemi de Luigi Gritti !

– Je n'ai rien à lui reprocher sinon que sa présence m'importunait.

– Elle m'importune également, admit l'évêque de Varasdin. Décidément, chevalier, vous me plaisez. Aussi est-ce moi qui vais répondre à la question que vous posiez à ma pupille. La porte de mon hôtel vous est ouverte. Nous vous y reverrons avec le plus grand plaisir. N'est-ce pas, ma nièce ?

– Certainement, murmura la jeune fille.

– Dans ce cas, messire de Mercœur, ne tardez pas à nous rendre visite. Je n'ai guère eu l'occasion de rencontrer des chevaliers de France et je suis certain que nos entretiens seront riches d'enseignement... Venez, ma nièce, il se fait tard.

Ogier baisa avec reconnaissance l'anneau que lui tendait Cibaco et, le cœur battant, posa ses lèvres sur les doigts de la jeune fille.

L'évêque s'éloigna, entraînant Hélène qui se retourna plusieurs fois.

– Avez-vous vu cela ? s'exclama Ogier. J'aime la nièce et j'ai la faveur de l'oncle !

– Je vois surtout que Luigi Gritti s'intéressait à cette jeune personne, maugréa le chevalier de Spanheim. L'évêque, qui est un farouche adversaire des Turcs, profite de l'occasion pour désespérer votre rival ! Venez, la plupart des invités se retirent, il ne reste que les familiers. Il serait du plus mauvais goût de nous attarder...

Ogier suivit à regret son compagnon. Comme l'avait remarqué Berger, Ferdinand de Habsbourg, le roi Louis et leurs principaux conseillers entretenaient une conversation qui ne pouvait être que politique et privée. Les deux chevaliers retrouvèrent aux écuries Gera qui battait la semelle en compagnie d'autres valets. La neige avait cessé de tomber.

– Alors, mon maître, vous êtes-vous diverti ?

– Imaginerais-tu, mon brave Gera, que le puissant évêque Cibaco nous attend bientôt en son hôtel !

– Depuis une heure, ton maître se languit d'amour pour sa nièce, précisa le chevalier de Spanheim. Et, depuis une heure, le seigneur Gritti de Venise qui lui dispute les faveurs de la belle ne décolère plus... Ogier, sans plaisanter, soyez prudent, l'homme est dangereux.

– Baste ! Je puis aplatir ce bellâtre d'une chiquenaude ! s'esclaffa Ogier en grimpant en selle.

Ils quittèrent le Var. Les rues verglacées et les chaînes tendues ici et là étaient autant de pièges pour les montures dans la cité où ne brillait aucune lumière. Gera s'était heureusement muni de torches et le trio regagna sans encombre l'auberge du fleuve. Minuit avait sonné depuis longtemps aux clochers des églises lorsque les chevaliers se glissèrent dans leur lit. Gera, quant à lui, s'étendit tout habillé sur sa paillasse.

Faisant craquer sous ses bottes la neige durcie, un homme longeait le mur. Il s'arrêta devant la porte.

Quelques secondes lui suffirent pour venir à bout de la serrure. Il se retourna, émit un bref sifflement et sept ou huit ombres sortirent de l'écurie pour s'engouffrer dans l'auberge endormie.

Celui qui paraissait commander désigna l'escalier. Arrivés en haut, ils hésitèrent. Le chef garda quatre hommes avec lui tandis que le reste de la bande, enfonçant la porte du fond, faisait irruption dans la chambre de Johann Berger. Le chevalier n'eut pas le temps de saisir une arme pour se défendre. Avec des grognements de bêtes féroces, ses agresseurs lardèrent son drap et ses couvertures de leurs épées et de leurs poignards.

Pendant ce temps, Ogier, les bras écartés, ronflait puissamment en rêvant d'amour et de gloire. Gera ne dormait pas vraiment. Depuis trop longtemps, ses nuits étaient peuplées de cauchemars. Tel un chien de garde, il tendait l'oreille au moindre frôlement, prêt à saisir le manche de sa cognée.

Le craquement d'une marche de l'escalier et un chuchotement dans le couloir l'alertèrent. Il cala la porte à l'aide d'un tabouret, puis recula jusqu'au lit et se pencha sur le dormeur.

– Mon maître, réveillez-vous !

De ses deux années au service de l'Ordre, Ogier avait gardé l'habitude de passer sans transition du sommeil à l'action. Sans poser de question, il jaillit du lit. Vêtu de sa seule chemise, il saisit son épée et enroula autour de son bras gauche une couverture. C'est alors que des coups ébranlèrent sa porte.

Le premier à franchir le seuil trébucha sur le tabouret et Gera abattit sa hache. Trois ou quatre silhouettes suivirent et Gera frappa de nouveau. Les hommes hurlèrent. Ses pieds nus baignant dans une mare de sang, Ogier sentit dans l'obscurité une résistance à sa lame. Il poussa un coup de pointe.

Une voix aboya un ordre, les pas se précipitèrent et les assassins se bousculèrent pour dévaler l'escalier. Apparu sur le seuil de sa cuisine, un lumignon dans une main, un hachoir à viande dans l'autre, l'aubergiste fit marche arrière tandis que la bande se dispersait.

Gera alluma la mèche de la lampe. Deux corps étaient allongés dans l'embrasure de la porte, un autre gisait dans le couloir. Les murs de la chambre étaient maculés de sang et de cervelle.

– Par la mort-Dieu, Gera, tu as fait du bon ouvrage... Mais qui étaient ces gens et pourquoi en avaient-ils après nous ?

Sans répondre, le serviteur retourna l'un des cadavres. L'homme portait une tunique en peau de loup, un bonnet de fourrure grise et des bottes de feutre lacées. Sa main étreignait encore un sabre courbe.

– *Opinci*, dit Gera en montrant les bottes. Les Valaques s'habillent ainsi et utilisent ce type d'arme.

– Des Valaques, soit ! Et après ?... Mon Dieu ! le chevalier de Spanheim !

Ogier courut jusqu'à la chambre voisine. Il y trouva l'aubergiste et sa servante penchés sur le corps lacéré de l'Allemand.

– Les lâches ! rugit Ogier, ils ne lui ont laissé aucune chance !

Le visage révulsé de colère, il se tourna vers l'aubergiste tremblant.

– Qu'as-tu à répondre, gâte-sauce ? Qui a commis cette infamie ?

– Je ne sais, balbutia l'homme qui tentait de se protéger derrière la souillon.

– Assassiner un gentilhomme pendant son sommeil ! Tu seras pendu pour complicité, à moins que je ne te tranche la tête avant !

– Messire !

– Qui étaient-ils ?

– Laissez-le aller, mon maître, il n'est pour rien dans cette affaire. Les assassins savaient où nous trouver. Un valet d'écurie aura sans aucun doute parlé.

– Nous verrons ce que l'archevêque Tomori pensera de ce forfait. Le temps de me vêtir et je retourne de ce pas au palais !

D'un geste, Gera congédia l'aubergiste effondré et la servante terrorisée. Puis il rejoignit Ogier.

– Mon maître, permettez-moi de vous dire ceci : pour une raison ou une autre, vous êtes en grand danger. Celui qui vous a envoyé ces égorgeurs n'en restera pas là...

– Je t'écoute.

– Vous allez avoir besoin d'un puissant protecteur. Tomori peut-il faire l'affaire ?

– C'est le conseiller du roi Louis.

– Certes. En tout cas, vous ne pouvez plus loger ici.

– Au palais, dans ce cas !

– A mon avis, vous n'y serez pas plus en sécurité, car il est évident que vous vous êtes attiré quelque mortelle inimitié...

– Gritti ! comprit soudain Ogier. Il s'agit de Valaques, as-tu dit ? Le Vénitien est familier d'un certain voïvode de Transylvanie dont j'ai malheureusement oublié le nom !

– Zapolya ? Jan Zapolya ?

– C'est cela !

– Ne cherchez plus d'où vient le coup. Zapolya a résolu votre mort, c'est miracle que vous en ayez réchappé. Vous devez quitter Buda sans tarder. L'archevêque Tomori, si influent soit-il, ne pourra pas vous y protéger...

– Quitter Buda ? tonna Ogier en jetant son manteau sur ses épaules, il n'en est pas question ! Pas avant d'avoir vengé le pauvre Spanheim qu'on a sauvagement massacré ! Mais tu as raison : le palais n'est pas sûr. Je sais fort heureusement où nous loger !

Le jour n'était pas encore levé lorsque l'évêque Cibaco parut, l'œil embrumé de sommeil. Il s'était enveloppé dans une épaisse pelisse, mais il avait oublié d'enlever le bonnet de nuit qu'il portait enfoncé au ras des sourcils. Reconnaissant Ogier, il étouffa un bâillement.

– Voilà une visite bien matinale, messire de Mercœur. Je n'imaginais pas, en vous invitant cette nuit, vous retrouver pour ainsi dire au saut du lit. En aucune chose, si je peux me permettre cette amicale réprimande, l'empressement n'est bon...

– Votre Excellence me pardonnera le dérangement lorsqu'elle en apprendra la raison.

– Qui est cet homme ? demanda Cibaco en désignant Gera d'un mouvement du menton.

– Mon serviteur, Excellence. Il connaît Buda pour y avoir vécu autrefois. C'est lui qui m'a conduit jusqu'à votre hôtel où, soit dit en passant, vos valets montent une garde vigilante...

– Je vous écoute, soupira l'évêque en repoussant un bougeoir pour s'asseoir sur un coffre. De quoi s'agit-il ?

En quelques mots, le chevalier raconta les événements de la nuit, l'agression dont il avait été victime et la mort de Johann Berger. Tandis qu'il parlait, le visage de l'évêque reflétait l'incrédulité, l'horreur, l'indignation...

– Un guet-apens ! Un chevalier de l'Ordre de Saint-Jean assassiné ! Mais pourquoi et par qui ?

– C'est moi que les assassins visaient.

– Je ne comprends pas.

– Mon serviteur pense qu'il s'agissait de Valaques.

L'évêque traversa la salle jusqu'à une niche qui abritait un lave-mains. Retirant son bonnet, il se pencha et s'aspergea le visage d'eau fraîche.

– Des Valaques, dites-vous ? En es-tu bien sûr ? ajouta-t-il en s'adressant à Gera.

– Oui, Excellence.

– Dans ce cas, messire de Mercœur, vous avez bien fait de venir vous placer sous ma protection. Si Luigi Gritti a juré votre perte, il ne renoncera pas. Le Vénitien intrigue depuis des mois pour obtenir la main d'Hélène que jamais je ne lui accorderai. Hier soir, vous vous êtes mis en travers de son chemin. Il a aussitôt frappé, perfidement et sauvagement, selon son habitude ! Ici, vous êtes en lieu sûr.

– Je compte réclamer réparation auprès du roi Louis.

– Il rejettera votre requête, grimaça Cibaco.

– Pourquoi ?

– Le roi a besoin de Zapolya pour combattre l'influence des Bathory et des Verbœczy. Bien entendu, l'archevêque Tomori présentera ses excuses à l'Ordre de Saint-Jean et vous assurera qu'une enquête sera diligentée. Même si, en réalité, la cour se soucie fort peu de déplaire au voïvode de Transylvanie, pas plus qu'à Gritti qui est à Buda l'ambassadeur officieux de la Porte...

– Dans ce cas, je provoquerai le Vénitien en duel !

Cibaco sourit et posa sa main sur l'épaule du chevalier.

– Ne soyez pas si naïf, messire Ogier. Vous savez que Gritti a commandité ce crime. Je le sais aussi. Et, dans quelques heures, tout Buda le saura. Mais les choses en resteront là. La Hongrie n'a aucun intérêt à exciter la colère de Soliman et, en ce royaume, le Vénitien est l'œil et l'oreille du sultan. Si vous persistez dans votre projet de vengeance, l'archevêque vous contraindra à quitter Buda.

– Que dois-je faire, Excellence ? Laisser le meurtre de mon ami impuni ? Faire comme si de rien n'était ?

– Exactement. Un jour viendra où la Hongrie affrontera le Turc. Vous aurez alors tout loisir pour venger le chevalier de Spanheim. En attendant, servez fidèlement Sa Majesté et soyez ici mon invité. Vous y êtes le bienvenu. Je ne crois pas m'avancer en vous disant que ma nièce ne sera pas mécontente de notre arrangement.

– Vous avez raison, Excellence, capitula Ogier que la pensée d'Hélène apaisait. Mais ce n'est que partie remise. Le Vénitien ne perd rien pour attendre...

– Nous irons ensemble au Var, proposa Cibaco. Dans l'immédiat, je vais vous conduire aux appartements que vous occuperez désormais.

Dans la cour de l'hôtel Zapolya, Luigi Gritti prenait au même moment congé du voïvode de Transylvanie. Dix cavaliers lui tenaient lieu d'escorte. Parmi eux, le secrétaire Jérôme Laszki.

– Entendons-nous bien, mon cher Luigi, dit le voïvode, cette mission requiert du doigté. Surtout ne pas brusquer le sultan. Transmettez-lui d'abord mes félicitations pour le succès de ses armes à Rhodes.

– Soliman sera très touché : à part ceux des Vénitiens, il n'en aura guère d'autres compliments.

– Brossez-lui ensuite un tableau de la situation en Hongrie et soulignez le danger de l'alliance avec les Habsbourg. En cas de décès du roi Louis, la couronne irait à Ferdinand, le frère de l'empereur Charles.

– Soliman connaît cet accord.

– Il n'en appréciera que davantage ma requête. Assurez-le enfin que, s'il soutient mes ambitions, je me montrerai un vassal fidèle de la Porte. Dans cette partie, l'appui d'Ibrahim sera indispensable.

– Je n'en doute pas. En contrepartie, monseigneur, n'oubliez pas notre marché !

– Je n'oublierai pas, Dieu m'en soit témoin.

– Le Français m'a insulté et vos sicaires ont échoué à venger l'affront !

– Appelons cela malchance, ou précipitation... La prochaine fois, ils réussiront. Lorsque vous reviendrez d'Istanbul, ce bravache aura cessé de vous importuner.

Le voïvode se tourna vers Jérôme Laszki.

– Tu obéiras au seigneur Gritti comme à moi-même !

– Oui, monseigneur.

– Nous nous reverrons avant l'été, ajouta Zapolya. De la diplomatie, Luigi, ne commettez aucune erreur fatale à ma cause.

Gritti hocha la tête et rabattit sur son front le capuchon de son manteau. La neige recommençait à tomber. Le trajet jusqu'à la capitale ottomane ne serait pas une partie de plaisir, mais le Vénitien était persuadé que ses efforts seraient un jour récompensés.

6

En ces premières années du règne de Soliman, le Harem abritait environ trois cents femmes, des domestiques pour la plupart, parmi lesquelles une majorité de Noires. D'habitude, le sultan laissait toute nouvelle venue s'habituer avant de l'honorer de sa visite. Le *kizlar agasi*, chef des eunuques noirs, affectait la fille à une *oda* dirigée par une femme d'expérience chargée de dégrossir la pensionnaire, de la nourrir, l'habiller et subvenir à ses menues dépenses.

Mais le cas de Roxelane était différent. Elle n'avait pas été achetée sur un marché d'Istanbul par le chef des eunuques blancs, ni offerte par un pacha soucieux de se ménager les bonnes grâces de Soliman. Cadeau personnel d'Ibrahim, elle méritait une attention particulière. On la conduisit donc dans la partie de l'*enderûn* réservée aux *ikbals*, les épouses et concubines.

Les *ikbals* jouissaient d'un statut privilégié, particulièrement celles dont Soliman avait fait ses favorites. Il en allait ainsi de Gülbahar, la belle Circassienne, mère d'un superbe garçon prénommé Mustafa. Le Coran interdisant de réduire un musulman en esclavage, Gülbahar était chrétienne comme toutes les autres pensionnaires. Le jour où son fils succéderait à Soliman, elle régnerait sur une communauté de Géorgiennes, de Grecques, de Serbes et de Vénitiennes, dont chacune portait un titre honorifique en rapport avec son degré de faveur : Gardienne des bains, Gardienne des bijoux, Directrice de la table... Mais en attendant, Gülbahar n'était que la *bash kadin*, une épouse sans le titre. La première dame du Harem était toujours Hafsa Hatun, la valide sultane, mère de Soliman.

Le *kizlar agasi*, le « général des filles », était un esclave nubien d'une cinquantaine d'années, très haut placé dans la hiérarchie impériale. Mais Roxelane qui l'ignorait ne vit d'abord en lui qu'un eunuque noir de plus. Accompagné d'une jolie jeune femme brune, cet homme corpulent à la haute taille et au crâne rasé l'accueillit dans un appartement aménagé pour la circonstance.

Les murs étaient décorés de faïences rouges aux motifs floraux, les meubles étincelaient de dorures et des tapis persans magnifiques recouvraient le sol. Quant aux étoffes qui pendaient du plafond, Roxelane ne soupçonnait pas qu'il pût en exister d'aussi belles. Elle ferma les yeux un instant : tout cela n'était sans doute qu'un rêve et elle allait se réveiller dans la chambre crasseuse et puante du gros boyard de Rohatyn...

– Tout cela est à toi de par la volonté du sultan, expliqua le Nubien.

– Tu veux dire que je...

Le général des filles frappa dans ses mains et huit domestiques, quatre Blanches et quatre Noires, entrèrent, saluèrent et attendirent, les yeux baissés.

– Ces femmes sont désormais à ton service. Si tu as quelque raison de te plaindre de l'une d'elles, elle sera châtiée. Voici Nur, la Maîtresse des robes, qui sera ta tutrice. Elle t'inculquera les usages du Harem. Mais ce soir, le plus urgent est de te préparer pour le Sultan des sultans.

– Ce soir ?

La surprise de la Maîtresse des robes égalait celle de Roxelane. C'était la première fois que Soliman accordait pareil honneur à une nouvelle venue.

– Qu'elle soit prête dans deux heures, ordonna le Nubien. Lavée, épilée, massée et habillée.

Il se retira. Les domestiques s'empressèrent et Roxelane, abasourdie, se laissa déshabiller, laver, sécher, épiler, manucurer...

Si seulement Anna avait pu la voir en ce moment ! Mais la Bulgare n'était pas là pour lui dire ce qu'il convenait de faire ou ne pas faire, et cette absence bouleversait Roxelane. Bien sûr, il y avait cette tutrice...

La Maîtresse des robes, une Grecque sans doute, parlait parfaitement le turc. Le premier service à lui demander serait de l'aider à parfaire ses connaissances en cette langue. Tandis que Roxelane réfléchissait, Nur surveillait d'un œil critique chaque étape de la toilette.

– Il faudra modifier ton alimentation. Le sultan n'apprécie pas les femmes trop grasses.

– Ah ?

– Pas de boissons sucrées, peu de confiseries. Quelques laitages et, pour le teint, des légumes frais en quantité. Tu es robuste et tu as l'air en bonne santé. Tant mieux pour toi. Le sultan n'aime pas les femmes souffreteuses. Tes cheveux sont magnifiques, mais tu devras les discipliner.

– Nur, demanda Roxelane, de quelle région viens-tu ?

– Je n'en sais rien. Peut-être de Chios ou de Lesbos. Je suis arrivée très jeune à Istanbul, avec le *sancakbey* de l'Égée qui m'a offerte plus tard au Padichah.

– Quel âge as-tu ?

– Vingt ans.

– As-tu déjà... rencontré le sultan ?

– Il m'a visitée une fois, soupira la jeune femme.

Roxelane allait interroger encore lorsqu'elle vit Nur s'incliner et les domestiques se prosterner. Tournant la tête, elle aperçut une grande et belle femme, aux yeux très noirs et au port majestueux.

Impressionnée, Roxelane s'inclina à son tour devant celle que toutes semblaient craindre. Hafsa Hatun, veuve de Sélim, était la fille de Mengli Giray, khan des Tatars de Crimée et descendant de Gengis Khan. A plus de quarante ans, elle dirigeait le Harem avec une autorité impitoyable, adorait Soliman qui la respectait et écoutait ses conseils, et passait pour la protectrice d'Ibrahim. Certaines rumeurs laissaient même entendre que ce qui liait la veuve et l'esclave du sultan était plus qu'une simple affection...

Sans un mot, la valide sultane jaugeait la nouvelle venue, tel un maquignon devant une jument. Ce qu'elle découvrit parut la satisfaire.

– Ainsi, tu es cette Roxelane dont la voix a enchanté le sultan. Sais-tu qui je suis ?

– Non, madame.

– Ici, on m'appelle la valide sultane. Soliman est mon fils et je dirige en son nom le Harem. Ibrahim a eu bon goût, je dois le reconnaître. Je pense que le sultan appréciera son cadeau. Le « général des filles » t'a-t-il donné ses instructions pour cette nuit ?

Roxelane secoua la tête sans comprendre.

– Le *kizlar agasi* est venu, valide sultane, intervint Nur, mais il ne lui a rien dit. Il l'entretiendra certainement lorsqu'il reviendra.

– Oui, bien sûr. Nous nous reverrons, Roxelane. Si le sultan te fait l'honneur de réclamer d'autres fois ta compagnie, je veillerai à ce que tu reçoives une excellente éducation...

Hafsa Hatun s'éloigna. La Maîtresse des robes conduisit Roxelane jusqu'à une petite pièce aux murs creusés de niches débordant de pots d'huiles parfumées et d'onguents. Deux esclaves se dévêtirent, ne gardant qu'un pagne de toile autour des reins, aidèrent Roxelane à s'allonger sur la table et enduisirent d'huiles chaque pouce de son corps. D'abord crispée, la jeune femme se laissa peu à peu aller au plaisir du massage.

Ce n'étaient plus des mains d'esclaves qui caressaient et pétrissaient sa chair, mais celles du monarque tout-puissant épris de sa nouvelle favorite... Ah ! s'il pouvait réclamer d'autres fois sa présence ! Mais comment une Alexandra Lisowska pourrait-elle séduire un sultan tel que Soliman ? Où étaient-ils à présent, ceux qui jadis se moquaient de ses haillons ? Que ne donnerait-elle pas pour qu'ils soient témoins de sa bonne fortune ! Et son pauvre ivrogne de père, avait-il survécu ? ...

Elle obéit en bâillant à la voix qui lui demandait de se retourner. On peignit et on parfuma sa toison, on souligna de rose l'aréole de ses seins. Un frisson de plaisir la parcourut alors et elle ronronna sous le regard déconcerté de la Maîtresse des robes.

Un rire moqueur l'arracha à sa rêverie. Ouvrant les yeux, elle aperçut une jeune femme très brune, d'origine tatare comme la valide sultane à n'en pas douter.

– Voici donc la fameuse Roxelane à la voix enchanteresse ! railla Gülbahar. Une grosse vache rousse aux pis flasques ! Comment craindre une telle rivale ?

Roxelane se redressa. Si quelques mots lui avaient échappé, elle ne pouvait se méprendre sur le sens général des paroles de la *kadin*.

– J'ai donné un fils au Padichah, reprit Gülbahar. Un fils, entends-tu ! Mustafa régnera et le jour viendra où je serai à mon tour valide sultane !

– Qui est cette femme ? demanda Roxelane.

La Maîtresse des robes hésita. Ne tenant ni à se faire une ennemie de la première sultane ni à déplaire à une favorite en puissance, protégée d'Ibrahim de surcroît, elle opta pour une prudente neutralité.

– Le *kizlar agasi* va revenir. Il nous faut nous hâter de choisir une tenue. S'il te plaît, Gülbahar, ne nous retarde pas. Roxelane est attendue ce soir par le Sultan des sultans.

La *kadin* s'écarta, mais elle suivit sa rivale jusqu'à la chambre et ne la quitta pas des yeux tandis qu'elle enfilait un pantalon étroit serré à la taille et un gilet à larges manches frangé d'or avec diamants en guise de boutons. Quand Roxelane eut noué autour de ses reins une ceinture incrustée de pierres précieuses et qu'elle se fut coiffée d'une toque de velours brodée de perles, Nur déclara l'ensemble parfait.

– Une guenon déguisée, ouais ! se moqua Gülbahar. Mais peut-on attendre mieux d'une paysanne ?

Roxelane pinça les lèvres et se contraignit au calme. Elle ne pouvait se colleter avec cette Tatare et rejoindre ensuite le sultan, la chevelure emmêlée, les lèvres et le nez tuméfiés ! Mais tôt ou tard, elle ferait regretter à la *kadin* ses paroles.

Gülbahar aurait sans doute continué ses provocations si le chef des eunuques noirs n'était par chance revenu. Le Nubien toisa la *kadin* d'un air peu amène et lui signifia, poliment, mais fermement, de se retirer. La rage au cœur, Gülbahar quitta les appartements. Elle n'était pas de taille à lutter. S'attirer l'hostilité de l'homme le plus puissant de l'Empire après le sultan, le grand vizir et le *seyhül-islam*, chef suprême des *ulemas*, c'était aller au-devant des ennuis. D'autant plus que l'eunuque serait responsable de Mustafa durant les treize années que l'héritier passerait entre les murs du Harem...

Le *kizlar agasi* inspecta Roxelane, lui fit faire quelques pas, lui ordonna de s'asseoir, de se lever et de marcher encore. Enfin il sourit d'un air content et remercia la Maîtresse des robes.

– A présent, Roxelane, écoute-moi attentivement.

L'eunuque parlait lentement afin de se faire bien comprendre.

– Je te conduirai moi-même jusqu'à la chambre de Sa Majesté impériale. Le Sultan des sultans y sera déjà. Tu te conformeras en tous points à mes instructions.

– Conformeras ? Instructions ?

– Tu feras exactement ce que je vais te dire.

Et, répétant et expliquant les mots les moins courants, le chef des eunuques noirs enseigna à Roxelane les usages de la cour ottomane.

L'eunuque et la favorite quittèrent le Harem, longèrent les bâtiments qui abritaient le personnel, puis le pavillon des Reliques et arrivèrent devant une entrée surveillée par quatre muets. Roxelane n'avait, durant le trajet, aperçu âme qui vive. Chaque porte, chaque fenêtre était close sur son passage et elle ressentait physiquement la tension qui régnait dans cette partie du Sérail. Malgré ses appréhensions, elle se contraignait à marcher d'un pas ferme et la tête haute. Si cette nuit devait être unique, au moins aurait-elle fait tout son possible...

Le Nubien précéda Roxelane dans un dédale de couloirs jusqu'à une porte éclairée par une torchère. Le regard sombre et attentif sous le turban, deux muets veillaient. Le chef des eunuques passa encore une fois la fille en revue, chercha le détail susceptible de déplaire au sultan, mais n'en trouva aucun. Il posa la main sur la poignée de la porte, fit signe à Roxelane d'entrer et referma la porte derrière elle.

A l'intérieur, une autre torchère brûlait. Roxelane se retourna et, constatant que le *kizlar agasi* ne l'accompagnait plus, elle prit une profonde inspiration. C'était maintenant ou jamais ! Les yeux baissés, elle marcha jusqu'à la couche impériale. Le sultan l'observait-il tandis qu'elle avançait vers lui ? L'angoisse la saisit. Que devait-elle faire ? Puis, se souvenant des instructions de l'eunuque, elle s'agenouilla au pied de la couche et, le regard toujours baissé, saisit un pan de la couverture et le porta à ses lèvres. Elle avança ensuite le buste et, s'aidant des coudes et des genoux, elle rampa jusqu'à la tête du lit. Position ridicule qui faillit lui donner le fou rire.

Alors seulement, elle Le vit. Assis en tailleur sur les coussins, il portait pantalon bouffant et chemise de soie, dolman de laine fine fourrée de zibeline et babouches de cuir jaune. Il avait posé près de lui son turban surmonté d'une aigrette de diamants. Découvrant que le sultan était un jeune homme aux traits fins, au nez légèrement busqué, à la fine moustache et à la barbe pareille à un duvet d'oisillon, elle éclata d'un rire perlé. C'était si inattendu que Soliman se figea.

Devant son expression de dignité offensée, le rire de Roxelane redoubla.

– Pourquoi ris-tu ? Qu'y a-t-il de si drôle ?

– Rien, fit Roxelane qui tentait de se maîtriser. Rien, Votre Majesté impériale... Mais je m'attendais...

– A quoi ?

– Je ne sais pas. Tout ce cérémonial m'impressionne tellement, avoua-t-elle en s'essuyant les yeux. Je n'avais aucune idée de l'homme que j'allais rencontrer et je vous imaginais plus vieux !

– Ibrahim ne t'a rien dit ?

– Non... ou plutôt si, Majesté impériale. Mais ni plus ni moins que Nur ou l'homme noir. Mais vous paraissez si jeune et vous êtes si beau !

– Si j'ai bien compris, tu t'attendais à un vieillard chauve et édenté ? grommela Soliman.

– Oui, Votre Majesté impériale.

Et une nouvelle fois, elle partit à rire. Craignant qu'elle ne se moquât de lui, Soliman fronça les sourcils. Mais elle riait si franchement qu'il se sentit gagné par sa bonne humeur. Les filles qu'on lui amenait étaient le plus souvent terrifiées et n'osaient proférer un mot en sa présence. La spontanéité de celle-ci lui plaisait.

– Hürrem sultane, ce surnom t'ira parfaitement.

– Que signifie-t-il, Majesté ?

– Je croyais que tu parlais notre langue ?

– Je n'en connais pas encore toutes les subtilités...

– « La Joyeuse », traduisit Soliman.

Leurs regards se croisèrent et Roxelane sourit. « La Joyeuse », c'était un beau surnom, oui.

Une fille directe et sans artifices. Décidément, Ibrahim avait bien choisi.

– Chante pour moi.

Jetant un coup d'œil autour d'elle, Roxelane dit d'un air navré :

– Je n'ai pas apporté d'instrument pour m'accompagner.

– J'aurais dû y penser. Mais c'est égal, je t'écouterai volontiers.

Roxelane chanta une ancienne ballade slave, l'hymne d'amour d'une fiancée séparée de son bien-aimé. Soliman l'écoutait, les yeux fermés. Lorsqu'elle se tut, il posa ses deux mains sur les épaules de la fille.

– A présent, dévêts-toi.

Tandis qu'elle obéissait, Soliman découvrait avec bonheur une fraîche et solide paysanne pleine de sève, aux hanches un peu fortes, à la poitrine épanouie, promesses de fécondité.

Elle se pencha et il enfouit son visage entre ses seins lourds, humant leur odeur, caressant leurs courbes et promenant sa langue sur leurs aréoles parfumées. Puis il laissa courir ses lèvres le long de ses épaules et de son cou. Ni trop brusque ni trop lent, Soliman se comportait en parfait amant. Roxelane frissonna. Oubliant qui il était, elle ne vit plus en lui qu'un compagnon de plaisir auquel elle se livra sans retenue. Elle se permit même des initiatives dont elle n'avait jamais eu l'idée et le sultan semblait au comble de la félicité.

Ponctuant leurs étreintes de bavardages et de chants murmurés, le Padichah et l'esclave ne virent pas la nuit passer.

Il faisait grand jour lorsqu'elle s'éveilla. Le chef des eunuques noirs se tenait immobile au milieu de la chambre impériale. Il salua Roxelane d'un signe de tête.

– Où est le sultan ?

– Sa Majesté impériale fait ses ablutions avant la première prière. Mais comme tu peux le constater, il t'a laissé ses vêtements avec l'argent et les joyaux qu'ils contenaient ainsi que son turban à aigrette de diamants. Je dois dire que Sa Majesté était d'excellente humeur.

Le général des filles ne lui parlait plus avec condescendance comme la veille, mais avec une certaine déférence. Elle s'étira et s'habilla sans hâte devant le Nubien, dont le regard ne la gênait pas plus que celui d'une statue d'ébène.

– Reverrai-je le sultan la nuit prochaine ? Une autre nuit ?

Le Nubien hésita avant de répondre :

– Sans doute que oui... Suis-moi, maintenant.

Nur et les domestiques s'inclinèrent plusieurs fois devant elle. Sur un coussin recouvert de zibeline reposait un bracelet d'or ouvragé qu'un page du Has oda venait d'apporter de la part du sultan.

Le *kizlar agasi* en écarquilla les yeux d'étonnement.

– Un prince doit savoir travailler de ses mains, expliqua-t-il quand il se fut ressaisi. Adolescent, Sa Majesté impériale s'est initiée à l'art de l'orfèvrerie. Comme son père Sélim avant lui. Ce bracelet est son œuvre.

Et il ajouta, en s'inclinant pour la première fois devant Roxelane :

– Sa Majesté impériale ne pouvait te faire un plus grand honneur.

– Je comprends, dit pensivement Roxelane en effleurant le bijou et en le passant à son poignet.

Puis elle prévint la Maîtresse des robes qu'elle souhaitait procéder à ses ablutions et Nur s'empressa de la servir.

Deux jours plus tard, Soliman convoqua le Conseil impérial. Dès le lever du soleil, vizirs et hauts dignitaires commencèrent à affluer par la Porte du Milieu. L'annonce de la réunion n'avait rien d'exceptionnel puisque cette assemblée se retrouvait jusqu'à quatre fois par semaine tout au long de l'année.

Entrèrent comme convenu dans la salle du Divan Piri Pacha, le grand vizir, Ahmed Pacha, le second vizir, puis les troisième et quatrième vizirs, l'*aga* des janissaires, le *defterdâr*, ministre des Finances, le *kâdiasker* et le *kazasker*, chefs suprêmes de l'administration judiciaire en Roumélie et en Anatolie, le grand amiral de la flotte, le *nisenci*, secrétaire du Divan, et enfin le chef suprême des *ulemas*.

Deux choses surprirent les hauts dignitaires. D'abord, le sultan était assis sur son trône et non dissimulé, comme à l'habitude, derrière la fenêtre grillagée ménagée en haut du mur. Ensuite le Padichah, vêtu de satin blanc et coiffé d'un turban orné d'une rose d'or à cœur de rubis, parlait à voix basse avec Ibrahim.

Manifestement, l'esclave impérial ignorait la raison pour laquelle on l'avait convoqué et, tout en répondant à Soliman, il examinait les lieux avec curiosité. La cheminée en argent doré, la fontaine de cristal et les arabesques incrustées de pierreries et moulées d'or des plafonds étaient familières aux conseillers. Seuls les ambassadeurs étrangers jetaient des regards incrédules sur ces richesses et les mentionnaient encore dans leurs rapports.

Après les prosternations et les formules d'usage, tous prirent place sur les banquettes et les sièges disposés au pied du trône.

– Longue vie à toi, Sultan des sultans, Souverain des souverains, Ombre de Dieu sur la Terre, dit Piri Pacha. Que ta volonté s'exprime !

Soliman hocha la tête. Son regard parcourut tous les visages avant de s'arrêter sur celui du grand vizir.

– Ma volonté s'exprime ainsi : tu as toujours été un fidèle serviteur de l'Empire, Piri Pacha. Mais tu atteins aujourd'hui un âge respectable et j'ai décidé de te remplacer par un ministre plus jeune, dont l'énergie n'aura pas été entamée par des années d'exercice des plus hautes fonctions.

Le grand vizir pâlit. Depuis des mois, il s'attendait à cette décision. Piri Pacha salua le sultan puis l'assemblée.

– Padichah, je reconnais là ta grande sagesse, et ta décision rejoint la mienne. J'étais en effet résolu à te présenter ma démission. Les temps changent, mon maître est à l'aube d'un règne glorieux, il doit désormais asseoir son pouvoir sur de jeunes ministres qu'il choisira lui-même.

– Je n'ai eu qu'à me louer de tes services depuis le jour où tu me reçus au Sérail. Ta retraite sera honorable et je la souhaite longue et heureuse. Approche, Piri Pacha !

Soliman tendit sa main droite et Piri Pacha en baisa respectueusement le bout des doigts. Puis le grand vizir remercié regagna sa place et attendit la suite des événements avec curiosité. Les trois autres vizirs aussi attendaient, mais avec une impatience qu'exacerbait l'ambition. Ahmed Pacha, le deuxième vizir, semblait le mieux placé : il avait été le principal artisan de la prise de Rhodes et jouissait depuis ce jour d'une faveur grandissante. Mais les mots que prononça Soliman anéantirent tous ses espoirs.

– Ibrahim était déjà mon Has oda basi, chef de ma Chambre et porteur de mon sceau. Il devient ce jour mon Premier Esclave, chef du gouvernement, de l'administration et de l'armée, exception faite des janissaires.

Ibrahim se jeta aux pieds du sultan et posa son front sur ses babouches.

– Relève-toi, ordonna Soliman, ce n'est pas tout. Je te confère également le titre de *beylerbey* de Roumélie.

Ce titre donnait au favori le commandement de toutes les armées des territoires turcs d'Europe et la haute main sur les gouverneurs des cités comme des provinces. Ajouté à celui de grand vizir, il faisait d'Ibrahim l'homme le plus riche et le plus puissant de l'Empire ottoman après le sultan.

Les ministres saluèrent le nouvel homme fort de l'empire. Mais Ahmed Pacha bouillait d'une colère visible au frémissement de sa lèvre inférieure et à son inquiétante pâleur.

– Ahmed pacha...

– Oui, Padichah, répondit le deuxième vizir d'une voix sourde.

– La démission du grand vizir entraîne la tienne.

– Oui, Padichah.

– As-tu un souhait à formuler ? Une faveur à quémander ?

Le deuxième vizir battit des paupières. La tête lui tournait. Il avait tant convoité ce poste suprême ! Son regard se planta dans celui de Soliman.

– L'unique faveur que je sollicite de mon maître est de continuer à le servir ainsi que je l'ai toujours fait.

– Je te l'accorde.

– Souverain des souverains, confie-moi le gouvernement de l'Égypte.

– Pourquoi pas ? Tu te rendras au Caire, c'est entendu, et tu administreras cette province en mon nom pour le bien de l'empire.

Ahmed Pacha se prosterna.

– Mustafa Pacha sera deuxième vizir, Kasim Pacha troisième vizir, et je promulguerai bientôt une ordonnance qui établira un quatrième vizir dans ses fonctions, déclara Soliman. Que chacun se mette à sa tâche.

A peine le dernier dignitaire eut-il quitté la salle du Divan que le favori s'agenouilla devant le sultan.

– Ombre de Dieu sur la Terre, suis-je digne de telles charges ?

– Oui, dit Soliman. J'ai eu le temps d'apprécier ton intelligence et ta loyauté, ton courage et ton intégrité. Nul plus que toi ne mérite le titre de Premier Esclave. Ensemble, nous gouvernerons et ferons de cet Empire l'État le plus puissant du monde. Nous abattrons nos ennemis et répandrons partout les lois de l'Islam.

Les ambassadeurs étrangers s'empressèrent de venir saluer le nouveau grand vizir. Jean Frangipani, un noble croate au service de la France, fut l'un des premiers à être reçu dans le bureau de la Chancellerie.

– Le Sultan des sultans estime beaucoup le roi François qu'il considère comme un véritable preux, dit Ibrahim.

– C'est pourquoi mon maître m'a chargé de deux messages pour le Padichah.

– Sais-tu ce qu'ils contiennent, seigneur Frankipan ?

– Le premier est une requête officielle. Voici quelques mois, une ambassade a quitté Paris pour Istanbul, apportant au Padichah quelques présents de la part de notre roi : quatre chandeliers d'or, une ceinture dorée, ainsi qu'un rubis de la plus belle eau. Cette ambassade a été interceptée en chemin, ses membres ont été assassinés et les présents volés. Le roi demande réparation.

– Une enquête sera diligentée et on retrouvera les coupables, assura Ibrahim.

– Le deuxième message, le plus important, doit rester secret, poursuivit Frangipani en tirant un feuillet de la semelle d'une de ses bottes. Il est écrit de la main de Sa Majesté. Mon maître propose une alliance contre l'Empire. Il combattra Charles Quint à l'ouest tandis que Soliman attaquera à l'est leur ennemi commun.

Ibrahim et Gritti se connaissaient depuis l'avènement de Soliman. A cette époque, le Vénitien résidait une partie de l'année à Istanbul dans le palais abritant la bailie de Venise, autrement dit son ambassade permanente, seule institution européenne de ce type dans l'Empire ottoman. Il avait été l'un des rares chrétiens invités lorsque Soliman avait ceint le sabre d'Osman et avait remarqué l'attachement que le nouveau sultan portait au Grec. Aussi avait-il recherché sa compagnie. Il lui faisait porter de nombreux présents – chevaux, armes, livres et vêtements – dignes de susciter l'intérêt du Has oda basi, sans jamais quémander en retour aucune faveur ni aucun passe-droit. Il cultivait l'amitié d'Ibrahim et se contentait d'être convié aux festivités du palais, à une partie de chasse impériale ou à une visite dans Salipazar, le grand marché hebdomadaire.

Quand il avait quitté la capitale, le Vénitien était resté en contact par courrier avec le favori. Et, depuis son retour de Hongrie, il l'avait rencontré plusieurs fois et longuement entretenu de son séjour à Buda, évoquant son protecteur et ami, le voïvode de Transylvanie. Ibrahim avait promis de parler de Zapolya au sultan comme d'un zélé partisan d'un rapprochement entre Hongrois et Ottomans, mais aussi et surtout comme d'un adversaire irréductible des Habsbourg.

Le secrétaire du Divan introduisit Gritti et Laszki qui saluèrent très bas le grand vizir. Très peu d'Occidentaux ayant le privilège d'être accueillis dans le bureau privé du chef du gouvernement, le Vénitien jugea cela de bon augure. Apercevant l'énorme globe terrestre qui occupait sur son trépied tout un angle de la pièce et les instruments posés sur une table basse, il se souvint qu'Ibrahim se passionnait pour la géographie et l'astronomie.

Le grand vizir était vêtu de toile fine et coiffé d'un sobre turban. Penché sur des plans établis par les architectes impériaux, il semblait perplexe. Enfin, il roula les plans et les rangea dans un casier.

– Je te prie de m'excuser, Gritti bey. Mais Sa Majesté impériale m'a offert en bordure de l'Hippodrome un terrain où je veux faire bâtir un palais. Aucun de ces projets ne correspond à l'idée que je m'en fais !

– Nous arrivons donc à un moment inopportun... Il serait peut-être souhaitable que nous revenions plus tard.

– Non, sourit Ibrahim, les affaires de l'État passent avant toute chose.

– Ibrahim Pacha, je ne pense pas que vous connaissiez Jérôme Laszki, secrétaire du prince Zapolya. C'est un juriste éminent et un homme d'excellent conseil.

Le secrétaire salua et le grand vizir répondit d'une brève inclinaison de la tête.

– Sa Majesté impériale aimerait disposer de plus amples renseignements sur le prince Zapolya. Il est allié aux Jagellon de Pologne, n'est-ce pas ?

– Par son épouse, précisa Gritti. Mais ce n'est pas tout : le roi de France le soutient dans ses efforts à contrer les ambitions des Habsbourg. Et la Sérénissime République verrait en lui un candidat idéal au trône de Hongrie.

– Fort bien, dit Ibrahim qui ne l'ignorait pas, mais encore ?

Jérôme Laszki fit un pas en avant.

– Si vous permettez, Ibrahim Pacha : mon maître a reçu l'assurance que la Curie romaine, en la personne du pape Clément, ne serait pas opposée à son avènement.

– Existe-t-il un document l'attestant ?

– Oui, mais pour des raisons que vous comprendrez, mon maître ne s'en est pas dessaisi. En voici toutefois une copie certifiée conforme.

– L'accord du pape serait assurément un atout non négligeable, si tant est que le pape représente encore une puissance en Europe. La Réforme porte de rudes coups aux catholiques...

– C'est exact, avoua Laszki.

Ibrahim recula jusqu'au globe dont il caressa la surface polie.

– En ceignant le sabre d'Osman, Sa Majesté impériale a hérité de deux devoirs : porter la parole du Prophète afin de propager en tous lieux la foi de l'Islam et agrandir l'Empire que lui ont légué son père et ses aïeux. Tôt ou tard, Sa Majesté impériale prendra la tête d'une campagne auguste et portera ses armes sur l'Orient ou l'Europe.

L'index d'Ibrahim se posa sur la Perse.

– Shah Tahmasp a succédé là à Shah Ismaël, le vieil ennemi du sultan Sélim. Autant dire que le faucon a laissé la place à un corbeau aux ailes rognées et que les Safavides ne représentent pas un véritable danger pour l'Empire ottoman. Du moins pas pour le moment. Le Padichah s'intéresse beaucoup plus à ce qui se passe en Occident. Il se méfie des ambitions de ces Habsbourg, de ce Charles Quint...

– Si le roi de Hongrie venait à mourir, c'est Ferdinand, le frère de Charles qui lui succéderait, dit Laszki. Le mariage de Louis avec la princesse Marie a scellé l'accord.

Luigi Gritti approuva d'un hochement de tête.

– Voici un document qui précise les intentions du prince de Transylvanie au cas où lui serait attribuée la couronne de Hongrie, poursuivit le secrétaire. Mon maître s'engage à reconnaître la suzeraineté du sultan, à lui verser un tribut, à lui fournir des contingents pour toute campagne et à lutter au côté de la Porte contre les Habsbourg, si nécessaire.

Jérôme Laszki tendit une liasse de feuillets à Ibrahim. Le grand vizir roula les papiers et les fit disparaître dans sa ceinture de soie.

– Le Divan étudiera les termes de ce document que je soumettrai d'abord au sultan. Gritti bey, je tiens à te remercier pour tes efforts.

– Assurez Sa Majesté impériale qu'elle n'a pas serviteur plus dévoué que moi.

– Je n'y manquerai pas. Quand comptez-vous regagner Buda ?

– Le prince Zapolya attend avec impatience le résultat de nos entretiens.

– Je vous promets une réponse avant le prochain mois. En attendant, considérez-vous tous deux comme mes invités.

L'audience était terminée.

De retour à l'ambassade, le secrétaire rédigea un message laconique qu'il coda comme il en avait convenu avec le voïvode de Transylvanie. Puis il appela un officier de sa suite.

– Pars ce soir pour Buda. Remets ce pli en mains propres à monseigneur Zapolya et dis-lui que nos affaires sont en bonne voie. Ce sauf-conduit frappé du sceau du grand vizir te permettra de voyager sans encombre et cette médaille prouvera au prince que tu viens de ma part. Voici une bourse, fais-en bon usage. Tu recevras la même à Buda.

Restés seuls, Laszki et Gritti échangèrent un sourire.

– Après cela, Ferdinand de Habsbourg pourra toujours compter sur ses ambassadeurs ! ricana le Vénitien.

– Mais Louis règne sur la Hongrie, fit remarquer Laszki. Il est jeune, en excellente santé...

– N'as-tu pas entendu Ibrahim ? Tôt ou tard, Soliman mènera campagne. A nous de faire en sorte que la Hongrie soit la cible du sultan !

7

1523

Le palais d'Ibrahim surpassa en beauté et en magnificence tout ce que l'on pouvait admirer à Istanbul. Mais il était dit que la fortune du grand vizir de l'Empire ottoman, *beylerbey* de Roumélie, ne devait pas s'arrêter là.

Hadice, la plus jeune des sœurs de Soliman, était en âge de se marier. Comme le voulait l'étiquette, c'est Mustafa Pacha, le deuxième vizir, qui transmit à Ibrahim la proposition du sultan.

– Épouser Hadice Hanim ? Es-tu sûr de ne pas avoir confondu ? Est-ce bien de moi qu'il s'agit ?

– Je ne me suis pas trompé, Ibrahim Pacha. D'ailleurs, voici l'*aga* des janissaires qui doit t'escorter jusqu'au Sérail pour entendre confirmation de la bouche même du Padichah.

Le poids des faveurs dont le sultan le comblait accabla soudain Ibrahim. N'était-ce pas trop pour le petit Grec tombé aux mains des corsaires qu'il avait été ?...

– Allons, ne faisons pas attendre Sa Majesté, dit-il enfin en saluant le général des janissaires.

Soliman le reçut à bras ouverts. Les deux hommes s'entretinrent un long moment des festivités. Soliman, qui tenait à inviter sans tarder le plus grand nombre d'ambassadeurs étrangers afin que se répandît en Europe l'annonce du mariage, fixa la date de la cérémonie. La question réglée, il entraîna son ami dans les jardins où ils s'adonnèrent à la poésie.

Se désintéressant du reste du Harem depuis leur première rencontre, Soliman faisait venir chaque soir Roxelane en ses appartements ou bien la rejoignait dans les siens. Inutile de dire que cette passion exclusive provoqua la jalousie et la colère des épouses et concubines délaissées.

Gülbahar ne décolérait pas. Elle qui croyait son avenir assuré après la naissance de Mustafa voyait une intrigante prendre sa place auprès de Soliman ! Pire encore, la Russe étant enceinte, le Padichah semblait écarter le petit prince de la cour. C'en était trop pour la bouillante Circassienne qui fit un jour irruption dans les appartements de sa rivale.

– Chienne rousse ! Crois-tu que je ne vois pas ton manège ? Non contente de détourner de moi le sultan par tes artifices, tu veux voler à mon fils la place qui lui revient !

– Voyons ! s'interposa la Maîtresse des robes, voyons !

– Reste en dehors de ça ! hurla Gülbahar.

Nur quitta la pièce pour réclamer l'intervention du *kizlar agasi*. Pendant ce temps, Gülbahar s'emparait de tout ce qui lui tombait sous la main et bombardait Roxelane réfugiée derrière son lit.

– Je te tuerai ! Je te ferai enfermer dans une cage pour le restant de tes jours !

Quand la *kadin* fut à court de projectiles, Roxelane en profita pour se jeter sur elle. Les deux femmes roulèrent à terre en vociférant dans un fouillis de jupes et de foulards. Bien qu'alourdie par sa grossesse et plus petite que la Circassienne, Roxelane avait de la défense. Tandis que Gülbahar jouait des ongles et des dents, elle frappait, poings serrés, et arrachait les cheveux à poignées ! Prenant enfin le dessus, elle emprisonna la Tatare dans l'étau de ses cuisses et lui administra une raclée magistrale sans se soucier de ses hurlements.

Le Nubien accouru réussit à les séparer et aida Gülbahar à se relever. Nez et bouche tuméfiés, pommette violacée, la *kadin* était dans un piteux état. Quant à Roxelane, le visage égratigné, elle brandissait des mèches de cheveux noirs.

– Cela suffit ! gronda le *kizlar agasi*. Avez-vous perdu la tête ? Vous mériteriez d'être fouettées et enfermées. C'est peut-être bien ce qui va se passer lorsque Sa Majesté impériale apprendra cet esclandre !

– Cette folle m'a agressée ! protesta Roxelane. Je n'ai fait que me défendre !

– J'arracherai ta langue de vipère ! grinça Gülbahar en ravalant ses larmes. On te marquera au fer rouge avant de te livrer aux ouvriers de l'Arsenal !

– Nur ! Reconduis la *kadin* à ses appartements et veille à ce qu'on soigne ses blessures avant qu'elles ne s'infectent, ordonna le chef des eunuques noirs.

Quand la Circassienne eut quitté la pièce, il se tourna vers Roxelane :

– Ainsi, tu n'as fait que te défendre ?

– C'est la vérité, je le jure !

– Eh bien ! tu n'y as pas été de main morte ! Gülbahar n'est pas près de se montrer en public... Mais as-tu songé à l'enfant que tu portes ? Garçon ou fille, il est de la race des Osmanli et appartient au sultan. Sais-tu ce qui se passerait si tu le perdais par négligence ?

Roxelane secoua la tête.

– Le Padichah se détournerait de toi et tu finirais tes jours emmurée vivante et nourrie de pain et d'eau.

Roxelane frissonna à cette triste perspective, mais une lueur de triomphe brillait dans ses yeux. L'enfant était là, elle le sentait bouger en elle. Gülbahar y regarderait à deux fois avant de revenir la défier !

Lorsque Soliman apprit l'incident, il ne fit aucun commentaire, mais donna des instructions pour que l'on interdise à Gülbahar l'accès aux appartements de Roxelane. Et plus jamais il n'honora la Circassienne.

Le 24 mai précisément, jour anniversaire de la prise de Constantinople par Mehmet le Conquérant, le sultan quitta le Sérail pour se rendre au palais d'Ibrahim. On avait tendu des murailles de soie tout le long du trajet et pendu à chaque fenêtre un drap brodé d'or. Ibrahim se jeta aux pieds du sultan. Soliman le releva et, le tenant par les épaules, il visita son palais, dont il lui fit compliment.

Connaissant les goûts simples de son maître en matière de cuisine, Ibrahim lui fit servir un repas frugal, mais de qualité. Cinquante serviteurs habillés de blanc déposèrent deux pigeons dodus devant le sultan et de la viande d'agneau et de mouton devant les invités. Le baile de Venise avait fait porter des fromages d'Italie. Pour finir, le sultan se laissa tenter par des confitures et quelques fruits. Le grand vizir, qui était resté debout auprès du Padichah, lui versait l'eau aromatisée et goûtait tous ses plats.

– Je te remercie pour ton hospitalité, Ibrahim, dit Soliman à la fin du repas. Allons rejoindre ta fiancée.

Ils regagnèrent le Sérail dans la litière impériale, sous les acclamations de la population. Le *kizlar agasi* attendait Soliman devant la porte de la Salutation.

– Un malheur serait-il arrivé en mon absence ? demanda le sultan.

– Oh non ! Majesté impériale, dit en se prosternant le chef des Eunuques noirs. Bien au contraire ! Hürrem sultane vient de te donner un fils !

Le sultan se précipita dans la chambre où, entourée des médecins impériaux, de sages-femmes et d'esclaves, Roxelane reposait. On lui présenta le nouveau-né. Il le saisit et l'éleva à hauteur de ses yeux.

– Allah soit remercié : c'est un vrai Osmanli !

Le nourrisson se manifesta par des cris stridents.

– Robuste et plein d'énergie, commenta Soliman. Il a déjà l'étoffe d'un souverain. Il portera le nom de mon père : Sélim !

Puis il rendit l'enfant à la sage-femme.

– Le ciel me comble de ses bienfaits : en ce jour anniversaire de la prise de Constantinople, un prince est né et ma sœur épouse mon meilleur ami ! Loué soit Dieu ! Qu'on me laisse seul maintenant avec Hürrem sultane.

La chambre se vida comme par enchantement. Soliman se pencha sur Roxelane. Épuisée, mais ravie, le visage auréolé de cheveux roux, jamais elle ne lui avait paru aussi désirable.

– Es-tu satisfait, mon seigneur et maître ?

– Satisfait ! Tu seras désormais première sultane, mon aimée, et je t'épouserai !

– Tu m'épouseras ?

– Tu seras impératrice. Istanbul assistera à des fêtes telles que, de mémoire d'homme, on n'en aura jamais vu de pareilles. Repose-toi, ma douce amie, reprends des forces. Et laisse-moi baiser tes lèvres parfumées, ta bouche au goût de miel, tes yeux d'émeraude...

Ivre de bonheur, le sultan se rendit ensuite au pavillon des Reliques où il passa la nuit en prières et en remerciements tandis que les imams lui lisaient des versets du Coran. Au matin, il visita le petit Sélim qu'il trouva braillant et rouge de colère et rejoignit le grand vizir en son palais.

– Souverain des souverains, sourit Ibrahim, permets-moi de te féliciter.

– Heureux présage que la date de sa naissance, n'est-ce pas ? Après moi, il régnera sur le monde !

Ibrahim jugea inopportun de faire remarquer qu'il existait déjà un héritier en titre en la personne du prince Mustafa, le fils de Gülbahar.

– Mon cher Ibrahim, comment pourrai-je assez te remercier ? Grâce à toi, Roxelane enchante mes nuits et mes jours ! Tu es avec elle ce que j'ai de plus cher au monde !

– Puissant seigneur, répondit le grand vizir, tu m'as déjà comblé le jour où tu m'accordas ton amitié. Mais tu m'as aussi donné ta sœur et tu as fait de moi ton Premier Esclave, ton serviteur le plus dévoué. Ma vie t'appartient.

La journée fut consacrée aux réjouissances. On admira des danseuses, on assista à des courses et des concours de tir à l'arc, on entendit des poètes célébrer la beauté d'Hadice Hanim et celle de Roxelane, louer la puissance de Soliman et réciter les distiques composés dans le passé par le sultan Sélim.

Au crépuscule, Ibrahim fit paraître des jongleurs et des acrobates, des acteurs et des derviches et aussi des lutteurs ruisselants d'huile. La fête se termina par un gigantesque feu d'artifice. Une foule de serviteurs apporta tours et bateaux de bois doré, mannequins à corps d'éléphants, de chameaux, d'autruches, d'ânes et de chevaux, tous remplis de poudre à canon, autour desquels des artificiers costumés à la persane, à l'italienne ou à l'allemande s'empressèrent.

Ce fut un moment inoubliable. Rayonnant, Soliman distribuait des cadeaux, riait aux facéties des bouffons, battait des mains au rythme des cornets, des trompettes et des tambourins. Enfin, il se retira au Sérail.

Ahmed Pacha n'avait pas assisté à ces festivités. Nouveau gouverneur de la province d'Égypte, il venait de rejoindre son poste au Caire et entreprenait presque aussitôt de conspirer contre le sultan.

La province avait été conquise sur les Mamelouks qui y régnaient depuis plus de cent cinquante ans. Les structures administratives et militaires de l'Empire ottoman n'y étant pas encore efficacement implantées, Ahmed Pacha jugea le terrain favorable pour une opération de grande envergure. Il rencontra d'anciens chefs mamelouks, leur promit de les réintégrer dans leurs pouvoirs d'antan, s'entretint secrètement avec des agents de l'Ordre des chevaliers de Saint-Jean et laissa entendre qu'en échange d'un soutien des chrétiens, il ne verrait aucun inconvénient à restituer Rhodes à ses anciens possesseurs. Enfin, il envoya des émissaires au shah de Perse pour lui proposer une alliance contre Soliman.

Dans son impatience, Ahmed Pacha n'attendit ni les réponses des chrétiens ni celle du shah. Avec l'aide des Mamelouks, il extermina la garnison de janissaires installée au Caire, se proclama sultan d'Égypte, fit battre monnaie à son effigie et se comporta en souverain impitoyable, éliminant quiconque contestait son autorité.

– Pourquoi cette tristesse, mon seigneur et maître ? Quel souci ronge ton cœur ?

Depuis son accouchement, Roxelane avait pris la place de Gülbahar, reléguée au fond du Harem. Les hauts dignitaires et les ambassadeurs étrangers lui faisaient porter des présents et Hafsa Hatun elle-même la traitait avec considération. On remarquait cependant que la valide sultane n'avait pas abandonné Gülbahar et qu'elle la visitait régulièrement.

– Les affaires de l'État occupent mon esprit, répondit Soliman. Ahmed Pacha que j'avais comblé d'honneurs et de bienfaits a trahi ma confiance. Si je n'y mets bon ordre, l'Égypte se détachera de l'Empire et d'autres provinces suivront son exemple...

Roxelane hocha la tête. Depuis la naissance de Sélim, Soliman avait pris l'habitude de se confier à la *kadin* et le bon sens de la jeune femme influençait ses décisions autant que les entretiens avec ses conseillers du Divan.

– Il faut sans tarder ramener Ahmed Pacha à la raison, mon seigneur. Qu'il éprouve le poids de ta colère !

– J'envisage certes une expédition en Égypte. Mais un si modeste objectif est-il digne d'une campagne auguste et dois-je en prendre la tête ? N'importe lequel de mes vizirs ne ferait-il pas l'affaire ?... Toutefois, si Ahmed Pacha était vainqueur, l'Égypte nous échapperait et quelle honte ce serait !

– Qu'en pense le grand vizir ?

– Ibrahim estime qu'Ahmed Pacha n'est qu'une outre gonflée de vent, qu'il a commis une erreur en recherchant l'appui des Mamelouks et que ceux-ci ne tarderont pas à l'éliminer dans leur propre intérêt. Mais...

– Mais ?

– Il pense aussi que d'autres révoltes suivront tant que nous n'aurons pas affermi notre contrôle sur la province.

– La solution est simple...

– Quelle solution ?

– Si tu ne daignes mener cette expédition, que le grand vizir te représente.

Frappé par l'évidence, Soliman s'immobilisa. Bien sûr ! Organiser une campagne auguste pour une simple affaire de police intérieure était hors de question ! Mais l'importance de l'enjeu exigeait un homme de confiance et d'autorité et Ibrahim possédait ces qualités !

– Tu as mille fois raison, ma joyeuse sultane ! Je vais de ce pas convoquer le Divan !

Le sourire aux lèvres, il étreignit la *kadin* et rejoignit sans tarder les bâtiments officiels.

– Moi, Souverain des souverains ? s'étonna Ibrahim.

– L'Égypte est une trop belle province pour que j'y envoie un vizir qui risque de céder aux mêmes tentations qu'Ahmed Pacha ! Je n'ai confiance qu'en toi. Si tu conduis l'expédition, c'est comme si je rétablissais l'ordre moi-même.

Outre les pleins pouvoirs, Soliman donna à Ibrahim une *orta* de cinq cents janissaires et deux mille cavaliers d'élite. Et, pour l'honorer encore plus, il lui offrit la plus belle de ses montures, avec selle et harnachement d'une valeur inestimable.

La nuit tombait sur Istanbul lorsque le grand vizir demanda à être reçu par la valide sultane. Hafsa Hatun fit entrer son visiteur et renvoya ses servantes et ses esclaves. Ibrahim la salua, s'installa sur une banquette garnie de coussins et échangea d'abord avec elle quelques politesses. Hafsa Hatun s'enquérant de sa fille, Ibrahim assura que Hadice Hanim se portait au mieux et dirigeait sa maison de même.

– Durant mon absence, qui risque d'être longue, pourriez-vous lui prodiguer vos conseils et veiller à ce qu'elle ne s'ennuie pas ?

– Ton absence ?

– Sa Majesté impériale m'envoie en Égypte pour rétablir en son nom l'ordre compromis par Ahmed Pacha...

– Je l'ignorais.

– Je l'ignorais aussi jusqu'à ce jour.

Le grand vizir et la valide sultane se regardèrent.

– D'où peut venir une décision aussi subite ?

– Comme chaque matin, Sa Majesté impériale quittait la *kadin*, dit Ibrahim.

– Je comprends, fit Hafsa Hatun d'un air songeur. D'abord Gülbahar, puis toi... Décidément, la Russe s'y entend pour faire le vide autour du sultan. Il est clair qu'elle cherche à écarter ceux qui comptent pour Soliman. Ton absence durera longtemps ?

– Je ne reviendrai pas avant d'avoir réglé le problème égyptien. Une situation qui est loin d'être simple !

– Pendant ce temps, Roxelane affermira sa position. N'y a-t-il aucun moyen pour que tu échappes à cette mission ?

– Aucun.

– Évidemment, si telle est la volonté de Soliman. Le meilleur conseil que je puisse te donner est de mener cette expédition avec la plus grande efficacité afin que le Padichah entende régulièrement parler de toi. De mon côté, je gagnerai la confiance de Roxelane. Tant pis pour Gülbahar ! Avec son intelligence limitée, elle nous était pourtant bien confortable. Tandis que l'autre...

– Comment aurais-je pu prévoir ? gronda Ibrahim. Lorsque je l'ai vue pour la première fois chez Evliya bey, ce n'était qu'une petite paysanne, une esclave au rire facile et à la voix enchanteresse ! Mon seul désir était de distraire Soliman. J'espérais qu'elle lui plairait et je projetais de la modeler à ma convenance. Mais tout est allé si vite... Telle était sans doute la volonté de Dieu !

– Sans doute, soupira Hafsa Hatun qui savait les inquiétudes du grand vizir et comprenait le sens de sa visite. Espérons qu'avec le temps, Sa Majesté impériale se lassera d'elle... Je m'y emploierai, ce ne sont pas les tentations qui lui manqueront ! Pars confiant, Ibrahim. Je connais mon fils : votre amitié résistera à l'éloignement !

– Je l'espère de tout mon cœur.

Le grand vizir s'agenouilla aux pieds de la valide sultane et planta ses yeux dans les siens. Posant sa main sur la chevelure noire et bouclée de l'esclave impérial, elle effleura son front de ses lèvres.

– Où est passée ma jeunesse ? murmura Hafsa Hatun.

– Il n'y a jamais eu, il n'y aura jamais plus belle femme que vous au Sérail...

– Tais-toi ! supplia Hafsa Hatun en se détournant. A quoi sert la beauté qui se fane dans la solitude ? Va et reviens-nous vite... Reviens-moi !

Ibrahim quitta la pièce. Restée seule, la mère de Soliman réfléchit un long moment avant de faire appeler le chef des eunuques noirs. Le *kizlar agasi* était un ami. Ensemble, ils trouveraient le moyen de détacher le sultan de la *kadin*.

8

Sans le sultan Murad, qui régna dans la seconde moitié du XIVe siècle, les janissaires n'auraient pas existé. C'est lui qui avait eu l'idée de créer un corps permanent de fantassins étrangers, qu'il avait appelé *yeni çeri*, les « nouvelles troupes ». Principalement recrutés en Thrace, ces mercenaires avaient pour particularité d'être de jeunes chrétiens convertis à l'islam.

La tradition s'étant perpétuée, Soliman disposait cent cinquante ans plus tard de douze mille soldats d'élite, rassemblés par le système du *devsirme*[1]. Leur insigne était une cuillère en bois, serrée dans l'étui du bonnet, et des termes culinaires désignaient leurs grades. Ainsi, le « maître-cuisinier » faisait office de capitaine de compagnie et le « grand distributeur de soupe » avait rang de colonel. Ce dernier disposait d'une louche et non d'un bâton de commandement, et chaque *orta*[2] possédait un *kazan*, une marmite de bronze autour de laquelle les soldats se réunissaient pour se restaurer.

Les janissaires avaient un statut à part. Ils ne dépendaient que de leurs officiers, n'avaient de comptes à rendre qu'à leur *aga* ou général et au sultan. Ils échappaient à toute autre autorité, y compris celle du grand vizir. On racontait que le fondateur de l'ordre des derviches avait

1. Levée d'enfants chrétiens dans les provinces européennes de l'Empire ottoman.
2. Unité d'environ deux cents hommes.

béni les premiers d'entre eux en étendant son bras au-dessus de leur tête et que la manche blanche de sa robe était à l'origine de leur bonnet blanc. Vérité ou légende, la chose importait peu au sultan. Seul comptait le dévouement fanatique de ces hommes pour celui qu'ils appelaient leur « père nourricier ». Pour marquer son attachement à ce corps d'élite, Soliman portait parfois leur uniforme de simple soldat et émargeait au registre des rôles.

La guerre, avec son cortège de massacres, de viols et de pillages, était l'unique préoccupation des janissaires. En temps de paix, ils s'ennuyaient ferme. Que ce fût dans Istanbul ou dans une quelconque cité d'Anatolie ou des bords de la mer Noire, ils supportaient mal la routine de garnison. Aussi l'annonce de la campagne égyptienne souleva-t-elle leur enthousiasme. Enthousiasme qui retomba quand ils apprirent que seules trois *orta* accompagneraient le grand vizir. Lesquelles ? On ne savait pas !

Quand la composition du corps expéditionnaire fut officiellement connue, les janissaires d'Istanbul manifestèrent leur mauvaise humeur. Ils se répandirent dans les rues, bousculèrent les passants et renversèrent quelques étalages. On n'eut heureusement à déplorer ni victimes ni dégâts sérieux, les habitants étant habitués à ces débordements et ne résistant jamais. Plus tard, lorsque les janissaires se seraient calmés, on remettrait tout en place et la vie reprendrait comme si rien ne s'était passé.

Quant aux étrangers, ils étaient prévenus : en cas d'insultes, de nez écrasé ou de bouche tuméfiée, leurs plaintes seraient enregistrées et ils seraient indemnisés. Mais, s'ils s'avisaient de répliquer, ce serait à leurs risques et périls ! Chacun se le tint pour dit et, tandis que les bandes surexcitées semaient le désordre dans la cité, on verrouilla les grilles et les portes des ambassades.

Le calme revint avec la nuit. L'*aga* fit rassembler les trublions et semonça les officiers, lesquels invectivèrent leurs soldats. On procéda à l'arrestation d'une douzaine de janissaires. Nus jusqu'à la ceinture, leurs camarades faisant la haie, les condamnés s'avancèrent pour être bastonnés. Ils endurèrent la punition sans sourciller. Puis, chancelant, mais la tête haute, ils baisèrent la main de l'*aga*.

– Maintenant, ils se tiendront tranquilles, assurèrent les officiers à l'*aga*, puis l'*aga* à Soliman.

Mais le sultan n'était pas convaincu. Lorsqu'il était monté sur le trône, les janissaires n'avaient pas obtenu comme don d'avènement ce qu'ils espéraient et ils ne cessaient depuis de réclamer la différence. L'expédition de Rhodes les avait un peu calmés, mais la déception d'aujourd'hui ravivait les frustrations.

Les nouvelles d'Ibrahim qui parvenaient chaque semaine à Soliman le confortaient dans son sentiment d'avoir fait le bon choix. L'usurpateur Ahmed Pacha avait été assassiné par ses complices mamelouks excédés par ses stupides exigences. Comme l'avait prévu Ibrahim, d'autres prétendants se manifestèrent. L'un d'eux leva une armée, affronta le grand vizir et fut bien près de réussir. Mais il fut finalement battu et se tua.

> *Seigneur et Maître,* écrivait Ibrahim, *ainsi que tu me l'as ordonné, tous mes efforts tendent à faire de l'Égypte une province fidèle, un élément sûr de ton Empire. J'ai fait saisir en Ton nom les officiers indignes de ta confiance, les fonctionnaires voleurs, ceux qui abusaient de leur pouvoir, les prévaricateurs et les corrompus, et le glaive de Ta justice s'est abattu sur leur tête. J'ai poursuivi et frappé les rebelles, traqué les brigands, et la corde a eu raison de ceux que nos armes avaient épargnés. Reste à tout réorganiser, rétablir le calme et la justice, édicter les lois qui gouverneront cette province.*

– Je lui fais entièrement confiance, déclara Soliman aux membres du Divan. Quand Ibrahim reviendra parmi nous, la Syrie et l'Égypte ne poseront plus aucun problème.

Le sultan passait ses nuits près de Roxelane et leurs conversations entrecoupées de caresses se prolongeaient jusqu'aux premières lueurs de l'aube. La *kadin* avait parfaitement assimilé la langue turque et elle apprenait maintenant le persan, ce qui lui permettait d'adapter et d'interpréter les œuvres du poète Orfi, au grand plaisir de Soliman. Mais le sultan, c'était évident, se languissait de l'absence d'Ibrahim.

– Il me manque, avoua-t-il un jour. Parfois, je crois sentir sa présence à mon côté et je me tourne pour lui sourire et lui parler... Mais ce n'est qu'une illusion, un serviteur dont la voix m'a abusé...

Roxelane avait espéré profiter de l'absence d'Ibrahim pour le remplacer dans les pensées du sultan, mais c'était compter sans l'amitié indéfectible qui liait les deux hommes. Ne laissant rien paraître de son agacement, elle tressa sa chevelure posément et posa sa tête sur la poitrine de son amant.

– Ibrahim accomplit consciencieusement la tâche que tu lui as confiée. Peux-tu souhaiter qu'il néglige sa mission pour revenir plus vite ?

– Non, bien sûr, mais je te le répète, il me manque. Si mes nuits sont à toi, mes journées s'éternisent dans l'attente de ses lettres !

– Divertis-toi, mon seigneur et maître ! Confie quelque temps les charges de l'Empire aux autres vizirs et adonne-toi à ce qui te fera le plus plaisir...

Le visage du sultan s'éclaira d'un sourire.

– Il y a si longtemps que je n'ai pas eu l'occasion de pister un cerf ou un chevreuil, un sanglier ou un ours ! Tu as raison, ma douce amie, cent fois raison : tendre l'arc, pointer l'épieu et lancer la javeline me distrairait ! Mais il me faudrait quitter Istanbul et te quitter...

Roxelane l'embrassa tendrement.

– Mon seigneur et maître, ne te prive pas d'un plaisir dont la seule évocation ramène déjà le sourire sur tes lèvres. A ton retour, tu me conteras tes exploits... Promets-moi seulement de te montrer prudent !

– C'est décidé, dit Soliman. Dès le lever du jour, j'en aviserai mes ministres.

– Où iras-tu chasser ?

– A Édirne, probablement...

Ils s'endormirent étroitement enlacés.

Quand Roxelane ouvrit les yeux, Soliman, selon son habitude, avait déjà quitté la couche. Elle prit tout son temps pour se lever, se laissa laver et habiller. S'examinant au miroir, elle constata avec satisfaction que ses deux grossesses ne l'avaient pas marquée. Tout au plus ses hanches s'étaient-elles un peu élargies et sa poitrine plantureuse alourdie, mais Soliman ne l'appréciait-il pas ainsi ?

Depuis deux semaines, Roxelane savait être de nouveau enceinte. Soliman avait accueilli la nouvelle avec orgueil. Le prince Sélim faisait ses premiers pas et Bayezid son cadet suivrait bientôt ses traces. Un troisième fils comblerait le sultan, mais, si c'était une fille, il se ferait une raison. Il serait toujours temps de donner un héritier supplémentaire aux Osmanli. En attendant, une jolie petite fille à laquelle elle enseignerait la musique et le chant serait une bénédiction !

Roxelane sourit à cette pensée et ses suivantes pensèrent une fois de plus que leur maîtresse méritait bien son surnom de « Joyeuse ». Après l'irritable et jalouse Gülbahar, le règne de la Russe ressemblait au paradis parfumé d'Allah ! Elles l'accompagnèrent dans son salon particulier aux fenêtres voûtées et déposèrent les petits princes sur les tapis. Gros garçon de deux ans, Sélim n'avait appris à marcher que tardivement. Encore maladroit, il tombait souvent. Plus jeune d'une année, Bayezid avait un tempérament d'aventurier. Il suffisait de le quitter des yeux pour qu'il disparût à quatre pattes et il fallait le chercher dans les endroits les plus dissimulés ! Les eunuques chargés de le surveiller l'appelaient « la Foudre ». C'est ainsi que l'on avait surnommé l'ancêtre dont il portait le nom.

Roxelane les observait tandis qu'ils jouaient, essayant de deviner les hommes qu'ils deviendraient. Ils étaient si dissemblables ! L'aîné était boulimique et agressif, mais néanmoins peureux, le cadet enjoué et toujours satisfait...

Pour le moment, c'étaient des enfants comme les autres. Grimpé à califourchon sur son frère qui, pour se défendre, lui tirait les cheveux et se tordait comme un ver, Sélim se mit à pousser des cris stridents. Roxelane jugea bon d'intervenir. Elle les prit sur ses genoux, chantonna à voix basse pour les apaiser, mais ils se débattirent. Ce n'étaient pas des chansons qu'ils voulaient, mais se rouler par terre et crier. A bout de patience, Roxelane ordonna aux eunuques de les emmener dans les jardins. La vue des animaux en liberté les calmerait peut-être...

– De vrais lionceaux, apprécia Hafsa Hatun en entrant. Yavuz aurait été fier de sa descendance.

Roxelane se figea. Chaque fois qu'elle se trouvait en présence de la valide sultane, elle éprouvait un malaise. Les deux femmes n'entretenaient pas plus de relations que l'étiquette de la cour n'en réclamait et Hafsa Hatun avait beau traiter sa belle-fille avec cordialité, Roxelane ne pouvait s'empêcher de penser que la Tatare se méfiait d'elle depuis le départ de Gülbahar.

– Le sultan m'a fait part de ta nouvelle grossesse. Je tenais à t'en féliciter.

– Je vous remercie, s'inclina Roxelane.

Par-dessus ses pantalons bouffants, Hafsa Hatun portait une robe de riche brocart vert et or, doublée d'hermine. Sa ceinture, large de quatre pouces, était constellée de diamants. Sous un bonnet en tissu d'argent, sa chevelure noire était tressée avec perles et rubans. Quelle beauté avait dû posséder cette femme que Sélim le Cruel avait aimée !

– Le sultan m'a annoncé qu'il allait chasser hors Istanbul, poursuivit Hafsa Hatun.

– Il s'ennuie d'Ibrahim, répondit Roxelane sans ironie.

Tels deux lutteurs qui cherchent la prise imparable, les deux femmes s'étudiaient. Roxelane baissa les yeux la première et affecta de choisir, parmi les joyaux d'un panier, les pierres dont elle ornerait ses cheveux. Hafsa Hatun l'observa en silence un instant puis quitta la pièce à son grand soulagement. Durant l'absence de Soliman, la lutte sournoise qui l'opposerait à Hafsa Hatun pour le contrôle du Harem allait être rude. Elle n'était pas certaine de l'emporter, mais l'occasion était trop belle pour ne pas essayer...

Le départ du sultan s'effectua, comme chacun de ses déplacements, dans une pompe digne du plus riche souverain d'Europe et d'Orient. Plusieurs milliers de *sipahis* de la Porte précédaient trois *orta* de janissaires, la suite de la Grande Chambre et la foule des serviteurs. Le grand fauconnier était présent, ainsi que les autres dignitaires de la chasse.

Le cortège emprunta le Divan Yolu, l'artère principale d'Istanbul qu'on appelait autrefois la Mésé et qui reliait l'Augusteon au forum de Constantin. Massée tout au long du trajet, la population se prosternait avec ferveur au passage du jeune monarque, resplendissant dans sa tenue de soie blanche brodée d'or.

Soliman montait un superbe étalon, à la robe si noire qu'elle en paraissait bleutée, et, sous le turban à aigrette de diamants, son regard perçant voyait tout. Derrière lui, chevauchaient les trois pages portant son manteau, le coffret contenant les sceaux et un flacon d'eau. Deux cents *kapikulu* de la garde d'élite, en armure sous le manteau bleu et le turban surmonté d'une plume blanche, brandissaient l'étendard de bronze.

Progressant au rythme lent du cortège, Soliman souriait à ses sujets. La *kadin* avait raison, pensait-il. Consacrer quelque temps à son seul plaisir dissiperait l'ennui qui le rongeait.

Il tenait sa passion pour la chasse de son ancêtre Gengis Khan. Rien que d'évoquer comment les choses se passaient l'excitait : des milliers de rabatteurs encerclaient une région puis, dans un effroyable tintamarre de trompettes, de cymbales, de tambours, de hurlements et d'armes entrechoquées, ils délogeaient de sa tanière n'importe quel animal, grand ou petit. Chaque bosquet, chaque vallon vomissait sa harde effarée. Derrière les rabatteurs chevauchaient des cavaliers chargés de s'assurer qu'aucune proie n'échapperait. Au fur et à mesure que le cercle se réduisait, les hommes formaient des lignes successives et, chaque soir, on allumait une couronne de feux. Affolées, les bêtes se déchiraient entre elles. Des milliers de cerfs, de loups, d'ours, de chevreuils, de lynx étaient ainsi pris au piège...

Enfin, les rangs des rabatteurs livraient passage au sultan et à sa suite, louvetiers, gardes, amis, et le carnage commençait. On décochait flèches, dards et javelots, on frappait de l'épieu et de la lance, on jetait les filets. Il était rare qu'un animal en réchappât.

Après avoir ouvert la chasse en abattant du sabre ou de l'arc un ours, un sanglier ou un lynx, Soliman se retirait sur une hauteur aménagée d'où il encourageait de la voix et du geste ses compagnons que l'honneur d'être distingué par le Padichah enivrait.

A la tombée de la nuit, quand seules survivaient quelques bestioles, lièvres et rongeurs, jeunes faons aux yeux hagards, marcassins inoffensifs, Soliman levait la main. Il se faisait alors un grand silence et les chasseurs rejoignaient le camp de toile où, réunis autour des feux, ils commentaient les meilleurs coups.

Ainsi passèrent les jours et les semaines. Tout à sa passion, Soliman ne manifestait aucune intention de rentrer dans la capitale.

– Autant dire que nous ne sommes pas près de fourbir nos armes ! explosa un vétéran qui, depuis Bayezid, avait participé à toutes les campagnes.

Vêtu de culottes de drap bleu et chaussé de bottines de cuir jaune, l'homme allait torse nu dans la cour de la caserne, son crâne rasé luisant sous le soleil. L'emblème de la quatrième *orta* – une araignée aux pattes écartées – était tatoué sur chacune de ses épaules. Les esclaves des cuisines venaient de déposer la marmite au milieu de la cour et les hommes se rassemblaient, cuillère de bois et gamelle en mains.

– Ferme ta gueule et rends plutôt grâce au Père Nourricier de la soupe qu'il t'accorde ! grogna l'*onbachi* qui partageait la mauvaise humeur du vétéran et eût volontiers repris ses plaintes.

– Madjar a raison ! crièrent plusieurs janissaires. Si le sultan prolonge sa partie de chasse, c'est qu'aucune campagne n'aura lieu cette année !

– Pendant ce temps, d'autres se battent en Égypte !

– Et nous restons ici à bavarder comme de vieilles femmes !

– On nous demandera bientôt de tisser la laine !

– Ou de garder les chèvres et les moutons !

– Et pourquoi pas de fabriquer des briquettes de paille et de bouse de vache !

– Du temps de Yavuz, s'écria Madjar en montrant ses cicatrices sur son torse et ses bras, on affrontait les Perses et les Mamelouks !

– J'ai perdu cet œil à Caldiran, approuva l'*onbachi*, et les Qizilbashes étaient de rudes adversaires. Mais nos arquebusades brisèrent toutes leurs charges !

– Je peux en témoigner, confirma un janissaire, j'y étais aussi.

– Yavuz..., sourit le caporal avec nostalgie, ça, c'était un homme !

– A Marj Dabik, il nous mena à la victoire. Le sultan des Mamelouks y perdit la tête !

– On a dû prendre Le Caire maison par maison ! Allah en soit témoin, on pataugeait dans le sang jusqu'aux chevilles !

– Et quel butin ! La vaisselle des Mamelouks était en or massif !

Le *karakoulloutchi*, lieutenant de la compagnie, parut. Un coup d'œil lui suffit pour comprendre la situation. Il aboya :

– Finissez de manger et équipez-vous au lieu de jacasser comme des vieilles !

– A quoi sert de s'équiper quand on ne nous propose rien d'autre que l'exercice !

– Tais-toi ou gare à la bastonnade !

– La bastonnade ! s'indigna Madjar. Je ne suis plus un *acemi-oglan* qu'on rosse pour le faire taire ! J'ai reçu la grande palme du courage à Caldiran ! Où est la tienne, *karakoulloutchi* ?

Le lieutenant blêmit. Des années qu'il attendait l'occasion de fixer la palme enviée à son bonnet ! Et voilà que cette fiente de pigeon de simple soldat lui retournait le fer dans la plaie !

– Saisissez-le, vous autres !

Le caporal borgne hésita. Les janissaires faisaient bloc autour du vétéran. Soudain, Madjar se pencha sur l'énorme marmite et en souleva le bord.

– Au *kazan* ! Au *kazan* ! rugirent les soldats.

Et, joignant leurs efforts, ils renversèrent la marmite.

Orta après *orta*, la révolte se répandit comme une traînée de poudre. Elle gagna l'infanterie puis la cavalerie et enfin les *jopegs* de l'artillerie. La première marmite avait été renversée peu après la prière de midi. Moins d'une heure plus tard, dix mille janissaires déferlaient hors de leurs casernements.

Ne sachant trop qui rendre responsable de leur mécontentement, ils s'en prirent d'abord aux habitants du quartier juif, victimes toutes désignées. S'excitant mutuellement, ils saccagèrent les jardins, enfoncèrent les portes des maisons, pillèrent, violèrent et tuèrent qui faisait mine de résister, de protéger son bien ou de venir au secours d'une épouse, d'une sœur ou d'une fille.

Aussitôt prévenu, l'*aga* des janissaires et celui des *sipahis* se rendirent sur place. C'est en vain qu'ils alternèrent promesses et menaces ! Les janissaires étaient si déchaînés qu'ils massacrèrent plusieurs officiers qui tentaient de les arrêter. Les autres n'osèrent s'interposer, certains même prirent la tête des révoltés. L'*aga* des janissaires envoya alors un messager au sultan, le suppliant de revenir rétablir l'ordre. Puis, avec une poignée d'archers de la Garde, il se replia au Sérail et attendit la suite des événements.

La mise à sac du quartier juif dura toute la nuit. Mais les soldats finirent par se lasser de cette proie trop facile, d'autant plus que le butin était maigre.

– Au palais d'Ibrahim Pacha ! cria un janissaire.

– Au palais d'Ibrahim Pacha ! applaudirent les autres.

Comme ils n'osaient s'attaquer au Sérail, le palais du grand vizir ferait l'affaire. S'en prendre au favori, n'était-ce pas s'en prendre au sultan ? Et comme un seul homme, les janissaires convergèrent vers l'Hippodrome.

– Avez-vous perdu la raison ? rugit l'intendant en faisant face courageusement à la multitude. Mon maître vous fera tous pendre !

Les janissaires lardèrent l'intendant de coups de sabre, lui tranchèrent la tête et la plantèrent sur une lance. Puis ils prirent d'assaut le palais. Des serviteurs furent noyés dans les bassins ou jetés dans les puits. Les animaux du zoo furent massacrés, les oiseaux des volières rôtis à la broche et le vin des caves éclusé. On abattit ensuite les arbres dont le grand vizir était si fier, on les traîna dans le palais, on entassa dessus les tapis précieux et on mit le feu.

Réfugiée au Sérail auprès de la valide sultane, Hadice Hanim sanglotait. En quelques heures, le palais magnifique érigé par son époux avait été détruit, ses trésors dispersés, sa bibliothèque réduite en cendres, ses collections d'armes pillées, ses lunettes astronomiques brisées. L'épaisse fumée qui montait de ses ruines obscurcissait le ciel d'Istanbul.

– Que va-t-il se passer maintenant ? On dit que les soldats s'apprêtent à envahir le Sérail !

Hafsa Hatun ouvrit ses bras à sa fille.

– Ce n'est pas la première fois que les janissaires se révoltent. Soliman saura les soumettre. Ils paieront cher leurs forfaits !

A dire vrai, la valide sultane était loin d'éprouver ce calme qu'elle affectait. Quelques officiers en civil avaient réussi à se glisser hors du palais. Les nouvelles qu'ils avaient rapportées au *kizlar agasi* étaient alarmantes. La cité était en proie au chaos. Les étrangers franchissaient par centaines la Corne d'or pour se réfugier à Galata ou embarquaient pour Sinope. Les janissaires et les *solacchi*, les archers de la Garde, se livraient des combats farouches. Quant aux *agas*, ils se terraient on ne savait où au Sérail ! On ne pouvait plus compter pour protéger le Harem que sur les eunuques blancs et les eunuques noirs, quelques pages et un détachement de *silhatars*...

Soudain, le *kizlar agasi* surgit dans la pièce, écartant avec impatience les esclaves qui se pressaient à ses genoux pour implorer sa protection. Son visage était d'un gris terreux.

– Venez, ordonna-t-il à la valide sultane et à sa fille, venez vite !

Hafsa Hatun releva Hadice Hanim.

– Où nous emmènes-tu ?

– Au pavillon des Saintes Reliques. C'est le seul endroit que ces sauvages n'oseront pas profaner ! Suivez-moi !

– Ont-ils...

– Les janissaires sont à la porte de la Félicité. Ils hésitent encore à franchir l'entrée, mais ce n'est plus qu'une question de minutes. Les eunuques blancs du *kapi gasi* feront l'impossible pour les arrêter, mais ils sont trop peu...

– Ne peut-on faire appel aux archers de la Garde ou aux *silhatars* ?

– Ils sont morts en défendant la porte Impériale. Nous sommes seuls. Ne perdons pas de temps, valide sultane, je vous en prie !

Il chassa à coups de pieds les esclaves qui tentaient de les suivre et entraîna les deux femmes à travers les jardins. On entendait crépiter des arquebuses et même tonner des canons ou des bombardes.

Sous sa robe, le *kizlar agasi* avait enfilé une cotte maillée et il dissimulait un sabre *talwar*, cadeau du sultan Sélim. Prêt à se sacrifier, il espérait encore un miracle. La nouvelle de l'insurrection devait avoir atteint Édirne, Soliman ne tarderait plus...

Au pavillon des Reliques, les quatre imams lisaient imperturbablement le Coran, comme si la révolte qui embrasait Istanbul ne les concernait pas. La famille impériale se faufila entre les reliques. L'accès au pavillon était interdit aux femmes, mais, en pareille circonstance, le Nubien avait jugé pouvoir faire une entorse à la règle. Il précéda Hafsa Hatun et Hadice Hanim dans la pièce où le sultan passait parfois la nuit. Dans ce réduit éclairé par une lampe à huile, se trouvaient déjà Roxelane et ses fils. Découvrant la *kadin*, Hafsa Hatun demanda d'une voix sourde :

– Que fait-elle ici ?

– C'est moi qui ai amené les princes Sélim et Bayezid,

répondit l'eunuque. Roxelane est leur mère, n'est-ce pas ? Elle veille sur eux.

Ainsi, le *kizlar agasi* s'était d'abord préoccupé des enfants ! Quoi de plus normal puisque Sélim et son frère représentaient la lignée des Osmanli ? Mais, constata la valide sultane, il avait également pris soin de Roxelane...

– Qu'est devenu Mustafa ? L'aîné des héritiers doit aussi être protégé !

Bien qu'il ait senti le reproche, l'eunuque ne chercha pas à se justifier. Il savait qu'il aurait à rendre compte de chacun de ses actes à Soliman. Déplaire à la valide sultane valait mieux que poser sa tête sur la Pierre de l'exemple.

– Je vais m'en occuper. Il vous rejoindra dans un moment, dit-il en quittant la pièce.

Prostrée dans un angle du réduit, Hadice Hanim, que les épreuves avaient épuisée, ne tarda pas à s'assoupir. Selim et Bayezid dormaient déjà sur les genoux de leur mère qui leur chantait une berceuse. Écartant la lampe dont la fumée l'incommodait, Hafsa Hatun s'assit à même le sol dallé et observa Roxelane. La favorite interrompit son chant, baisa le front de ses enfants et dit à voix basse :

– Je sais que vous ne m'aimez pas et que vous voulez venger Gülbahar et me faire reléguer dans le bas harem... Je sais que vous vous méfiez de moi. Vous avez tort, valide sultane, car, en vérité, j'aime Soliman. Aussi longtemps que je vivrai, ce sera pour l'honorer et le servir, lui donner d'autres fils, s'il se peut, et lui offrir joie et plaisir. Je ne réclame rien pour moi-même...

La veuve de Sélim le Cruel secoua la tête.

– Rien pour toi-même, dis-tu ? Tu mens, misérable esclave ! Il y a longtemps que je t'ai percée à jour. Tu n'aspires qu'à dominer le cœur, les sens et l'esprit de mon fils. Tu rêves de régner à travers l'un de ses enfants ! Tu as manigancé le départ d'Ibrahim en Égypte, tu as éloigné Soliman... Vois le résultat ! Par ta faute, les deux seuls hommes capables de réprimer la révolte sont loin d'Istanbul. Ce soir, les janissaires auront brûlé le Sérail comme ils ont brûlé le palais du grand vizir...

– Soliman est le maître de ses décisions...

D'un geste de la main, Hafsa Hatun signifia que cela n'avait plus d'importance.

– Soit, dit-elle avec un demi-sourire, je ne peux te blâmer d'avoir gagné les faveurs de mon fils : nous sommes toutes deux femmes et nous connaissons bien les hommes. Mais, dans ma situation, je ne puis plus qu'observer les choses, non les commander... Si nous survivons à cette épreuve, j'aimerais cependant te demander une faveur.

– Moi vous accorder une faveur, valide sultane ? Laquelle ?

– Ibrahim est le meilleur, le plus fidèle, le plus loyal serviteur qu'aura jamais Soliman... Au lieu de le jalouser et de chercher à l'éloigner, reconnais son mérite et que ton influence s'arrête là où commence la sienne.

– Vous surestimez mon pouvoir.

– Non.

La valide sultane savait ce qu'elle disait. Le *kizlar agasi* n'avait-il pas d'abord songé à protéger la *kadin* et ses fils, avant la mère du sultan et son fils aîné ?

Hafsa Hatun se pencha pour caresser les joues des enfants endormis.

– Profitez de votre innocence, murmura-t-elle. D'ici quelques années, vous ferez la désolation de votre mère.

9

Une centaine de kilomètres séparaient Édirne d'Istanbul. Quatre à cinq jours de marche pour une armée lourdement chargée. Le message de l'*aga* parvint à Soliman dès la première nuit. Aussitôt, le sultan donna des ordres. Il laissa sur place tous les équipements et n'emmena avec lui que ses *sipahis* de la Porte. L'infanterie suivrait à marches forcées.

Si les janissaires avaient osé toucher un cheveu de Roxelane, il ferait de leurs têtes une pyramide devant la porte de la Félicité ! L'esprit enfiévré, Soliman voyait dans les janissaires révoltés autant de bêtes à abattre. Une autre chasse, aussi impitoyable que les précédentes. On enfermerait les séditieux dans un cercle de fer et on les exterminerait. Aucun n'en réchapperait. A cette sanglante perspective, le regard du sultan s'enflammait, il éperonnait les flancs de sa monture et pressait encore l'allure.

On s'arrêta pour changer de chevaux et prendre connaissance d'autres messages, plus alarmants que les précédents. Après avoir pillé et incendié le palais d'Ibrahim, les mutins avaient forcé la porte de la Salutation, massacré les archers de la Garde et s'étaient répandus jusqu'à la porte de la Félicité où ils avaient mis en pièces vingt-cinq eunuques blancs qui tentaient de s'interposer. On n'en savait pas plus et Soliman imaginait le pire. Les trompes sonnèrent, la cavalcade se remit en route.

Au milieu de l'après-midi, on arriva en vue d'Istanbul. La voie romaine était encombrée de fuyards, de charrettes renversées, d'animaux de trait abandonnés. Les *sipahis* dégagèrent le chemin à coups de sabre et de fouet. Le turban enfoncé, les yeux injectés de sang et la moustache frémissante, Soliman était effrayant.

La capitale était aux mains des pillards qui profitaient de l'occasion pour mettre à sac les maisons désertées. Leurs bandes armées erraient en quête de mauvais coups, des corps jonchaient le Divan Yolu.

Après s'être engouffrée sous la porte d'Édirne, la colonne se dirigea vers le Sérail. Les décombres du palais d'Ibrahim fumaient encore. Les larmes aux yeux, Soliman tourna la tête. L'affront fait au grand vizir le touchait personnellement, il en tirerait une vengeance éclatante, il le jurait.

N'importe qui, homme ou femme, musulman, juif ou chrétien, pouvait d'habitude franchir la porte Impériale de marbre blanc et noir. Mais, en ce jour funeste, seuls quelques janissaires ivres morts et chargés de butin déambulaient dans la première cour. L'orangerie avait été saccagée, la porte de l'arsenal béait, les bâtiments administratifs, le pavillon de la Monnaie, la boulangerie et les ateliers d'orfèvres vomissaient une fumée noire. La petite mosquée du personnel semblait avoir été épargnée. Des monceaux de cadavres, janissaires et *solaks* mêlés, attestaient la violence des combats.

A la vue des *sipahis*, les pillards se dispersèrent. Ceux qui tardèrent à réagir furent impitoyablement sabrés et piétinés.

Les cavaliers franchirent au galop la porte de la Salutation puis la monumentale porte du Milieu qui s'ouvrait sur la cour du Divan. Là encore s'offrit à leurs yeux un spectacle de désolation : pavillons éventrés, pelouses jonchées de cadavres, pendus se balançant aux branches des arbres, gazelles mises à rôtir sur des feux. Une autruche aux pattes brisées se traînait sous un portique, Soliman l'acheva d'une flèche.

– Le sultan ! C'est le sultan !

Des janissaires surgis du Selâmlik, la troisième cour, manifestaient leur contentement. La rumeur se propagea de pavillon en pavillon jusqu'à l'enceinte du Harem et les soldats affluèrent en grand tumulte. Une silhouette fendit leurs rangs houleux et le chef des eunuques noirs se jeta aux pieds de la monture impériale.

– Ombre de Dieu sur la Terre ! Dès que j'ai su...

– Où est Roxelane ?

Le large visage du Nubien ruisselait de larmes de joie.

– En sécurité, Sultan des sultans, avec tes fils, ta mère et ta sœur, l'épouse du grand vizir...

Soliman soupira de soulagement.

– Tu me rendras compte plus tard. Relève-toi et réponds à mes questions : ces chiens galeux ont-ils pénétré dans le Harem ?

Le *kizlar agasi* hocha la tête.

– Oui, Majesté impériale, ils ont osé !

La main de Soliman se crispa sur la poignée de son sabre.

– Ont-ils touché aux femmes ?

– Non, Majesté impériale, aucun outrage sinon des insultes. Mais ils ont pillé et saccagé.

Soliman fit signe au Nubien de s'écarter. Plusieurs milliers de janissaires faisaient face maintenant aux *sipahis* de la Porte. Le regard du sultan erra sur leurs visages farouches où se lisaient adoration pour lui, mais aussi orgueil et défi. Voilà de quoi nous sommes capables lorsqu'on néglige de nous traiter comme nous le méritons ! semblaient-ils dire.

Apparurent alors les deux *agas* des janissaires et des *sipahis*. Après le massacre des *solaks*, ils avaient choisi de se réfugier dans la mosquée privée du sultan. Quelques officiers les accompagnaient. Tous se prosternèrent. Soliman blêmit. Il mit pied à terre et dégaina son sabre.

– Je vous avais confié ma famille, mes biens et cette cité, et qu'avez-vous fait ? demanda-t-il d'une voix tremblante de fureur.

L'*aga* des *sipahis* ouvrit la bouche pour protester qu'ils avaient tout tenté pour juguler la révolte. Mais il se ravisa.

– Vous avez trahi ma confiance ! tonna Soliman.

Il marcha jusqu'au général des *sipahis* et, des deux mains, il abattit son sabre. Coiffée de son turban, la tête de l'*aga* vola à six pas et un flot de sang éclaboussa les bottes du sultan. Le corps décapité oscilla avant de se coucher sur le côté.

Soliman enjamba le cadavre et se tourna vers le général des janissaires. L'homme avait été son maître d'armes du temps où il n'était que prince héritier.

– Es-tu en paix avec Dieu ?

– Oui, Padichah.

– Alors, c'est bien.

Et Soliman frappa pour la seconde fois.

Un peloton de *sipahis* de la Porte désarma les officiers. On réglerait leur sort plus tard.

Rengainant son sabre, Soliman s'adressa aux soldats silencieux.

– Ne suis-je point votre Père Nourricier ?

Sous le regard brûlant du sultan, même les plus endurcis baissèrent la tête.

– Le suis-je ?

– Oui, Padichah, murmurèrent les janissaires.

– J'étais fier de lire mon nom sur le rôle de la première *orta*, j'étais fier de toucher ma solde comme le plus humble d'entre vous, mais ma fierté s'est changée en honte !

Une houle agita les rangs.

– J'ai honte ! clama Soliman, car vous avez répandu la terreur et la désolation dans cette ville, vous avez brûlé le palais de mon plus fidèle serviteur, vous avez forcé l'enceinte du Sérail et insulté les femmes du Harem, vous vous êtes rebellés contre mon autorité !

– C'est faux ! hurla une voix.

Madjar fit un pas en avant.

– Tu es notre seigneur et maître, dit le vétéran. Nous

sommes prêts à répandre pour toi jusqu'à la dernière goutte de notre sang, n'est-ce pas, vous autres ?

– Oui ! hurlèrent des milliers de poitrines.

– Mais dans l'inaction, l'acier de nos sabres se rouille, la poudre de nos arquebuses s'altère et nous engraissons. Pire : notre Padichah nous abandonne durant des semaines pour se divertir !

– C'est vrai, admit Soliman, je vous ai négligés et je vous en demande pardon. Mais ne fallait-il pas assurer l'unité de l'Empire avant de porter la bannière du Prophète chez nos ennemis ? Quand le grand vizir sera de retour je vous promets que nous nous mettrons en campagne et que le tonnerre de nos victoires retentira par le monde entier !

– Gloire à Soliman ! Longue vie à Soliman !

– Approche, ordonna le sultan. Comment t'appelles-tu ?

– Madjar, dit le janissaire en se prosternant.

– Et toi ?

– Yussuf, Souverain des souverains.

– Et toi ?

– Rustem, seigneur.

Sur un signe du sultan, les *sipahis* immobilisèrent les trois janissaires. Un grondement de colère s'éleva, un mouvement d'inquiétude parcourut les soldats rassemblés.

– Silence ! tonna Soliman. Vous vous proclamez mes loyaux serviteurs, et je vous crois. Vous prétendez verser votre sang pour moi, et je vous crois. Mais vous avez mordu la main qui vous nourrit et je ne peux laisser un tel geste impuni. Je vous accorde mon pardon, mais ces trois hommes paieront pour les fautes de tous. Ensuite, je le jure, nous oublierons le passé.

Soliman dégaina de nouveau son sabre et décapita Rustem, puis Yussuf. Échappant aux *sipahis* qui le maîtrisaient, Madjar courut jusqu'au *boluchassa*, le capitaine de sa compagnie, qui se tenait parmi les officiers arrêtés. Avant que quiconque ait eu le temps de réagir, il saisit à deux mains la grande louche de bois, insigne de son commandement et symbole le plus sacré des janissaires après la marmite *kazan*. Les janissaires acclamèrent ce coup d'audace.

Soliman approuva d'un hochement de tête. Si renverser la marmite signifiait la révolte, toucher la grande louche permettait à tout condamné à mort d'être gracié. Il en serait donc ainsi. Le vétéran se fondit parmi les rangs des janissaires en souriant.

Le sultan remonta à cheval. Au prix de quelques têtes, il avait rétabli son autorité et satisfait ses soldats.

– Regagnez vos cantonnements, mes enfants, ordonna-t-il encore.

Puis, dévoré d'impatience, il prit le chemin qui menait à Roxelane.

Ils reposaient enlacés dans la chambre de la *kadin*.

– A cause de moi tu as passé de terribles moments, soupira Soliman. Cela ne se reproduira plus : je donnerai aux janissaires de quoi satisfaire leur appétit.

Roxelane frissonna. Elle avait imaginé le pire. Elle avait craint que les soldats profanent le pavillon des Reliques et assouvissent sur elle leur colère... Le Nubien avait été son sauveur. Elle savait avoir désormais en lui un allié fidèle et efficace.

– Des bâtiments vont t'être réservés dans le Harem. Tu auras tes gardes, tes cuisines, des pavillons pour tes distractions.

– Une salle de concerts ?

– Pourquoi pas ? Les plus jeunes des femmes resteront ici, les autres rejoindront le Vieux Palais de Mehmet, sur la troisième colline.

Roxelane battit des mains :

– Et je te donnerai d'autres enfants. Des fils et aussi des filles qui recevront une éducation parfaite et chanteront pour ton plaisir !

Cette nuit-là, Roxelane resta longtemps éveillée. Ce n'est pas elle qui dissuaderait son impérial amant de porter au loin la bannière du Prophète ! Mais elle l'accompagnerait, dussent les traditions en être bousculées !

En quelques semaines, les dégâts furent réparés, les familles des victimes indemnisées et on entreprit de rebâtir le palais du grand vizir. Plusieurs officiers furent exécutés, les autres dégradés. Mais l'alerte avait été chaude et Soliman en tira les conclusions qui s'imposaient. Cette révolte exprimait autant le mécontentement des soldats que la volonté de Dieu et il revenait au Sultan des sultans de propager plus loin la religion de Mahomet.

En attendant, Soliman fit distribuer aux janissaires de l'argent. Après tout, ils n'avaient fait que lui rappeler son devoir de Commandeur des croyants...

Debout dès l'aube, le sultan ne tenait plus en place. La révolte des janissaires n'était qu'un mauvais souvenir et Soliman tenait à ce que tout Istanbul fête le retour du grand vizir. On avait pavoisé l'avenue principale et convié la population à acclamer ce serviteur de l'Empire qui avait su pacifier l'Égypte.

Les retrouvailles d'Ibrahim avec la capitale puis avec la cour furent solennelles. Celles des deux amis furent émouvantes. Soliman quitta son trône pour marcher à la rencontre de l'esclave impérial, releva le grand vizir prosterné et le serra dans ses bras. Des larmes de bonheur ruisselaient sur ses joues et il ne savait que balbutier : « Mon ami ! mon frère ! »

Émand lui aussi, Ibrahim baisait les mains du Padichah. Les observateurs étrangers qui, perplexes, considéraient la scène s'abstinrent évidemment de tout commentaire. En dépit du temps maussade, on avait dressé des tables jusque dans les jardins et un banquet fut servi à des centaines d'invités. Ibrahim fit fonction de chef dégustateur et ne cessa de bavarder avec Soliman dont les yeux brillaient de plaisir. La nuit venue, les deux amis se retirèrent dans les appartements privés du sultan.

– Tu as parfaitement rempli ta mission, dit Soliman. L'Égypte et la Syrie ont retrouvé la paix.

– J'ai fait en sorte de limiter dans ces provinces la puissance de ton représentant. Ainsi, même s'il complote contre l'Empire, il n'aura jamais en ses mains tout le pouvoir.

– Sélim avait su conquérir l'Égypte, murmura Soliman, mais c'est à toi que les Osmanli à venir devront de la garder.... Comment s'est comporté Shah Tahmasp durant ton séjour ?

– L'héritier d'Ismaïl n'est que le pâle reflet de son père, un corbeau affublé d'un plumage de faucon. A part de vagues promesses à Ahmed Pacha, il a refusé de se compromettre. Le danger ne viendra jamais de ce côté-là.

Les deux amis grignotèrent en silence quelques pâtisseries tandis qu'un page du Has oda servait le thé glacé.

– Nous réglerons plus tard nos comptes avec le Sophi d'Iran, dit Soliman. Préparons en attendant la campagne auguste du printemps prochain. La révolte des janissaires a démontré que l'inaction génère le désordre. Que penses-tu de la Hongrie ?

– Pourquoi pas, Seigneur ? D'après nos renseignements, Venise s'abstiendra d'aider les Habsbourg. Nous n'aurons donc pas à craindre pour nos possessions en Méditerranée.

– J'ai fait déposer et emprisonner pendant ton absence le prince Vlad de Valachie, acquis à nos adversaires, et j'ai mis à sa place un dénommé Radul, un ancien moine...

– Et les boyards valaques ont accepté ce changement sans protester ?

– L'or ottoman les y a aidés, sourit Soliman. Ainsi, nous disposons d'un allié dans cette région.

– Le prince Jan Zapolya n'attend que l'occasion pour

chasser les Allemands de Hongrie. D'après Gritti bey, la population nous accueillerait en libérateurs.

Soliman acquiesça. Il avait longuement étudié les rapports des agents ottomans en Hongrie qui confirmaient ce qu'il savait déjà : l'animosité entre nobles magyars et nobles allemands ne cessait de croître, l'entourage de la reine Marie de Habsbourg déplaisait aux Hongrois et le voïvode Zapolya intriguait plus que jamais pour usurper le trône du roi Louis. Les divisions de ce royaume chrétien serviraient assurément les intérêts turcs !

– C'est donc décidé, dit Soliman. Nous marcherons au printemps sur Buda. Mais que ce projet reste entre toi et moi. Personne ne doit connaître notre destination avant le jour du départ.

Ibrahim s'inclina. Il évaluait déjà l'étendue de ses tâches pour les semaines à venir. Les fondeurs des arsenaux de Tophane allaient devoir travailler jour et nuit pour produire les pièces d'artillerie nécessaires à la campagne auguste !

– Et maintenant, proposa Soliman, détendons-nous et rattrapons le temps perdu. Te plairait-il d'entendre de la musique, d'écouter les poètes ?

C'est peu après le retour d'Ibrahim que Soliman épousa Roxelane et que la *kadin* prit le titre d'impératrice. L'annonce de ce mariage n'alla pas sans susciter à la cour des remous, des murmures scandalisés et des jalousies. Mais personne n'osa se dresser contre la volonté du sultan. La valide sultane Hafsa Hatun se mura dans un silence hautain, le grand vizir ne fit aucun commentaire et les ambassadeurs étrangers constatèrent la drôle d'atmosphère qui régnait au Sérail.

A cette occasion, les janissaires furent augmentés, les rues illuminées et, dans les prisons, des centaines de condamnés à mort graciés et expédiés aux galères.

On fêta l'événement sur l'Hippodrome. Roxelane, sur le point d'accoucher d'un troisième enfant, parut avec ses deux fils pour assister à des tournois, un défilé d'animaux sauvages et une distribution de présents. C'était la première fois que les princes Sélim et Bayezid étaient présentés à la foule. Leur aîné Mustafa ne participait pas aux réjouissances. Relégué avec sa mère, il se morfondait au fond du palais.

Debout dans la tribune de l'Hippodrome, Soliman exultait. Saisissant dans sa main droite la main de son épouse, dans la gauche celle d'Ibrahim, il saluait la foule qui l'acclamait. Lui restait à remplir son devoir de souverain et de vrai croyant. Autrement dit, à frapper vite et fort ses ennemis. Alors seulement, il serait l'égal de Mehmet le Conquérant.

10

Luigi Gritti vint présenter ses hommages au grand vizir peu après son retour d'Égypte. La révolte des janissaires avait inquiété le Vénitien. Il avait craint la chute de Soliman et la ruine de ses projets hongrois conséquemment. Mais, Dieu merci, Sélim ayant fait pour cela ce qu'il fallait, les janissaires n'avaient eu aucun prétendant légitime à opposer au sultan ! Quant à la situation en Hongrie, elle ne cessait de se dégrader, il s'agissait d'y regagner le terrain perdu.

Ibrahim prêta une oreille d'autant plus attentive aux arguments de Gritti que la Hongrie était la cible de la prochaine campagne auguste. Il n'était évidemment pas question d'en révéler le secret, mais le grand vizir jugeait son interlocuteur assez subtil pour comprendre même ce qui n'était pas dit. Il invita le Vénitien à visiter les célèbres fonderies de Tophane, où des milliers d'ouvriers turcs, encadrés par des spécialistes venus de France, d'Allemagne et d'Italie, rassemblaient la plus formidable artillerie jamais utilisée en Europe.

– A la requête du glorieux Mehmet, c'est Orban, un ingénieur hongrois, qui fabriqua autrefois le canon de neuf mètres capable d'expédier des boulets de plus de quatre cents kilos qui pulvérisa les murailles de Constantinople, expliqua Ibrahim. Mais ce que souhaite aujourd'hui Sa Majesté impériale, c'est une artillerie abondante et mobile, bref, une artillerie de campagne plutôt qu'une artillerie de siège.

– Je comprends, dit Gritti, l'esprit aux aguets.

Dans l'atelier qu'il visitait, on procédait à l'assemblage d'une orgue serpentine comprenant trente petits canons. En pivotant, le barillet triangulaire permettait de déclencher un véritable tir de barrage.

L'atelier suivant était spécialisé dans les affûts et les dispositifs de pointage. Les Maures émigrés d'Espagne après la chute de Grenade excellaient dans cet art délicat. Gritti observa d'un œil distrait le ballet des pièces suspendues par des cordages et la mise en place des dispositifs de pointage vertical et horizontal. Les paroles d'Ibrahim lui donnaient à penser. Une artillerie de campagne était en effet inutilisable contre les forteresses défendant les dernières possessions chrétiennes en Méditerranée, comme Chypre par exemple... Mais elle serait indispensable dans un affrontement direct, armée contre armée.

– Impressionnant, dit-il au grand vizir. Je doute qu'aucune armée d'Occident puisse aligner autant de canons. A ma connaissance, et pour ne citer que cet exemple, Louis de Hongrie dispose tout au plus de cent pièces... Encore s'agit-il pour la plupart de bombardes qui datent du siècle dernier !

Souriant, Ibrahim pensa qu'ils s'étaient parfaitement compris.

Luigi regagna en toute hâte la bailie de la Sérénissime République. Francesco Bonvecchio, l'ambassadeur, était cousin au deuxième degré des Gritti auxquels il devait son poste.

– Je crois la campagne auguste imminente, annonça Luigi Gritti.

– Les Turcs se mettent toujours en marche au début du printemps.

– Exact, mon cher cousin. Vous pouvez d'ores et déjà expédier un message au doge : Chypre et les comptoirs du Dodécanèse sont en sécurité pour cette année.

– Qu'est-ce qui vous permet de l'assurer ?

Luigi lui fit part de ce qu'il avait vu et entendu.

– Je dois quitter Istanbul, ajouta le jeune homme, de grands changements se préparent en Hongrie.

– Je m'occupe de tout, promit l'ambassadeur. Demain, au saut du lit, vous aurez ce qu'il vous faut, escorte, bourse et chevaux. Souperez-vous ce soir avec moi ?

Luigi Gritti secoua la tête.

– Désolé, mais j'ai une longue route à faire et je souhaite prendre du repos.

Le jeune homme gagna sa chambre, petite, mais luxueusement aménagée, et s'allongea sur le lit. Il n'avait plus longtemps à attendre : bientôt, il recueillerait les fruits de ses intrigues au profit du prince de Transylvanie. Un doute s'emparait malgré tout de lui : Zapolya avait-il l'envergure d'un roi de Hongrie ? De toute façon, bon ou mauvais, le choix était fait !

Il se réveilla aux premières lueurs de l'aube. Tout dormait dans la bailie, mais l'ambassadeur avait tenu parole. Quatre gaillards en tenue de cavaliers et puissamment armés l'attendaient dans les jardins. Ils saluèrent le Vénitien et lui remirent la bourse promise par Bonvecchio.

– Vos ordres, messire ?

– Nous prendrons d'abord la route qui longe l'arsenal puis la direction d'Édirne, ordonna Luigi en grimpant en selle.

Ils franchirent la porte de l'ambassade sous le regard indifférent d'un porte-clefs ensommeillé et, une heure plus tard, ils quittaient Istanbul.

Ogier de Mercœur s'éveilla en sa chambre de l'hôtel Cibaco et jeta un regard ennuyé par la fenêtre. Passant derrière le paravent, il trouva la cuvette d'eau tiède et la serviette apportées par Gera. Il se livra à quelques ablutions puis, bâillant et s'étirant, entreprit de se vêtir. Il enfila chemise de lin, chausses de laine, pourpoint de brocart et coiffa un chapeau bordé de fourrure. Malgré l'heure matinale, des serviteurs lavaient à grande eau les dalles des couloirs et les roues cerclées de fer d'une charrette retentissaient sur les pavés de la cour. Gera apparut.

– Avez-vous bien dormi, mon maître ?

– Comme une brute, mon ami... Dans l'attente d'un jour semblable à tous les autres. Par la mort-dieu, j'en regrette presque le temps où je servais l'ordre Teutonique ! Ce royaume transpire l'ennui et cette ville est un tombeau !

Il soupira bruyamment. En vérité, seule la nièce de l'évêque le retenait à Buda. Depuis plus d'un an, il faisait sa cour à la douce Hélène sous l'œil amical de l'évêque. Plusieurs fois, il avait envisagé de demander sa main à son tuteur et de quitter la Hongrie. Mais où aller ? Et comment entretenir une épouse habituée au confort ? Le pécule amassé chez les Teutoniques avait fondu depuis longtemps et il ne devait de subsister qu'à la générosité de Cibaco !

– Aussi bien disposé soit-il à mon égard, l'évêque n'accordera jamais la main de sa pupille à un chevalier sans feu ni lieu ! Il me faut en prendre mon parti, quitter Buda et louer mon épée ailleurs. Pourquoi pas aux Vénitiens ou aux Polonais ? Le roi Mathias de Hongrie entretenait autrefois une armée de mercenaires. Voilà qui aurait fait mon affaire ! Je me demande pourquoi on l'a dissoute ?

– La noblesse hongroise se plaignait de perdre ses privilèges, expliqua Gera. Et le roi Louis ne se sent pas assez sûr de lui pour la contrarier en reconstituant aujourd'hui cette armée.

– Le roi Louis n'est qu'un sot ! tonna Ogier. Depuis quand un souverain cède-t-il aux exigences de ses sujets ? En attendant, me voici sans un sou vaillant, j'engraisse à vue d'œil, je dois le gîte et le couvert à un homme d'église et je ne peux m'adresser à la femme que j'aime sans rougir de honte ! Et toi qui me sers depuis des mois, mon pauvre Gera, tu n'as jamais reçu aucun salaire ! Tu aurais meilleur compte à changer de maison !

L'œil unique du serviteur brilla de malice.

– J'ai confiance en votre étoile, seigneur Ogier. J'étais d'ailleurs venu vous prévenir que Son Excellence, qui reçoit en ce moment le comte Gromski, vous réclame en son cabinet.

Gromski était un Polonais fort introduit en cour. Le ministre Tomori l'avait chargé de recruter quelques milliers de mercenaires, piquiers et arquebusiers, et le comte s'apprêtait à quitter Buda pour remplir cette mission.

– Tu ne pouvais pas le dire plus tôt ? Mes bottes ! Mon épée !

Le cabinet de l'évêque était familier à Ogier. C'était une pièce modeste, au sol à carreaux de terre cuite. Deux étroites fenêtres en ogive l'éclairaient et un feu brûlait dans la cheminée. Aux murs, tendus de tapisseries aux couleurs passées, des panoplies de haches, hallebardes et arbalètes ; trois fauteuils, un bureau et un coffre de rangement pour tout ameublement, plus une énorme bible ouverte sur un lutrin.

– Prenez place, mon jeune ami, invita Cibaco. Gromski, permettez-moi de vous présenter Ogier de Mercœur, un chevalier de France.

– Nous nous sommes croisés plusieurs fois au palais, dit le Polonais. Johann Berger était de mes amis, ajouta-t-il en tendant sa main dégantée à Ogier.

– Un aimable compagnon. Il me manque, assura le jeune homme.

Cibaco se renversa dans son fauteuil.

– Le comte Gromski part ce jour pour Cracovie...

– Je serai de retour avant trois mois. Le temps de lever cinq à six mille hommes, arquebusiers polonais et lansquenets allemands principalement.

Ogier attendait la suite.

– Depuis plusieurs semaines, le Turc semble fort occupé.

On dit que des milliers de canons sortent de ses fonderies, précisa Cibaco.

– Un chiffre peut-être exagéré, remarqua Gromski. Mais des centaines, ça oui ! Ce qui signifie que Soliman prépare une campagne.

– Contre la Hongrie ? demanda Ogier.

– C'est l'avis de l'archevêque Tomori qui a réussi à en persuader le roi Louis. Aussi Sa Majesté multiplie-t-elle les courriers à destination des princes chrétiens, les rois anglais et français, l'empereur Charles, la Diète de Germanie, afin de leur réclamer argent, hommes et matériel. Henri d'Angleterre et François de France ne répondent pas et l'empereur se terre en Espagne. Seul Ferdinand son frère a promis d'intercéder auprès de la Diète...

Cibaco hocha la tête. La Hongrie était loin de Londres, de l'Escurial et de Paris, et les princes chrétiens sous-estimaient le péril ottoman ou l'utilisaient, comme le roi François, pour défendre leurs propres intérêts ! Quant aux princes-électeurs allemands, qui se souciaient plus de la Réforme que de la menace turque, ils ne bougeraient pas maintenant.

– D'ici le printemps, dit l'évêque sombrement, nous aurons besoin de toutes les épées disponibles pour repousser Soliman. N'est-ce pas, comte ?

– Assurément, et les soldats aussi expérimentés que vous seront précieux, chevalier. Je suis venu ce matin vous demander un service...

– Lequel ?

– N'avez-vous pas fait un séjour au sein de l'ordre Teutonique ?

– En effet.

– Son Excellence Tomori a suggéré au roi de former une garde composée des meilleurs chevaliers du royaume. A l'heure de la bataille, ils accompagneront Sa Majesté. Aimeriez-vous en être ?

– Et comment ! dit Ogier en se levant d'un mouvement si brusque qu'il renversa son fauteuil.

– Si la noblesse de Hongrie est ardente au combat, elle est indisciplinée. Vous devrez d'abord l'entraîner à manœuvrer et combattre à la manière teutonique. Vous ferez de ces chevaliers des centaures soudés, capables de se servir de la lance, de la hache, de la masse et de l'épée. Qu'en dites-vous ?

– J'en dis, mort-dieu, que la joie m'étouffe ! Mais, simple curiosité, messire Gromski : pourquoi m'a-t-on choisi ? D'autres chevaliers en ce pays ont combattu pour l'Ordre, ou à Rhodes pour Saint-Jean. Des hommes plus âgés, plus expérimentés certainement... Ne croyez pas que je doute de mes capacités, mais...

Cibaco et le Polonais échangèrent un regard. L'évêque caressa sa barbe soigneusement taillée.

– Vous l'ignorez peut-être, mon jeune ami, mais Luigi Gritti est de retour après plusieurs mois d'absence. Un retour qui coïncide avec les nouvelles inquiétantes parvenues d'Istanbul.

– Gritti est ici ?

– Oui, et le prince Zapolya aussi. Tandis que le roi Louis cherche des alliés en Europe, ces deux hommes allument en Hongrie des foyers de discorde. Les partisans du palatin Bathory se dressent contre ceux de Verbœczy et Sa Majesté ne peut plus se fier à sa propre noblesse : les uns réclament le départ des Allemands, les autres l'élection d'un nouveau roi, et tous ne songent qu'à obtenir de nouveaux privilèges !

– Le roi Louis ne faisant confiance à aucun de ses sujets pour commander sa garde, l'archevêque Tomori a cherché une solution. Son Excellence Cibaco vous ayant nommé, je l'ai approuvé et Sa Majesté s'est ralliée à notre avis. Si vous nous donnez votre accord, nous choisirons une trentaine de chevaliers que vous entraînerez et qui assureront la protection du roi. Mais réfléchissez. Votre rôle sera difficile et dangereux...

– La guerre est imminente, n'est-ce pas ?

– Nous voilà à la mi-janvier. Soliman se mettra vraisemblement en route au printemps...

– J'accepte. Que dois-je faire ?

– Rencontrer Tomori qui vous donnera ses instructions. Les chevaliers seront rassemblés au Var où ils prêteront serment à Sa Majesté.

– Je vous accompagnerai, mon cher Ogier, ajouta Cibaco.

Ogier baisa la main de l'évêque, salua le Polonais et sortit. Encore étourdi de sa bonne fortune, il gagna l'étage inférieur où, avant d'avoir franchi le seuil de la salle commune, il devina la présence d'Hélène. Reconnaissant son pas, la jeune fille se retourna et ses joues rosirent de plaisir. Ogier s'inclina courtoisement et prit place sur le banc, en face d'elle. Hélène appela un serviteur qui apporta aussitôt une tourte de pain, du fromage de chèvre et un pichet de vin clairet.

– Vous paraissez d'humeur joyeuse, messire Ogier.

– Savez-vous que vous vous adressez à un paladin du roi ? Oui, Hélène, je vais avoir l'honneur de servir Sa Majesté. Je dois cette faveur à votre tuteur, mon bienfaiteur !

Et Ogier rapporta à Hélène l'entretien qui venait de se dérouler. Tout en parlant, il engloutissait pain et fromage. Quand il eut fini, la jeune fille applaudit.

– Je n'ai jamais été aussi heureux depuis que j'ai quitté Marienburg... A part le soir où je vous ai aperçue pour la première fois !

– Taisez-vous !

– Pourquoi me taire ? Vous connaissez mes sentiments... J'occuperai bientôt une fonction à la cour. Je ne suis plus le pauvre chevalier à qui l'on fait la charité. Je puis, ce que je n'ai jamais osé jusqu'à présent parce qu'on m'aurait ri au nez, demander votre main à Son Excellence. Hélène, ma douce Hélène, m'épouserez-vous enfin ?

La jeune fille éclata de rire.

– Comme vous êtes direct ! Voilà un an que vous tournez autour de moi avec des soupirs et des yeux de chien battu et vous m'entreprenez ce matin sans prévenir !

Le visage d'Ogier s'assombrit, sa voix s'abaissa jusqu'au murmure.

– Je vous aime depuis le premier instant. Nous ne pouvons nous permettre d'attendre plus longtemps. Nos ennemis s'apprêtent, les armées turques quitteront bientôt Istanbul et Gritti est de retour en Hongrie. Vous comprenez ce que cela signifie ?

– Oui, souffla la jeune fille en frissonnant. Je sais qu'il ne renoncera jamais, même si mon oncle l'a plusieurs fois éconduit. Pardonnez-moi de m'être moquée...

Elle se leva. Bien qu'elle eût dix-huit ans, elle semblait une enfant dans sa robe toute simple, avec ses cheveux blonds sagement tressés, sa taille fine, ses épaules menues et ses hanches étroites. Le chevalier la saisit entre ses bras, s'enivrant de son odeur, de sa chaleur, de l'éclat de ses yeux, sans qu'elle songeât à lui résister.

– Demain, je demanderai votre main à Son Excellence. Et il me la donnera. Car, s'il lui arrivait malheur, personne d'autre que moi ne vous défendrait contre les entreprises de Gritti.

– Faudra-t-il que je quitte cette maison où j'ai passé tant d'heureuses années ?

– Non. A moins que vous ne le souhaitiez.

– Ici avec vous, quel bonheur !

Un autre que le chevalier eût murmuré des mots tendres ou récité quelques vers courtois. Mais Ogier, qui n'avait jamais obéi qu'à son instinct et à ses passions, brûlait d'envie de couvrir de baisers le visage adoré. Faisant effort sur lui-même, il s'agenouilla aux pieds de sa bien-aimée.

– Je jure sur mon honneur de vous chérir toujours, de vous protéger, et, s'il le faut, de mourir pour vous.

– Relevez-vous !

– Je ne possède en propre que mon cheval et mon épée, désormais au service du roi. Je ferai en sorte que mon nom retentisse par toute la Hongrie et que vous soyez fière de le porter !

– Bien dit, mon jeune ami ! applaudit l'évêque Cibaco qui, depuis un moment, les observait sans se manifester. Je finissais par désespérer de vous avoir pour gendre, mais je constate que nos affaires sont en bonne voie !

– Votre Excellence... consent donc au mariage ?

– Plutôt deux fois qu'une, mon cher chevalier ! A dire la vérité, connaissant le caractère de ma pupille, je n'espérais guère trouver un prétendant assez téméraire pour l'épouser. Je craignais de la voir vieillir entre ces murs et se dessécher !

– Mon oncle !

– C'est là plaisanterie, Dieu m'en soit témoin ! Nulle part vous ne trouverez, chevalier, épouse et maîtresse de maison plus accomplie ! De tout cœur, je vous bénis. Permettez-moi de vous considérer désormais comme mon fils !

– Excellence !

L'évêque ouvrit les bras et Hélène ne put s'empêcher de sourire en voyant son colosse de chevalier donner l'accolade au gros prélat.

– Avez-vous pensé à une date pour votre union ?

Ogier et Hélène se regardèrent.

– Le plus tôt sera le mieux, poursuivit Cibaco. J'annoncerai moi-même la nouvelle à Sa Majesté. Dans quatre semaines, cela vous convient-il ? Le temps d'en aviser notre parentèle.

Ogier acquiesça et Hélène approuva d'un hochement de tête.

– Voilà qui est réglé ! Apprêtons-nous maintenant à rendre visite à Tomori, chevalier.

11

Le roi Louis n'assista pas au mariage d'Ogier de Mercœur et d'Hélène, mais se fit représenter par Paul Tomori, archevêque de Kalocsa. Il offrit des éperons incrustés d'or et une selle d'ivoire sculptée au chevalier, une cape de camelin fourrée de zibeline à la jeune épousée.

Les personnages les plus éminents de la cour étaient présents à la cérémonie qui se déroula en l'église du Couronnement. L'évêque Cibaco célébra la messe devant une assistance de comtes, boyards, riches bourgeois, chevaliers étrangers et hongrois, dont trente formaient depuis peu la garde du roi. Plus de deux cents invités empruntèrent ensuite les rues étroites et pentues qui menaient à l'hôtel Cibaco où l'évêque tenait ce jour-là table ouverte.

On avait tapissé les murs de tissus, dressé des dais et des tréteaux dans la cour intérieure, mis des tonneaux en perce, creusé des fosses dans le jardin et allumé de grands feux au-dessus desquels rôtissaient chevreuils et sangliers. La nourriture et la boisson aidant, on oubliait les rigueurs de l'hiver. Le visage empourpré, Cibaco allait d'un invité à l'autre, trinquant à la santé des époux. Entourée de nobles jeunes filles, Hélène riait, chantait et dansait. Ogier se pavanait parmi ses compagnons d'armes, faisant admirer ses éperons et les armes peintes sur son tabard : un corbeau noir tenant en son bec un anneau d'or. Autrefois portées par Janos Hunyadi et Mathias Corvin, elles avaient été choisies par le roi pour distinguer le chef de sa garde.

– Par le sang du Christ Ressuscité, s'exclama le chevalier Marczali, nous montrerons au Turc de quoi nous sommes capables ! Trente preux valent largement trois cents janissaires, et nous reconduirons Soliman à Istanbul, la pointe de nos lances dans les reins !

– Quand on parle du Turc... souffla le chevalier Kinizsi.

Les conversations s'interrompirent comme apparaissait le prince de Transylvanie. En cette journée de liesse et de conciliation, Cibaco n'avait pu se dispenser d'adresser à Zapolya une invitation. Le voïvode fendait la foule d'un air hautain. Son regard sombre parcourut l'assistance avant de s'arrêter sur Ogier. Mais le Français n'avait d'yeux que pour l'homme en noir qui l'accompagnait : Luigi Gritti.

Bien que favorables au roi Louis et à ses alliés allemands, les invités de l'évêque n'ignoraient pas que le voïvode représentait la deuxième puissance de Hongrie, la première bientôt peut-être, la menace turque se précisant de jour en jour. Aussi s'empressait-on autour de Jan Zapolya et du Vénitien. Par courtoisie, Ogier s'avança à la rencontre du prince et s'inclina, mais il affecta d'ignorer son conseiller. Il ne pouvait oublier que cet homme avait fait assassiner le chevalier de Spanheim.

– Tous mes vœux de bonheur, chevalier, dit Zapolya. Et mes félicitations pour votre promotion auprès de Sa Majesté.

– Monseigneur, je vous remercie d'honorer cette fête de votre présence, répondit Ogier. Trinquerez-vous avec moi ?

– Volontiers.

Gera apporta deux coupes remplies à ras bord. Ogier vida la sienne d'un trait. Le prince goûta puis vida à son tour et essuya sa moustache d'un revers de manche.

– La Hongrie manque-t-elle à ce point d'honnêtes gentilshommes que ses filles prennent pour époux de vulgaires briseurs de lances ? persifla Gritti à voix assez forte pour être entendu.

Un silence se fit. L'affront était délibéré et Ogier pâlit.

Il leva la main pour souffleter le Vénitien, mais Gera s'interposa, feignant de proposer d'autres boissons :

– Maître, chuchota-t-il, ne tombez pas dans son piège !

Tremblant de fureur, le chevalier écarta son serviteur.

– Les briseurs de lances affrontent leurs adversaires poitrine contre poitrine, rétorqua-t-il. Ils ne s'abaissent pas à les faire massacrer pendant leur sommeil par leurs coupe-jarrets !

– Que voulez-vous dire ? grinça Gritti.

– Oui, chevalier, que signifient ces paroles ? gronda Zapolya. Vous semblez oublier que vous vous adressez à mon conseiller et ami Luigi, citoyen de Venise et fils de l'honorable doge Gritti ! Tout affront qui lui est fait me touche personnellement, le savez-vous ? Et toute accusation réclame des preuves, l'ignorez-vous ?

Les invités se rapprochèrent, écoutant avec passion. Chacun savait la mésaventure survenue l'année précédente au chevalier de Mercœur. La mort de Johann Berger, émissaire de l'Ordre de Saint-Jean, avait été évoquée à la cour, mais aucun nom de suspect n'avait jamais été prononcé...

– Je pense, monseigneur, dit doucement Gritti, que notre jeune marié ne supporte pas les vins de Hongrie et que les mots ont dépassé sa pensée. Des excuses suffiront pour oublier l'incident.

– Des excuses ? rugit Ogier en portant la main à son épée...

– Un instant, messeigneurs ! intervint Cibaco que Gera était allé chercher. Que se passe-t-il, en nom Dieu ?

Accourue aussi, Hélène retenait la main de son époux et tentait de le calmer par sa présence.

– Excellence, j'estime avoir été insulté par votre gendre et j'en réclame réparation, dit Gritti.

Jan Zapolya hocha la tête en signe d'assentiment.

– A toute heure et en tous lieux, à cheval ou démonté, avec la lance, la hache, la masse ou l'épée, je suis ton homme, le défia Ogier.

– Il n'en est pas question, coupa Cibaco. Mon cher gendre, vous appartenez désormais à Sa Majesté Louis et ne coucherez votre lance que pour elle. Quant à vous, messire Gritti, je suis au regret de vous dire que vous n'avez pas été invité et que votre présence en ma maison n'est pas souhaitée. Je vous prie donc de vous retirer !

– Vous me feriez l'affront d'éconduire mon ami ? s'indigna Zapolya.

– Oserai-je rappeler à monseigneur que je suis libre de fermer ma porte à qui bon me semble ? Par ses assiduités auprès de ma pupille, cet homme a depuis longtemps lassé ma patience. En un mot comme en cent, messire Gritti, nous nous réjouirons de votre départ.

Le regard noir de fureur, le Vénitien s'inclina devant le voïvode.

– Monseigneur, permettez-moi de prendre congé.

Puis, se tournant vers le groupe que formaient les mariés et l'évêque :

– Nous nous reverrons un jour prochain, chevalier. Hélène, vous avez fait le mauvais choix, l'avenir vous le prouvera. Quant à vous, Excellence, vous regretterez vos paroles, j'en fais le serment.

– Partons ensemble, dit Zapolya.

Et, sans même saluer les dames, le prince de Transylvanie tourna les talons et se dirigea vers la sortie où l'attendait son escorte de cavaliers valaques. Comme ils franchissaient la porte de l'hôtel, le Vénitien ne pouvant contenir sa rage brandit le poing :

– Cibaco ! Je me vengerai !

– Calmez-vous, murmura Zapolya, vous n'aurez plus longtemps à attendre !

Les mâchoires serrées, Gritti sauta en selle.

– Ne deviez-vous pas me débarrasser de ce fier-à-bras, monseigneur ? Ne me l'aviez-vous pas promis ?

– Des préoccupations plus urgentes ont sollicité mon attention et mes efforts. Après tout, mon cher Luigi, que t'importe la nièce de l'évêque ? Ton nom, ton rang et la richesse de ta maison t'autorisent à choisir parmi les meilleurs partis de Buda comme de Venise...

– Nous nous ressemblons, monseigneur : lorsque nous avons pris une décision, nous nous y tenons ! Je voulais Hélène Cibaco et je la veux toujours, mariée ou non ! L'évêque versera des larmes de sang pour l'outrage que j'ai subi aujourd'hui.

Gritti éperonna sa monture et les cavaliers s'éloignèrent. A l'hôtel Cibaco, la fête avait repris, mais avec moins d'entrain qu'avant le passage du Vénitien.

Ogier ouvrit les yeux dans la pénombre et mit quelques instants à prendre conscience qu'il était marié. Plongée dans un profond sommeil, Hélène reposait, blottie contre lui. Le chevalier s'étira avec volupté et sourit. Les événements des jours derniers lui avaient fait oublier ses longs mois d'ennui. Il plaqua un baiser sonore sur l'épaule de son épouse. Hélène se tourna et lui offrit ses lèvres. Comme Ogier l'entreprenait aussitôt, elle se réfugia à l'autre bout du lit.

– Oubliez-vous vos devoirs envers mon oncle et surtout envers le roi ? L'un et l'autre vous attendent !

– Ils se feront une raison ! Venez, ma mie !

Hélène protesta encore pour la forme. La veille au soir, elle s'était un peu effarouchée en découvrant la nudité d'Ogier, mais il s'était montré si tendre et si patient qu'elle était devenue femme avec bonheur et qu'ils avaient peu dormi de la nuit.

– Têtedieu ! si je m'écoutais, je ne quitterais ni cette chambre ni ce lit de la journée ! Qu'en dites-vous ?

– J'en dis, soupira Hélène, que je dois donner mes instructions à l'intendant et m'occuper de nos invités... Allons, Ogier, habillez-vous et laissez-moi appeler mes servantes !

– Soit ! grommela le chevalier en cherchant sa chemise et ses chausses et en embrassant fougueusement sa compagne. Qu'y a-t-il ? Pourquoi cette ombre sur votre joli front ?

– Je pensais à Gritti. Tôt ou tard, il cherchera à se venger !

– Avez-vous peur de lui ?

– Un peu, je l'avoue. J'ai peur pour l'avenir et pour vous, mon ami. Pour mon oncle aussi. Zapolya est puissant et il doit beaucoup à Gritti. De quel poids pouvons-nous peser en face de lui ?

– J'assignerai le Vénitien en duel devant la cour et je le tuerai. Et, s'il le faut, je tuerai Zapolya aussi.

– Y pensez-vous ? Le voïvode est de sang royal : s'il était tué, même Sa Majesté Louis ne pourrait rien pour vous sauver. Vous seriez écartelé, bras et jambes cloués, aux portes de Buda !

– Bon, admit Ogier, oublions Zapolya. Mais le Vénitien n'est pas de sang royal, que je sache. Allons, ma douce amie, embrassez-moi une fois encore et souhaitez-moi une bonne journée.

Quand Ogier descendit retrouver Cibaco dans la salle commune, deux jeunes hommes tenaient compagnie au prélat.

– Marczali ! Kinizsi ! Qu'est-ce qui vous amène de si bonne heure ici ?

– J'ai prié ces seigneurs de nous servir d'escorte jusqu'au Var, expliqua l'évêque. Et, comme deux précautions valent mieux qu'une, des serviteurs armés nous accompagneront aussi !

– Vous pensez à Gritti, Excellence ?

– Ne me dites pas que vous n'y pensez pas ! On prétend que le Vénitien aurait quitté Buda hier soir, mais je le crois capable de toutes les perfidies. Aussi ne prendrons-nous aucun risque, ni aujourd'hui ni les jours prochains... Servez-vous donc de cette soupe de légumes, elle vous réchauffera, et buvez un peu de ce vin. Après quoi nous nous rendrons au palais !

Ogier invita ses amis à partager avec lui son repas, mais ils refusèrent, les excès de la veille leur pesant encore sur l'estomac. Quant à l'évêque, qui tentait désespérément de boucler sa ceinture autour de sa taille, il avait décidé de modérer son appétit.

Une pluie fine et glacée tombait. Dans la cour, quelques serviteurs démontaient les dais et rangeaient les tréteaux. Gera et cinq valets armés de hacquebutes se joignirent aux gentilshommes et la petite troupe franchit la porte de l'hôtel. Maintenant qu'il était marié, Ogier voyait la cité d'un œil différent. Il s'était jusque-là considéré comme un étranger. Allié à une vieille famille, la Hongrie devenait sa patrie. Il avait prêté serment de fidélité à son roi, il défendrait Buda contre ses ennemis.

Dès leur arrivée au Var, Paul Tomori accueillit les visiteurs et, tandis qu'il s'entretenait avec l'évêque Cibaco, Ogier, Marczali et Kinizsi rejoignirent les autres membres de la garde dans la salle d'armes. Il n'était que temps. Quelques minutes plus tard, le roi Louis entrait.

A dix-huit ans, le souverain était un jeune homme au port altier et en parfaite santé. A son côté, se tenait le prince palatin Stephan Bathori, de quelques années son aîné, qui passait pour l'épée la plus redoutable du royaume.

– Ainsi, mon cousin, voici vos fameux preux ! Je dois dire qu'ils ont fière allure et je vous en félicite !

– Arthur de Bretagne avait sa Table Ronde et Charlemagne ses Paladins. Ceux-là porteront haut les couleurs de notre maison, dit Louis avec orgueil.

– Je n'en doute pas.

Le prince Bathori interrogea chaque chevalier sur son lignage et la signification de ses armes. Il s'arrêta enfin devant Ogier et hocha la tête.

– Solides épaules, poignets épais et mains puissantes, apprécia-t-il. Les chevaliers de France passent pour les meilleurs d'Europe. A juste titre d'ailleurs.

– Merci, monseigneur.

– Vous portez les armes des Corvinus : pourquoi ?

– C'est ma volonté, intervint Louis. J'ai voulu que le capitaine de ma garde arbore le corbeau noir à l'anneau d'or. Cela vous gêne-t-il, mon cousin ?

– Aucunement. Votre Majesté a raison : quelles armes seraient plus dignes de protéger le roi de Hongrie ?

Ogier s'inclina.

– Messeigneurs, choisissez soigneusement vos montures et fourbissez vos armes car nous allons affronter un ennemi implacable : Soliman en personne, annonça Louis.

– La guerre avec les Ottomans ? s'exclamèrent les chevaliers.

– Dès le printemps. Dieu en soit témoin, nous n'avons pas cherché l'affrontement. Mais s'il doit avoir lieu, nous ôterons au Turc son envie de conquête.

Les chevaliers mirent genou à terre.

– Nos poitrines formeront un mur infranchissable devant Votre Majesté, dit Ogier. Nos épées se tailleront un chemin jusqu'à Soliman et nous piquerons sa tête et celles de ses ministres au bout de nos lances !

12

Le lundi 21 avril 1526, Soliman quitta Istanbul à la tête d'une armée de cent mille hommes et trois cents canons. Du Sérail jusqu'à la porte d'Édirne, la population s'était massée au long de Kara Cümrük pour l'acclamer. Exceptionnellement, le grand bazar était fermé et les ruelles commerçantes du *carshi* désertées. Syriens, Égyptiens, Juifs, Grecs, Arabes, Serbes et Albanais se mêlaient aux Turcs. Perdus dans la foule, quelques observateurs européens assistaient au spectacle, la gorge serrée.

Francesco Bonvecchio, baile de Venise, murmura à son voisin qui n'était autre que Luigi Gritti :

– Après avoir décidé du sort de la Hongrie, Soliman tournera ses armes contre la Sérénissime République... Y avez-vous songé ?

– C'est possible. Mais aujourd'hui, Venise obtient un sursis. Qu'elle mette cette année à profit pour fortifier ses comptoirs, construire des navires, équiper des troupes. Ainsi, le moment venu, elle ne sera pas prise au dépourvu. Et tant qu'elle gardera la maîtrise de la mer...

– Je ne peux m'empêcher de penser que notre intérêt serait de soutenir les chrétiens menacés par le Turc et non de précipiter leur chute !

– Est-ce un reproche ?

– Une constatation, rétorqua Bonvecchio en haussant les épaules. L'avenir dira qui de nous deux avait raison.

– Qui êtes-vous donc pour commenter la politique de la République ? interrogea dédaigneusement Gritti. Vous n'êtes qu'un exécutant, et vous feriez bien de vous en souvenir si vous tenez à conserver votre bailie. Pour moi, je crois qu'il est temps de rentrer en Hongrie.

Sur ces mots, le Vénitien se fondit dans la populace tandis que l'ambassadeur ravalait sa colère. Décidément, ce jeune espion qui partageait son temps entre Buda et Istanbul lui était de plus en plus antipathique ! Mais se rappelant qu'il lui faudrait cette nuit rédiger son rapport sur l'armée ottomane, le diplomate reporta son attention sur l'interminable cortège. Il devait dénombrer précisément les troupes engagées dans la campagne auguste, mentionner leur équipement, la puissance et la qualité de leur artillerie...

Pour la multitude qui suivait avec passion le spectacle, le plus surprenant n'avait rien de militaire : pour la première fois en effet dans l'histoire des Osmanli, une femme accompagnait le sultan à la guerre ! Dissimulée derrière les rideaux d'une litière, Roxelane, avec son personnel, ses esclaves et ses eunuques, faisait partie du cortège. Il n'y avait que ses trois fils, Sélim, Bayezid et Cihangir qui restaient au Sérail, confiés aux bons soins du *kizlar agasi*.

– Pour avoir obtenu pareille entorse à la tradition, cette femme doit avoir une sacrée influence sur Soliman ! songeait Bonvecchio.

C'est sans doute ce que pensaient les sujets du sultan, massés de chaque côté.

Chevauchant en tête des dignitaires, Ibrahim partageait la stupéfaction de l'ambassadeur de Venise et des citoyens d'Istanbul. C'est Hafsa Hatun qui lui avait appris la nouvelle. Quelques heures seulement avant le départ.

– Roxelane accompagnera l'armée ?

– Oui, assura la valide sultane. Soliman a longuement hésité, mais, finalement, il a cédé.

– Mais pourquoi ?...

– La dernière fois que Soliman s'est absenté, la vie de Roxelane a été menacée. En emmenant la *kadin* avec lui, mon fils se libère d'un souci.

– Jamais aucun sultan n'a agi ainsi !

– Mon cher Ibrahim, il s'agit ni plus ni moins d'une nouvelle manœuvre de Roxelane.

Oui, Hafsa Hatun avait raison, Roxelane savait manœuvrer. Soliman guerroyant seul en Hongrie, la *kadin* risquait de perdre son influence sur lui, les avantages acquis au cours des années écoulées, et de se retrouver dans la situation précaire de n'importe quelle femme du Harem. Nuit après nuit, elle avait dû s'employer à saper les réticences du sultan et lui exagérer les inconvénients d'une séparation prolongée...

– Je dois parler à Soliman ! s'exclama Ibrahim. Il est peut-être encore temps de le faire changer d'avis ! A-t-on jamais vu des femmes accompagner une campagne auguste ? Que se passera-t-il si le sort des armes nous est contraire ?

L'œil sévère, Hafsa Hatun saisit le visage du grand vizir entre ses mains.

– Insensé ! Évoquer la possibilité d'un échec est courir au-devant des soupçons ! Si tes prédictions se vérifient, on t'accusera d'avoir mal organisé cette campagne et, dès ton retour, tu seras décapité ! Vas-tu te perdre sur un mouvement d'humeur ? Donne au contraire à Soliman l'impression d'approuver sa décision. C'est par tes talents de soldat, ton courage et ton dévouement, que tu garderas l'estime de mon fils !

Il avait écouté la valide sultane et il avait bien fait. Soliman était le maître et lui n'était que l'esclave auquel il avait accordé son amitié. Ce qu'il fallait, c'était soumettre les Hongrois et faire que la gloire du sultan resplendît à jamais ! Que valait le désir inspiré par une femme comparé à semblable perspective ?

La joie et l'orgueil de Soliman faisaient plaisir à voir. La prise de Rhodes avait marqué l'aube de son règne, la campagne de Hongrie allait en constituer l'apogée. Il s'agissait de hisser l'étendard du Prophète, de donner un inoubliable avertissement aux royaumes chrétiens, d'abattre de son trône celui qui se prétendait le « rempart de l'Europe » et de faire résonner les armes ottomanes dans le monde entier... Il s'agissait de réunir en un seul empire l'Orient et l'Occident !

Comme toujours, la discipline de l'armée était irréprochable. Les *sipahis* de la Porte menaient le défilé silencieux, précédant les janissaires, les *peyks* et les *solaks* de la garde, les dignitaires, la multitude des *azabs* et enfin le train de l'artillerie et du génie. En chemin afflueraient les *sipahis* féodaux des provinces et les nuées d'*akinjis*. Plus tard encore, les Tatars de Crimée et autres troupes vassales.

Soliman songeait au déroulement de la campagne. Afin d'éviter les chaînes montagneuses, on suivrait le cours des fleuves en obliquant vers le nord-ouest jusqu'à Belgrade où convergeraient les troupes provinciales. Ensuite on marcherait sur Buda en longeant le Danube. Ces dispositions, longuement préparées par Ibrahim et les autres vizirs, avaient été approuvées par le sultan. Restait à appliquer scrupuleusement le plan.

L'intendance suivait. Quatre mille chameaux et autant de mulets transportaient la nourriture, du riz essentiellement. Outre sa monture, chaque cavalier disposait d'un cheval chargé de vivres et de matériel, et chaque fantassin portait sur son dos une toile de tente imperméabilisée, des vêtements de rechange, de la literie, des sacs en cuir contenant de la farine, un pot de beurre, des sachets d'épice, un pain de sel, parfois du bœuf séché et réduit en poudre. Regroupés aux haltes par unités, les soldats versaient une ration de farine dans leur gamelle, ajoutaient beurre, épices, sel et eau, avant de mettre le tout à bouillir. Cette mixture était parfois agrémentée d'un biscuit ou de pain grillé. Si les vétérans se contentaient de ce frugal ordinaire, les jeunes soldats se montraient plus gourmands. L'armée traversant de riches provinces, la tentation était forte d'y marauder.

– Quel est ton nom ? demanda Soliman à l'adolescent prosterné à ses pieds.

– Magli, Sultan des sultans.

– Magli, on t'a surpris en train de voler le bien d'un paysan.

– Seigneur, balbutia l'apprenti-janissaire, je n'ai fait que tordre le cou d'un poulet égaré. J'ignorais à qui il appartenait. Je suis prêt à rembourser.

– C'est fait. Mon trésorier a indemnisé l'homme sur ma cassette. Maintenant, Magli, comprends bien ceci : le sultan a toute autorité sur la terre et les populations qui l'occupent. Mais, en contrepartie, chaque sujet, riche ou pauvre, peut s'adresser à lui pour réclamer justice. En volant ce paysan, c'est moi que tu as lésé.

– Oui, Seigneur. Je t'en demande pardon, frissonna le garçon.

Soliman hocha la tête.

– Qu'on le pende, ordonna-t-il, le fer n'est pas pour les voleurs.

Il ne fut pas le seul à être exécuté. Un cavalier dont la monture avait foulé un champ ensemencé, un artilleur convaincu d'ivrognerie, deux soldats accusés d'avoir violé une fille dans un fourré, connurent le même châtiment.

A Sofia, Soliman et son grand vizir s'entretinrent en privé.

– Nous avons suivi point par point notre plan, dit Ibrahim. Les gouverneurs des *sancaks* d'Herzégovine et de Bosnie sont en route pour te rejoindre avec leurs troupes.

– Saadet Giray ?

– Le Khan des Tatars de Crimée a promis vingt mille cavaliers. Comme à son habitude, il en amènera seulement la moitié, sourit Ibrahim. Mais cette moitié sera très utile pour inquiéter les flancs et l'arrière de l'ennemi.

– Dès demain, l'armée se remettra en route pour Belgrade où aura lieu le rassemblement des troupes provinciales. As-tu reçu des nouvelles de Hongrie ?

– Oui, Padichah : un courrier de Gritti bey. Il m'informe de ce qui se passe à Buda. Apparemment, les chrétiens sont de plus en plus divisés. Certains proposent de traiter, d'envoyer une ambassade et d'offrir un tribut... D'autres ne jurent que par la guerre, mais ne s'accordent pas sur l'homme qui commandera leur armée. Pour donner le change, le voïvode Zapolya de Transylvanie lève des troupes, mais Gritti bey assure qu'elles ne participeront pas aux combats.

– Peut-on le croire ?

– Oui, Padichah. Zapolya sait qu'il n'obtiendra jamais le trône de Hongrie tant que les Habsbourg ne seront pas chassés. Seul, il ne peut rien faire. Avec l'aide de la Porte, il a ses chances. Il ne peut se déclarer ouvertement notre allié, étant chrétien, mais il observera une stricte neutralité, c'est certain.

– S'il respecte ses engagements, je lui céderai la Hongrie et le protégerai des Habsbourg. Je récompenserai également Gritti bey pour ses services. Fais-le-lui savoir dans un prochain message.

Entourant les épaules du grand vizir de son bras, le sultan l'entraîna jusqu'à une fenêtre d'où l'on dominait la cité bulgare et, au-delà, le campement de l'armée turque.

– Il n'est rien de plus noble que de conduire ses soldats à la victoire, d'étendre les conquêtes de ses aïeux et de porter l'Étendard du Prophète en pays incroyant.

– Oui, Seigneur, murmura Ibrahim.

– Comment ne pas être heureux ? La femme que j'aime se pare pour m'accueillir cette nuit, mon plus cher ami est près de moi, la paix et la justice règnent dans l'Empire, nos ennemis tremblent...

– Seigneur, j'ai une requête à formuler.

– Je t'écoute.

– Confie-moi une partie de ton armée afin que je la mène contre Pétrovaradin. Tant que cette forteresse subsistera sur notre flanc, nous ne pourrons avancer en sécurité.

– N'importe quel vizir ne peut-il faire l'affaire ?

– Non, Seigneur. Je suis responsable de cette campagne et Pétrovaradin doit être réduite rapidement. Pendant ce temps, tu conduiras l'armée jusqu'à Belgrade. Je t'y rejoindrai, une fois la place emportée.

– Soit. Quelles unités emmèneras-tu avec toi ?

– Peu de cavaliers. Des fantassins, de l'artillerie et surtout des artificiers.

– Accordé. Ensuite nous marcherons ensemble sur Buda.

– Oui, Ombre de Dieu sur la Terre, nous marcherons ensemble sur Buda.

Après avoir réglé les affaires courantes, Soliman quitta Sofia et prit le chemin de Belgrade. Le temps était exécrable. De Philippopoli à Nich, des trombes d'eau inondèrent la campagne et les rivières dans leur crue emportèrent les ponts. Il fallut ralentir pour attendre le train de l'artillerie et les chariots de l'intendance. La troupe pataugeait dans la boue et dormait mal sur les sols détrempés. Les chevaux étaient fourbus, les hommes épuisés.

L'épouse impériale ne se plaignait pas. On ne dressait les vastes tentes qui l'abritaient avec sa suite qu'après avoir monté un plancher sur lequel on jetait plusieurs épaisseurs de tapis. Dans la journée, on chantait, on récitait des poèmes et, au crépuscule, les eunuques blancs et noirs lui préparaient un bain chaud. Les cuisiniers faisaient des prodiges pour lui servir une nourriture de qualité et des musiciens distrayaient ses invités. Mais, quand Soliman paraissait, chacun se retirait.

– Ne regrettes-tu pas le confort du Harem, les jardins, tes habitudes ? lui demanda un jour le sultan.

– Non, mon cher Seigneur. Ma récompense est d'être avec toi chaque soir ou presque. Mais toi, ne regrettes-tu pas de m'avoir emmenée ?

– Pas un instant. La campagne risque de durer jusqu'à la fin de l'automne. Je n'aurais pu supporter d'être privé de toi si longtemps.

Roxelane sourit. Son troisième accouchement avait été difficile, le bébé était né bossu et avec un pied-bot. Loin de lui en avoir voulu, Soliman, touché par ce malheur, avait redoublé d'attentions à son égard.

– S'il te plaît, chante pour moi.

Roxelane saisit son luth et, tout en préludant, elle annonça : « Sur une chanteuse esclave ». Une ballade qu'elle répétait depuis leur départ d'Istanbul.

> *Fais-moi entendre une voix frémissante qui augmente l'amour et sa mélancolie... Mon oreille s'est éprise de quelqu'un et l'oreille parfois désire avant l'œil.*

Les yeux mi-clos, Soliman répéta :

– L'oreille parfois désire avant l'œil... C'est exactement ce qui s'est passé la première fois où je t'entendis chanter. T'en souviens-tu ?

– Oui, mon Seigneur et Maître. Je tremblais si fort que mes jambes se dérobaient sous moi. Heureusement, un rideau me dissimulait. Si j'avais été contrainte de chanter sous ton regard, ma langue se serait nouée et je n'aurais fait que croasser.

– Ibrahim qui me fit ce jour-là le plus beau des cadeaux fut habile. Il excitait ma curiosité...

– Le grand vizir est sans conteste un homme habile, acquiesça Roxelane. Habile et rusé.

Soliman se souleva sur un coude.

– Ibrahim n'est pas rusé, tout au contraire ! Il est franc et direct et je ne peux que me féliciter d'avoir un ami aussi fidèle, un serviteur aussi dévoué. Tandis que nous reposons sur ces brocarts, il encourage les sapeurs qui creusent sous les murs de Pétrovaradin. On m'a même rapporté qu'il n'hésitait pas à ramper dans les boyaux, à poser lui-même les mines et à allumer les mèches.

– Vraiment ?

– Je décèle souvent de la jalousie dans tes propos lorsque tu parles d'Ibrahim, dit Soliman avec brusquerie. Comme j'ai deviné qu'il n'approuvait pas ta présence ici. Mais l'un et l'autre vous ne devez oublier que je suis votre maître et dispense les honneurs et les bienfaits à mon gré. Sans moi, vous n'êtes rien. Je peux vous retirer ce que je vous ai donné. Mon plaisir est de vous avoir tous deux à mes côtés. Mon ami le jour, mon amour la nuit. Me séparer de toi ou de lui serait m'amputer, aussi ne le ferai-je pas. Tu n'as aucune rivale et Ibrahim est mon grand vizir. Tout cela, par ma seule volonté. Et ma volonté sera respectée...

– Mon cher Seigneur, j'étais jalouse, je l'avoue. Si mon attitude t'a déplu, je t'en demande pardon.

Soliman se pencha et cueillit une larme sur la joue de son épouse.

– Il fallait que ce soit dit. A présent, ouvre-moi tes bras et offre-moi le repos du corps et de l'esprit.

Roxelane obéit, mais elle ne dormit pas de la nuit. Aussi subtile qu'elle se fût montrée, le sultan avait compris la lutte d'influence qui l'opposait à son ami ! Tant que cela n'affecterait pas sa vie, il n'interviendrait pas. Mais si leur rivalité venait à prendre un tour plus âpre, il lui faudrait trancher. En faveur de qui ?

Sur le terrain de la guerre, Ibrahim marquait aujourd'hui des points. Mais Roxelane savait que le temps et la nature travaillaient pour elle. Tant que Soliman honorerait sa couche, tant qu'elle lui donnerait des héritiers, le chemin du trône ne lui serait pas barré. Seuls pouvaient la gêner Ibrahim, le favori, et Mustapha, le fils aîné. Un ministre tout-puissant et un adolescent de treize ans.

En dépit des ponts détruits et des routes inondées, l'armée ottomane parvint à Belgrade où Soliman lui accorda de se reposer. Les *sancakbeys* d'Herzégovine et de Bosnie attendaient le Padichah avec plusieurs milliers de *sipahis* féodaux, d'*arnauts* et de *sarikas*[1]. Le Khan de Crimée, frère de la valide sultane, arriva à la tête de douze mille Tatars. Le sultan accueillit cordialement le gros khan borgne, son oncle, mais ses Tatars furent invités à planter leurs tentes à bonne distance de Belgrade. Vu leur réputation de voleurs, mieux valait prendre quelques précautions et ne pas les induire en tentation.

Puis un courrier de Pétrovaradin annonça que la forteresse était tombée et qu'il n'en avait coûté que vingt-cinq tués. Pensant à une erreur d'écriture, Soliman se fit confirmer le chiffre par le messager. Quelques heures plus tard, deux chariots contenant les têtes des défenseurs de la garnison parvinrent à Belgrade, suivis d'Ibrahim à la tête de sa petite armée.

– Sultan des sultans, la route est libre jusqu'à Buda, dit-il en se prosternant aux pieds de Soliman.

Sans dire un mot, le Padichah descendit de son trône et prit le grand vizir dans ses bras.

Les Turcs poursuivirent leur avancée irrésistible le long du Danube. La cité hongroise d'Ilok tomba puis ce fut le

1. Fantassins équipés d'arquebuses.

tour d'Eszek. Soliman eut là une mauvaise surprise : sur ordre du roi Louis, l'ancien pont sur la Drave, un affluent du Danube, avait été détruit et les envahisseurs se trouvèrent arrêtés. Aucun passage guéable à proximité ! Le détour qui s'imposait allait prendre des semaines et compromettre le déroulement de la campagne !

– Seigneur, dit Ibrahim, accorde-moi sept jours, sept jours seulement, et je promets de faire traverser la Drave à ton armée.

– Espères-tu de Dieu un miracle ?

– Je n'espère pas un miracle, Padichach, mais j'attends tout du talent de tes ingénieurs et du savoir-faire de tes pontonniers. La région est couverte de forêts et la main-d'œuvre ne manque pas. Pour s'emparer de Constantinople, le grand Mehmet, ton aïeul, n'a-t-il pas fait transporter sa flotte sur des rondins ? Nos soldats valent ceux de Mehmet : ordonne, Seigneur, et ils obéiront.

Le visage las de Soliman s'éclaira d'un large sourire.

– Sept jours.

Le pont fut achevé au soir du cinquième. Il mesurait trois cent trente mètres de long sur trois de large et fut assez solide pour supporter le passage de toute l'armée, chariots et artillerie compris. Soliman fit distribuer des présents aux ingénieurs, récompensa chaque pontonnier et garda Ibrahim près de lui jusqu'à la fin de la nuit. Les deux amis se restaurèrent, écoutèrent musiciens et poètes, puis établirent leur plan pour les semaines à venir. Ils quittèrent ensuite la tente impériale et marchèrent jusqu'à l'ouvrage qui enjambait la Drave. Soliman appela l'officier des *solaks* de son escorte et lui donna un ordre à voix basse.

L'officier rejoignit ses hommes qui allumèrent des torches. Du regard, le grand vizir interrogea Soliman.

– Sur un pont semblable à celui-ci, dit le sultan, Darius le Perse traversa l'Hellespont avec son armée et tenta de conquérir la Grèce. Mais il échoua et dut battre en retraite.

Pour nous, Ibrahim, il n'y aura pas de retraite possible. Nous vaincrons ou nous mourrons.

Ibrahim se pencha et baisa la main de Soliman.

– Oui, Seigneur, vaincre ou mourir ensemble.

Les flammes embrasèrent le bois, une épaisse fumée courut d'une rive à l'autre de la Drave et toute l'armée regarda en silence le pont flamber.

13

Dans la grande salle de réception du Var, les princes, les prélats et les boyards influents avaient pris place. Le roi Louis siégeait sur son trône, entouré de sa garde de chevaliers. Sous la lourde couronne d'or, son visage était fatigué et son regard morose passait de l'un à l'autre au gré des interventions.

– Maintenant, il est trop tard ! vociférait l'archevêque Tomori. Les Turcs ont franchi la Drave ! Il y a trois semaines, j'ai proposé de les attendre au passage de la rivière, mais vous avez refusé ! Nous avons laissé échapper là une occasion unique !

– Quelles troupes pensiez-vous leur opposer ? rétorqua le comte palatin Verbœczy. Comment, en si peu de temps, rassembler notre armée ?

– Cinq mille hommes auraient suffi !

– C'est vrai, Excellence, les Turcs marchent sur Buda. Mais demain, ce n'est pas cinq mille hommes qu'ils vont devoir affronter c'est vingt-cinq mille. Sans compter les milices de Jan Zapolya !

– Zapolya ? ricana Tomori. Que valent les engagements du voïvode de Transylvanie ? Et qui peut nous assurer que son armée interviendra utilement au jour de la rencontre ? D'ailleurs où est-elle, cette armée ?

– Elle avance par l'est sur le flanc droit des Turcs, intervint Luigi Gritti en se levant dans sa travée pour s'adresser à l'assemblée.

– Elle avance, dites-vous ? Eh bien ! dans ce cas, elle prend son temps et ne gêne guère Soliman ! Nobles seigneurs, nous devrons compter sur nos seules forces rassemblées autour de Buda !

– Le ban de Croatie a promis dix mille hommes, rappela Verbœczy. Ne les attendrons-nous pas, à défaut d'attendre les milices de Zapolya ?

Le comte palatin Bathori se leva à son tour. Écartant les bras, il imposa le silence.

– Attendre ! C'est aujourd'hui qu'il faut marcher à la rencontre des Turcs et leur couper la route de Buda ! Majesté !

– Oui, comte ?

– Nous disposons de six mille cavaliers, chevaliers et *husars* mêlés. Prenons position en un endroit propice à la manœuvre et établissons une ligne de défense que nous renforcerons plus tard avec le reste de l'armée.

On s'agita dans les travées, mais la majorité semblait approuver la proposition de Bathori. Le roi demanda :

– Pensez-vous à un terrain particulier ?

– Oui, sire : la plaine de Mohacs, au bord du Danube. Parfaite pour déployer nos chevaliers.

Ogier ne put s'empêcher de penser que, si cette plaine était parfaite pour les chevaliers hongrois, elle le serait aussi pour Soliman dont l'armée comprenait tant de cavaliers. Mais, n'étant que le capitaine des paladins royaux, il garda son opinion pour lui. Il comprit cependant que d'autres étaient du même avis en voyant le comte Gromski esquisser une moue dubitative et se pencher à l'oreille de son voisin, l'évêque Perenyi.

– Reste à désigner qui commandera notre armée, dit Cibaco. C'est le privilège de Sa Majesté.

Chacun se tut. Contraint de choisir entre les puissantes familles Bathori et Verbœczy, le roi était placé dans une position inconfortable. Favoriser l'une revenait à s'aliéner l'autre. Après un instant de réflexion, il donna sa réponse.

– Son Excellence l'archevêque Tomori a l'expérience de la guerre contre les Turcs. Aussi lui confierons-nous notre armée, si cela agrée à cette assemblée. A la veille de la bataille, il désignera lui-même son commandant en second.

Tomori, qui ne s'attendait pas à cette décision, manifesta sa surprise et les nobles, dont la susceptibilité avait été habilement ménagée, acclamèrent le roi.

– L'honneur est immense, dit Tomori, et j'espère m'en montrer digne. Avec l'aide de Dieu, nous donnerons aux Turcs une leçon qu'ils n'oublieront pas. Voici donc mes ordres : tout ce que Buda compte de troupes marchera dès demain sur Mohacs, selon la suggestion du comte Bathori. L'artillerie suivra dès qu'elle sera rassemblée, ainsi que les mercenaires du comte Gromski. Le ban de Croatie et les milices de Zapolya nous rejoindront sur place.

– Je n'ai rien à ajouter, approuva le jeune roi, sinon qu'en cette heure de mortel péril pour la Hongrie, je fais le vœu que tous fassent taire leurs dissensions pour combattre unis sous la bannière de la foi chrétienne. Ce royaume est plus que jamais le rempart de l'Europe contre les infidèles... J'ai encore bon espoir de recevoir le renfort promis par la Diète germanique.

Il se leva, saisit l'écu d'Ogier et l'éleva au-dessus de sa tête :

– Les armes des Hunyadi réapparaissent pour arrêter le Turc !

– Hunyadi ! Hunyadi ! rugit l'assemblée. Mort aux Turcs ! Sus à Soliman !

Profitant du brouhaha, deux hommes quittaient déjà la salle. Luigi Gritti s'arrêta sur le seuil pour déclarer à Jérôme Laszki :

– Avec Tomori à la tête de l'armée hongroise, l'issue de la bataille ne fait plus le moindre doute : avant un mois, le sultan entrera dans Buda ! Rejoins le voïvode et dis-lui qu'il ne se hâte pas. J'accompagnerai quant à moi ces Hongrois à Mohacs. Je suis curieux de voir jusqu'où ils pousseront la stupidité.

Le secrétaire de Zapolya sourit.

– Gromski eût mieux fait l'affaire que Tomori.

– Certainement. Louis ne va pas tarder à regretter son choix.

Ogier de Mercœur le pensait aussi, mais qui se souciait de son avis ? Il demanda au roi la permission de passer à l'hôtel Cibaco afin de faire ses adieux à sa jeune épouse, puis il regagna le Var où il vérifia l'équipement des chevaliers de la garde. Le personnel du palais, en effervescence, préparait le départ.

Akinjis et Tatars avaient pour tâche de précéder l'armée turque, découvrir les forces ennemies, observer leur avance et harceler leurs colonnes. Ibrahim recevait d'eux des messages réguliers dont il tirait la matière de son rapport à Soliman. Le grand vizir recevait aussi les renseignements transmis par Gritti sur la confusion qui régnait dans le camp chrétien.

Comme chaque soir, il se rendit sous la tente impériale.

– Les Hongrois se sont finalement mis d'accord sur le choix d'un commandant, annonça-t-il au sultan. Ils ont nommé l'archevêque Tomori.

Assis sur son trône de campagne, en bois précieux incrusté d'ivoire et de turquoise, Soliman réfléchit.

– N'est-ce pas lui qui suggérait de nous arrêter sur la Drave ?

– Oui, Seigneur. Son expérience de la guerre se limite à des escarmouches de frontière. Il n'a jamais participé à une vraie bataille.

– Tout dépendra donc des conseils de ses subordonnés.

– Il a désigné comme second le comte Bathori. Parmi les officiers du camp hongrois, le polonais Gromski et l'allemand Salm sont des hommes de valeur. Mais il n'est pas certain que leurs avis soient écoutés. Gritti bey me fait aussi savoir que les chrétiens ont choisi de nous attendre dans la plaine de Mohacs, à deux jours de marche.

– T'es-tu renseigné sur l'endroit ?

– Oui, dit Ibrahim. Et j'ai mis à contribution tes cartographes. Avec ta permission, Seigneur...

Le grand vizir écarta le rideau de cuir et s'adressa à voix basse à un interlocuteur invisible avant de revenir auprès de Soliman. Quelques instants plus tard, les *solaks* en faction devant la tente introduisirent cinq individus au crâne rasé à l'exception d'une mèche qui descendait en pointe sur le front et vêtus de longues robes grises. L'un d'eux tenait entre ses mains une longue baguette entaillée de multiples encoches. Les quatre autres portaient un lourd plateau recouvert d'un drap. Ils posèrent leur charge au pied du trône, s'inclinèrent et reculèrent. Le sultan se pencha avec curiosité :

– De quoi s'agit-il ?

Ibrahim retira le drap. Un paysage en réduction apparut, avec collines, bois, marais, cours d'eau et même village. On s'attendait presque à voir s'animer ce monde miniature, fumer les cheminées des maisons et cahoter des charrettes par les chemins. Surpris, Soliman haussa les sourcils.

– Sur ma demande, dit Ibrahim, le *koutab* Kobad a reproduit avec précision le terrain sur lequel ton armée affrontera les chrétiens.

Se tournant vers le cinquième cartographe, il l'invita à approcher. L'homme s'inclina encore devant le sultan puis, montrant les encoches sur sa baguette, il expliqua :

– Les dimensions réelles sont réduites à l'échelle d'un pour deux mille, Altesse impériale, ce qui signifie...

– Je sais ce que cela signifie, coupa Soliman. Précise-moi plutôt la nature des terrains sur lesquels notre armée se positionnera.

– Ici, le village de Mohacs, dit Kobad en pointant l'extrémité de sa baguette sur les maisons. Au sud du village, une vaste plaine marécageuse dont l'extrémité est bordée de petites collines.

– Dans tout ce secteur, intervint Ibrahim, les pluies ont entraîné la montée des eaux et la formation de ruisseaux. Le terrain est plus ou moins transformé en bourbier...

Soliman examina avec attention la maquette. Il envisagea plusieurs possibilités de déploiement, évaluant leurs avantages et leurs inconvénients, et s'arrêta à l'une d'elles :

– Qu'en penses-tu ? demanda-t-il à son grand vizir.

Ibrahim réfléchissait. L'idée était subtile, mais que se passerait-il si les Hongrois écoutaient les avis des professionnels qui sauraient flairer le piège ?

– Rien de tel que le miel pour attirer les abeilles, sourit le favori.

Le regard de Soliman s'illumina. Ibrahim avait raison ! Les collines seraient un fameux appât pour les chrétiens !

– Retirez-vous ! ordonna-t-il aux cartographes. Vous avez accompli là un excellent travail.

Le *koutab* Kobad et ses aides se prosternèrent et quittèrent la tente.

– *Akinjis* et Tatars occuperont les crêtes, dit Soliman. Ils s'enfuiront à l'approche des chrétiens auxquels nous opposerons trois lignes de puissance croissante : d'abord les *azabs*, puis les cavaleries alliées, enfin les janissaires et les *sipahis*. L'artillerie légère soutiendra la deuxième ligne, l'artillerie lourde accompagnera les janissaires. Nous garderons un corps de cavalerie en réserve à l'arrière, sur notre flanc droit.

Ibrahim approuva. Les chevaliers chrétiens perceraient facilement la première ligne, sans doute même la deuxième, mais se heurteraient à la troisième. Un encerclement les achèverait. Le plan de bataille élaboré par le sultan correspondait à ce qu'il avait lui-même imaginé.

– Je commanderai personnellement la troisième ligne, ajouta Soliman, et tu seras près de moi.

– Seigneur, mon corps sera ton bouclier.

Soliman donna l'accolade à son ami.

– Laisse-moi seul à présent, car c'est l'heure de la prière. Tu reviendras quand les premières étoiles s'allumeront dans le ciel et nous évoquerons ensemble les batailles menées par mes glorieux aïeux.

Quittant la tente impériale, Ibrahim regagna ses quartiers. La valide sultane avait raison : rien ne pouvait mieux le servir que cette campagne, et l'influence de Roxelane sur Soliman en diminuait d'autant. Une victoire éclatante sur les Hongrois assurerait définitivement son pouvoir et renverrait l'intrigante dans l'ombre qu'elle n'aurait jamais dû quitter !

Un cavalier valaque du corps auxiliaire des *delis* lui remit un message de Gritti. Le favori s'isola pour en prendre connaissance. Au fur et à mesure qu'il lisait, son visage s'éclairait. Par leur inconscience, les chrétiens se livraient pieds et poings liés à leurs envahisseurs. A part un miracle, rien ne pouvait plus les sauver...

C'est à cette même conclusion que les rares esprits clairvoyants de l'entourage royal arrivaient. L'évêque Perenyi déclara qu'il y aurait bientôt vingt mille martyrs hongrois en Paradis. Et Salm, le mercenaire allemand, rétorqua sombrement que ce chiffre était en deçà de la vérité.

– Taisez-vous, grommela Bathori. Vous oubliez que vous êtes en présence de Sa Majesté. A la veille de la bataille, nous ne pouvons tolérer de propos défaitistes sous cette tente !

Ogier soupira. L'affaire se présentait mal et, une fois de plus, les capitaines s'opposaient. Le comte Salm avait été invité en premier à donner son avis.

– Majesté, les chiffres sont éloquents. Avec les renforts enfin arrivés de Croatie et les troupes levées par l'évêque d'Agram, nous disposons en tout et pour tout de douze mille cavaliers, treize mille fantassins et quatre-vingts canons ! En face de nous, Soliman commande une armée de cent mille hommes appuyée par trois cents canons ! Je propose donc une défense derrière palissades, des batteries enterrées, un mur de fer et de feu ! C'est notre seule chance d'arrêter les Turcs tout en ménageant nos forces.

Le roi hocha la tête et chercha des yeux l'approbation de l'archevêque Tomori. Mais le vieux ministre, qui avait si judicieusement suggéré d'arrêter l'ennemi sur la Drave, se découvrait des ambitions de stratège et des élans de guerrier !

– L'armée turque compte plus de cent mille hommes, soit. Mais combien de vrais combattants ? Enlevés les milliers de serviteurs qui l'encombrent, les Tatars et les *azabs*, que reste-t-il à Soliman ? Ses janissaires, ses *sipahis* et quelques troupes auxiliaires ! A peine soixante-dix mille hommes que nos chevaliers écraseront !

Des acclamations s'élevèrent. Le comte Bathori serra vigoureusement la main du ministre.

– Vous refusez d'écouter Salm, intervint Gromski, et vous avez tort ! Prévoyez au moins une ligne de chariots que vos chevaliers pourront rallier si l'affaire devait mal tourner !

– Des chariots pour nous protéger ! clama Verbœczy. Nous ne sommes pas des Hussites, Dieu merci !

– Les Hussites n'ont jamais perdu aucune bataille, rappela Gromski.

– Tactique de boutiquiers et de paysans, de lâches retranchés abattant l'ennemi de loin ! vociféra Verbœczy. Si c'est là votre conseil, comte, taisez-vous ! Je partage l'avis de monseigneur Tomori : nous attaquerons les Turcs de front, comme de vrais gentilshommes, et nous ramènerons Soliman à Buda dans une cage en fer !

Les yeux du Polonais flamboyèrent de colère, mais il se contint, fit un pas en arrière et ne participa plus au débat.

En proie à l'indécision, le roi Louis reconnaissait la valeur des conseils de Salm et Gromski, mais n'osait s'opposer aux nobles de sa cour.

Il s'agissait maintenant de décider comment ranger l'armée. Après deux heures de discussions, Tomori et ses capitaines finirent par se mettre d'accord. Les chrétiens formeraient deux lignes : la moitié de la cavalerie et l'infanterie soutenue par cinquante-trois canons, sur la première. En seconde ligne, le roi et son étendard avec un corps de mille chevaliers et le reste de la cavalerie. Pour protéger les flancs enfin, deux petits corps d'infanterie.

– A présent, messeigneurs, dit Tomori, retirons-nous dans nos quartiers et prenons du repos car demain sera une rude journée.

Les nobles saluèrent le roi et quittèrent la tente. Ogier resta seul avec le roi Louis.

– Chevalier ?

– Oui, Majesté...

– A plusieurs reprises, au cours de ce conseil, tu m'as semblé désapprouver ce que tu entendais. Est-ce que je me trompe ?

– Majesté, je ne suis qu'un soldat, non un capitaine. Je ne possède aucune des qualités qui font un brillant tacticien.

– Moi non plus, avoua le roi. Pourtant, j'ai lu les œuvres des anciens, Thucydide et César, Tacite et Maurice, ainsi que Flavius Arrien.

Ogier haussa les épaules, exprimant ainsi son ignorance.

– Entre la couardise et la témérité, reprit le jeune roi, il me semble qu'il reste place pour le simple bon sens.

– Sire... Les charges de cavalerie étaient certainement très efficaces autrefois, mais nos aïeux n'avaient à affronter ni canons ni arquebuses. Aujourd'hui, boulets et balles ne font pas de différence entre un cavalier vêtu de tissu et un chevalier en armure...

– Je le sais, soupira le roi. Ce sera ma première bataille...

– Je resterai auprès de vous, Majesté, avec vos paladins qui sont tous prêts à mourir pour la Croix. Nous porterons votre étendard jusque sous la tente du sultan.

– Dieu t'entende, murmura Louis.

Les éclairs déchiraient le ciel, il faisait une chaleur étouffante et la pluie recommençait à tomber sur la ville de tentes quand le chevalier quitta le roi. Le visage d'Hélène, auréolé de ses cheveux blonds, flotta un instant devant ses yeux et il dut faire un effort pour revenir à la réalité. Que n'aurait-il pas donné pour savoir lire et écrire et lui adresser un message en cette veille de bataille !

14

29 août 1526

– Mon aimée, dit Soliman, pardonne cette visite tardive. J'avais besoin de te revoir avant de me reposer.

– Je t'attendais, dit Roxelane.

L'intérieur de sa tente ressemblait à s'y méprendre à ses appartements du Harem et, sans le crépitement de la pluie sur la toile, le visiteur aurait pu oublier qu'il était à des lieues d'Istanbul, en région étrangère et hostile.

Soliman s'installa sur les coussins. Roxelane s'agenouilla, le déchaussa et lui massa les pieds tandis qu'il caressait distraitement ses cheveux.

– As-tu faim, Seigneur ? Soif ?

– Non. Je jeûnerai jusqu'à l'issue de la bataille. L'esprit est plus vif et plus clairvoyant lorsque le corps s'abstient de nourriture.

– Tu parais inquiet ?

– Avec l'aide d'Ibrahim, j'ai arrêté la tactique qui sera la nôtre face aux chrétiens. Tout semble parfait, mais que se passera-t-il si les Hongrois ne réagissent pas comme nous l'avons prévu ?

Sachant que la moindre erreur pouvait être fatale aux Turcs, Roxelane se garda de répondre.

– Mon ancêtre Bayezid, qu'on surnommait « la Foudre », subit autrefois une écrasante défaite face aux Mongols de Tamerlan. Il en résulta dix années d'anarchie qui manquèrent effacer les Osmanli de la surface de la terre... Allah en soit loué, les chrétiens sont moins redoutables que ne l'étaient les Mongols et le roitelet Louis n'est pas le Boiteux...

Soliman se rechaussa.

– Tu me quittes déjà ?

– Oui, ma Joyeuse. Je vais dormir avec mes soldats, comme le plus humble des janissaires. Mais j'espère te visiter demain soir en vainqueur. Nous aurons alors toute la nuit pour nous aimer.

– Sois prudent, mon Seigneur... S'il t'arrivait malheur, je ne te survivrais pas.

Soliman hocha la tête, se retourna avant de sortir et disparut dans la nuit. Roxelane finit par s'allonger toute vêtue sur sa couche sans parvenir à trouver le sommeil. Elle s'assoupissait à peine lorsque retentirent les trompettes.

Ogier s'éveilla une heure avant l'aube. Dans la pénombre de la vaste tente qu'il partageait avec les autres paladins, il se dévêtit, fit une rapide toilette puis, avec l'aide de Gera, entreprit de s'équiper. Il enfila d'abord le sayon à manches courtes et à jupe épaisse.

– Maître... il fera bien chaud sous l'armure. Ne préférez-vous pas passer la jupe seule ?

– Non. La demi-saye laisse l'armure au contact de la peau. A tout prendre, je préfère transpirer que rissoler.

– Pardonnez ma stupidité.

– Ton ignorance est naturelle puisque tu n'as jamais porté l'armure. Passe-moi les pièces, s'il te plaît.

Il s'agissait d'une de ces armures pré-maximiliennes, à plastron protubérant en « poitrine d'oie » et à mézail en soufflet, dont les Teutoniques équipaient généreusement leurs chevaliers. Bien qu'elle pesât plus de dix-huit kilos, elle entrait dans la catégorie des plus légères !

Les paladins qui s'éveillaient, voyant leur capitaine bientôt prêt, se hâtèrent de l'imiter. Ogier et Gera se rendirent ensuite jusqu'à l'enclos des chevaux. Afin de lui donner un aspect plus terrifiant, le chevalier avait fait raser la crinière et couper les oreilles de sa monture. Gera procéda à la pose de bardes assorties, richement ornées.

Alentour, le camp s'animait. On ravivait les feux, des groupes s'assemblaient. De lourds nuages chargeaient le ciel. Comme les jours précédents, la fraîcheur du petit matin céderait bientôt la place à une chaleur suffocante.

– Quelles armes utiliserez-vous ? demanda Gera.

Le choix était d'importance car la lance ne servirait qu'une fois, lors du premier choc. Pas question de revenir en chercher une autre, ainsi qu'on le faisait en joutes. Ogier choisit la longue épée plutôt que le marteau de guerre à pointe en faveur chez les Hongrois. Puis il chaussa ses solerets à pieds d'ours, fixa ses éperons aux talonnières et enfila ses gantelets en peau de cerf, renforcés sous la paume et chaque doigt.

Il salua Nicolas Salm qui effectuait une dernière inspection en compagnie du maître de l'artillerie. Le vieux mercenaire allemand portait une armure ronde passée de mode et tenait son casque à tête de chien dans le creux de son bras. Ses longs cheveux blancs peignés avec soin tombaient sur ses épaulières. Il rendit son salut à Ogier et s'éloigna en donnant ses instructions à l'artilleur.

– En voilà un au moins qui connaît son affaire, soupira Ogier. Si seulement tous nos capitaines pouvaient être de sa trempe !

– Doutez-vous de notre victoire, mon maître ?

– J'aimerais ne pas en douter... As-tu remarqué ces cavaliers qui ne cessent de galoper sur les crêtes ?

Plaçant sa main en visière devant ses yeux, il pouvait apercevoir au loin une troupe de Tatars qui épiaient les préparatifs des chrétiens. Il avait souvent eu l'occasion d'affronter ces petits démons des steppes et se méfiait de leurs ruses.

Une bannière s'éleva au-dessus de la tente royale, signifiant que Louis convoquait à un ultime conseil tous ses capitaines.

– De toute manière, il est trop tard pour reculer.

Ogier grimpa en selle et rassembla ses chevaliers-gardes. Marczali, Kinizsi et les autres, tous équipés de pied en cap, étaient impatients d'en découdre. Gera lui tendit le bouclier aux armes des Hunyadi.

– Ne faisons pas attendre le roi ! clama Ogier.

Depuis neuf heures du matin, l'armée, rangée en ordre de bataille dans la plaine transformée en bourbier, attendait. Le ciel était noir, le tonnerre grondait, des éclairs zébraient l'horizon. La canicule était telle que plus d'un chevalier avait retiré son casque. Plusieurs avaient même été emportés sans connaissance par les valets et les écuyers.

– Qu'attendons-nous ? demanda Marczali. Et qu'attendent les Turcs ?

Ogier ne répondit pas. A deux cents mètres devant, la première ligne hongroise regroupait une partie de la cavalerie, l'infanterie hérissée de piques et les batteries légères. Au-delà de cette ligne, on distinguait la vaste plaine marécageuse limitée par le renflement des collines. Tatars et *akinjis* apparaissaient de temps en temps sur les sommets.

– Par le Sang du Christ, hurla soudain le comte Verbœczy en se tournant vers Tomori, attendrons-nous encore longtemps, Excellence ? Si les Turcs refusent d'engager le combat, allons les chercher !

L'évêque d'Agram et le roi échangèrent un regard.

– Sus aux Turcs ! crièrent plusieurs voix

– Sus aux Turcs ! reprit toute la chevalerie.

Tomori hésitait encore. Sur les collines, les Tatars continuaient leur manège. Plusieurs d'entre eux, sautant de selle, s'accroupirent et déféquèrent face aux chrétiens. Un rugissement monta de la première ligne hongroise.

– Attaquons ! gronda Bathori.

– Pas encore, conseilla Gromski. Nous devons attendre que les Turcs se montrent !

– Sire ! Attaquons ! supplièrent les nobles hongrois.

Un rayon de soleil troua un instant la couche nuageuse. La troisième heure de l'après-midi sonna au clocher de Mohacs. L'impatience était à son comble.

Tomori leva enfin la main. L'étendard royal s'abaissa à gauche, puis à droite.

– Le signal, dit Salm à ses lansquenets allemands. Voilà qu'ils donnent le signal !

La première ligne s'ébranla. Les Tatars disparurent.

De l'autre côté des collines, les Turcs attendaient l'arme au pied avec la même impatience. Les janissaires commençaient à murmurer. Un jeune soldat rompit soudain les rangs et fit quelques pas en injuriant l'ennemi invisible.

– Qu'on l'amène ! ordonna Soliman.

Les *solaks* jetèrent l'*acemi oglan* aux pieds du sultan qui se tourna vers le capitaine des gardes du corps.

– Tranche-lui la tête.

Un *akinji* arriva au grand galop. Il sauta de sa monture, enjamba le cadavre décapité, se prosterna et dit en haletant :

– Seigneur ! Les chrétiens avancent !

Ibrahim ferma les yeux de soulagement. Les chrétiens avaient fini par céder ! Bien qu'il eût éprouvé la même appréhension que son grand vizir, Soliman ne manifesta aucun sentiment.

– Les *azabs*, maintenant ! ordonna-t-il.

Et la première vague turque monta à l'assaut des collines.

– Arrêt sur place ! rugit Salm, arrêt sur place ! Faites donner l'artillerie !

Cinquante-trois bouches à feu vomirent leur mitraille, sans arrêter pour autant les irréguliers turcs. Une mer de turbans franchissait les crêtes et déferlait sur la première ligne chrétienne. Les arquebusiers polonais retinrent leur tir jusqu'au dernier moment avant de se réfugier derrière les piquiers qui supportèrent l'assaut sans broncher.

– Hunyadi ! Hunyadi !

Le cri de ralliement des Hongrois courut le long des escadrons légers de *husars* et des blocs de chevaliers. La cavalerie contre-chargea, repoussa les *azabs* et les poursuivit jusqu'à flanc de colline.

– Victoire ! hurla Verbœczy, victoire !

– Sire, c'est le moment ! haleta Bathori. Achevons la déroute des Turcs !

– Insensé ! protesta Gromski. Ne voyez-vous pas que Soliman sacrifie ses mauvaises troupes, le rebut de son armée, pour nous inciter à poursuivre ? Car telle est la tactique des Turcs : absorber l'assaut ennemi par des lignes de plus en plus puissantes ! Pour l'amour de Dieu, ne tombez pas dans ce piège !

Mais les avis du mercenaire se perdirent dans le tumulte des cris et des détonations. Louis se dressa sur sa selle :

– En avant !

La deuxième ligne chrétienne s'ébranla sans attendre l'artillerie lourde, d'énormes bombardes qui s'enlisaient l'une après l'autre dans le sol détrempé. Ogier se plaça auprès du roi, les paladins formant un mur devant. Désespéré, Gromski éperonna sa monture qui bondit en avant.

– Eh bien ! puisqu'il faut mourir...

Les *azabs* disparurent derrière les crêtes. Leurs poursuivants étaient déjà à mi-hauteur lorsque apparut la deuxième vague turque, cavalerie lourde et moyenne, *sipahis* féodaux flanqués par les auxiliaires balkaniques.

Les *sipahis* n'avaient aucune chance d'arrêter les chevaliers bardés de fer qui les culbutèrent sans même ralentir. A bout de souffle, l'infanterie hongroise s'arrêta, l'artillerie légère marqua une pause, mais dix mille cavaliers poursuivirent leur charge désordonnée. La deuxième ligne turque se rompit, les *sipahis* tournèrent bride, les auxiliaires se dispersèrent.

Emportés par leur élan, les Hongrois franchirent les crêtes et dévalèrent la pente opposée à la poursuite des fuyards.

Dissimulée dans le creux du terrain, la troisième ligne turque les attendait ! Trois cents canons et les janissaires !

Lance baissée, Ogier comprit le piège que les Turcs avaient tendu, mais il était trop tard pour se replier !

– Seigneur tout-puissant !

A perte de vue, s'étendait le camp ottoman. Et, à cent mètres à peine, les bouches noires des pièces d'artillerie, les rangs immobiles de soldats vêtus de rouge et de bleu avec leurs bonnets blancs à bandes dorées !

Charger, il fallait charger en espérant emporter l'ennemi. La même pensée traversa l'esprit des milliers de cavaliers qui le suivaient. Comme dans un cauchemar, Ogier vit les janissaires abaisser leurs arquebuses, les artilleurs approcher les boutefeux des mèches.

Plus que soixante mètres..., cinquante..., quelques mètres seulement...

Le tonnerre roula d'un bout à l'autre de la ligne turque. Canons et arquebuses vomirent un torrent de mitraille qui balaya chevaliers et *husars*.

– Jésus !

Une fumée noire et âcre noya la dépression, boulets et balles creusèrent dans la cohue hongroise de sanglants sillons. La grêle de fer brisait les pattes des chevaux, renversait les cavaliers, hachait les bannières. Emporté par sa monture, un chevalier sans tête passa devant Ogier.

– Hunyadi ! Hunyadi !

Le cri de guerre des Hongrois monta comme un défi. A travers la fente de son casque, Ogier distinguait à peine les rangs pressés des janissaires, les gueules des canons, les contours des tentes dorées. Il ignorait si les paladins le suivaient encore ou s'il était seul. Une lame tinta contre son bouclier. Enragé de fureur, il embrocha de sa lance le janissaire.

Autour de Louis, quelques nobles ralliaient l'étendard. L'archevêque Paul Tomori parvint à arrêter sa course à mi-pente. Se penchant sur l'encolure de sa monture, il saisit les rênes du destrier royal.

– En arrière, sire, en arrière !

Les Hongrois repassèrent les crêtes et virent des nuées d'*akinjis* tourner la cavalerie chrétienne et la prendre à revers.

– Fuyez, sire ! Nous allons les retenir !

Accompagné de ses derniers fidèles, Louis se dirigea vers les berges du Danube. Verbœczy, Bathori et d'autres se dispersèrent. Seul Tomori combattait encore, mais, enveloppé d'ennemis, il disparut dans la mêlée.

Sous le commandement de Nicolas Salm les lansquenets se repliaient en bon ordre. Alors que les archers et les arquebusiers hongrois jetaient leurs armes et se laissaient massacrer par les Tatars, les mercenaires allemands reculaient pas à pas et rendaient coup pour coup, tels des sangliers harcelés par des loups. Salm fit tant et si bien qu'il réussit à sauver trois milliers de fantassins.

C'est sur les bords du fleuve que les *akinjis* abattirent les derniers compagnons de Louis. Le roi parvint à échapper à la tuerie et s'enfonça dans le marécage. Soudain, son cheval broncha et s'abattit sur lui.

– A moi ! supplia Louis. A moi, au nom du Christ !

Son armure lui interdisant tout mouvement, il ne maintenait sa tête hors de l'eau qu'au prix d'intenses efforts.

– A moi ! Sauvez votre roi !

Les *akinjis* poursuivaient d'autres victimes. Enfoui dans la vase, Louis n'en pouvait plus. Ses appels se transformèrent bientôt en gémissements et la peur de mourir fit place en lui à la résignation. Comprenant les erreurs commises à l'occasion de cette bataille, le jeune souverain pria pour ses compagnons tombés, Tomori, Gromski et les autres...

Puis ses forces le trahirent et il cessa de lutter.

Fasciné et le cœur battant, Soliman observait le déferlement de la cavalerie chrétienne. La charge des chevaliers paraissait irrésistible, mais il attendit le dernier moment pour lever sa main droite prolongée du cimeterre.

– Maintenant !

– Feu ! commanda Ibrahim.

– Feu ! répétèrent les officiers des batteries et des *ortas*.

Les chrétiens se heurtèrent à un véritable mur de mitraille. Quelques-uns pourtant en réchappèrent et, jaillissant des fumées, enfoncèrent les janissaires, bondirent pardessus les chaînes qui liaient les canons et bousculèrent les *solaks*. Allah tout-puissant, quel était ce prodige ?

La stupéfaction de Soliman n'avait d'égale que son admiration. Une trentaine de chevaliers avaient franchi la troisième ligne turque et chargeaient droit sur lui, rien ne semblait pouvoir les arrêter ! A leur tête, un centaure maniant une épée démesurée taillait et démembrait qui résistait, et se frayait un chemin jusqu'à la tente impériale.

Autour de Soliman se pressait sa garde, deux cents jeunes gens issus des plus grandes familles turques et vassales, qui avaient juré de le servir jusqu'à la mort. Ibrahim dégaina son sabre, se plaça devant le sultan et lui fit un rempart de son corps. Soliman l'écarta. Le visage livide, il encocha une flèche, tendit son arc et lâcha le trait qui se planta dans le bouclier du géant.

Les gardes frappaient chevaliers et montures, mais le métal des bardes et des armures rendait vains leurs efforts.

– Les jarrets des chevaux ! hurla Ibrahim... Tranchez les jarrets !

Alors les jeunes gens plongèrent entre les sabots et, l'un après l'autre, les destriers s'abattirent.

Le géant roula aux pieds du sultan. Les gardes bondirent sur lui et l'immobilisèrent. Ibrahim arracha son casque, révélant un visage grimaçant aux yeux dilatés, saignant des oreilles et des narines. Le grand vizir leva son sabre. Le regard du chevalier restait fixé sur le sultan.

– Arrête ! cria Soliman, ne le tue pas !

On releva Ogier et cinq autres prisonniers.

– Emmenez-les ! ordonna Soliman. Et qu'il ne leur soit fait aucun mal, ou vous en répondrez sur votre tête ! En selle, ajouta-t-il en se tournant vers Ibrahim.

Il était six heures du soir. La bataille était terminée. Elle avait duré trois heures à peine.

15

Dans le journal qu'il tenait depuis le début de la campagne, à la date du 29 août, Soliman écrivit sobrement :

> *Bivouac près de Mohacs. Vingt mille chrétiens dont quatre mille cavaliers en armures ont été tués.*

Il fut plus prolixe dans ses messages aux gouverneurs de provinces et dithyrambique dans sa lettre à la valide sultane où il évoqua le rôle essentiel joué par Ibrahim dans la bataille :

> *Sachez, ma très chère mère, que cette éclatante victoire si funeste aux Infidèles est l'œuvre de mon vizir Ibrahim Pacha qui, en cette circonstance, a montré toute sa valeur. Sa lance attaquait, tel le bec du faucon de la vigueur, et son glaive altéré de sang était pareil à la griffe du lion de la bravoure.*

Il avait manifesté sa gratitude au grand vizir en fixant sur son turban une plume de héron ornée de diamants « qui le couvrait de son ombre comme l'aile de la Félicité », si l'on en croit les chroniqueurs de la cour.

Au soir de la bataille, les secrétaires du sultan parcoururent le terrain afin d'évaluer les pertes. Les morts et les blessés ne dépassaient pas trois mille hommes du côté turc. On retrouva le corps de l'archevêque Tomori dans un amoncellement d'*akinjis* et de *sipahis*, mais il faudrait attendre le lendemain pour découvrir celui du roi Louis, écrasé sous son cheval et noyé dans la boue. Les fanfares résonnèrent tard dans la nuit.

Son courrier rédigé, Soliman se rendit auprès de Roxelane.

– Tu assisteras à mon triomphe, puis nous marcherons sur Buda où nous recueillerons les fruits de notre victoire. Une fois cette campagne terminée, nous regagnerons Istanbul où nous célébrerons l'événement comme il convient.

Gardés par un peloton de janissaires, les six survivants de l'ultime charge hongroise se morfondaient dans un enclos. Dépouillé de son armure, chacun d'eux était enchaîné à d'énormes rondins fichés en terre. Aucun n'était gravement atteint, mais tous mouraient de soif. Leurs lèvres craquelées s'ouvraient pour recueillir la pluie qui ruisselait sur leur visage.

– Dieu a abandonné la Hongrie, murmura Marczali. Et, avec la Hongrie, la chrétienté tout entière. C'est le châtiment pour nos fautes, les abominations de Luther, les guerres qui nous divisent...

– Vous dites n'importe quoi, gronda Ogier. Seule, la stupidité des nobles hongrois a permis la victoire des Turcs. En refusant d'écouter les conseils de Gromski et de Salm, Bathori, Verbœczi et l'archevêque Tomori ont fait le malheur de la Hongrie !

– Il s'en est fallu de peu que nous réussissions... Le sultan était à portée de ma lance et de votre épée, messire Ogier.

– Mais nous avons échoué, et Dieu sait quel traitement nous réserve Soliman !

– C'est égal, dit Marczali, notre charge a sauvé l'honneur de la Hongrie. Je ne regrette rien !

– Ni moi ! approuva une voix.

– Moi non plus !

Ogier resta silencieux. Lui regrettait d'être entravé dans cet enclos. Qu'allait devenir sa douce Hélène ? Et son fidèle Gera ? Avait-il réussi à échapper aux Turcs ? Où était passé Cibaco ? La dernière fois qu'il l'avait aperçu, il chargeait lance au poing comme un jeune homme !

– Zapolya sera roi de Hongrie, reprit Marczali. Sa couronne sera le salaire de sa trahison !

– Quelle trahison ?

– A-t-on vu les renforts promis par le voïvode ? Où étaient ses fameuses milices ?

– C'est vrai, dit Ogier, je l'avais oublié ! Ce lâche a pris tout son temps pour nous rejoindre et il s'est bien gardé de participer à la bataille. Ainsi, il obtiendra de Soliman la vassalité du royaume !

– Le roi Louis n'est peut-être pas mort !

– Mort ou vivant, cela ne changera rien. Buda tombera aux mains de Soliman qui placera son homme sur le trône. Les Turcs mettront ensuite en place leurs administrateurs, leurs gouverneurs... Plus tard, Soliman éliminera Zapolya et fera de la Hongrie une province impériale. N'est-ce pas ainsi que les Turcs ont procédé en Serbie et en Bulgarie ?

– En attendant, le traître régnera...

– Et tout sera permis au Vénitien maudit, gémit Ogier. Oh ! non, mes amis, cela ne peut se passer ainsi !

L'infâme Gritti, c'était certain, allait se précipiter à Buda pour s'emparer d'Hélène qu'il avait laissée sans protection ! Dans sa rage impuissante, Ogier tirait sur ses chaînes sans autre résultat que de mettre ses chevilles et ses poignets en sang...

La pluie redoubla et l'orage, qui menaçait depuis un moment au-dessus du Danube, éclata. Ogier, Marczali et les autres se turent.

Écrasés de fatigue, ils finirent par s'endormir. Les gardes qui les réveillèrent sans ménagement leur enlevèrent leurs chaînes et leur lièrent les mains dans le dos avec des lacets. Quand les janissaires apportèrent les carcans de bois, les chrétiens se débattirent inutilement. Ils quittèrent l'enclos comme des bœufs sous le joug sous les rires des soldats qu'Ogier ne put se retenir d'agonir d'injures.

On les entraîna à travers le camp de tentes, de cabanes et de huttes. Ogier, qui s'était calmé, découvrit avec stupéfaction la discipline qui y régnait. Ici, point d'ivrognes cuvant leurs beuveries de la veille, ni rixes ni chants, mais des unités aux équipements impeccables qui se rassemblaient en ordre et en silence. Quelques Tatars rôdaient sournoisement en quête d'une rapine, mais on les chassait et ils n'insistaient pas. Un cavalier pourtant arracha la croix d'or qui pendait au cou de Marczali et s'enfuit à bride abattue. Les gardes échangèrent un regard navré et leur *onbachi* présenta ses excuses au Hongrois.

– Où nous conduit-on ?

On les conduisait au pied des collines, à l'endroit même où, la veille, les attendait la troisième ligne turque. A quelque distance, dans un grand cercle gardé par les janissaires, se pressaient deux à trois mille chrétiens, chevaliers, *husars*, arquebusiers, archers et artilleurs, qu'on avait faits prisonniers. Les uns étaient valides, les autres plus ou moins grièvement blessés.

Devant une immense tente rouge en contrebas, Soliman siégeait sur son trône. A sa gauche, une femme au visage voilé était assise sur un pliant. Debout, à sa droite, le grand vizir Ibrahim Pacha, somptueusement vêtu. Puis les autres vizirs, en ordre d'importance. Et, à perte de vue, les troupes alignées en *ortas* et escadrons, dans un silence impressionnant.

Sur un signe du grand vizir, on fit avancer plusieurs chariots que des esclaves vidèrent de leur contenu et l'on délimita un carré afin d'y empiler les têtes coupées après la bataille. Un tri ayant été effectué, chacun put constater que c'était sur la seule noblesse hongroise que les macabres trophées avaient été prélevés. La pyramide s'éleva peu à peu. Plus de deux mille têtes. On plaça en son sommet celles de sept évêques, dont Tomori.

La sinistre besogne achevée, Soliman fit paraître devant lui les soldats qui s'étaient distingués au cours de la bataille. Il remit des récompenses, aigrettes et sabres ornés de pierres précieuses pour les uns, palmes du courage et promotions pour les autres. La matinée s'écoulait lentement, dans une touffeur entrecoupée d'averses.

Enfin, Ibrahim dit quelques mots à l'oreille du sultan. Soliman inclina la tête. On fit avancer les six prisonniers. Pataugeant et trébuchant dans la boue, Ogier et ses compagnons parvinrent jusqu'au trône où on les obligea à se prosterner.

La veille, Ogier n'avait fait qu'entrevoir sa silhouette blanche et or, mais cette fois, il fut frappé par l'orgueilleuse majesté de Soliman. Les deux hommes se mesurèrent du regard et Ogier lut la colère et l'admiration dans les yeux du sultan.

– Déclinez vos nom et rang, ordonna le grand vizir.

Les Hongrois obéirent. Interrogé en dernier, Ogier se redressa autant que son carcan le lui permettait.

– Ogier de Mercœur, chevalier de France au service de Sa Majesté Louis, roi de Hongrie.

Écartant discrètement son voile à l'insu du sultan, Roxelane scruta les traits souillés de boue et de sang du chevalier.

– Je comprends la présence de ces Hongrois sur le champ de bataille, dit Soliman. Mais la tienne ? J'ai reçu l'ambassadeur du roi François qui se dit mon ami et je lui ai remis pour ton souverain une ceinture dorée et quatre chandeliers... Mon grand vizir, à qui je l'ai offert après l'avoir moi-même reçu en présent, porte à son doigt le rubis que François portait à Pavie ! Dans ces conditions, comment un chevalier de France peut-il combattre au côté de mes ennemis ?

– Réponds ! ordonna Ibrahim. Je traduirai tes paroles comme j'ai traduit celles de Sa Majesté impériale.

– J'ai quitté la France il y a plusieurs années pour m'engager chez les chevaliers de l'ordre Teutonique. J'ai ensuite rejoint le royaume de Hongrie pour mettre mon épée au service de Louis et de la chrétienté. Je ne sais rien des accords passés par le roi de France. Pas plus que le roi de France ne connaît mon existence.

– Un mercenaire ! dit Soliman avec une moue de dégoût.

– Je suis chrétien et c'est mon devoir de chrétien de te combattre.

– Tais-toi ! gronda Ibrahim, et ne réponds que lorsque le Sultan des sultans t'interroge !

Il traduisit cependant les paroles d'Ogier à son maître. Soliman considéra longuement les prisonniers avant de prononcer sa sentence.

– Votre courage sur le champ de bataille vous honore. Vous avez défié le feu des janissaires et celui des canons, et dispersé mes *solaks* dont les têtes sont tombées en punition de leur lâcheté. Sans l'intervention de mon grand vizir, j'aurais sans doute rejoint le paradis parfumé d'Allah ! Pour cet exploit, je vous rends hommage, de soldat à soldat. Mais il est vrai aussi que vous avez voulu attenter à ma vie ! Pour cette offense faite à l'Ombre de Dieu sur la Terre, au Porteur de la Bannière et de la parole du Prophète, vous méritez la mort.

Marczali éclata d'un rire sauvage, en dérisoire défi au sultan qui fronça les sourcils.

– Vous serez écorchés vifs, puis on vous tranchera la tête et les membres. Vos peaux et vos têtes orneront ma tente et ces reliques me rappelleront à jamais cette glorieuse journée. On exposera vos membres aux portes de Buda afin que tous comprennent qu'aucune main humaine ne doit porter les armes contre le Padichah ! La sentence sera exécutée demain à l'aube, avant notre départ pour Buda. En attendant, vous serez lavés, soignés, vêtus et nourris comme il convient à des hommes de valeur !

La cérémonie était terminée. On entraîna les six chevaliers. Les prisonniers rassemblés sur les pentes de la colline gagneraient Istanbul en un long convoi pour y être vendus sur les marchés et dispersés ensuite à travers l'Empire.

Ogier fut séparé de ses compagnons et conduit sous une tente. On le débarrassa de son carcan et on lui délia les mains. Puis, sous l'étroite surveillance de quatre *peyks*, des esclaves le déshabillèrent, le lavèrent et emportèrent ses vêtements souillés pour les brûler. On le peignit, on l'enduisit d'huiles et d'essences parfumées et on l'habilla à la turque de pantalons bouffants rouges, d'une chemise blanche brodée d'or et d'un dolman de soie écarlate. Il enfila ensuite des babouches en cuir de la même couleur – le jaune étant réservé aux musulmans – et se coiffa d'une calotte de tissu.

La tente contenait pour tout mobilier une table basse, un coffre et des sièges pliants, mais le sol était couvert de coussins et d'épais tapis.

– Le noble seigneur souhaitera-t-il écouter de la musique ou des poèmes ? Recevoir des jongleurs ? demanda un esclave chrétien.

– Rien de tout cela, mon ami... En revanche, je n'ai rien mangé depuis hier, ni bu à part la pluie !

Les esclaves se retirèrent. Seuls demeurèrent les *peyks*, silencieux et attentifs aux quatre coins de la tente. Ogier se cala sur les coussins et soupira d'aise. En attendant d'être exécuté, il allait profiter de l'hospitalité du sultan...

Les esclaves reparurent et disposèrent sur la table basse petits pains blancs et ronds, potages aux fines herbes, viande d'agneau, légumes frais, fromages d'Italie et vin de Hongrie. Les assiettes et le gobelet étaient faits de l'or le plus pur, luxe que le chevalier apprécia.

Il dévora comme quatre, vida le cruchon de vin en quelques rasades et en réclama un autre qu'on lui apporta aussitôt. Puis il fit quelques pas à travers la tente avant de se laisser aller sur les coussins pour une sieste.

Lorsque Ogier rouvrit les yeux, plusieurs heures s'étaient écoulées et la tente était plongée dans l'obscurité. C'était sans doute la nuit car on n'entendait aucun bruit. Les *peyks* avaient disparu. Il était seul.

Non. Pas tout à fait... Immobile sur un pliant, une ombre était penchée sur lui. Ogier se redressa, l'apparition lui signifia de rester tranquille.

– Où sont les gardes ?

– Tout près, chuchota une voix féminine. Ils reviendront après mon départ.

– Es-tu envoyée par le sultan pour me tenir compagnie cette nuit ? Dans ce cas, tu peux retourner d'où tu viens car j'ai juré fidélité à mon épouse devant Dieu. Mais tu parles le polonais. C'est étrange, il me semble avoir déjà entendu ta voix...

– Tu l'as déjà entendue, Ogier de Mercœur...

Ogier haussa les sourcils.

– Cherche dans ta mémoire, cherche bien. Il y a quatre ans...

– Quatre ans ? L'époque où je quittais la Prusse pour la Hongrie...

Il se figea.

– La fille du pope ! Comment s'appelait-elle, déjà ?

– Alexandra. Alexandra Lisowska, qui te supplia de l'emmener et que tu repoussas !

– Jésus Marie Joseph ! La paysanne !

– La paysanne, la gardienne de chèvres qui vint te trouver à l'auberge la veille de son mariage...

Ogier éclata de rire.

– ... et qui a prétendu au gros boyard qu'elle devait épouser que je l'avais violentée. Sans l'aide du passeur, mon cadavre aurait engraissé les poissons de la rivière ! Ainsi, je te retrouve ici ! Parmi la suite du Grand Turc !

– Les Tatars ont razzié le village. Ils ont tué mon époux et m'ont vendue comme esclave.

– Ne voulais-tu pas quitter ton village crasseux ? Je suppose que tu appartiens maintenant à quelque dignitaire ?

– J'appartiens au sultan !

– Esclave de son épouse ? Eh bien ! on peut dire que tu as fait du chemin en quatre ans ! Félicitations !

Il chercha à tâtons le pichet de vin sur la table basse et se rinça longuement la gorge.

– A Istanbul, au Harem où je réside, on me surnomme la Russe. Roxelane.

– Roxelane...

Du bout des doigts, Ogier écarta le voile qui masquait le visage de sa visiteuse. Le regard d'Alexandra Lisowska brilla dans la pénombre.

– Je suis l'épouse de Soliman à qui j'ai déjà donné trois garçons.

– Épouse de Soliman !

Il avait comme tout le monde entendu parler de cette Roxelane qui, disait-on, ensorcelait le Turc par ses chants et sa beauté. Mais comment aurait-il pu faire le rapprochement avec la paysanne de Rohatyn !

– La chance tourne, sourit Roxelane. Un jour, noble seigneur, et le lendemain, condamné à mort. Une nuit pauvresse et la suivante, riche et puissante ! Soliman, Ibrahim et les autres vizirs tiennent conseil en ce moment. Ensuite, mon époux restera en prières jusqu'à l'aube en compagnie du *seyhül-islam*, comme il en a l'habitude après une action d'éclat. Les *peyks* ignorent qui je suis. Ils me croient envoyée par le sultan. Nous voici de nouveau seuls, Ogier de Mercœur, comme il y a quatre ans. Mais cette fois-ci, les rôles sont inversés.

– Que veux-tu dire ?

– Quatre années ont passé, mais je n'ai rien oublié !

– Tu es venue savourer ta vengeance, Alexandra Lisowska ? Un peu de patience : dans quelques heures, ma tête roulera...

– Tu n'as rien compris, chevalier. C'est pour t'aider que je suis ici.

– M'aider ?

– Il est vrai que je t'ai haï quand tu m'as repoussée. J'ai menti à Jaxa et t'ai causé bien des ennuis... Mais depuis j'ai réfléchi. Que serais-je devenue après avoir quitté Rohatyn ? Un chevalier ne pouvait s'encombrer d'une femme, tu fus honnête avec moi. Depuis que mon destin s'est accompli, je n'ai cessé de penser que j'avais une dette envers toi. J'ai aujourd'hui l'occasion de la payer. Soliman m'accordera ce que je lui demanderai. Ma proposition ne peut d'ailleurs que l'amuser.

– Quelle proposition ?

– Ta tête et ta peau ne doivent-elles pas orner la tente du sultan ?

– Hélas ! dit Ogier la gorge serrée.

– Je proposerai à Soliman de gracier l'homme qui l'a menacé et de le condamner à servir son épouse au Harem.

– Que dis-tu là ?

– Ainsi, chaque fois qu'il me visitera, Soliman se souviendra de sa victoire sur les chrétiens. N'aie crainte, tu seras bien traité. Qu'ils soient blancs ou noirs, les eunuques sont heureux de leur sort et n'en changeraient pour rien au monde.

Le chevalier s'empourpra et, en affectant de plaisanter, il répondit :

– Grand merci, Alexandra. La condition d'eunuque suppose certains sacrifices et je doute de me plaire au Harem d'Istanbul.

– L'écorchement est un supplice déplaisant, dit Roxelane doucement. Tu devrais réfléchir.

– C'est tout réfléchi. Je préfère remettre mon âme à Dieu. Laisse-moi achever cette nuit en priant pour mon salut.

– Je souhaitais sincèrement t'aider. Adieu, chevalier...

Tandis que Roxelane se levait et disparaissait dans l'obscurité, Ogier essuyait la sueur qui l'inondait.

La fille du pope parlait sérieusement, Têtedieu ! Elle avait vraiment dans l'idée de l'enrôler parmi les castrats du Sérail ! Allons, il ne devait plus y penser, mais profiter plutôt des heures qui lui restaient pour se repentir de ses péchés et mériter une place en Paradis, en compagnie de braves garçons comme Gromski.

Le chevalier se mit à genoux et joignit les mains, mais il n'avait pas eu le temps de commencer à prier qu'à nouveau le rideau de cuir s'écartait. Dans la lumière mouvante d'une lampe à huile, un personnage de haute taille et de magnifique prestance, aux cheveux noirs et bouclés, s'avançait. L'homme était vêtu d'un simple uniforme de *muteferrika* de la Porte. Il jeta un regard circulaire, huma l'air que le passage de Roxelane avait parfumé et hocha la tête.

– Ainsi, je ne m'étais pas trompé, la Russe est venue ici.

– C'est vous qui le dites, messire Ibrahim. Moi, je dormais, je n'ai rien vu.

– Ne joue pas au plus fin avec moi, chevalier ! Mon rôle auprès de Sa Majesté impériale est de tout savoir et de tout entendre. Or l'épouse du sultan a secrètement quitté sa tente pour rencontrer un prisonnier chrétien. Te connaissait-elle auparavant ? Si oui, en quelles circonstances ? Si non, pourquoi cette visite ?

– Je n'ai vu personne, s'entêta Ogier. Demandez donc à mes gardes !

– Ils sont morts. Ils ont failli à la consigne et j'ai moi-même procédé à leur exécution, dit Ibrahim en touchant son sabre. Me parleras-tu enfin de ton entretien avec la Joyeuse ?

Ogier se mit debout. Il dominait d'une bonne tête son interlocuteur.

– Interrogez Roxelane, Ibrahim Pacha. Peut-être vous répondra-t-elle...

Le grand vizir fit un pas en arrière, dégaina son arme et la posa sur la table.

– Voici un sabre. La relève ne se présentera pas avant une heure. Un cheval sellé attend derrière. Ce que je te propose, chrétien, c'est ta liberté en échange de la vérité. Je veux savoir pourquoi Roxelane est venue ici !

– Pourquoi ?

– Cela ne te regarde pas.

– Dans ce cas, laissez-moi achever mes prières et attendre la relève. Ou tuez-moi sans attendre...

– Soit, grinça Ibrahim, tu vas savoir ! J'ai fait la fortune de Roxelane en l'offrant au sultan, mais cette femelle ingrate ne cherche qu'à me nuire auprès du Padichah. Le secret qui vous lie me servira peut-être contre elle...

– Vous me laisserez fuir en échange de ce secret ?

– Je le jure sur le Livre sacré.

Ogier éclata de rire.

– Vous risquez d'être déçu, Ibrahim Pacha. Mais ce n'est pas moi qui ai fixé les termes du marché !

Ogier raconta l'incident survenu à Rohatyn et, quand il eut tout dit, le grand vizir joignit finalement son rire à celui du chevalier.

– Alexandra voulait demander ma grâce au sultan, hoqueta Ogier, et lui proposer de me joindre aux eunuques blancs !

S'essuyant les yeux, il redevint sérieux.

– Je doute que cette révélation vous soit d'une grande utilité. Tiendrez-vous votre promesse cependant ?

– Je t'ai donné ma parole, sourit le grand vizir. J'imagine la surprise de la *kadin* lorsqu'elle apprendra que tu as recouvré ta liberté !

– Le sultan ne va-t-il pas ordonner une enquête ? demanda Ogier en saisissant le sabre.

Ibrahim haussa les épaules.

– Demain matin, Soliman assistera à cinq exécutions au lieu de six et il y a tout lieu de penser qu'il se fera une raison, d'autant plus qu'il a déjà en tête d'autres préoccupations. Mais ne retombe jamais entre ses mains car il a bonne mémoire... Le coursier qui t'attend est robuste et rapide. Avant de le monter, coiffe le casque d'un *peyk* et chausse ses bottes. Si tu ne peux passer pour un Turc, les sentinelles te prendront sans peine pour un des courriers serbes ou bosniaques qui entrent et sortent du camp à toute heure du jour et de la nuit. Et n'oublie pas : le mot de passe est Gureba – le nom d'un régiment de cavalerie qui s'est distingué hier.

– Merci, dit le chevalier en tendant la main, je vous dois la vie... J'espère pouvoir m'acquitter un jour de ma dette.

Ibrahim serra la main offerte.

– Une dernière chose, Ogier de Mercœur : j'ai entendu parler du différend qui t'oppose à Gritti bey. Tiens-toi à l'écart du Vénitien. Bien qu'il soit de mes familiers, je ne lui fais pas plus confiance qu'à une vipère car il est aussi imprévisible et dangereux. Emmène ton épouse et fuyez la Hongrie !

– Je retiens le conseil.

Ibrahim se coula hors de la tente. Ogier attendit quelques instants avant de sortir à son tour. La nuit était sombre et il trébucha sur un cadavre. Il coiffa le casque du mort. Les bottes étaient un peu justes, mais il s'en accommoderait. Il chercha ensuite la monture et la trouva derrière la tente, attachée à un piquet. Il lui parla doucement, grimpa en selle et chevaucha sans bruit à travers le campement endormi. Arrivé à la périphérie, il donna le mot de passe aux janissaires qui veillaient près d'un feu et les soldats s'écartèrent. Éperonnant alors sa monture, il fila droit devant lui.

– Libre ! hurla-t-il lorsqu'il eut passé les collines, je suis libre !

16

Le sultan assista dès l'aube au supplice de Marczali et de ses quatre compagnons.

– Ainsi, demanda-t-il à Ibrahim en fronçant les sourcils, le Français s'est échappé après avoir tué ses gardes ? Comment a-t-il pu franchir nos postes sans être arrêté ?

– Je l'ignore, Seigneur. L'enquête le déterminera sans doute. Peut-être a-t-il été aidé ?

– Des complices dans notre campement ?

– Je pensais plutôt à une intervention venue de l'extérieur, Seigneur. Un ou plusieurs hommes dévoués.

– C'est possible, mais peu vraisemblable. Il ne me déplaît pas finalement que ce courageux chrétien ait échappé à la mort. N'est-ce pas aussi ton sentiment ?

– Il faut croire que ce fut la volonté de Dieu, dit Ibrahim en éludant.

On achevait de démembrer les suppliciés. Le bourreau et ses aides travaillaient avec habileté.

– Aucune plainte, aucune supplication, dit Soliman pensivement. Ces hommes étaient des adversaires redoutables, décidément ! Par chance pour l'Islam, la chrétienté a connu à Mohacs une rude saignée... Mais l'Europe est grande et nous aurons d'autres Ogier de Mercœur et d'autres Marczali à affronter.

– Seigneur, l'armée est rassemblée.

Le jour se levait. En traversant le champ de bataille, Ogier prit conscience du désastre subi par les Hongrois, ses amis. Il avait sous les yeux un épouvantable charnier. Partout des cadavres que les Turcs ou les Tatars avaient déjà dépouillés.

Des cavaliers battaient la campagne. Il s'agissait d'*akinjis* expédiés en avant-garde de l'armée turque qu'Ogier jugea plus prudent d'éviter. Plusieurs fois, il fut pris en chasse, mais il distança chaque fois ses poursuivants.

Le soir venu, il rattrapa quelques survivants du carnage, des arquebusiers polonais qui le mirent en joue. Il se fit reconnaître et demanda à parler à leur chef. Les Polonais ricanèrent : leur capitaine était mort de ses blessures et ils tentaient de rejoindre le comte Salm et ses piquiers qui se repliaient sur Buda à marche forcée.

Ainsi, l'Allemand en avait réchappé ? Tout n'était peut-être pas perdu, se persuada Ogier. Le vieux mercenaire coriace était capable de prendre en main la défense de la ville.

Un peu plus tard, il arriva en un campement qui regroupait au bas d'une colline boisée trois ou quatre mille lansquenets. On le conduisit auprès de Nicolas Salm. L'Allemand et ses lieutenants tenaient conseil autour d'un feu et l'apparition d'Ogier dans son costume oriental déclencha leur hilarité.

– Content de vous revoir, Mercœur. Mais que signifie cet accoutrement ?

– Il m'a permis de fuir le camp de Soliman.

On lui fit passer un quignon de pain sec et un cruchon de bière tiède et il raconta au mercenaire comment il avait traversé les lignes turques, mais tut la visite de Roxelane et le rôle joué par le grand vizir dans son évasion.

– Ainsi, vous avez faussé compagnie à vos gardiens, volé un cheval et franchi sans encombre les postes de sentinelles ! jubila Salm. Voilà qui est plaisant !

– Je ne pouvais rien faire pour Marczali et les autres,

j'ignorais où on les retenait, soupira Ogier. A l'heure qu'il est, ils ont sans doute été suppliciés...

– Laissons les morts en paix, dit Salm froidement, et occupons-nous plutôt des vivants. Vous comptiez gagner Buda, messire Ogier ?

– C'était mon intention.

– N'en faites rien. La ville est sans défense, promise aux exactions des Turcs, et le Var est occupé par Zapolya... La peste emporte ce fils de chienne !

– Il me faut retrouver mon épouse !

– La nièce de Cibaco ?

– Oui. Avez-vous des nouvelles de l'évêque ?

– Il a survécu et ses blessures ne mettent pas sa vie en danger. Il a dû regagner Buda et s'enfermer dans son hôtel après avoir expédié sa nièce en lieu sûr !

– Je dois m'en m'assurer.

– Dans ce cas, je vous ferai donner des vêtements chrétiens. En attendant, prenez un peu de repos.

Ogier ne se le fit pas dire deux fois. S'allongeant sur un manteau, il s'endormit devant le feu aussitôt. Au milieu de la nuit, Salm le réveilla.

– Habillez-vous et équipez-vous. Nous levons le camp immédiatement.

– Vous ne défendrez pas Buda ?

– Un de mes éclaireurs vient de m'informer que tout ce que la ville comptait de gentilshommes et de dames a fui Buda et cherche vers l'ouest son salut. Ils ne s'arrêteront pas avant Vienne, vous pouvez en être certain ! Ne restent dans la capitale que le voïvode de Transylvanie et ses courtisans qui attendent l'arrivée de Soliman.

– Cibaco et sa nièce étaient-ils au nombre des fuyards ?

– Pour ce qui est de votre épouse, la réponse est oui. Elle a quitté Buda avec la reine et les dames de la cour. Mais Cibaco s'est entêté à rester en son hôtel avec une poignée de serviteurs.

– Si Gera a survécu, murmura Ogier, il accompagne Hélène et s'occupe d'elle. Mais l'évêque !

– Que dites-vous ?

– Cibaco est en danger. Je dois l'aider.

Salm posa sa main sur l'épaule du chevalier.

– Mon jeune ami, les *akinjis* et les Tatars grouillent autour de la ville, personne ne peut plus entrer ni sortir de Buda. Ne faites pas la sottise de vous jeter dans la gueule du loup, vous n'aurez pas deux fois la chance d'échapper à Soliman. Joignez-vous plutôt à ma troupe que je compte louer aux Viennois. On nous accueillera à Vienne à bras ouverts, vous y retrouverez votre Hélène et nous fourbirons ensemble les armes de la revanche !

Ogier hésitait.

– Votre décision, Mercœur ? s'impatienta Salm.

– Je vais avec vous.

– Tant mieux. Un bras solide prolongé d'une franche épée ne sera pas de trop ! Les Turcs ne nous tiennent pas encore, mon garçon ! S'il le faut, nous les arrêterons au bout de nos piques, comme à Mohacs !

Salm héla ses officiers, grimpa en selle et signifia à Ogier de chevaucher à son côté. Disciplinés, les lansquenets se rassemblaient par unités sous leurs bannières.

– Soliman n'en a pas encore fini avec nous, qu'en pensez-vous ?

– Non, sourit Ogier, pas encore !

Tout le monde n'avait pas quitté Buda. Ceux qui comptaient sur la légendaire discipline de l'armée turque pour préserver leur maison et leurs biens avaient choisi d'y rester. Jan Zapolya avait pris possession du Var avec ses troupes et y avait reçu l'hommage de ses partisans. Pour l'heure, il tenait conseil avec Jérôme Laszki et Luigi Gritti.

– Avant huit jours, Soliman fera son entrée dans ce palais, disait Gritti. D'ici là, nous devons débarrasser la cité de tout ce qu'elle compte encore de fidèles aux Habsbourg et préparer les arguments que vous ferez valoir au sultan.

– Je croyais que le trône m'était acquis ! gronda le voïvode.

– Ferdinand de Habsbourg, frère de Charles Quint, a épousé Anne, la jeune sœur du défunt roi Louis. Ce mariage lui ouvre des droits légaux sur le trône de Hongrie... Or, le sultan est extrêmement soucieux de légalité. Mais, Dieu merci, le trône est éligible. Rassemblons à Buda la noblesse des provinces de Transylvanie, de Valachie et de Moldavie. Celle-là vous élira sans problème.

– Ferdinand peut de son côté se faire élire par la noblesse en exil, avança Jérôme Laszki.

– Dans ce cas, ricana Gritti, la Hongrie aura deux rois ! Mais seul celui qui tiendra Buda et que Soliman soutiendra aura le pouvoir réellement.

– Un trône bien instable que celui qu'on m'a promis ! s'emporta Zapolya.

– Monseigneur va bientôt pouvoir compter sur d'autres soutiens, dit encore le secrétaire. Celui de François Ier de France, qui ne ratera pas l'occasion d'affaiblir la maison des Habsbourg. Celui du pape Clément VII, pour les mêmes raisons. Et enfin celui des princes de Bavière et du roi d'Angleterre...

– Sans oublier Venise, ajouta Gritti. Votre position, monseigneur, n'est pas aussi menacée que vous le supposez !

– Soit, admit Zapolya. Nous disposons donc d'une semaine pour rallier mes partisans parmi les boyards de province !

– Et pour museler toute opposition dans Buda, dit Gritti. A ce propos, je tiens à m'occuper personnellement de Cibaco.

– L'évêque est encore ici ?

– Oui, monseigneur. Puis-je en disposer ?

– Agis comme bon te semblera, Luigi. Mais agis avec discernement.

Le Vénitien rassembla sans attendre une centaine de Valaques dans la cour du Var et traversa avec eux la cité. Rues désertes, portes et volets clos, Buda était une ville morte. Arrivé devant l'hôtel Cibaco, Gritti heurta l'huis de son poing ganté de fer. Une silhouette parut.

– Mon maître se repose et ne veut recevoir personne, dit l'intendant.

Un des Valaques lui passa son épée en travers du corps et la troupe se répandit dans l'hôtel. Les serviteurs qui tentaient de s'interposer furent abattus, les autres disparurent.

– Pour l'amour de Dieu, que se passe-t-il ?

Tiré de sa chambre par le bruit, l'évêque entra en boitant dans la salle éclaboussée de sang. Les lances turques l'avaient touché à la cuisse et, plus légèrement, au cou et au flanc.

– Saisissez-le ! ordonna Gritti.

– Êtes-vous insensé ? Je suis évêque de Varasdin, Électeur à la Diète de Hongrie ! Que signifie cet outrage ?

– Ne vous avais-je pas averti que nous nous reverrions ? siffla le Vénitien. Le jour est enfin venu de régler nos comptes. Emmenez-le !

Les soldats traînèrent Cibaco hors de son hôtel et se dirigèrent vers la grande place du marché. Les vociférations de l'évêque, résonnant dans les ruelles, ameutèrent la population inquiète. A leur arrivée sur la place, des centaines de curieux accompagnaient les soldats.

On fit cercle autour des bois de justice sur lesquels, en toutes saisons, officiait le bourreau de Buda. C'est là que l'on pendait ou décapitait les assassins, ébouillantait les faux-monnayeurs, écorchait les parricides, marquait au fer rouge ou mutilait les voleurs, brûlait les sorciers et les sorcières... Les soldats hissèrent sur l'échafaud l'évêque qui se débattait, lui arrachèrent sa robe de chambre, le couchèrent sur une roue où ils l'enchaînèrent. La foule s'étonnait de la présence de Gritti et plus encore de la personnalité de la victime.

– En nom Dieu, hurla l'évêque, je réclame justice ! J'ignore de quel crime l'on m'accuse et je dénie tout droit à cet homme de me juger ! Peuple de Buda, laisseras-tu faire cet étranger ? Accepteras-tu qu'un ami des Turcs maltraite un ministre du Christ ?

La foule s'agita. Les soldats qui entouraient l'échafaud resserrèrent les rangs.

– Chiens de Valaques, relâchez notre évêque !

Les soldats abaissèrent leurs arquebuses et la populace reflua en désordre. Le Vénitien se pencha sur Cibaco.

– Tu vas payer pour les affronts que tu m'as fait subir ! Ta nièce a quitté Buda avant mon arrivée, c'est donc sur toi seul que j'assouvirai ma vengeance. Un Gritti ne laisse jamais une dette impayée !

– Un jour viendra où la justice de Dieu te rattrapera, prophétisa Cibaco, tu grilleras en enfer !

Gritti se tourna vers le commandant des Valaques et lui réclama sa hache. Puis il trancha l'une après l'autre les mains de l'évêque.

– Cela, c'était le matin, précisa Ibrahim qui rapportait l'affaire au sultan. Les soldats ont cautérisé les plaies de Cibaco avec des fers rougis et l'ont laissé gémir sur l'échafaud. A midi, Gritti bey a coupé les pieds de son ennemi. Et le soir, il lui a tranché la tête.

– Comment ont réagi les habitants ?

– Ils étaient terrorisés. Les derniers partisans des Habsbourg ont quitté Buda depuis. Zapolya est maître des lieux. Il brûle de te remettre les clefs de la ville et de recevoir le pouvoir de tes mains.

L'armée turque s'était en effet déplacée plus lentement que prévu. Douze jours après la bataille de Mohacs, elle était enfin arrivée en vue de Buda et Soliman avait ordonné d'établir le camp. Une partie de ses troupes occupait déjà Pest, de l'autre côté du Danube.

– Fais savoir à Zapolya que j'entrerai aujourd'hui même dans Buda, dit Soliman qui ne pouvait détacher son regard des hautes murailles.

La campagne auguste s'achevait en apothéose. Jamais aucun padichah n'avait pénétré aussi loin en Europe. Sa gloire égalait celle de Mehmet ! Mais il s'agissait de consolider sa victoire. Zapolya était-il l'homme qu'il lui fallait ? Allait-il faire le poids face aux maudits Habsbourg ? Le sultan résolut que sa rencontre avec le prince de Transylvanie déciderait de la suite des événements...

– Je ne veux aucune exaction, aucun pillage. Les officiers seront tenus pour responsables du moindre manquement de leurs troupes.

– Où logeras-tu, Seigneur ?

– Au palais royal. Roxelane et sa suite resteront dans ce campement.

Escorté par six mille cavaliers *kapikulu* de sa garde, Soliman franchit la porte principale. Jan Zapolya marcha à sa rencontre et se prosterna devant lui en tendant les clefs de la ville sur un coussin brodé d'or. Ibrahim saisit le coussin et le présenta au sultan. Puis le cortège emprunta le dédale de rues qui menaient au Var. Derrière leurs volets baissés, les Hongrois se terraient.

– Cette cité tiendrait tout entière dans un seul quartier d'Istanbul, remarqua Soliman avec dédain. Et j'imaginais autrement ce palais !

Zapolya aida le sultan à descendre de sa monture et le conduisit dans la salle de réception. Soliman s'assit sur le trône des rois de Hongrie, Ibrahim prit place à son côté, les pachas et autres dignitaires en firent autant.

Le regard du Padichah fit le tour de la salle, examina armures, panoplies d'armes et tapisseries, s'attarda sur trois statues colossales représentant Hercule, Diane et Apollon, puis revint sur Zapolya qui, au centre de la pièce, attendait dans une attitude de profonde humilité.

– Ibrahim Pacha m'a instruit des services que tu as rendus à la Porte, dit Soliman.

– Je te rends hommage Sultan des sultans, Souverain des souverains, Distributeur des couronnes aux monarques du globe, Auguste Majesté au glaive flamboyant et au sabre victorieux, dit Zapolya.

Ibrahim traduisit ses paroles et Soliman approuva d'un air satisfait.

– La Hongrie m'appartient désormais, mais je suis disposé à céder ce royaume à l'homme qui me jurera fidélité et se reconnaîtra mon vassal.

– La Diète des boyards rassemblés à Buda m'a élu pour être cet homme, Sultan des sultans. Si tu approuves son choix, je fais le serment, par le Dieu vivant, par Jésus le Rédempteur, que je serai toujours ton ami et l'ennemi de tes ennemis.

Rendu méfiant depuis sa mésaventure égytienne avec Ahmed Pacha, Soliman avait perdu l'habitude d'accorder facilement ses faveurs. Le Hongrois devrait d'abord faire ses preuves en tant que vassal, on aviserait ensuite.

– Traduis très exactement mes paroles, dit-il à Ibrahim. Il importe qu'elles ne prêtent à aucune équivoque.

– Oui, Seigneur.

– Prince de Transylvanie, soucieux du bonheur de mes nouveaux sujets hongrois, je ne peux prendre ma décision à la légère. Un acte, promulgué à Istanbul, t'offrira officiellement le trône et la couronne.

A mesure qu'Ibrahim traduisait, les traits de Zapolya se rembrunissaient et ses sourcils se fronçaient. S'efforçant de faire malgré tout bonne contenance, il hocha la tête.

– En attendant, poursuivit Soliman, j'accepte que le principe de l'élection fasse de toi le dépositaire de mon pouvoir en Hongrie. Tu gouverneras en mon nom et tu défendras ce royaume contre ceux qui tenteraient de s'en emparer.

Serrant les poings de rage et de déception, le voïvode jetait des regards furieux sur son conseiller. Debout au premier rang des spectateurs, le Vénitien l'apaisa d'un geste discret qui semblait dire : « Prenez patience, le reste viendra en son temps. » Se composant un visage satisfait, Zapolya s'inclina.

– Que votre Auguste Majesté soit remerciée pour ses bienfaits. Je défendrai la Hongrie jusqu'au moment où le Souverain des souverains daignera placer la couronne d'or de saint Étienne sur ma tête.

– Qu'il en soit ainsi, conclut Soliman. Ce soir, prince, tu seras mon invité avec tous tes amis. Nous ferons plus ample connaissance, fêterons notre victoire et la défaite de nos ennemis.

Quelques heures plus tard, Turcs et partisans du voïvode de Transylvanie prirent place autour des tables qu'on avait installées dans la grande salle et dans la cour du palais. Soliman avait fait remettre à chaque invité une robe tissée de fils d'or et d'argent ou de poil de chameau blanc, selon son rang. Celle de Zapolya était bordée de zibeline.

La nourriture était servie dans de la vaisselle en argent. Seul le sultan mangeait dans une porcelaine de Chine dont le vert céladon avait la propriété de changer de couleur au contact du poison. C'est du moins ce que croyaient les Turcs, comme Gritti l'expliqua en aparté à Zapolya. Installé sur une estrade au milieu des coussins, le sultan était d'excellente humeur et mangeait avec appétit. S'appliquant à faire bonne figure, Zapolya donnait l'apparence d'un homme comblé et s'entretenait avec Soliman par l'entremise du grand vizir ou de Luigi Gritti.

Comme on apportait les desserts, les festivités furent troublées par des coups de feu.

– Va et renseigne-toi ! dit Soliman à Ibrahim.

Ibrahim quitta la salle. Dans la cour du palais où festoyaient les invités de moindre rang, il repéra la coiffe rouge du *silhatar* commandant la garde du sultan.

– Pourquoi ces coups de feu ?

L'officier invita Ibrahim à le suivre. Arrivé sur le chemin de ronde, le grand vizir s'immobilisa à la vue des flammes qui trouaient la nuit. Des incendies ravageaient plusieurs quartiers de la ville et, hors les murs, les villages brûlaient.

– Dans Buda, les janissaires, dit le *silhatar* laconiquement. Alentour, les *akinjis* et les Tatars.

– Rassemble les hommes qui ne sont pas affectés à la sécurité de Sa Majesté, ordonna Ibrahim.

La colère faisait trembler sa voix. Il était responsable de la discipline des troupes et Soliman avait interdit tout pillage durant son séjour à Buda. Quelques instants plus tard, deux cents cavaliers envahissaient la cour, sous les regards anxieux des invités. Le grand vizir prit la tête des *kapikulu* et la cavalcade franchit la porte du palais.

Une fois de plus, les janissaires avaient désobéi aux ordres du sultan. Ainsi qu'à Rhodes et à Belgrade, ils s'étaient répandus dès la nuit tombée dans les quartiers de la ville conquise. Leurs officiers avaient été impuissants à les en empêcher. Forçant les portes des maisons, les janissaires tuaient les hommes qui résistaient et violentaient femmes et jeunes garçons. Des groupes désordonnés, le bonnet rempli de butin, portaient la torche ici et là et allumaient des incendies.

Ibrahim envisagea d'abord de faire charger les pillards par les *sipahis* de la Garde. Mais il réalisa vite que cela ne servirait à rien : deux cents hommes ne suffiraient pas pour s'opposer à la folie de milliers de sauvages. Découragé, il regagna le palais, renvoya les *kapikulu* dans leurs quartiers et alla rendre compte au sultan.

– Nous attendrons d'être à Istanbul pour le châtiment. Des têtes tomberont, promit Soliman.

Ibrahim savait qu'il n'en serait rien. Son maître avait trop besoin de ses soldats d'élite. D'autres campagnes augustes allaient être organisées et les janissaires constituaient l'ossature de l'armée, on ne pouvait se passer d'eux. Quant aux *akinjis* et aux Tatars, ils étaient incontrôlables et ne servaient que pour le butin, il en était toujours allé ainsi...

Le festin se poursuivit, mais l'humeur de Soliman avait changé. Il lui tardait de quitter Buda et de célébrer à Istanbul sa victoire sur les chrétiens.

Ibrahim hâta donc le départ. Il réquisitionna des dizaines d'embarcations sur lesquelles on chargea l'artillerie prise aux Hongrois à Mohacs et à Buda, ainsi que les trésors du Var, tapisseries, armes, vaisselle, vêtements et fourrures précieuses... Sans oublier les statues d'Hercule, de Diane et d'Apollon. Sur la suggestion de son grand vizir, Soliman y ajouta les centaines d'ouvrages de la bibliothèque du roi Mathias Corvin.

Dans la troisième semaine de septembre, l'armée turque quitta une ville dont certains quartiers n'étaient plus que cendres. Les villages environnants étaient rasés et la plupart de leurs habitants massacrés.

A l'arrière-garde de l'armée, les *akinjis* croulaient sous le butin.

17

Sur Hoher Markt, la grande place de Vienne où se tenait chaque jour le marché, Ada choisit deux belles laitues et une chicorée dont ses maîtres raffolaient. Gera tira une bourse de sa ceinture et paya le paysan, qui donna en supplément un bouquet de soucis, violettes et primevères.

Dominant la rumeur, la puissante voix de bronze de la cathédrale Saint-Étienne sonnait la neuvième heure lorsque l'homme et la jeune servante quittèrent la place. Cent mètres plus loin, ils entrèrent dans une boutique d'apothicaire de Sterngasse pour y prendre une préparation de mélisse commandée la veille.

– Hâtons-nous, dit Gera, c'est toujours le matin que la maîtresse souffre de nausées.

Ils durent cependant s'arrêter et se plaquer contre le mur pour laisser passer un peloton de piquiers équipés de la demi-cuirasse et coiffés du morion-cabasset : des mercenaires espagnols à la solde de Ferdinand de Habsbourg.

Ogier de Mercœur et son épouse habitaient à l'ombre de l'église Saint-Rupert, une maison à l'assise de pierre avec deux étages de pisé et de bois. Le rez-de-chaussée était loué à deux artisans et leur famille. L'un fabriquait des dés à coudre et l'autre des épingles. Ogier et Hélène occupaient le premier étage, Gera et la servante disposaient chacun d'une chambre sous le toit.

Lors de son départ précipité de Buda, Hélène avait pensé à emporter ses bijoux. La vente de quelques pierres à un juif avait permis l'achat de cette maison et leur entretien jusqu'à ce jour.

Gera n'oublierait jamais le retour du chevalier. On lui avait assuré qu'Ogier était mort lors de la dernière charge des paladins royaux, mais il s'était longtemps entêté à chercher son cadavre, manquant être capturé par les *akinjis*. Puis, ayant perdu tout espoir de le retrouver, il s'était emparé d'une monture sans cavalier et avait galopé d'une traite jusqu'à Buda, crevant son cheval aux portes de la cité.

Une longue colonne de Hongrois terrorisés par l'approche des Turcs fuyait Buda. Gera s'était joint à eux et avait retrouvé Hélène. Si le chevalier était mort, il veillerait sur elle, il le jurait. Mais, cinq jours plus tard, une troupe de lansquenets les avait rattrapés et Gera, fou de joie, avait alors aperçu le chevalier.

Dix mois avaient passé. Grâce à la protection de Nicolas Salm, promu gouverneur de Vienne, le jeune couple avait été introduit à la cour de Ferdinand de Habsbourg. C'est là qu'Hélène avait appris l'horrible supplice infligé à son tuteur par Gritti. Son chagrin alors ne connut pas de bornes. Mais après une longue période de dépression, sa vivacité naturelle reprit le dessus et Ogier exulta en apprenant qu'il serait bientôt père.

L'auvent de bois du rez-de-chaussée était levé lorsque Gera et la servante revinrent du marché. Ada gagna la cuisine où elle prépara le repas de midi tandis que Gera rejoignait ses maîtres dans la pièce principale. Il remit à Hélène la préparation de mélisse censée atténuer ses nausées et passa dans la pièce voisine où, tirant d'un coffre l'équipement de son maître, il entreprit d'en astiquer les pièces métalliques et d'en graisser le cuir.

– Les événements se précisent, confia Ogier à son épouse. Maintenant que les nobles restés fidèles aux

Habsbourg l'ont élu roi de Hongrie, Ferdinand est impatient de reprendre Buda à Zapolya.

– La dernière fois que je suis allée au *burg*, la reine Anne et la pauvre reine Marie ne parlaient que de cela.

– J'ai rendez-vous à la tour de Karnthner. Les capitaines de Ferdinand seront présents. Le conseil risque de durer. Ne m'attendez pas pour dîner.

Hélène détourna la tête. Ogier la prit dans ses bras.

– Pourquoi ces larmes ?

– Je n'ai plus que vous et cet enfant qui va naître. Une fois déjà, je vous ai cru perdu. Mais j'ai prié Dieu et vous êtes revenu... Si vous devez livrer de nouveau bataille, à chaque instant je tremblerai...

– Hélène, dit Ogier avec sévérité, je suis gentilhomme et j'ai prêté serment de fidélité à Ferdinand. Ma parole et mon honneur me commandent de combattre tout ennemi qu'il désignera à ma lance et à mon épée.

– Je sais cela.

– Ma mie, ajouta Ogier d'un ton radouci, j'ai idée que cette campagne sera brève. Nous n'aurons plus les Turcs en face de nous, mais des Valaques indisciplinés et des boyards corrompus par les promesses de Zapolya et l'or du sultan. Et, si le ciel exauce mes prières, je trouverai le Vénitien maudit et je vengerai notre pauvre évêque !

Gera entra et posa l'équipement du chevalier sur un coffre de rangement. Ogier enleva sa robe de chambre et entreprit de s'habiller. Hélène lui passa la large ceinture de cuir autour de la taille et lui tendit son épée de parade à pommeau de bronze doré et à garde en fer gravé.

– Paraîtrez-vous à la cour, aujourd'hui ?

– Je ne pense pas, répondit la jeune femme. Traverser la cité en mon état ne serait pas une bonne idée.

– Dans ce cas, reposez-vous, sourit Ogier en caressant le ventre renflé de son épouse. Et si...

– Le terme est pour dans deux semaines. La sage-femme l'a fixé...

– La sage-femme peut se tromper ou l'enfant juger qu'il a attendu assez. Ce sont là choses fréquentes... Dans ce cas, tu viendras aussitôt me prévenir, Gera. Au burg s'il le faut !

– Partez sans crainte, mon maître.

Dix heures sonnant à la cathédrale Saint-Étienne, le chevalier se hâta de quitter la maison. Sa monture, confiée aux soins d'une écurie de quartier, l'attendait déjà sellée. Il prit au petit trot la direction de Stephansplatz.

Vienne était une cité selon son cœur. Beaucoup plus que Buda qu'il trouvait laide et sale, étouffante l'été, glacée l'hiver, et dont les habitants étaient toujours énervés. La douceur de vivre que l'on ressentait ici lui rappelait sa bonne ville de Clermont, en Auvergne.

Il songeait parfois avec nostalgie à son pays natal et au royaume de France. Y retournerait-il finir ses jours, une fois sa fortune faite ? Non, son destin l'avait conduit à Vienne où il avait désormais famille, amis, protecteurs... D'ailleurs ses parents morts, qui se souviendrait de lui ?

Il avait aussi une vengeance à accomplir. Tôt ou tard, il retrouverait Gritti et il lui ferait payer sa trahison envers le roi Louis et le supplice infligé à Cibaco !

Il leva les yeux sur la flèche de la cathédrale et se signa devant le portail des Géants et le Christ sculpté sur le tympan.

Les rues s'élargirent, les maisons s'espacèrent, il se rapprochait du *burg*. Sur un vaste terrain, des soldats s'exerçaient au maniement de la pique. D'autres se familiarisaient avec les nouvelles arquebuses à ressort qui remplaçaient les lourdes hacquebutes. Un *fähnriche*[1] expliquait à ses hommes l'avantage du pare-feu pour leurs yeux au départ de l'amorce. Plus loin, joueurs d'épée et hallebardiers faisaient tournoyer leurs armes et les abattaient sur des mannequins de paille. Protégés par une cuirasse complète, ces

1. Grade correspondant à l'enseigne.

vétérans combattaient généralement au premier rang et touchaient double solde. Un gentilhomme trapu à l'armure peinte en noir les encourageait :

– Foutu maladroit, que crois-tu donc manier ? Un « étripeur de chats » ou un espadon ? Zapolya et les Turcs peuvent dormir tranquilles avec toi, car tu feras plus de victimes parmi nos piquiers que dans les rangs ennemis !

Il arracha la longue lame ondée des mains du double-solde.

– Les coups de revers doivent être freinés ! vocifèra-t-il en joignant le geste à la parole. Mais, si tu dois intervenir contre les piques adverses, frappe en puissance par coup droit. Comme ceci !

L'assaut qu'il porta fut si violent qu'il pulvérisa le mannequin.

– Bravo, Roggendrof ! applaudit Ogier qui avait immobilisé sa monture pour ne rien manquer du spectacle.

Le reître se retourna et un sourire fendit sa barbe rouge.

– Dieu m'en soit témoin, Mercœur, je n'ai jamais vu d'aussi piètres soldats ! Il m'arrive de penser que nous avons choisi le mauvais camp !

– Allons, vous êtes bien difficile et ces hommes ont encore le temps de vous donner satisfaction !

– Espérons-le. Sinon, je rends à Salm mon bâton d'Obersten et je m'engage chez les Polonais !

– Dans ce cas, vous perdriez une belle occasion de vous distinguer face aux Transylvaniens de Zapolya.

Roggendrof éclata de rire. Il rendit l'espadon au double-solde et fit signe à son écuyer d'amener sa monture.

– Poursuivez l'entraînement, vous autres. Et ne vous arrêtez que lorsque vous sentirez vos bras se détacher de votre corps ! Je suppose que vous êtes aussi convoqué au burg ? ajouta-t-il en sautant en selle.

Ogier répondit d'un hochement de tête.

– Allons-y ensemble. Comment se porte votre épouse ?

– L'avancement de sa grossesse l'indispose.

– Qu'elle ne se fasse pas de souci ! La baronne Roggendrof m'a donné six fils et quatre filles. Et, à chaque fois, elle jurait ses grands dieux que ce serait la dernière. Les femmes sont faites pour enfanter comme nous pour combattre, c'est dans l'ordre des choses. Et seule la première expérience coûte !

– Sans doute, dit Ogier. Il n'empêche qu'Hélène est de constitution fragile, et que la mort de son oncle l'a affectée. J'aimerais être encore à Vienne lors de sa délivrance.

Devant eux se dressait le burg, une forteresse carrée hérissée de tours, dont la construction primitive remontait à trois siècles. Depuis, chaque souverain avait contribué à l'agrandir et l'embellir.

Franchissant la porte principale, les deux cavaliers débouchèrent dans la grande cour « des Suisses ». Là, s'exerçaient d'autres compagnies de piquiers encadrés par leurs lieutenants et enseignes. Des courriers entraient et sortaient. Des chevaliers, accourus de l'Europe entière, se présentaient pour s'engager au service de Ferdinand.

Ogier et Roggendrof remirent leurs chevaux à des valets et se dirigèrent vers la tour de Karnthner où se tenaient les conseils. Ils empruntèrent un large escalier et un aide de camp du roi les précéda jusqu'au grand salon en fer à cheval, au plafond barré d'énormes solives. Une table circulaire entourée de fauteuils occupait le centre de la pièce. Les murs étaient creusés de niches abritant les bustes en bronze des grandes figures du Saint Empire germanique : Henri Ier l'Oiseleur, Albrecht l'Ours, Frédéric II Hohenstaufen...

Près d'une fenêtre ouverte, le roi conversait à voix basse avec Nicolas Salm. Ogier reconnut, parmi quelques capitaines, le jeune comte hongrois Nicolas Zriny et le Serbe Paul Bakics.

Mercœur et Roggendrof s'inclinèrent devant le roi. Ferdinand les salua gracieusement puis invita chacun à prendre place. Nicolas Salm resta debout.

– Compagnons, dit-il, permettez-moi de vous souhaiter la bienvenue au nom de Sa Majesté Ferdinand, roi de Hongrie. Vous aurez tout loisir de faire connaissance entre vous pendant le dîner, mais, en attendant, fixons les détails de notre prochaine campagne. Le printemps est avancé et nos effectifs sont à peu près complets. Sa Majesté souhaite marcher sans plus tarder sur Buda et chasser de Hongrie l'usurpateur Zapolya.

Tandis que le vieux soldat parlait, Ogier observait Ferdinand de Habsbourg. Agé de vingt-quatre ans, le frère puîné de l'empereur Charles était un bel homme. Taillé en athlète, le visage allongé, le front haut dégarni sur les tempes, il arborait un court collier de barbe et une épaisse moustache noire. Si, à la cour, il délaissait l'armure pour une chemise de fine batiste à manches bouffantes et des grègues à bourrelets, il continuait à porter des bottes cavalières, les seules dans lesquelles il se sentait à l'aise.

– Nous ne répéterons pas l'erreur commise à Mohacs, assura Salm. Nos troupes manœuvreront avec discipline et tout acte de désobéissance sera sévèrement puni.

Les capitaines approuvèrent. Le souvenir de la défaite torturait encore les esprits et la mort de milliers de gentilshommes et du roi Louis pesait sur la conscience de la noblesse hongroise.

– Nous marcherons sur Buda et nous affronterons Zapolya, intervint Paul Bakics. Soit. Mais nous ignorons quelle sera la réaction de Soliman.

Nicolas Salm se tourna vers Ferdinand.

– Je pense, dit le roi, que le Grand Turc se contentera d'abord d'observer et qu'il laissera Zapolya se débrouiller. Puis, selon la tournure que prendront les événements, il interviendra ou n'interviendra pas. Les voies diplomatiques pourraient le dissuader de se remettre en campagne.

– Sa Majesté a raison, acquiesça le comte Salm. Zapolya le félon paiera pour sa trahison !

L'après-midi était bien avancée lorsque le roi donna congé à ses capitaines. Ogier avait reçu le commandement d'une division de quatre-vingts lances [2], l'effectif de huit compagnies, chacune comptant cinquante hommes plus l'encadrement.

Il aurait sous ses ordres quelques chevaliers hongrois et autrichiens, mais surtout des gentilshommes polonais, bohémiens, flamands, italiens, espagnols et français, attirés à Vienne par la perspective d'un riche butin et de récompenses. Cette promotion faisait de lui l'un des principaux acteurs de la campagne à venir, l'égal de personnalités comme le comte Zriny ou Roggendrof. Il devait cette faveur à son comportement héroïque à Mohacs, mais aussi à Nicolas Salm, son ami.

La fierté illuminait donc le visage d'Ogier de Mercœur tandis qu'il regagnait son domicile au trot de sa monture. Il devrait bien sûr équiper une suite à ses frais, mais la solde accordée par Ferdinand permettrait cette dépense ainsi que l'entretien d'un certain train de maison. De plus, Hélène, unique héritière de l'évêque Cibaco, serait réintégrée dans ses possessions hongroises dès que Ferdinand aurait reconquis son trône.

– Par la mort-Dieu, dit tout haut le chevalier, j'aimerais pouvoir annoncer ces nouvelles à mes père et mère ! D'aventurier sans fortune à capitaine des Habsbourg et boyard de Hongrie, familier des comtes et autres grands de ce monde, la chance m'a souri ! A mon retour de campagne, je ferai un don à l'Église !

– Messire ! Messire !

– Que fais-tu là, mon brave Gera ?

– J'ai couru jusqu'au burg où l'on m'a dit que vous étiez déjà reparti ! haleta le serviteur. La dame Hélène est en plein travail !

---

2. Une lance représentait l'homme d'armes et son page, un coustilier et deux archers.

– Grimpe derrière moi ! dit Ogier en tendant le bras.

Il piqua des éperons et sa monture bondit en avant. Des passants effarouchés le conspuèrent.

Quelques minutes plus tard, Ogier sautait à terre, jetait les rênes à Gera et, bousculant la marmaille du fabricant de dés, montait quatre à quatre l'escalier.

– Où est-elle ?

– Dans sa chambre, messire, balbutia Ada. Elle se repose et...

La sage-femme parut, tenant dans ses bras un nourrisson emmailloté et assoupi. Ogier se pencha sur le petit visage rouge et fripé.

– Jésus Marie, mais il est chauve !

– Elle, messire... C'est une fille. Elle n'est pas chauve, mais très blonde !

– Une fille ? Ma fille ? s'exclama le rude chevalier, les yeux humides.

– Oui, messire, votre fille. Et robuste, vous pouvez m'en croire. Regardez comme elle serre votre doigt ! Elle est toute propre maintenant et dort comme un ange du ciel. Mais d'ici quelques heures, vous l'entendrez s'époumoner à vous briser les oreilles !

– Tenez, dit Ogier en tendant le contenu de sa bourse à la femme, voici pour vos services. Trouvez-nous, s'il vous plaît, une nourrice de confiance parmi vos connaissances... Quant à toi, ajouta-t-il à l'intention de la servante, j'augmente tes gages !

Puis, courant jusqu'à la chambre où reposait son épouse, il entra sans bruit et s'agenouilla dans la ruelle du lit. Hélène ouvrit les yeux.

– Vous êtes là, mon ami ?

– Oui, et je regrette bien de n'avoir pu me libérer plus tôt.

– C'est égal... Dame Anna connaît son affaire et l'enfant est venue sans que je me rende compte ou presque... Elle est belle, n'est-ce pas ?

– Elle est magnifique ! dit Ogier la gorge nouée. Comme je vous remercie pour ce présent que vous me faites !

– Vous espériez un garçon...

– Vous me le donnerez plus tard et il portera mon épée. J'aime déjà notre fille comme je vous aime, Hélène. Plus que ma propre vie ! Lui avez-vous choisi un prénom ?

– Je vous attendais.

– Que diriez-vous de Marie, comme la malheureuse veuve du roi Louis ?

Hélène hocha la tête.

– J'y avais pensé aussi.

C'est ainsi que la petite Marie entra dans l'existence du chevalier.

Sept semaines plus tard, la population du quartier de l'église Saint-Rupert s'était rassemblée devant la maison d'Ogier de Mercœur pour assister au départ du capitaine. Grâce à un emprunt souscrit auprès d'un usurier juif, il avait troqué son armure passée de mode contre une maximilienne signée par Helmschmied, le célèbre *plattner* augsbourgeois, et décorée par le maître Burgkmair. Il montait un superbe bai cerise – cadeau du roi – dont les bardes de cuir bouilli à la mode italienne ne seraient mises en place qu'au jour de la bataille.

Sa suite comprenait un écuyer portant cuirasse articulée, un page, un homme d'armes faisant fonction de coustilier et trois « archers », en fait des chevau-légers [3]. Tous attendaient patiemment pour se mettre en route le signal du chevalier.

Se penchant sur l'encolure de son cheval, Ogier baisa les lèvres d'Hélène, puis le front du bébé.

– Ma mie, prenez soin de vous et administrez au mieux

3. Cavaliers équipés de la demi-armure.

notre maison et nos biens. En cas de problème, n'hésitez pas à faire appel au juif Isaac.

– Dieu vous garde, répondit Hélène, toute pâle.

Ogier tendit sa main gantée à Gera.

– Mon ami, je regrette sincèrement de ne pouvoir t'emmener, mais je serai plus tranquille si tu restes ici. Je te confie mon épouse et ma fille. Veille sur elles pour l'amour de moi.

– Mon maître, j'en réponds sur ma vie.

– Je sais, dit le chevalier. S'il m'arrivait quelque malheur...

– Partez sans crainte, dit encore le serviteur. Et revenez-nous vite.

Hélène pressa l'enfant contre elle. Le chevalier coiffa son casque et leva la main.

– Allons ! ordonna-t-il.

Les curieux l'applaudirent et s'écartèrent.

Pendant deux mois, Hélène n'eut de nouvelles d'Ogier que par les messages officiels que le roi Ferdinand envoyait à sa cour. Ainsi, trois semaines après le départ de l'armée, on apprit son entrée dans Buda abandonnée en toute hâte par Zapolya.

– Le voïvode sait que Buda ne peut supporter un siège. Il ne tenait pas à tomber entre les mains de Ferdinand, commenta Gera. Mais une fois en sécurité dans sa province, il va lever ses milices et recevra l'appui des boyards hostiles aux Habsbourg.

– Il y aura donc bataille ? interrogea Hélène anxieusement.

– Certainement, madame, mais ne vous faites pas de souci. Sans ses alliés turcs, Zapolya n'est pas un adversaire redoutable et Ferdinand ne tombera pas dans les erreurs du roi Louis. Ses capitaines sont gens d'expérience et c'est le comte Salm qui commande l'armée, pas un homme d'église comme Son Excellence Tomori, que son âme repose en paix !

Hélène ne s'en inquiéta pas moins. Laissant chaque après-midi le bébé à la garde de sa nourrice, elle se rendait au *burg* escortée par Gera et se joignait aux dames de compagnie de la reine Anne. Elle retrouvait ses amies de Buda et plus particulièrement Marie, la veuve du roi Louis. Vienne suffoquant dans la chaleur estivale, les dames de la cour recherchaient la fraîcheur à l'ombre des vergers. On écoutait ou on jouait de la musique, on disait des poèmes. Parfois Anne lisait le dernier message expédié par Ferdinand. Lorsque le soleil baissait, Hélène, rentrant chez elle, ne manquait jamais de s'arrêter à l'église Saint-Rupert pour une prière.

Les habitants du quartier connaissaient la jeune dame de Mercœur et s'étaient habitués à son serviteur à face de gargouille. Au début, ils s'écartaient sur son passage, la saluant avec déférence. Mais il n'était pas rare maintenant de les voir s'approcher chapeau bas et demander des nouvelles du chevalier.

Un matin du début de septembre, l'arrivée d'un messager portant livrée aux couleurs des Habsbourg fit se bousculer les curieux devant la porte de la maison. Lorsque le cavalier ressortit, il fut entouré et pressé de questions.

– Un courrier personnel du chevalier à sa dame, lança l'homme. Je n'en sais pas plus que vous. Faites place, je dois retourner au burg !

D'autres badauds s'étant agglutinés devant l'auvent des artisans, ils étaient maintenant une centaine à encombrer la rue. Soudain, une fenêtre s'ouvrit à l'étage et on vit paraître Gera.

– Quelles nouvelles de ton maître ?

Le rire du serviteur était si inhabituel que des femmes se signèrent.

– Il y a eu bataille près d'une cité du nom de Tokay ! Une grande victoire pour Sa Majesté !

– Dieu soit loué ! crièrent les Viennois. Mais encore ?

– Mon maître a reçu une blessure sans gravité !

– Vive le chevalier !

– A présent, dispersez-vous. La Dame a besoin de se reposer !

La foule obéit à regret et se répandit alentour pour colporter la bonne nouvelle.

Assise sur un coffre, Hélène avait rompu le cachet scellant le portefeuille de cuir et étalé devant elle les feuillets couverts d'une large et belle écriture. Ada et la nourrice, le bébé dans ses bras, attendaient avec curiosité.

– Voilà qui est fait, dit Gera. Madame, maintenant s'il vous plaît...

– Bien sûr. Assieds-toi et écoute. Écoutez tous.

Se tournant vers la lumière du jour, Hélène lut, d'une voix que l'émotion faisait trembler :

– « Ma mie, d'abord cette nouvelle : en ce jour, Dieu nous a donné la victoire sur le traître Zapolya. Son armée a été défaite près de Tokay. Le voïvode, qui a réussi à nous échapper, galope vers la Pologne où il a, dit-on, de la famille et des protections.

» Pour moi, à part une blessure sans gravité, reçue au flanc gauche par arquebusade, tout va bien. La balle n'a fait que percer mon armure, entamer les chairs et ressortir. C'est donc allongé sur un lit de camp et emmailloté comme notre nourrisson que je dicte ces lignes au chapelain de Sa Majesté qui a bien voulu me servir de secrétaire. On m'a assuré que cette lettre partirait pour Vienne en même temps que le courrier destiné à la reine Anne.

» Sur le déroulement de la campagne, je n'ai que peu de choses à conter, sinon des détails fastidieux qui vous ennuiraient à les lire, autant que moi à les évoquer. Nous sommes entrés en Hongrie sans rencontrer d'opposition et avons pris Buda presque aussitôt. L'hôtel Cibaco a été pillé, mais il reste habitable. Les serviteurs de votre oncle, qui avaient échappé au massacre puis risqué leur vie en rassemblant ses restes pour les enterrer chrétiennement, se sont chargés de la remise en état. Je les ai récompensés pour leur dévouement, ils sont à notre service dorénavant.

» Je n'ai, hélas !, trouvé nulle part trace de ce démon de Gritti. Le misérable a quitté la Hongrie pour se réfugier auprès des Turcs, ses amis.

» L'armée levée par Zapolya était nombreuse, mais mal entraînée et nous n'avons guère eu de mérite à la disperser. Malgré la résistance inattendue des milices transylvaniennes ! En effet, alors que les boyards rompaient leurs lignes, de simples paysans nous tinrent tête un moment. C'est là que je fus blessé. Le chevalier Pierre Terrail de Bayard avait raison qui tenait ces arquebuses pour néfastes et faisait pendre ceux qui s'en servaient ! Avec une telle arme, un croquant est capable d'abattre n'importe quel homme d'armes !

» Ma mie, j'espère revenir à Vienne avant la fin de l'automne avec Sa Majesté Ferdinand, dès que la paix aura été rétablie en royaume de Hongrie. Embrassez pour moi notre fille Marie et transmettez mon meilleur souvenir au brave Gera. Que Dieu vous garde tous en Sa protection... »

– Le reste est personnel, dit Hélène en rougissant.

Gera et les deux domestiques se retirèrent. La jeune femme acheva sa lecture et fondit en larmes. Il lui semblait entendre la voix d'Ogier, sentir sa présence... S'agenouillant sur les dalles, elle joignit les mains et remercia Dieu d'avoir épargné son époux.

Ogier ne revint qu'au printemps, la présence de tous les capitaines s'étant avérée indispensable pour réduire les derniers partisans de Zapolya. Bien que Ferdinand restât à Buda, il accorda à Ogier de rentrer à Vienne.

Le chevalier apparut en fin de journée, le visage amaigri et rongé de barbe, le cheveu tombant aux épaules. Il prit Hélène dans ses bras.

– Ogier ! En nom Dieu, dans quel état êtes-vous ?

– Dans ma hâte de vous retrouver, j'ai chevauché depuis Buda sans m'arrêter, souffla-t-il en se laissant tomber sur un coffre.

Il ferma les yeux.

– Durant tous ces mois, je n'ai cessé de rêver au moment où je franchirais le seuil de notre maison et où je reverrais les êtres chers à mon cœur... Tant de jours enfuis !

– Venez, dit doucement Hélène en entraînant le chevalier. Avez-vous faim ou soif ? Je vous servirai moi-même. Ensuite un bain vous délassera. Ada, fais chauffer de l'eau !

– Notre fille Marie doit avoir bien grandi...

– C'est un vrai petit démon qui va à quatre pattes par toute la maison et ne récolte que plaies et bosses ! Elle devrait bientôt marcher. Vous la verrez tout à l'heure, lorsque vous serez reposé.

– Maintenant !

– Soit, dit Hélène en souriant.

Le chevalier resta en la seule compagnie de Gera.

– Mon ami, dit Ogier en tendant la main à son serviteur, je suis bien heureux de te revoir aussi.

– Et moi donc, mon maître !

Et s'agenouillant près d'Ogier, Gera lui baisa la main.

– Allons, protesta le chevalier, je ne suis ni roi ni homme d'église. Relève-toi et sers-moi plutôt à boire. Têtedieu, j'ai la bouche aussi empoussiérée qu'une carrière de marbre !

– Ainsi, mon maître, Ferdinand a succédé au roi Louis sur le trône de Hongrie... Tout est-il redevenu comme avant ?

– Pas encore ! grommela Ogier. Zapolya ayant envoyé des ambassadeurs à Soliman, Ferdinand l'a imité. Lesquels auront l'oreille du Grand Turc, la question est là ! Si la balance penche pour Zapolya, nous ferons de nouveau la guerre...

Hélène revint, tenant dans ses bras la fillette qui se débattait. Les larmes aux yeux, Ogier se leva.

– Marie ! Ma petite Marie !

En voyant approcher ce géant, l'enfant poussa un hurlement et se blottit contre le sein de sa mère. Ogier éclata de rire.

– Fillette, je suis ton père !

L'enfant risqua un œil puis se cacha de nouveau. Ogier se pencha et baisa sa joue rose et fraîche.

– Nous aurons tout notre temps pour faire connaissance.

Assis à la table auprès de son épouse, il détacha doucement les petits bras noués autour du cou d'Hélène et prit la fillette sur ses genoux.

– Voilà qui est mieux, demoiselle, vous tirez sur ma barbe, à présent ! Avant ce soir, je crois que vous serez apprivoisée complètement !

Réfugié en Pologne avec quelques partisans, Zapolya ne songeait plus qu'à reprendre ce royaume de Hongrie dont il venait d'être dépossédé.

– Même s'ils vous assurent de leur soutien, ni la France, ni Venise, ni le pape ne s'engageront jamais dans un conflit avec les Habsbourg, dit Jérôme Laszki. Le seul allié sur lequel vous puissiez compter, monseigneur, c'est Soliman. Mais il fera payer son intervention chèrement...

– Jusqu'à quel point ?

– Le Turc ne vous offrira la couronne que s'il est assuré que vous serez un vassal dévoué et que vous n'hésiterez pas à combattre à son côté...

– Combattre qui ?

– Ferdinand d'abord, l'Empire ensuite.

– Je lui ai déjà promis d'être l'ennemi de ses ennemis.

– En des termes vagues, monseigneur. Soliman va exiger un engagement.

Zapolya hésita avant de donner sa réponse, dictée par l'ambition :

– Pourvu que j'aie la couronne, tout ce que le sultan voudra !

– Dans ce cas, monseigneur, je partirai pour Istanbul. Gritti a déjà préparé le terrain auprès du grand vizir. A nous deux, nous saurons convaincre Soliman de la nécessité d'une intervention. Cependant...

– Cependant ?

– Une telle ambassade suppose des présents à offrir, un rang à tenir, d'importantes dépenses durant des semaines, des mois peut-être...

– Tu auras tout l'argent nécessaire, assura le voïvode. Je vais engager les terres de mon épouse. Si ce n'est pas suffisant, j'emprunterai aux Jagellon !

L'émissaire de Zapolya quitta Cracovie dans les derniers jours de décembre et gagna Istanbul par des voies détournées. Gritti l'y avait précédé depuis longtemps et s'était employé à regagner les faveurs d'Ibrahim, compromises par la défaite de Tokay. Soliman, qui n'admettait pas l'échec, n'avait guère apprécié en effet la piteuse résistance opposée à Ferdinand ni la fuite de Zapolya en Pologne. Il estimait que le voïvode ne méritait plus sa confiance et il étudiait la possibilité d'offrir à un autre le trône de Hongrie. La tâche de Gritti n'était pas facile, ainsi qu'il s'en ouvrit à Laszki.

– La puissance du grand vizir s'arrête là où commence la volonté de Soliman. Depuis Mohacs, le sultan estime que la Hongrie lui appartient. « Ce qui est acquis par le sabre doit se maintenir par le sabre », voilà ce qu'il dit. Zapolya en qui il croyait avoir trouvé un ardent défenseur l'a déçu et il s'est mis en tête de trouver un remplaçant à monseigneur.

– Notre cause est donc perdue ?

– Peut-être pas. S'il prend seul ses décisions, Soliman ne manque jamais de solliciter l'avis de ses conseillers. Notre premier souci doit donc être de nous assurer le soutien de ses vizirs. Je fais mon affaire d'Ibrahim. De votre côté, répandez généreusement l'or de Zapolya !

La diplomatie du Vénitien et les largesses de Jérôme Laszki ne tardèrent pas à porter leurs fruits. Soliman revint sur sa décision et accorda à l'ambassadeur une audience solennelle.

Escorté par les muets, Laszki parut devant le sultan. Il mima le geste de baiser sa main tendue puis, courbé en deux, recula jusqu'au mur du fond. Entre le Padichah et lui, se tenaient, immobiles et silencieux, de hauts dignitaires de la Porte.

Le sultan était assis sur un divan couvert de coussins, son arc et ses flèches posés près de lui. Il considérait l'ambassadeur tout en caressant pensivement sa moustache. Il savait que le voïvode était un ambitieux sans envergure. Mais ne valait-il pas mieux offrir le trône de Hongrie à un fantoche plutôt qu'à un homme de valeur qui, tôt ou tard, lui créerait des ennuis ? Avec Zapolya, il savait au moins à quoi s'en tenir : sans son aide, les Habsbourg n'en feraient qu'une bouchée !

– Parle, dit-il enfin. J'attends les propositions de ton maître.

– Sultan des sultans, répondit Laszki, la fortune des armes a été contraire au prince de Transylvanie, mais son dévouement et sa fidélité à la Porte sont intacts. Ses partisans sont prêts à rallier tes bannières et, en Hongrie, l'opposition aux Habsbourg se renforce de jour en jour. Accorde-lui une fois encore ton soutien et mon maître chassera Ferdinand de Buda. Offre-lui la couronne et il jure, par le Rédempteur, de combattre à tes côtés, aussi bien Ferdinand que Charles son frère, ou n'importe lequel de tes ennemis.

Soliman hocha la tête.

– Soit, dit-il. Dans ma bienveillance, j'accepte la soumission du roi Jan de Hongrie... Mais qu'il n'oublie jamais que ses États lui viennent de moi qui les ai conquis.

Laszki s'inclina et attendit la suite.

– Nous signerons un traité, ajouta Soliman. La Porte donnera à ton maître l'assistance dont il aura besoin pour combattre Ferdinand. Il disposera de cinquante canons et de cinq cents quintaux de poudre.

Quelques jours plus tard, le traité fut effectivement signé et Luigi Gritti, dont les efforts furent ainsi récompensés, devint l'ambassadeur officiel de Hongrie auprès du sultan.

Le roi Ferdinand ne s'attendait pas à ce rebondissement. Après sa victoire de Tokay et la fuite de Zapolya, il avait naïvement imaginé que Soliman entérinerait les changements survenus en Hongrie. La signature du traité entre Zapolya et le sultan signifiait à brève échéance une nouvelle guerre dans laquelle seraient impliqués les Turcs. Or il n'ignorait pas qu'il n'arriverait jamais à sauver son royaume avec ses seules forces. La solution était donc d'envoyer à son tour une ambassade, afin de faire changer d'avis le sultan. Il en parla à ses conseillers et, pour son malheur, choisit comme ambassadeur le comte Hobordansky.

L'homme était un vieux professionnel de la guerre, rompu aux combats de frontière contre les Turcs dont il parlait la langue. Il n'avait en revanche aucune expérience de la diplomatie. Aussi quitta-t-il Buda avec la ferme intention de défendre les intérêts de son roi et de ne pas céder d'un pouce aux exigences de la Porte.

Douze gentilshommes, trois secrétaires, une trentaine d'écuyers et autant de serviteurs composaient sa suite. Protégée par un sauf-conduit signé par Soliman, l'ambassade s'enfonça en territoire turc et, dans les premiers jours de mai 1527, fit son entrée dans Istanbul.

Commença alors une longue attente. Hobordansky avait beau multiplier les demandes d'audience, Soliman fit la sourde oreille pendant des semaines. Seul le grand vizir consentit à recevoir l'ambassadeur dans son palais reconstruit.

– Sa Majesté impériale a pour le moment en tête des soucis plus urgents. Mais confiez-moi le message du prince Ferdinand et je le transmettrai au sultan, proposa Ibrahim.

– Le roi Ferdinand souhaite établir des relations de souverain à souverain avec le sultan Soliman. Le roi Ferdinand...

– Un instant ! interrompit Ibrahim. Comment ce prince au bras débile, détenteur d'un trône usurpé, ose-t-il traiter d'égal à égal avec le Sultan des sultans, protecteur des puissances chrétiennes ?

Le visage du comte Hobordansky s'empourpra de colère.

– Quelles puissances ?

– La Pologne, la France, Venise, la Transylvanie..., pour n'en citer que quelques-unes parmi les plus remarquables ! Combien de temps croyez-vous que Venise maintiendrait son commerce sans la permission de Sa Majesté ? La Pologne et la Transylvanie lui versent tribut, la France recherche son amitié...

– Sa Majesté Ferdinand ne sollicite ni l'amitié ni même les faveurs du sultan, gronda Hobordansky. Elle souhaite simplement une paix durable et exige la restitution...

– Elle exige ?

– Oui, se hérissa l'ambassadeur, aveugle aux signes d'apaisement de ses compagnons. Elle exige la restitution de tous les territoires chrétiens conquis par la Porte : Serbie et Bulgarie, et...

Ibrahim éclata de rire.

– Pourquoi pas Istanbul pendant que vous y êtes ? Allons, comte, restons sérieux ! Le moucheron ne saurait dicter ses volontés au lion ! Toutefois, ajouta Ibrahim en se levant, signifiant ainsi que l'audience était terminée, en dépit de leur caractère insultant, je transmettrai vos « exigences » à Sa Majesté impériale. Mais je doute qu'elle les prenne avec autant d'humour que moi !

Comme attendu, Soliman ne goûta pas du tout la requête d'Hobordansky ! Il envoya une compagnie de *solaks* au Vieux Palais de la troisième colline où étaient logés les ambassadeurs. Les chrétiens furent rassemblés et conduits à l'autre bout de la ville, dans le château des Sept Tours qui dominait la mer de Marmara. Et l'on signifia à Hobordansky qu'il était désormais assigné à résidence et qu'il lui était interdit, ainsi qu'à ses amis, de quitter l'enceinte du château.

Le comte jura et tempêta, mais rien n'y fit. Les ordres de Soliman furent exécutés à la lettre. On commença par obliger les chrétiens à troquer leurs tenues occidentales contre des robes en soie et autres chiffons turcs. Après avoir refusé d'obtempérer, Hobordansky dut se résigner, sous peine d'aller nu comme un ver. Dans sa rage, il insulta les geôliers et promit de les faire pendre dès que l'occasion s'en présenterait. Les Turcs lui rirent au nez.

Pendant neuf mois, les ambassadeurs de Ferdinand furent convenablement traités et nourris. Enfin, au printemps 1528, le sultan consentit à faire paraître Hobordansky devant lui.

Vêtu de satin blanc et coiffé du turban surmonté de plumes de héron, Soliman siégeait en grande majesté dans l'immense salle d'audience. Parmi la foule des dignitaires qui formaient jusqu'au trône une double haie, Hobordansky aperçut Luigi Gritti et Jérôme Laszki. Ayant réussi là où le représentant des Habsbourg avait échoué, les traîtres jouissaient de leur triomphe.

Le *defterdâr*, trésorier de la Porte, s'avança à la rencontre des ambassadeurs chrétiens et remit à chacun deux cents ducats de la part du sultan. Puis il reprit sa place parmi les courtisans.

– Pour adoucir les rigueurs de votre séjour à Istanbul, expliqua Soliman ironiquement. Je vous autorise à regagner la Hongrie maintenant.

Les ambassadeurs s'inclinèrent.

– Ton maître Ferdinand, reprit le Padichah en s'adressant à Hobordansky, n'a pas encore éprouvé les conséquences de notre voisinage. Mais cela ne saurait tarder bien longtemps. J'irai en personne lui donner réponse à ses « exigences ». Mais je n'irai pas seul, mes forces m'accompagneront. Il peut se préparer à nous recevoir.

– Mon maître sera très honoré, répliqua le comte en regardant Soliman droit dans les yeux, car ta visite, Sultan des sultans, flattera son goût de l'hospitalité. Il sait recevoir ses amis... comme ses ennemis.

– J'aimerais, par la même occasion, rencontrer son frère Charles, celui qui se prétend empereur. Penses-tu que ce sera possible ?

– J'en doute, Padichah.

L'ennemi de la vraie Foi savait aussi bien que lui que si l'empereur avait offert à son frère Ferdinand les duchés d'Autriche, de Carinthie, de Styrie et du Tyrol, c'était pour avoir les coudées franches et combattre les Infidèles en Méditerranée !

– Dommage, dit Soliman. Ce sera donc pour une autre fois. Nous nous reverrons, chrétien. A Buda ou peut-être à Vienne, qui sait ? En attendant, je vous souhaite bonne route. Transmets mon message à ton maître.

– Je n'y manquerai pas, assura Hobordansky.

Il coula un regard oblique sur Laszki et le Vénitien qui souriaient, satisfaits de la besogne accomplie. Avec un frisson d'excitation, le comte comprit que la menace turque était plus que sérieuse. Il salua le sultan puis quitta la salle à reculons. Dehors, des chevaux attendaient, tous sellés, ainsi qu'une escorte de *sipahis*.

– Il n'y a pas un instant à perdre, confia Hobordansky à ses compagnons. Avant un an, la guerre embrasera de nouveau la Hongrie.

18

Pour son trente-sixième anniversaire, Ibrahim reçut du sultan trois pelisses de zibeline et neuf chevaux avec leur harnachement, chacun portant sabre, arc et carquois constellés de pierres précieuses. Mais de Hafsa Hatun, il ne reçut rien, pas même un mot de félicitations. Cette indifférence ressemblait si peu aux habitudes de la valide sultane qui avait pour lui de l'affection, il le savait, qu'il s'en émut et se présenta aussitôt chez elle.

Avec force démonstrations de respect, le Maître des serviteurs lui fit comprendre que sa maîtresse ne voulait recevoir personne et qu'elle avait donné des ordres en conséquence. Ibrahim insista, éleva la voix, menaça même du pal l'esclave, s'il s'entêtait à lui interdire la porte de la valide sultane, rien n'y fit. Bien que terrifié, l'homme resta inflexible. La situation s'éternisant, Ibrahim commençait à se sentir ridicule dans sa position de grand vizir mendiant une entrevue. Déjà, des servantes que son tapage avait alertées accouraient et murmuraient, tandis que les gardes de l'escorte montraient des signes d'énervement. Enfin, Hafsa Hatun parut. Elle toisa Ibrahim et, d'un geste, l'invita à entrer dans son pavillon. Le Maître des serviteurs se jeta à plat ventre en plaidant qu'il n'avait fait qu'accomplir les devoirs de sa charge et suppliant le grand vizir de lui pardonner. Sans dire un mot, Ibrahim enjamba l'homme étendu et suivit Hafsa Hatun jusqu'en son cabinet de repos. La valide sultane s'étendit sur un divan et lui désigna un coussin.

– Madame, dit Ibrahim d'une voix qui tremblait encore de colère, que signifie...

Hafsa Hatun l'interrompit.

– Assieds-toi et laisse-moi te contempler. Certains prétendent que l'exercice du pouvoir amollit le corps, mais toi, tu n'as pas changé. Tu es toujours le beau jeune homme qui accompagnait Soliman à son retour de Manisa, il y a dix ans. Tes cheveux se teintent de gris, marque d'expérience et de sagesse, à ce qu'on dit. Que tu aies acquis de l'expérience, je ne le nie pas. Mais de la sagesse, Ibrahim, sûrement pas !

– Madame...

– J'appréciais autrefois ta modestie, je déteste ton arrogance aujourd'hui. Ton intelligence me séduisait, ta stupidité me révolte !

– En quoi ai-je mérité... ? protesta le grand vizir, que les paroles d'Hafsa Hatun blessaient. Si j'ai eu le malheur de vous déplaire, si je vous ai causé quelque tort, je vous jure par Allah que ce fut involontaire et que je réparerai mes fautes...

– Ne prononce pas en vain le Nom de Dieu, toi qui passes pour mépriser les Livres saints et dont on prétend que tu es resté chrétien !

– Ce ne sont que calomnies de mes ennemis ! clama Ibrahim en se levant. Et vous devriez le savoir, madame, car vous me connaissez mieux que personne !

– Je croyais te connaître, mais je me trompais. Depuis son retour de Hongrie, le grand vizir de Soliman n'est plus le même homme ! Le protecteur des lettres et des sciences qu'il était n'aurait pas fait mettre à mort un malheureux vieillard, un personnage aussi inoffensif que le poète Fighani Celebi !

Le visage d'Ibrahim s'empourpra au rappel de l'épisode. A son départ de Buda, il avait fait emporter les statues de Diane, d'Hercule et d'Apollon qui décoraient la salle d'audience du Var. Ces statues ornaient maintenant l'Hippodrome. Au grand scandale de la population d'Istanbul qui murmurait qu'un chrétien converti se permettait de désobéir aux prescriptions de l'islam. Fighani Celebi s'était fait l'écho des rumeurs en fustigeant dans ses écrits le grand vizir : « Le premier Abraham détruisait les idoles, le second les relève ! »

– Ce vieillard n'était pas aussi inoffensif que vous le prétendez, madame.

– Tu l'as exposé pieds et poings liés sur un âne avant de le faire étrangler. Ton amour-propre outragé méritait-il une pareille vengeance, Ibrahim ?

– Non, madame... Je me suis laissé emporter par la colère et je n'ai cessé, depuis, de le regretter.

– S'il ne s'agissait que de cela ! Dans ta position, Ibrahim, la moindre erreur peut être fatale. Ton souci doit être de garder tes amis et non de te faire de nouveaux ennemis... Hadice Hanim n'avait d'yeux que pour toi, ne vivait qu'à travers toi. Elle est ma fille, la sœur chérie de Soliman et la mère de ton fils Mehmet : en étais-tu si las, ou souhaitais-tu défier le sultan en prenant une seconde femme sous ton toit ?

Ibrahim pâlit. Oui, c'est vrai, le pouvoir l'avait grisé... Après Mohacs et sa victoire sur les chrétiens, il avait eu le sentiment que le monde entier lui appartenait. Il avait oublié qu'il n'était que le premier esclave du sultan dont faveur et défaveur dépendaient. Hafsa Hatun se chargeait de le lui rappeler !

– Mon aïeul Gengis Khan avait coutume de raconter une fable à ses fils, reprit la valide sultane. Celle du dragon qui possédait plusieurs têtes et du dragon qui possédait plusieurs queues. La connais-tu ?

– Non, madame.

– Alors qu'il n'était encore qu'un tout jeune pasteur nommé Temoudgin, le Kha-Khan entendit un jour rugir les cent têtes d'un dragon à une seule queue posté derrière une haie d'arbres. Déjà, il se voyait mort, mais les cent têtes échouèrent, en dépit de leurs efforts, à frayer un passage au corps. Quelque temps plus tard, il fut témoin d'un autre prodige. Un dragon aux cent queues, mais à une seule tête surgit de la même forêt et mon aïeul ne dut son salut qu'à la rapidité de sa monture. Un empire est comme un dragon, expliquait le Kha-Khan. Il ne peut avoir qu'une tête qui entraîne le reste du corps là où il souhaite aller...

– Soliman connaît-il ce conte ?

– Oui, depuis son enfance, Yavuz se chargea de le lui répéter. Un empire et une seule tête dirigeant le corps. Souviens-t'en Ibrahim ! Tu as reçu les ambassadeurs de Zapolya puis ceux de Ferdinand, c'était ton rôle de grand vizir. Mais, en ces deux occasions, tu as prononcé des paroles et pris des engagements qu'il n'appartenait qu'à Soliman de prononcer et de prendre. Heureusement pour toi, le choix du Padichah coïncidait avec ces engagements. Mais pareille chance ne se reproduira peut-être pas et le dragon se posera alors certaines questions.

– J'ai compris, madame.

– Ne laisse pas l'orgueil t'aveugler et la vanité obscurcir ton jugement, Ibrahim. Tu courrais à ta perte et personne ne pourrait te sauver. Pas même moi.

– A l'avenir, j'écouterai vos conseils.

Ibrahim s'agenouilla aux pieds de la valide sultane et posa ses lèvres sur la chair plus pâle de ses poignets. Hafsa Hatun frissonna.

– Retire-toi à présent, dit-elle d'une voix altérée. Je n'ai plus de colère contre toi. Agis désormais en ministre responsable et en bon serviteur de ton maître.

– Je l'ai toujours été, murmura Ibrahim, je le serai toujours.

La valide sultane suivit des yeux le grand vizir tandis qu'il quittait la pièce. Elle croyait en sa sincérité, mais elle savait aussi que Soliman n'oubliait jamais.

L'entrevue avec la valide sultane avait bouleversé le grand vizir. Depuis leur première rencontre, l'affection de la veuve de Sélim pour lui ne s'était jamais démentie. Si elle ne pouvait se prévaloir d'aucun pouvoir politique, elle possédait un ascendant certain sur son fils et n'était pas étrangère à sa fulgurante carrière. Tant qu'elle lui conserverait son appui, il n'aurait rien à craindre des intrigues de la cour... Mais après ?

Fier d'avoir triomphé de Roxelane, il avait commis erreur sur erreur. L'affaire du poète étranglé lui était un permanent remords. Qu'il ait pris une seconde épouse déplaisait à Soliman, il le savait, même si le sultan n'avait jamais fait d'allusion à ce sujet. Mais, comme l'avait souligné Hafsa Hatun, le pire n'était pas là, mais dans sa compromission avec Gritti et Laszki. En prenant parti pour les ambassadeurs du voïvode transylvanien, était-ce Soliman qu'il avait servi ou ses propres intérêts ? Le sultan était en droit de s'interroger. Soliman pourtant lui gardait son amitié, les cadeaux dont il l'avait comblé à l'occasion de son anniversaire en témoignaient !

Une pensée atroce l'arrêta soudain : Yavuz ne procédait pas autrement lorsqu'il voulait se débarrasser d'un vizir ambitieux.

Rongé d'inquiétude, Ibrahim gagna la cour du Divan par la porte du Milieu. Il confia sa monture au capitaine de ses gardes et s'engouffra sous le portique. Un impressionnant silence régnait malgré la foule des secrétaires au travail à la trésorerie intérieure. Le grand vizir passa sous les arcades de la salle du Divan puis sous le dôme de la salle de la Chancellerie, poussa une porte...

– J'ai lu ton rapport sur la situation en Hongrie, dit Soliman sans lever la tête. Il est très documenté et démontre clairement que si nous n'intervenons pas rapidement, le Habsbourg aura suffisamment renforcé sa position pour nous opposer une sérieuse résistance.

– Oui, Seigneur des seigneurs, souffla Ibrahim.

Ainsi, le sultan s'était introduit en son absence dans son bureau privé ! Mais n'était-il pas le maître en tous lieux ? Depuis combien de temps feuilletait-il les documents empilés sur les étagères ? Une heure ? Plus peut-être ?

Des rouleaux jonchaient la table, certains avaient glissé sur le tapis.

– Je rendais visite à la valide sultane, dit Ibrahim, comme pour s'excuser.

– Je sais. Comment se porte ma mère ?

– Très bien, Seigneur des seigneurs. Sa beauté inspirera encore longtemps les poètes de l'Empire.

Les yeux et les oreilles du sultan étant partout, on avait sans nul doute rapporté à Soliman l'extravagance de son comportement à la porte du pavillon d'Hafsa Hatun....

Soliman se leva. Son regard ne reflétait rien d'autre que la satisfaction. Un peu d'ironie peut-être aussi...

– J'emporte ton rapport. Je le relirai avant de convoquer les *timariotes* [1] pour notre prochaine campagne. Je t'ai choisi comme *serasker*, commandant suprême de mon armée.

Ibrahim s'inclina.

– Il y a trois ans, tu as accompli des merveilles. Cette fois-ci je te demanderai plus encore car je veux mettre à genoux les Habsbourg. Avec l'aide d'Allah, nous prendrons Vienne.

Ibrahim resta muet de surprise. Le sultan avait certes menacé le comte Hobordansky de marcher sur Vienne, mais le grand vizir n'avait vu là que bravade. Conduire deux cent mille hommes en Hongrie poserait déjà des problèmes d'intendance et de communications, à plus forte raison pour Vienne !

– Désapprouves-tu ma décision ? dit Soliman voyant son trouble.

1. Troupes des fiefs militaires *(timar)*.

– Non, Seigneur des seigneurs. Mais je songeais à ce qui pourrait ralentir ta marche victorieuse et je cherchais déjà les moyens d'y remédier.

– Je te reconnais bien là. Avec toi, rien ne me paraît insurmontable. C'est pourquoi nous assiégerons Vienne et en chasserons Ferdinand. Vienne tombée, la bannière du Commandeur des Croyants ne s'arrêtera plus avant d'avoir atteint les rivages de l'Atlantique !

Ébloui par cette perspective, Soliman éclata d'un grand rire.

– Cependant... dit Ibrahim.

– Oui ?

– Charles Quint pourrait venir au secours de son frère, Seigneur, et notre armée se trouverait dangereusement éloignée de sa base. Commencée au printemps, la campagne doit s'achever avant l'hiver, sous peine de priver trop longtemps Istanbul de ta radieuse présence. Avec les conséquences que cela suppose : agitation des populations et des derviches, brigandages, complots...

– La campagne s'achèvera avant l'hiver, Ibrahim. Le Habsbourg qui se prétend empereur laissera son frère se débrouiller car il aura assez à faire en Méditerranée : nous ferons appel à Hayreddin.

– Barberousse le pirate ?

– Lui-même. Il a reconnu Yavuz pour son suzerain il y a onze ans et, depuis, il gouverne la province d'Alger avec le titre de *beylerbey* de l'Empire ottoman. Mon père lui a envoyé des troupes et des canons. Je ferai plus encore : je promulguerai un édit selon lequel tout sujet turc qui s'engagera à ses côtés recevra la même solde et les mêmes avantages que s'il servait dans ma propre armée. Cela devrait favoriser le recrutement.

– J'admire ton ingéniosité, Seigneur. Hayreddin neutralisant Charles en Méditerranée, le Habsbourg ne pourra intervenir sur deux fronts à la fois.

– Exactement. J'ai songé un moment à armer une flotte. Mais nos bâtiments sont vieux, trop lents et trop lourds pour menacer sérieusement les chrétiens et nous manquons d'amiraux de valeur. Barberousse passe pour le meilleur des capitaines. Ses navires sont récents et bien équipés pour la course.

– Dès aujourd'hui, Seigneur, je rédigerai en ton nom un message à Hayreddin.

– Si j'ai bonne mémoire, son frère t'a vendu autrefois comme esclave. N'est-ce pas ainsi que nos chemins se rencontrèrent à Manisa ?...

– Si, Seigneur, acquiesça le grand vizir qui se rappelait avec nostalgie le jeune et aimable pirate. Ishak me prit sous sa protection. Je lui dois le nom d'Ibrahim.

– Les frères Barberousse étaient quatre. Elias est mort le premier, Ishak ensuite. Aroudj resta le chef du clan jusqu'à sa mort. On prétend que l'Espagnol qui lui trancha la tête sous les murs d'Alger fut anobli et autorisé à peindre cette tête sur son écu... Aujourd'hui, Hayreddin est seul à porter le nom de Barberousse. Envoie-lui mon message d'amitié et assure-le de mon soutien. Je saurai le récompenser, une fois la campagne auguste achevée.

Les deux hommes se sentaient à ce moment en si parfaite communion que, s'agenouillant devant son souverain, le grand vizir enfouit son visage dans les plis de son manteau. Ému, Soliman considéra son ami.

– Seigneur, murmura Ibrahim, si je t'ai déplu, par mes paroles ou mes actes inconsidérés, pardonne-moi car je n'ai jamais cessé de t'aimer. Les Romains disaient autrefois que les dieux obscurcissent la raison de ceux qu'ils veulent perdre... A plusieurs reprises, la vanité et l'orgueil ont troublé mon jugement. Mais pouvait-il en être autrement quand le plus puissant souverain du monde daignait abaisser son regard sur le fils d'un humble pêcheur ?

– Par deux fois, rappela Soliman, tu m'as sauvé la vie. A Manisa quand tu découvris la chemise empoisonnée par

Yavuz et à Mohacs lorsque tu arrêtas le destrier du Français. Je te l'ai dit et je te le répète : aussi longtemps que je régnerai, ma main protectrice s'étendra sur toi et ta famille. Réelles ou supposées, tes fautes n'ont en rien altéré mes sentiments pour toi.

Ibrahim ferma les yeux. Lorsqu'il releva la tête, le sultan avait quitté la pièce.

Depuis son retour de Hongrie, Soliman avait pris l'habitude d'aller chaque matin voir ses fils au Harem.

On y séparait très tôt les garçons et les filles, mais les princes de la maison d'Osman restaient jusqu'à l'âge de sept ans dans la compagnie exclusive des femmes. Ensuite, un *hoca*, un savant et saint homme, faisait auprès d'eux office de précepteur. Ils devaient attendre leur dixième année et leur circoncision pour s'affranchir de la tutelle féminine. Mustafa, le fils de Gülbahar, disposait déjà de sa propre maison, de serviteurs et d'un budget qu'il gérait à sa guise. Ses demi-frères, les enfants de Roxelane, étaient trop jeunes pour bénéficier des mêmes avantages et emplissaient encore les jardins et les pavillons du Harem de rires et de larmes, de cris et de jeux qui se terminaient souvent en batailles.

A six ans, Sélim dominait ses cadets de la taille et de la voix. Son visage rond et sa corpulence témoignaient d'une tendance à l'embonpoint. Bayezid, d'un an plus jeune, ne lui ressemblait en rien. Mince, le visage étroit et les yeux en amande de ses aïeux tatars, c'était un enfant discret, pour ne pas dire renfermé. Cihangir était le préféré de Soliman : né bossu et contrefait, il faisait preuve à quatre ans d'une précocité étonnante. Quant à Mehmet, il n'était encore qu'un bambin de deux ans, entêté et aventureux, que l'on ramenait de ses escapades couvert de bleus et de plaies.

Bien qu'un vent glacé et chargé de neige fondue balayât la Corne d'Or et soufflât en rafales le long des larges avenues, les gardes en faction aux portes du Harem restaient imperturbables, même s'ils enviaient les femmes et les eunuques qui tuaient le temps dans la chaleur des pavillons.

Le Has oda basi, responsable de la Grande Chambre, qui accompagnait en tous lieux le sultan et devait tout savoir, indiqua à Soliman où il trouverait ses fils : le mauvais temps avait contraint le chef des eunuques blancs à les conduire au pavillon des Souvenirs.

Soliman s'immobilisa sur le seuil. Une voix s'adressait aux enfants.

– Il y avait bataille et le sultan de Konya, qui se nommait alors Alaeddin, était près de succomber sous les charges furieuses des Mongols. Depuis la colline où il se trouvait placé au milieu de ses compagnons, Ertugrul observait tout. Qu'auriez-vous fait si vous aviez été à sa place ?

– Moi, répondit Sélim, j'aurais attendu que les Mongols aient massacré le sultan et ses soldats, puis j'aurais attaqué les Mongols !

– Idiot ! répliqua Bayezid. Les Mongols étaient très forts, ils t'auraient massacré toi aussi !

– Je crois savoir ce qu'a fait Ertugrul, intervint une voix flûtée.

– Cihangir a toujours réponse à tout ! s'esclaffa Sélim en donnant une bourrade au petit bossu. Cihangir le savant ! Cihangir le grand guerrier !

– Laisse-le parler, dit le conteur. Alors, Cihangir, que fit Ertugrul ?

– Il aida le sultan de Konya et, ensemble, ils battirent les Mongols.

Soliman écarta le lourd rideau qui tenait lieu de porte. Dans la pièce encombrée d'armes du passé, les quatre fils de Roxelane étaient assis en cercle sur les épais tapis et suspendus aux lèvres de Mustafa.

– Est-ce vrai, ce qu'il dit ? demanda Sélim.

Le bel adolescent se pencha sur son auditoire avec l'art consommé du conteur. Mehmet, son attention lassée, se roulait sur le tapis. Mustafa le prit sur ses genoux pour le faire tenir tranquille.

– Du calme, lionceau. Oui, Ertugrul prit le parti du plus faible. Les Mongols battirent en retraite et le sultan de Konya récompensa notre ancêtre en lui offrant un fief et des terres. Ainsi commença la Maison d'Osman. Tout autour de nous, vous pouvez voir les armes portées par certains de nos aïeux. Le sabre de Murad, l'arc et les flèches de Yildirim surnommé « la Foudre », le bouclier et le casque de Sélim, notre aïeul...

Cinq têtes se tournèrent vers Soliman. Reposant Mehmet, Mustafa se leva et s'inclina. Avec le plus grand sérieux, Sélim, Bayezid et Cihangir l'imitèrent, tandis que le dernier, pas le moins du monde intimidé, filait à travers la pièce et se coiffait du casque trop grand de son ancêtre.

Le sultan hésita. Il se tenait informé de ce que faisait Mustafa, mais n'avait jamais l'occasion de rencontrer son fils aîné. Pas plus qu'il ne voyait Gülbahar, reléguée depuis des années dans ses appartements du Vieux Palais. Roxelane avait interdit à l'adolescent d'approcher ses frères et elle ne cessait de communiquer sa méfiance et ses soupçons à Soliman :

– Mustafa est un tigre déguisé en agneau. Il feint la douceur, mais attend pour frapper. Tant qu'il sera vivant, il sera une menace pour mes enfants !

S'il était le tigre altéré de sang que dépeignait la *kadin*, Mustafa cachait bien son jeu, songeait Soliman en admirant la prestance de son aîné. Où était la vérité ? Qui lui succéderait ? Qui possédait ou posséderait les qualités nécessaires pour régner ? Mustafa ? Sélim ? Bayezid ? Lequel de ses fils appliquerait la Loi du Fratricide que les circonstances lui avaient permis d'éviter ?

Le sultan frissonna. Yavuz son père était peut-être un fou sanguinaire, mais en exécutant ses frères, en le débarrassant de ses rivaux, il avait assuré la paix dans l'Empire. Devrait-il un jour prochain en faire autant ? Pourrait-il ordonner la mort de ses enfants pour assurer la succession au plus méritant ?

La gorge serrée, il contemplait les jeunes princes, tous héritiers potentiels du trône des Osmanli. Mustafa recevait une excellente éducation et, selon les rapports de son précepteur, excellait dans les exercices du corps comme dans ceux de l'esprit. C'était déjà un cavalier accompli, un archer émérite et un fin duelliste. Il brillait en lecture, écriture et arithmétique – disciplines essentielles – ainsi que dans l'apprentissage du Coran. Il composait en outre des vers passables, jouait de la musique et avait choisi la reliure pour activité manuelle. Sélim et ses frères seraient-ils aussi doués ?

Aveuglé par la visière du casque, Mehmet revint en titubant et les enfants éclatèrent de rire. Mustafa se contenta de soutenir le regard de son père.

– Il est bon de connaître les origines de notre maison, dit enfin Soliman. Et je te remercie de contribuer ainsi à l'éducation de tes frères.

– Ertugrul était brave : fut-il le premier sultan des Ottomans ? demanda Bayezid.

– Non, mais son fils Osman lui succéda, qui donna son nom à notre maison, répondit Soliman. Après lui, ses successeurs s'attachèrent à agrandir nos possessions et à développer notre puissance. C'est pourquoi chacun d'eux, à sa manière, reste présent dans notre mémoire. Ici sont rassemblées les armes et les armures qui témoignent de leurs hauts faits.

– Quand je serai sultan..., dit Sélim.

– Gros vantard ! protesta Bayezid. C'est moi qui serai le sultan !

– Taisez-vous tous les deux, coupa Soliman. Et écoutez bien ceci : l'Empire et son sultan ne font qu'un, le sultan est le principe et la fin de toutes choses. Le pouvoir suprême place le Padichah au-dessus de tous, à mi-chemin entre la terre et le ciel, entre Allah et les hommes.

– Je ne comprends pas, avoua Bayezid.

– Le sultan veut dire, expliqua Mustafa, que ses décisions, bonnes ou mauvaises, n'appartiennent qu'à lui. Il en porte seul l'entière responsabilité devant son peuple et ses descendants.

Soliman approuva d'un hochement de tête. A dix-sept ans seulement, le fils de Gülbahar faisait preuve d'une maturité que lui envieraient bien des hommes plus âgés. Encore quelques années et il pourrait revendiquer son héritage, contre ses frères et... contre le sultan lui-même. Yavuz le Sanguinaire s'était trouvé dans cette situation et il avait ordonné l'exécution de ses fils. Sa mort soudaine avait épargné Soliman, dernier prince de la maison d'Osman.

– Majesté impériale, souffla le Has oda basi, voici ton épouse.

Enceinte de huit mois, Hürrem sultane ne se déplaçait plus qu'exceptionnellement et avec les plus grandes difficultés.

– Mon aimée, s'inquiéta Soliman, pourquoi cet effort ?

Les yeux de Roxelane flamboyèrent en apercevant le fils de la rivale déchue.

– Le devoir premier de ton épouse n'est-il pas de protéger les princes héritiers du danger qui les menace, Seigneur ? Ici même, au cœur du Sérail, je sens la mort qui rôde !

Mustafa se raidit et, s'adressant au sultan :

– Permets-moi de me retirer, Maître de l'univers.

– Va, accorda Soliman.

Il suivit son fils aîné des yeux jusqu'à ce qu'il ait quitté la pièce.

– A l'avenir, dit sévèrement Roxelane à ses fils, je vous interdis de revenir ici sans être accompagnés par moi-même ou par le chef des eunuques blancs. N'importe laquelle de ces armes peut blesser, voire tuer, ajouta-t-elle en regardant Soliman. Un accident est vite arrivé !

– Mustafa nous racontait l'histoire de nos ancêtres, protesta Cihangir.

– Je vous interdis de le rencontrer hors de la présence du sultan ! Mehmet, pose ce casque et venez avec moi ! La Directrice de la Table a préparé les gâteaux au miel que vous aimez.

Et, sans même saluer Soliman, Roxelane tourna les talons, entraînant sa progéniture. Pensivement, Soliman ramassa le casque et le remit à sa place. Un instant, il lui sembla sentir dans la pièce la présence terrifiante de Yavuz et une sueur glacée inonda son dos...

– Ali, ordonna-t-il au Has oda basi, dès demain Mustafa rejoindra Bolu avec le titre de *sancakbey*.

– Oui, Majesté impériale. Sa mère l'accompagnera-t-elle ?

Soliman hésita. C'était une solution envisageable, mais mieux valait soustraire l'adolescent à l'influence de Gülbahar et garder celle-ci en otage à Istanbul, à toutes fins utiles...

– Non, répondit le sultan. Autre chose...

– Oui, Majesté impériale.

– Quand Mustafa aura quitté le Sérail, je veux des rapports réguliers sur ses activités : ce qu'il fait, qui il rencontre, sans rien oublier. Est-ce clair ?

Le responsable de la Chambre privée inclina la tête. A mi-chemin entre Amasya et Istanbul, Bolu était une cité suffisamment éloignée pour convenir à un prince exilé, mais assez proche pour le surveiller. Avant qu'il soit longtemps, la cour serait au courant et s'interrogerait sur la décision du sultan : en éloignant Mustafa, préparait-il déjà sa succession ?

– Allons, dit Soliman en quittant la pièce, il est l'heure de la prière du soir.

Quatre mois plus tard, soit le dixième jour de mai 1529, Soliman prit la tête d'une armée qui, grossie des contingents féodaux et des renforts de Zapolya, devait compter quelque cent cinquante mille hommes.

Le serasker Ibrahim chevauchait à la place d'honneur. Se fiant aux prédictions des astrologues de la cour et soucieux de s'attirer l'influence faste des sept planètes, le grand vizir s'était fait précéder de sept bannières au lieu des quatre habituelles : deux rouges, une blanche, une jaune, deux rayées et une verte. A son côté, l'officier des *kapikulu* levait haut le *toug* à six queues de cheval de la Maison d'Osman.

La progression de l'armée se fit comme d'habitude dans l'ordre et la discipline. L'intendance avait été parfaitement organisée et la justice du sultan ne tolérait ni pillages ni violences dans les provinces traversées. Mais, comme trois ans auparavant, les problèmes vinrent des pluies diluviennes de printemps qui transformèrent les routes en bourbiers et gonflèrent les rivières dont les crues emportèrent la plupart des ponts. Résultat : Soliman ne fit son entrée dans Belgrade qu'au début du mois de juillet. Quelques jours plus tard, la Maritza, sortant de son lit, surprit le camp turc. Le sultan trouva refuge sur une hauteur et les topdjis réalisèrent des prodiges pour sauver l'artillerie. Plusieurs centaines de soldats, emportés par les eaux, se noyèrent.

Dans les semaines qui suivirent, les mêmes difficultés se présentèrent devant chaque fleuve et chaque rivière. Sapeurs et pontonniers se tuèrent à la tâche pour faire passer le Morava, puis la Save et la Drave.

Prévu pour le début du mois de juillet, le rendez-vous avec Jan Zapolya dans la glorieuse plaine de Mohacs n'eut lieu que fin août.

– Nous y voici enfin, exulta le voïvode de Transylvanie, impatient de se prosterner devant le Padichah.

Suivi de six mille cavaliers, il avançait à la rencontre

d'Ibrahim, lui-même accompagné de cinq cents janissaires et de cinq cents *sipahis* lourds de la garde.

– Ne vous l'avais-je pas promis ? dit Gritti. Ce soir, vous serez roi de Hongrie !

– Grâce à toi. Sois sans crainte, je ne t'oublierai pas !

Le Vénitien, qui n'avait pas ménagé sa peine durant les quatre années qui venaient de s'écouler, l'espérait bien !

Ibrahim et Zapolya se saluèrent et le grand vizir adressa un signe amical à Gritti.

– Sa Majesté impériale Soliman, Padichah et Commandeur des croyants, t'attend pour te remettre les insignes de ta royauté, annonça Ibrahim. Ses meilleurs soldats sont là pour te faire escorte. Voici un caftan dont le Sultan des sultans te fait présent.

Zapolya remercia et jeta sur ses épaules le vêtement fourré de zibeline. A quelques pas en arrière, Gritti échangea un regard avec Jérôme Laszki. Les deux hommes, qui pouvaient s'enorgueillir d'avoir créé un roi, évaluaient déjà la récompense à venir.

L'armée turque campait sur les lieux de sa victoire. Les janissaires étaient rassemblés par *ortas* autour de la somptueuse tente de Soliman. Bien qu'habitué au déploiement de force et de richesses des Ottomans, Gritti fut impressionné. Le soleil se reflétait sur les casques polis comme des miroirs, sur les armures de mailles, les armes, et le regard du Vénitien allait des *peyks* aux *solaks* et des gardes *kapikulu* aux *muteferrika*, l'élite de la cavalerie ottomane. Les *beylerbeys* avaient amené avec eux leurs contingents de *timariotes* et, dans une forêt de pennons et d'étendards, chaque province de Roumélie et d'Anatolie était représentée.

Les hauts dignitaires se rangèrent en une double haie. Jan Zapolya mit pied à terre et s'avança, précédé par le grand vizir. Ibrahim se prosterna au pied du trône puis s'écarta pour laisser passage au Transylvanien. Zapolya se prosterna à son tour, fit trois pas et s'inclina pour baiser la main de Soliman.

On apporta sur un coussin de velours écarlate à glands dorés la couronne d'or de saint Étienne, symbole de la royauté, retrouvée par les Turcs avec le cadavre du roi Louis. Soliman se leva, saisit à deux mains le lourd diadème et en coiffa le voïvode.

– La Hongrie est mienne par droit de conquête. Je te donne ce royaume car telle est ma volonté. Aujourd'hui, roi Jan, tu deviens le vassal de la Porte.

– Oui, Majesté impériale.

– Tes ennemis sont les miens. Tu me dois allégeance. Je t'offre en échange aide et assistance. Souviens-toi que je peux reprendre ce que je t'ai donné, car je suis le maître et tu n'es que le serviteur.

– Oui, Majesté impériale.

– Notre accord est donc scellé.

Soliman reprit place sur son trône et les pages apportèrent les présents : de superbes montures magnifiquement harnachées et des caftans tissés de fils d'or.

– D'ici trois jours, dit encore Soliman, mon armée campera devant Buda. Tu m'y rejoindras avec tes troupes et entreras en roi dans ton palais.

Les Turcs s'emparèrent comme prévu de la capitale hongroise. Les janissaires ne purent cette fois se livrer au pillage. Ils se vengèrent sur les survivants de la garnison autrichienne qu'ils massacrèrent jusqu'au dernier et réduisirent en esclavage une grande partie de la population.

C'est dans une cité désertée par ses habitants que Zapolya et ses partisans firent leur entrée. Le nouveau roi prit place sur le trône, mais ni Soliman ni Ibrahim n'assistèrent à la cérémonie. Le sultan avait délégué ses pouvoirs à son troisième vizir, montrant ainsi le peu de cas qu'il faisait de son vassal.

– Qu'importe l'absence de Soliman ? ricana Gritti. Vive Sa Majesté Jan, roi de Hongrie !

– Vive Sa Majesté Jan ! clamèrent en écho Jérôme Laszki et les boyards de la suite.

– Seigneur des seigneurs, dit Ibrahim, permets-moi de te présenter le chevalier Antonio Rinçon, ambassadeur de Sa Majesté François, roi de France.

Allongé sur des coussins dans sa tente doublée de draps d'or, Soliman prenait son repas du soir. Il leva les yeux sur le chrétien.

Rinçon était un individu obèse, la face large et bouffie sous une épaisse barbe noire et la panse débordant pardessus la ceinture. Sous son mantel d'été, il portait une chemise à crevés et une extravagante culotte bouffant jusqu'à ses bottes de cavalier.

– Antonio Rinçon ? dit Soliman, j'ai déjà entendu ce nom.

Le gentilhomme s'inclina et répondit dans un turc acceptable :

– Majesté impériale, je suis né dans les Espagnes, en province d'Estramadure, mais je sers le roi François depuis plus de vingt ans. Voici mes lettres de créance, ajouta-t-il en sortant un rouleau de son pourpoint.

Ibrahim saisit le rouleau et le tendit à Soliman. Le sultan rompit le sceau frappé de la fleur de lys et lut le message rédigé en français et en italien.

– Sais-tu ce qu'il contient ?

– Oui, Majesté impériale. Le roi de France me charge de te remettre quarante mille écus destinés à soutenir ta guerre contre les Habsbourg.

– Assieds-toi, invita Soliman en montrant les coussins. Je suis content de recevoir un envoyé du roi François, mais je m'attendais à revoir le chevalier Frankipan.

Il sourit au souvenir du noble croate qui transportait dans son pourpoint un message officiel de la cour de France adressé par la régente et, dissimulé dans la semelle de sa botte, un second message émanant de François...

– Mon maître, rappela Rinçon, était alors prisonnier de ses ennemis et c'est pour son habileté à passer inaperçu qu'il avait choisi messire Jean Frangipani. Mais aujourd'hui, le roi de France peut librement afficher sa position envers la Porte. Voilà pourquoi il m'envoie.

Rinçon n'ajouta pas que voyager sous la protection du sultan le mettait à l'abri de mésaventures comme celle advenue au premier ambassadeur, assassiné avec toute sa suite par le pacha de Bosnie ! Les Turcs avaient certes présenté des excuses, mais le malheureux n'avait pas ressuscité pour autant !

Les pensées de Soliman suivaient un autre cours. Le message secret confié à Frangipani promettait une alliance de la Porte et du royaume de France contre Charles Quint. Il y était dit que, tandis que les Turcs envahiraient la Hongrie et menaceraient l'Europe à l'est, François combattrait l'empereur à l'ouest.

– Après le départ de Frankipan, j'ai prié Allah pour la délivrance de ton roi retenu par notre ennemi commun, dit Soliman. J'ai même envisagé de lever pour lui une armée. Mais ton maître avait entre-temps signé avec le Habsbourg un traité où il déclarait renoncer à toutes ses ambitions et s'engageait à me combattre ! A me combattre, moi, à qui il venait de proposer alliance !

– C'est vrai, approuva Rinçon sans se démonter. Le roi laissa même ses deux fils en otage pour donner plus de poids à ses engagements. Mais il s'agissait d'une manœuvre pour recouvrer sa liberté. En réalité, les objectifs de mon maître n'ont pas changé. Serais-je ici avec quarante mille écus, sinon ?

Soliman hocha la tête. Sans l'avoir jamais rencontré, il appréciait la personnalité du roi François. Né la même année que lui, il aimait comme lui la chasse, la guerre et le luxe. Comme lui, il protégeait les savants et les artistes. Il ne pouvait s'empêcher de voir dans le roi de France un héros de la trempe de Seyyid Battal « le Preux ». Après avoir bataillé tout le jour à Marignan, ne s'était-il pas agenouillé au soir de sa victoire devant le plus courageux de ses chevaliers pour recevoir l'adoubement ? Geste sublime !

– Le passé est le passé, reprit le sultan. J'ai rempli ma part du traité en brisant les prétentions des Habsbourg sur la Hongrie : hier à Mohacs, où le roi Louis trouva la mort, aujourd'hui à Buda, en chassant Ferdinand. Demain, je marcherai sur Vienne. Que propose ton maître de son côté ?

Sous ses allures débonnaires, Antonio Rinçon était fin diplomate et s'y connaissait en hommes. Il savait que la réussite ou l'échec de sa mission dépendait des paroles qu'il allait prononcer et que Soliman n'était pas souverain à se laisser abuser. Comme le roi François, il détestait la duplicité, même si, comme lui, il en usait pour le bien de l'État.

– Majesté impériale, la situation de mon maître est encore précaire. Ses deux fils sont toujours aux mains du Habsbourg. Louise de Savoie, la reine mère, négocie leur libération avec Marguerite d'Autriche, la tante de l'empereur. En échange, on fera certainement promettre au roi de France de participer à la défense de la chrétienté.

Soliman échangea un regard avec Ibrahim. Ils avaient souvent évoqué cette éventualité et voilà qu'ils en avaient la confirmation.

– Poursuis, ordonna le sultan.

– Bien qu'opposés aux Habsbourg, les princes protestants d'Allemagne sont avant tout chrétiens. Mon maître a besoin d'eux et il s'efforce de ménager leur susceptibilité. Officiellement, il ne peut qu'approuver les bases du traité de paix préparé par Louise et Marguerite. Mais il m'a chargé de t'assurer de son amitié et de sa volonté de maintenir entre le royaume de France et la Porte une alliance qui se concrétisera dès que le permettront les circonstances. Le royaume ouvrira alors ses ports aux navires ottomans, et Français et Turcs combattront l'ennemi commun.

Tel est le message de mon maître. J'ajoute qu'en me désignant pour le représenter auprès de Sa Majesté impériale, il ne pouvait mieux choisir, l'empereur Charles étant mon ennemi juré.

La nuit venue, Soliman fit quelques pas hors de sa tente. Son regard erra d'abord sur les feux autour desquels les soldats étaient rassemblés. Du campement montaient des odeurs mêlées : celle du sang des bêtes abattues par les bouchers, du riz et des galettes que l'on cuisait et la puanteur des milliers de chameaux parqués dans les enclos.

Levant la tête, il contempla longuement le ciel étoilé. Qu'avait donc pensé Mehmet devant les remparts de Constantinople ? Était-il certain de sa victoire ? Bien que lui, Soliman, engageât dans cette campagne toutes les forces de l'Empire, il n'était sûr de rien. Les astrologues de la cour avaient beau lui assurer que le moment ne pouvait être mieux choisi pour porter le coup décisif, il doutait que les mouvements du ciel pussent influencer vraiment les événements de la terre. Tout ce qu'il savait c'est que si Vienne devait tomber, il fallait que ce fût avant la mauvaise saison pour que l'armée y prît ses quartiers d'hiver.

Des voix s'élevèrent soudain dans la nuit. Quelqu'un s'approchait de la tente impériale et les *solaks* contrôlaient son identité. Ibrahim apparut dans la lumière des torches, puis le gouverneur de Serbie, responsable de l'arrière-garde. Celui-ci se jeta aux pieds du sultan.

– Que se passe-t-il ?

– Seigneur des seigneurs, dit le grand vizir, l'armée est prête à se remettre en marche demain, mais...

– Mais quoi ?

Ibrahim foudroya du regard le gouverneur de Serbie.

– Notre artillerie légère est arrivée dans la journée, mais les gros canons sur lesquels tu comptais pour abattre les fortifications gisent au fond de la Drave.

Soliman sentit une main glacée lui serrer le cœur. Maîtrisant sa colère, il abaissa les yeux sur le gouverneur.

– Parle.

– Majesté impériale, je te supplie de me croire : de nouveaux orages ont grossi les eaux de la rivière et emporté le pont au moment où les attelages traversaient.

– Toutes les grosses pièces sont perdues ?

– Cinq ou six seulement, Majesté impériale, mais les autres sont restées de l'autre côté et il n'y a plus assez de pontonniers...

– Leur présence est indispensable ici, coupa Soliman. Je ne puis en distraire un seul. On devra former sur place des hommes pour ce travail. Tu seras l'un d'eux.

Se tournant vers les *solaks* attentifs, Soliman ordonna :

– Koz Ali bey est démis de ses fonctions. Tous les privilèges afférents à sa charge lui sont retirés. Il servira désormais en simple soldat dans le corps des topdjis. Il quittera cette nuit même le camp pour Osijek où il se présentera à l'officier commandant sa nouvelle unité. Ibrahim ?

– Oui, Seigneur des seigneurs !

– On fera l'impossible pour que ces canons nous rejoignent avant vingt jours. Passé ce délai, ajouta-t-il à l'intention de Koz Ali bey, tu seras pendu.

19

Vienne, septembre 1529

Une fois de plus, le grand salon accueillait les principaux capitaines de la garnison. Mais la tension qui régnait changeait des précédentes réunions qui s'étaient déroulées dans le calme et la réflexion.

– Soliman a quitté Buda, déclara Ferdinand. Son avant-garde ne devrait pas être loin.

– Des *akinjis* ont été signalés, rôdant autour des villages voisins, dit Zriny. Mes *husars* les ont pris en chasse, mais en vain !

– C'est bien dommage. Ils auraient pu nous renseigner sur l'ordre de marche des Turcs...

– Au moins avons-nous appris une bonne nouvelle, intervint Nicolas Salm. Une partie de leur artillerie est immobilisée sur la rive orientale de la Drave.

– De combien de pièces disposons-nous, comte ?

– Soixante-douze, Votre Majesté. Mais même si Soliman doit se passer de quelques pièces lourdes, il lui en reste encore deux cent cinquante.

A Vienne comme au-delà, la gravité de la situation n'échappait à personne.

– Mon frère fait ce qu'il peut pour nous venir en aide, reprit Ferdinand. Il nous a envoyé de l'Empire et d'Espagne les renforts promis. Avec les troupes levées en Bohême, en Basse-Autriche et en Styrie, nous disposons de vingt mille hommes. Même les protestants d'Allemagne sont conscients du danger et le réformateur Luther m'a fait parvenir un message où il m'assure de son soutien.

– Une initiative qui ne lui coûte rien, ricana Philippe de Bavière.

Arrivé récemment à Vienne à l'appel de Ferdinand, le palatin Philippe portait une surprenante armure signée du prestigieux Kolmann Helmschmied où les crevés des manches étaient habilement rendus par la gravure. C'était un individu de haute taille, imbu de sa personne, qui passait pour posséder de réels talents de soldat et d'organisateur.

– Maintenant, messeigneurs, dit le roi, il reste un détail à régler.

– Lequel, mon cher cousin ?

– Malgré mon désir de combattre avec vous, je dois quitter Vienne afin d'organiser la défense des provinces, garder le contact avec mon frère et rassembler, s'il le faut, une armée de secours. Rester entre ces murs nous couperait du reste de la chrétienté et je ne peux prendre ce risque.

Il était clair aussi que Ferdinand ne voulait pas servir d'otage au cas où les Turcs s'empareraient de la ville. Même si elle lui coûtait, il n'y avait pas d'autre décision à prendre.

– J'ai déjà pris mes dispositions pour m'installer à Linz, ajouta Ferdinand. Mais il me faut auparavant déléguer le commandement de la place à l'un d'entre vous.

Philippe de Bavière fit un pas en avant. Son rang de prince palatin le désignait tout naturellement pour cette charge.

– Oui, mon cousin, j'ai pensé à vous. Mais il y a également ici deux soldats d'expérience. Je veux parler du comte Nicolas Salm et du baron Roggendrof. C'est ensemble que vous défendrez contre les Turcs ma chère cité. Quant à vous, Zriny, Bakics, Mercœur, Hagen, mes loyaux capitaines, je sais que je peux compter sur votre courage et votre dévouement.

L'un après l'autre, les gentilshommes s'avancèrent et baisèrent la main que tendait Ferdinand.

La nuit était tombée quand Ogier rentra chez lui. Ada avait dressé le couvert dans la pièce principale et rapproché de la table les coffres qui tenaient lieu de chaises.

– Gera, dit le chevalier, prends place avec nous.

– Oh ! mon maître, vous n'y pensez pas ! Laissez-moi plutôt trancher votre pain et verser votre vin...

– Je suis tout à fait capable de trancher mon pain. Quant au vin, nous le boirons ensemble ! Assieds-toi, te dis-je, et cesse de protester !

Il tendit la main vers le rafraîchissoir et cueillit la bouteille de terre dont il fit sauter le bouchon. Bien que, par tradition, on préférât à Vienne les vins blancs, légers et pétillants, Ogier restait amateur de vin rouge qu'il prenait chaud, parfois mêlé de miel et aromatisé.

– Ne pensez-vous pas, mon ami, que vous devriez modérer votre consommation de ce vin si rouge ? demanda Hélène.

– Ma mie, je laisse aux Viennois leurs vins pour demoiselles, comme je laisse aux Normands leur cidre et leur godale aux Anglais. Sachez que pour nous, Français, il n'est pas de bon repas sans vin rouge ni pain.

– Pendant le repas, je ne dis pas. Mais il me semble que vous en usez plus que raisonnable avant et après. Ainsi de ce clairet...

– Il me permet de bien digérer et me préserve des aigreurs d'estomac. Un certain Arnaud de Villeneuve a d'ailleurs écrit un traité à ce propos.

– Que dit ce traité ?

– Il dit les bienfaits du vin d'après ce qu'on m'en a rapporté.

– Dans ce cas... soupira Hélène. Mais au moins, mon ami, faites un effort pour adopter la cuisine de ce pays.

Voici du poulet frit, de la viande en boulettes et un ragoût hongrois à la sauce relevée. Tout cela ne vaut-il pas le bœuf bouilli et les pâtés de porc au verjus et aux oignons que vous affectionnez ?

– Certes, acquiesça le chevalier en se servant une large tranche de fromage de foie, un pâté d'abats servi chaud. Quand le Turc aura investi la ville, les provisions devront être rationnées.

– Pensez-vous que le siège durera longtemps ?

– Comment savoir ? Les Turcs, qui répugnent à passer l'hiver en campagne, regagnent d'habitude Istanbul à l'approche de la mauvaise saison. Mais cette fois, tout sera différent. Soliman est décidé à en finir avec l'Autriche. Il a établi Zapolya sur le trône de Hongrie et fera tout pour s'emparer de la ville car un échec entraînerait la chute du Transylvanien que ne veut reconnaître aucun État chrétien.... Oui, ma mie, le siège risque de durer. Mais avec l'aide de Dieu, nous viendrons à bout de cette épreuve. Nos remparts sont solides et Salm va les faire encore renforcer.

– Une armée de maçons est au travail, dit Gera. Ils abattent les maisons hors les murs.

– Avant trois jours, un glacis s'étendra devant les remparts, que les Turcs devront franchir à découvert. De quoi les inciter à la prudence. De plus, les maçons mureront les portes.

– Toutes ?

– Sauf la porte de Karnthner qui servira aux sorties et aux contre-attaques. C'est la défense de ce poste que m'a confié le palatin Philippe...

– Jésus, murmura Hélène.

Elle attira la petite Marie contre elle et des larmes roulèrent sur ses joues :

– Vous risquerez donc votre vie à tout moment !... Avez-vous songé à ce que nous deviendrons si vous êtes tué ?

Ogier hocha la tête.

– Il est possible que je sois tué, mais, dans ce cas, nombreux seront les Turcs à m'accompagner de l'autre côté !... Si je devais tomber pour la Croix et le roi auquel j'ai juré fidélité, Gera veillera sur cette maison et Sa Majesté Ferdinand m'a promis pour vous sa protection. N'êtes-vous pas l'amie de sa sœur, la veuve du roi Louis ?

Sa fille s'agitant sur ses genoux, Hélène lui donna de petits dés de matefaim pour la faire tenir tranquille. La fillette entreprit de décortiquer chaque morceau pour en extraire les raisins de Corinthe.

– En dépit du courage de ses défenseurs, qu'arrivera-t-il si les canons des Turcs abattent les murs de la ville ? souffla Hélène d'une voix blanche. Mon Dieu ! Ce serait trop horrible ! Et vous dites que toutes les portes vont être murées ? Il ne nous restera plus qu'à nous enfermer dans la cathédrale pour prier !

Que pouvait-il dire pour la rassurer ? La pensée des janissaires déferlant dans les rues de Vienne – perspective qui faisait trembler des milliers d'hommes et de femmes de cette cité – glaçait d'inquiétude le chevalier.

– Maître... murmura Gera.

– Oui, mon ami ?

– J'aimerais être avec vous à la porte de Karnthner. Je manie assez bien la berdiche [1] et je ne me débrouille pas mal avec une arbalète ou une arquebuse.

– Je sais, mais je serai plus tranquille en te sachant ici.

– Je comprends. Dans ce cas, battez-vous sans inquiétude, mon maître. Autorisez-moi seulement à venir prendre de vos nouvelles pour la dame et l'enfant.

– Accordé.

Ogier se tourna vers Hélène.

– Allons, ma mie, gardez confiance en Dieu.

---

1. Sorte de hallebarde slave. Peu d'armures résistaient à ses coups.

Hélène confia Marie qui s'était endormie à la nourrice. Ogier et son épouse se retirèrent en leur chambre tandis que Gera et Ada débarrassaient la table.

Hélène se dévêtit dans l'obscurité puis se glissa dans le lit. Quelques instants plus tard, Ogier la rejoignit.

– A partir de demain, chuchota-t-il, je ne pourrai quitter la porte de Karnthner.

– Je prierai Dieu jour et nuit pour qu'il vous épargne. Quand finiront toutes ces tueries ? N'êtes-vous pas las de guerroyer depuis tant d'années, Ogier ? Si vous saviez lire et écrire, vous obtiendriez une charge de gouverneur de cité... Pourquoi n'apprendriez-vous pas ?

– Je n'ai aucun goût pour les études, ma mie. C'est là occupation de clerc, pas de gentilhomme. Mais puisqu'il est vrai que j'apprends facilement les langues étrangères, je veux bien requérir dès la levée du siège charge d'ambassade auprès de Ferdinand. Êtes-vous satisfaite ?

– Il le faudra bien.

Pas un instant, Hélène ne regrettait d'avoir épousé le chevalier. S'il avait des défauts, il avait aussi des qualités. Ce qu'elle regrettait, c'était de ne pouvoir jouir de la quiétude d'un foyer bien ordonné.

– Vous pleurez ?

Elle enfouit son visage au creux de la rude épaule et laissa ses doigts courir sur les cicatrices qui ravinaient la chair d'Ogier. Quelles autres blessures les Turcs lui infligeraient-ils ? Combien d'hommes tomberaient pour défendre Vienne ?

Elle s'abandonna à son étreinte. Leur destin était entre les mains de Dieu, il n'y avait rien d'autre à faire que prier et espérer. Et profiter des derniers instants d'intimité.

Ferdinand quitta Vienne avec une escorte de quelques gentilshommes et gagna Linz où l'attendaient des messages de soutien : le péril turc faisait taire pour un temps en Europe les dissensions du monde chrétien.

Le palatin Philippe, Nicolas Salm et le baron Roggendrof organisaient la défense de la cité. Maçons de métier et bénévoles muraient les dernières portes de Salz et de Stuben tandis que des milliers de volontaires dressaient devant les remparts une palissade de pieux effilés : la « haie de la ville », comme disaient les Viennois.

Deux fois par jour, Gera se rendait à la porte de Karnthner, apportant à Ogier un panier que dame Hélène avait préparé et des nouvelles de la maisonnée. Pour l'heure, lui confia-t-il, on recommandait à chaque foyer de constituer des réserves de nourriture et de commencer à se rationner.

Le matin du 27 septembre, un timide soleil dissipa les nappes de brume autour de la cité et révéla la présence de cavaliers. Ogier héla son écuyer.

– Je ne me trompe pas, Alvaro, ce sont bien là des *akinjis* ?

– En effet, messire. Et voyez...

Dans le lointain, une vague sombre, hérissée de lances et de bannières, avançait.

– Ils arrivent ! souffla le jeune Espagnol.

Déjà, l'avant-garde turque se déployait, des chariots grimpaient sur les hauteurs de Semmering, quelques tentes se dressaient. A la fin de la journée, on en dénombrerait plus de trente mille.

Une crainte superstitieuse s'empara des défenseurs massés derrière les remparts. Minute après minute, le flot de l'armée turque grossissait. Boucliers, casques et chemises de mailles miroitaient sous le soleil. Puis on entendit la rumeur des trompes, le son aigrelet des flûtes, le battement des tambours rythmant la marche des janissaires.

– Foutredieu, gronda Ogier, n'avons-nous rien à leur répondre ?

Alors s'élevèrent les voix de bronze des cloches de la cathédrale Saint-Étienne et de toutes les églises de Vienne. Un tocsin assourdissant, défi des assiégés à l'armée de Soliman.

– Ah ! fit le chevalier en assenant une claque dans le dos de l'écuyer, entends-tu, Alvaro ? Eh bien ! tu n'es pas le seul. Le sultan aussi entend et nous dépêche des cavaliers !

Brandissant les sept bannières du grand vizir, une troupe de *kapikulu* dévalait la colline. Ils s'arrêtèrent à une portée d'arc de la muraille et le *silhatar* qui commandait le détachement s'avança.

– Une belle cible, en vérité, ricana un arquebusier styrien en soufflant pour raviver la mèche de son arme.

Ogier posa la main sur le canon de son arquebuse.

– Reste tranquille, imbécile ! Ne vois-tu pas que c'est un héraut ? Ne tirez pas, vous autres !

Et, se penchant par-dessus la muraille, il apostropha l'officier :

– Que veux-tu ?

– De mon maître Soliman, Sultan des sultans, Souverain des souverains, Ombre de Dieu sur la Terre, sultan et padichah de la mer Blanche, de la mer Noire, de...

– Si tu as un message à délivrer, fais-le sans tarder car tu commences à lasser ma patience ! rugit le chevalier.

– ... au chef des Caphars infidèles !

Dans un mouvement coulant, le *silhatar* saisit son arc et décocha une flèche droit sur Ogier. Le chevalier se jeta de côté pour l'éviter, mais derrière lui, Alvaro poussa un cri de douleur, le cou transpercé par le trait. L'écuyer porta les mains à la hampe, cracha un peu de sang, puis bascula en avant.

– Ventredieu ! rugit Ogier.

Sept ou huit arquebuses crépitèrent en même temps, mais, dans leur excitation, les tireurs manquèrent la cible.

Le *silhatar* partit d'un grand éclat de rire et, tournant le dos aux assiégés, rejoignit sa troupe.

– Ce sera donc toi la première victime de ce siège, murmura le chevalier en se penchant sur l'Espagnol dont le regard se ternissait déjà.

Ogier aperçut alors le rouleau lié autour de la hampe. Il dénoua le cordon de soie verte, déroula le feuillet et l'ultimatum de Soliman apparut, soigneusement calligraphié.

– Je ne lis pas le turc, grommela le chevalier. Pas plus qu'aucune autre langue de chrétien ou de païen. Mais cela devrait intéresser le comte Salm. Continuez à faire bonne garde, vous autres, et cassez la tête du premier fils de chienne qui s'aviserait d'approcher !

Salm, qui lisait le turc, parcourut le message en hochant la tête.

– Que dit Soliman ? demanda Philippe de Bavière.

– Si nous nous rendons, il promet que ses soldats ne toucheront pas un cheveu des Viennois ni de la garnison. Sinon...

– Sinon ?

– Il assure qu'il sera installé dans le *burg* au matin du 29... c'est-à-dire après-demain, et que la population, hommes, femmes et enfants, sera passée au fil de l'épée.

– Le 29 ? Soliman compte donc lancer une attaque dès demain, une fois son armée rassemblée et ses batteries en place.

– Il est pressé par le temps, nous le savions, répondit Salm. De notre côté, le moral est excellent et chacun connaît son poste. Sachez cependant qu'au début, l'ennemi semblera attaquer de tous les côtés à la fois. En réalité, il ne visera qu'un certain point où il concentrera ses forces. A nous de découvrir ce point, de manière à ne nous laisser ni surprendre ni déborder.

– La porte de Karnthner, dit Roggendrof. C'est la seule

que nous n'avons pas murée. Soliman a dû l'apprendre par ses espions. Si elle tombe, les Turcs déferleront...

– Le baron a raison, acquiesça Nicolas Salm. La porte de Karnthner est à la fois notre voie de sortie et le point faible de notre défense. A nous de le rendre imprenable. Ogier, vous commandez ce secteur : estimez-vous possible de tenir avec vos seules troupes ou vous faut-il des renforts ?

– Avec l'aide de Dieu, et tant que la porte et la muraille résisteront aux boulets, je repousserai les Turcs avec mes hommes.

Toute la journée, l'armée turque s'installa sur ses positions, escadron après escadron, *orta* après *orta*, en un défilé qui semblait ne devoir jamais prendre fin. Les assiégés s'amusaient à parier sur chaque nouveau contingent et ils se trompaient souvent, tant les ressources en hommes de l'Empire ottoman étaient inépuisables.

Dispersés à travers la campagne, les *akinjis* mettaient pendant ce temps les villages à feu et à sang. Ceux de leurs habitants qui avaient tardé à se réfugier derrière les murs de Vienne furent massacrés ou rassemblés en troupeaux et conduits jusqu'au campement. Les maisons furent brûlées et la fumée des incendies monta des quatre points de l'horizon.

Les Tatars, qui ne se mêlaient pas aux Turcs, s'installèrent à l'écart. Selon leur humeur, soit ils combattraient, soit ils se retireraient pour revenir peut-être s'ils le décidaient. C'est toujours ainsi qu'ils avaient procédé, les promesses ou les menaces de Soliman n'y pouvaient rien changer.

Ensuite apparurent les *delis* – les « fous furieux » –, des cavaliers balkaniques fanatisés. Barbes et cheveux nattés, ils portaient des manteaux en peau de lynx ou de léopard et des bonnets emplumés. Puis les *sipahis* féodaux, anatoliens et rouméliens, *kapikulu*, *muteferrika* et autres *sipahis* de la Porte, Valaques, Moldaves, Arabes et Égyptiens... Les casques pointus se mêlaient aux bonnets de feutre et aux turbans, les cottes de mailles aux cuirasses laquées, les boucliers en trapèze aux boucliers ronds.

– Bah ! dit Ogier en crachant par-dessus un créneau, que nous importe leur cavalerie ? Les chevaux n'ont jamais escaladé les murailles !

– Mais ceux qui arrivent savent les escalader, lui rétorqua Zriny.

Des irréguliers *azabs*, des mercenaires grecs, les *peyks* et les *solaks* de la garde du sultan et enfin les janissaires défilaient maintenant par milliers sous les regards des assiégés.

Puis la nuit vint, trouée de milliers de feux qui faisaient un cercle de lumière autour de la cité silencieuse, îlot chrétien dans l'océan musulman. Ogier désigna les équipes de veilles, vérifia les équipements, bavarda avec ses hommes. La plupart étaient des professionnels de la guerre à qui il importait peu de combattre le Turc ou le Français, le Maure ou le milicien hollandais. Mais pour la première fois ils avaient le sentiment de risquer leur vie pour une noble cause, la défense de leur foi. « Vienne, dernier rempart de l'Europe », proclamait-on dans les capitales chrétiennes. Ils étaient fiers d'être le point de mire et d'incarner toutes les espérances.

Ils seraient moins enthousiastes lorsque les janissaires mettraient leur tripaille à l'air, que les boulets frapperaient la muraille et les démembreraient, songeait Ogier. C'est alors qu'il faudrait raviver leur courage...

Devant lui, à perte de vue, le campement turc. Derrière, la cité. Le vent s'était levé, une pluie fine battait le chemin de ronde. Ses pensées dérivèrent jusqu'à la maison blottie à l'ombre de Saint-Rupert. A cette heure, Hélène et la petite Marie dormaient sans doute, tandis qu'accroupi devant le foyer dont il écraserait bientôt les dernières braises, Gera veillait encore. Comme il serait bon d'être là-bas, avec eux... Mais Soliman ne l'entendait pas ainsi.

Appuyé au merlon, Ogier observa le campement ennemi. On ne commettrait pas cette fois les erreurs de Mohacs. Le souvenir de Marczali et des autres, les jeunes paladins suppliciés, ne l'avait jamais quitté. Ni celui de la pyramide de têtes devant la tente impériale, Tomori, Perenyi... Ni celui du roi Louis qui avait agonisé dans son marécage, la bouche pleine de vase... Oui, il y avait tant de nobles gentilshommes à venger.

Il effectua une nouvelle ronde afin de tester la vigilance des sentinelles. De loin en loin résonnèrent les mots d'ordre. Il revint à son poste, satisfait.

Aux premières lueurs de l'aube, une sourde détonation retentit et un boulet s'enfonça dans la boue, entre la palissade et la muraille. Les *topdjis* ajustèrent leur tir et le deuxième boulet frappa le mur d'enceinte. Ogier coiffa son casque. L'ennemi donnait l'assaut.

Les Turcs avaient installé leurs batteries durant la nuit et braqué leurs plus grosses pièces sur la porte de Karnthner, comme l'avait prédit Nicolas Salm. Les boulets de pierre, de fer ou de plomb martelaient la porte et la muraille. Parfois, un projectile plus léger passait au-dessus des têtes.

– Les voilà ! cria une voix.

Arquebusiers, arbalétriers et archers se penchèrent aux créneaux. Une marée humaine avançait à travers les faubourgs en ruines. Les *azabs* poussaient devant eux à coups de fouets des centaines de prisonniers chrétiens, hommes et femmes en haillons, qui suppliaient qu'on les épargne.

– Pitié !

– En nom Dieu, ne tirez pas !

– Sauvez-nous !

– Mon enfant ! Ne tuez pas mon enfant !

Ceux que les Turcs avaient capturés depuis Buda servaient de bouclier aux troupes qui les suivaient.

Les soldats hésitèrent.

– Qu'attendez-vous pour tirer ? hurla Ogier.

– Mais... messire chevalier...

– On ne peut plus rien pour eux ! Tirez !

Il y eut d'abord un coup d'arquebuse isolé, un carreau d'arbalète, une flèche décochée sur la horde pitoyable. Une femme trébucha, un homme montra le poing. Puis une salve meurtrière couronna la muraille d'un voile cotonneux...

– Ouvrez la porte ! Laissez-nous entrer !

Les malheureux renversaient la palissade en tombant, cadavres et agonisants comblaient les fossés ou s'amoncelaient au pied du mur d'enceinte. Piétinant morts et blessés, les *azabs* chassaient devant eux les survivants. Ils apposèrent des échelles contre la muraille et en entreprirent l'escalade tandis que leurs compagnons arrosaient de flèches les créneaux. Derrière eux, l'artillerie turque tonnait. Frappant amis et ennemis, elle projetait des corps désarticulés, des membres ensanglantés, des têtes enturbannées. A l'aide de longues fourches, les défenseurs repoussaient les échelles auxquelles s'accrochaient des grappes d'assaillants fanatisés. Penchés à mi-corps par-dessus les créneaux, les tireurs visaient à la verticale. Un merlon se désintégra sous l'impact d'un boulet et un éclat de pierre tinta contre le casque d'Ogier. Occupé à encourager ses hommes, le chevalier ne s'en aperçut pas. Les arquebuses et les arbalètes déchargées, on accabla les *azabs* de moellons. Lorsque la provision en fut épuisée, on jeta les cadavres amis par-dessus la muraille !

Leur élan brisé, les *azabs* refluèrent enfin, éperdus de terreur. C'est alors que surgit une vague bleue et rouge hérissée de bannières.

– *Yeni-ceri !* Mort aux chrétiens !

– Les janissaires !

Grecs, Albanais, Serbes, Hongrois, tous ces jeunes gens n'avaient qu'une idée : prendre pied en haut du mur d'enceinte, même s'il fallait mourir sous les yeux de Soliman. Ils progressaient avec une froide détermination, écartaient ou abattaient les fuyards, s'agenouillaient pour tirer puis rechargeaient et avançaient encore malgré leurs pertes. Leurs officiers brandissaient la louche de bois et les derviches clamaient « Allahu akbar ! ».

– Préparez-vous ! mugit Ogier.

Afin d'économiser les munitions, les huit petites pièces d'artillerie qui défendaient son secteur n'avaient pas encore tiré. Chacune était bourrée de mitraille jusqu'à la gueule. Le boutefeu à la main, les servants attendaient.

Ogier donna le signal. Les canons vomirent la mort dans les rangs serrés des janissaires.

– Rechargez !

Les janissaires étaient au pied de la muraille, les canons ne pouvaient plus les atteindre. S'étant débarrassés de leurs arquebuses pour empoigner sabres et haches, ils relevaient les échelles abandonnées par les *azabs* et escaladaient comme des singes tandis que les officiers hurlaient des ordres et que les derviches vociféraient leurs prières.

A dix pas du chevalier, un boulet turc frappa de plein fouet une pièce légère à falconets jumelés, projetant ses servants hors du chemin de ronde.

Ogier n'avait aucun moyen de savoir si les autres portes de Vienne résistaient toujours. La fumée blanche des arquebusades et les nuées sombres des tirs de canons limitaient à quelques mètres son champ de vision. Il devinait ses compagnons acharnés à repousser l'ennemi, mais, pour un janissaire qui tombait, dix le remplaçaient.

Une silhouette enjamba le créneau. Le janissaire poussa un cri de triomphe et bondit par-dessus le rempart. L'épée d'Ogier le coupa en deux par le milieu du corps. Un autre surgit à sa suite, et d'autres encore...

– Foutredieu !

Une lame se brisa sur la visière d'Ogier, l'étourdissant une fraction de seconde. Reprenant ses esprits, il décapita son adversaire. Quatre janissaires gisaient à ses pieds. Il en saisit un cinquième par la ceinture, le culbuta par-dessus le rempart et, comme l'homme s'accrochait des deux mains, il lui trancha les doigts.

Le souffle court et le visage en feu, il ouvrit sa visière et aspira l'air enfumé. Une clameur se propageait d'un bout à l'autre de la porte de Karnthner.

– Ils fuient !

– Victoire !

– Miracle ! Noël !

L'élan turc était brisé, les janissaires refluaient en désordre, l'artillerie s'était tue.

– Jésus Marie Joseph ! souffla Ogier en arrachant son casque. A boire ! Je crève de soif !

Le sang ruisselait sur son visage. Son armure était bosselée et rayée. Bien que le chemin de ronde fût jonché de morts et de blessés, les hommes encore valides manifestaient leur joie. Ils pleuraient et s'embrassaient, trépignaient et dansaient. Le spectacle auquel ils assistaient était inimaginable : la déroute des janissaires ! Un arquebusier espagnol grimpa sur le créneau, dénoua les aiguillettes de son haut de chausses et pissa sur les fuyards. Un autre montra son cul et lâcha un vent tout en apostrophant Soliman.

La porte de Karnthner avait résisté. Le reste de la défense viennoise aussi. Tels furent les événements du 28 septembre 1529.

20

L'échec de sa première tentative ne découragea pas Soliman. Mais il lui fallait quelques jours pour reconstituer ses régiments décimés et élaborer de nouveaux plans. En attendant, ses batteries tirèrent sans discontinuer sur les remparts de Vienne. Par chance pour les assiégés, les pièces perdues dans la Drave manquaient cruellement, l'artillerie n'ayant plus la puissance nécessaire pour ouvrir des brèches rapidement. Mais les tirs entamaient malgré tout la muraille, du côté de la porte de Karnthner en particulier.

– Encore quelques jours et ils arriveront à leurs fins, prédit Ogier.

On était le 7 octobre. N'ayant jamais dormi plus de deux heures d'affilée depuis le début du siège, le chevalier titubait d'épuisement. Son regard enfiévré, que soulignaient des cernes violacés, témoignait de son extrême fatigue.

Comme les autres capitaines, Nicolas Salm avait conscience du danger.

– Nos canons sont trop faibles pour endommager leurs batteries.

– Alors que faire ? demanda Roggendrof. Mercœur a raison : sa situation devient intenable.

– Il faudrait aller détruire ces batteries, suggéra le comte Zriny. Il est vrai que Soliman les remplacera aussitôt par celles qu'il prendra autour de la ville.

– Ses plus lourdes pièces étant déjà en place devant la porte de Karnthner, remarqua Salm, les autres présenteront moins de danger. L'idée du comte n'est pas mauvaise. Une sortie pourrait rétablir la situation. Qu'en pensez-vous, Ogier ?

Sur le point de s'endormir debout, le chevalier tressaillit. Il fourragea sa barbe et hocha la tête.

– Pourquoi pas ? Mais en ce qui concerne mon secteur, je ne puis risquer dans une sortie un seul défenseur...

– Nous disposons encore de quelques réserves, intervint le palatin Philippe. Roggendrof et Zriny prélèveront des hommes aux portes de Salz et de Stuben. En tout, nous devrions pouvoir en rassembler huit cents. Qu'en dites-vous, messeigneurs ?

Le conseil approuva. On discuta ensuite des détails de l'opération que l'on fixa à l'aube du lendemain.

Deux cents cavaliers et six cents piétons attendaient derrière la porte de Karnthner. On avait enveloppé de chiffons les sabots des chevaux afin de ne pas alerter les lignes turques. Trente sapeurs équipés d'outils se chargeraient d'enclouer les canons ou de les faire exploser s'ils en avaient le temps.

– Quoi qu'il puisse arriver, Roggendrof, la porte restera ouverte jusqu'au retour du dernier homme, dit Ogier.

– Très bien, Mercœur. A présent, remettons nos âmes et nos corps à la grâce de Dieu. Et s'il m'arrivait de tomber sous les coups des Turcs, ne manquez pas de boire à notre amitié !

– Promis. Mais j'aimerais autant trinquer en votre compagnie ! Êtes-vous prêt, baron ? Le pâle-jour se lève...

Les cavaliers portaient la bourguignotte [1] hongroise pointue à garde-joues, mais Roggendrof se singularisait par un armet à visière en museau de chien dont il laissa le

1. Casque du XVIe siècle.

ventail ouvert. Il saisit la longue épée d'arçon accrochée à sa selle et baisa la lame sur laquelle était gravé « In nomine Domini ».

– Allons, mes amis, il est temps !

Deux douzaines d'hommes unirent leurs efforts pour relever les énormes madriers qui barraient les battants.

– Ouvrez ! ordonna Ogier.

Roggendrof s'élança à la tête de ses escadrons, les fantassins suivirent au pas de course. Ogier franchit la porte à son tour et traversa le pont en bois qui enjambait le fossé à moitié comblé par les cadavres. La puanteur était épouvantable. Il gagna la palissade enfoncée afin d'avoir meilleure vue sur l'opération.

Le soleil n'était pas encore levé. Des écharpes de brume flottant encore sur les faubourgs, il ne distinguait pas grand-chose à part des silhouettes confuses. Soudain, les pièces turques tonnèrent et il entendit cris, hennissements et arquebusades, puis des milliers de sabots qui martelaient le sol boueux. Une monture sans cavalier surgit et manqua le renverser. Une autre, chevauchée par un cadavre décapité, passa devant lui.

Un fantassin, puis deux, puis trois revinrent hors d'haleine, noircis de poudre, visages et vêtements ensanglantés.

– Nous avons été trahis !

– Les Turcs nous attendaient !

– Refermez les portes derrière nous, pour l'amour de Dieu ! Refermez vite les portes !

Ogier saisit un fuyard à l'épaule.

– Que racontes-tu là, cœur de lièvre ? Où sont tes compagnons ? Et le baron Roggendrof ? Qu'est devenu Roggendrof ?

L'homme haleta :

– N'entendez-vous pas, messire chevalier ? Nous sommes tombés dans un piège ! Des milliers de Turcs se dissimulaient de chaque côté des batteries !

Les yeux fous, l'homme s'arracha à l'étreinte d'Ogier et courut au pont. Il faisait suffisamment clair maintenant pour découvrir l'étendue du désastre. Une effroyable mêlée se déroulait devant les batteries turques qui vomissaient leur mitraille à bout portant, hachant sans discernement. Les *sipahis* sabraient les fantassins et, des quatre escadrons de Roggendrof, cinquante hommes restaient qui luttaient avec l'énergie du désespoir.

– Dieu tout-puissant, murmura Ogier, ils sont perdus !

Lance basse, un *delis* grimaçant fondit sur lui. Le chevalier pivota, esquivant le coup de justesse, mais la pointe acérée entailla profondément le busc de plastron. Comme le *delis* revenait à la charge, Ogier saisit sa bâtarde[2] et, solidement campé sur ses jambes, il fit face.

Une arquebusade partit des remparts et le *delis* vida les étriers. Ogier enjamba le cadavre puis recula jusqu'au fossé. Des fantassins accouraient, poursuivis par une meute de Tatars. Du haut des créneaux, arquebusiers et arbalétriers tentaient de couvrir leur retraite.

– Par ici ! hurla Ogier, par ici !

Debout au milieu du pont, il rameutait les survivants de la voix et du geste. Deux ou trois flèches tirées par les Tatars se brisèrent sur son plastron, une autre resta fichée dans son cuissard. Il la rompit comme une brindille.

Malgré l'imminence du danger et ignorant les appels de ses hommes, Ogier ne se décidait ni à rentrer ni à faire refermer la porte. Soudain, comme pour lui donner raison, plusieurs cavaliers chrétiens enlevèrent l'obstacle de la palissade effondrée et se précipitèrent vers le pont. Derrière eux, de toutes parts, convergeaient les Turcs.

– Roggendrof !

Ogier reconnut son ami à son mézail en museau de chien. La monture du baron broncha et s'abattit. Les autres

2. Épée tenue « à une main et demie ».

cavaliers continuèrent leur course et franchirent le pont. Roggendrof se débattait, une jambe prise sous son cheval. Il arracha son casque et hurla :

– Fermez la porte ! Ne m'attendez pas !

– N'en faites rien ! rugit Ogier.

Et, l'épée haute, il courut vers son ami. Il se baissa pour esquiver un sabre et faucha un *sipahi*. Puis, se penchant sur le destrier agonisant, il banda ses muscles et le souleva de quelques centimètres. Le baron retira sa jambe.

– Attention !

D'un revers de lame, Ogier détourna la pointe d'un sabre et répliqua par un coup terrible qui fendit son agresseur de l'épaule à la taille.

– Roggendrof, êtes-vous en état de marcher ?

Le baron répondit par un grognement et, s'appuyant sur la poignée de son épée, claudiqua jusqu'au pont.

Chacun put voir alors une scène extraordinaire. Formidable statue de fer sur laquelle s'acharnaient les Turcs, Ogier décrivait avec son épée de grands moulinets et reculait pas à pas tandis que la meute vociférante tentait de forcer le passage. Comme animée d'une vie propre, sa lame virevoltait, taillait, mordait tissus et fourrures, arrachait ici et là des lambeaux de chair dans des éclaboussements de sang. Les Turcs, rendus furieux par cette résistance inattendue, oubliaient toute prudence et n'avaient plus qu'une idée : l'abattre. Les tempes bourdonnantes, les bras engourdis, le chevalier ne cédait pas d'un pouce. C'est alors qu'une silhouette surgit à son côté et une hache entra dans la danse, aidée bientôt par des lances, des hallebardes, d'immenses « étripeurs de chats » à deux mains maniés par des « joueurs d'épée ».

– En arrière, mon maître, en arrière ! cria Gera.

Un mur d'acier protégeait maintenant Ogier qui se replia derrière la porte de Karnthner. Depuis les créneaux, les défenseurs faisaient pleuvoir une grêle de traits et les Turcs rompirent enfin la mêlée. On referma les lourds vantaux, on replaça les madriers. A bout de forces, Ogier s'effondra dans les bras de Gera.

Il reprit connaissance quelques heures plus tard et découvrit en ouvrant les yeux le visage familier de son serviteur.

– Enfin, mon maître ! Vous voilà de retour parmi nous !

– Maraud ! Je t'avais pourtant ordonné de ne point te mêler de combattre !

– J'ai désobéi, c'est vrai, mais laissez-moi me justifier. J'apportais votre repas comme chaque matin lorsque je vous ai vu au bas du rempart, ferraillant seul contre cent. Si vous aviez été tué sous mes yeux, comment aurais-je pu rapporter la nouvelle à dame Hélène ? Punissez-moi ou chassez-moi, si vous le voulez...

– Cette tête de mule n'en fera rien, intervint Roggendrof. Et s'il le faisait, je te prendrais aussitôt à mon service !

– Baron ! Ainsi vous êtes tiré d'affaire ! Comment va votre jambe ?

– Le chirurgien m'a assuré qu'avant huit jours, je trotterai comme une chèvre. Chevalier, vous avez sauvé ma misérable carcasse. C'est désormais entre nous à la vie à la mort...

Un large sourire barrant sa face barbue, il tendit sa main à Ogier.

Prenant conscience du décor qui l'entourait – une pièce voûtée où des blessés reposaient à plusieurs sur la même paillasse – le chevalier s'assit avec difficulté.

– Combien de temps suis-je resté sans connaissance ?

– Vous dormez depuis dix heures, mon maître.

Ogier se leva et fit quelques pas hésitants. A côté, un blessé au visage recouvert de linges ensanglantés gémissait. Des frères convers d'une congrégation voisine entrèrent, portant des bassins et des sacs de charpie. Ils accompagnaient deux chirurgiens munis de leurs trousses.

– Quittons cet endroit, proposa Ogier. Un peu d'air frais me fera du bien. Votre sortie s'est donc soldée par un désastre ?

– C'est vrai, avoua Roggendrof. Il se peut que les Turcs aient été avertis de nos préparatifs, ou peut-être s'attendaient-ils à notre tentative, mais le fait est que nous n'avions pas l'ombre d'une chance d'approcher leurs batteries et qu'ils ont fondu sur nous de tous les côtés. Sur mes huit cents hommes, près de cinq cents y sont restés...

– Ventredieu ! grimaça Ogier, atterré.

– Mon maître, je dois retourner auprès de dame Hélène. Avez-vous un message à lui transmettre ?

– Dis-lui que je ne cesse de penser à elle, qu'il me tarde de la tenir de nouveau dans mes bras et qu'elle embrasse pour moi notre petite fille. Mais pas un mot sur ce qui s'est passé ce matin, afin de ne pas l'inquiéter.

– Brave garçon, dit Ogier quand Gera se fut retiré. C'est la deuxième fois qu'il me sauve la vie. Peut-être même la troisième si je compte notre rencontre.

Des rafales de vent balayaient la Hofburg et les abords des remparts. Roggendrof précéda Ogier dans l'escalier rendu glissant par la pluie. Sur le chemin de ronde, les hommes accueillirent leur capitaine par une ovation.

– Regagnez vos postes, mes amis : nous n'en avons pas encore fini.

Il aperçut alors la pyramide de têtes dressée devant les lignes ennemies.

– Voilà cinq cents braves qui nous manqueront. Tirons au moins la leçon de notre erreur et ne recommençons plus pareille folie.

Précédant le bruit de la canonnade, un panache de fumée s'éleva des gabions turcs : les batteries recommençaient à pilonner la porte de Karnthner. Ogier rentra la tête dans les épaules. Un morceau de muraille s'effrita en une gerbe de moellons et de poussière de mortier.

– Espérons qu'elle tiendra, dit Roggendrof en réponse à la question muette du chevalier. Mais il n'y a pas que les canons turcs qui doivent nous inquiéter.

– Quoi d'autre ?

Le baron jeta un regard alentour pour s'assurer que personne ne les écoutait.

– Redescendons, vous me donnerez votre avis.

Quelques minutes plus tard, ils se tenaient au pied de la maçonnerie, à l'ombre d'une tourelle.

– Écoutez attentivement et dites-moi ce que vous en pensez.

Après quelques instants, le chevalier avoua :

– Je n'entends rien. De quoi diable voulez-vous parler ?

Roggendrof posa son index sur ses lèvres puis fit signe à Ogier de s'agenouiller. Sous le regard perplexe du chevalier, lui-même s'allongea et posa son oreille à même le sol. Ogier l'imita. Il lui sembla alors percevoir une légère vibration, comme si l'on creusait sous les fondations.

– Vous ne croyez pas si bien dire, chuchota Roggendrof. Voilà une nouvelle perfidie des Turcs : le tir des batteries n'est qu'un leurre pour détourner notre attention de leur véritable manœuvre...

Ogier se redressa, le cheveu hérissé.

– Des sapeurs !

– Ils creusent sans doute leurs galeries depuis le début du siège. Huit à dix jours peut-être. Depuis les faubourgs.

– Comptent-ils s'emparer de Vienne par des tunnels ?

– Pas forcément. Cela fait des années que je combats les Turcs, je sais de quoi ils sont capables. Ils ont d'abord constitué un réseau de tranchées pour s'approcher à couvert et creuser leur tunnel en toute tranquillité. Lorsque ce tunnel sera achevé, ils le rempliront de broussailles et de paille sèche auxquelles ils mettront le feu. Sous l'effet de la chaleur, le mortier du mur d'enceinte deviendra cassant.

Les boulets feront le reste. Les moellons tomberont d'eux-mêmes ou presque. C'est là une hypothèse. Ce n'est pas la seule.

– Quoi d'autre encore ?

– Ils peuvent, une fois sous la muraille, entasser de la poudre et faire voler en éclats les défenses de la porte de Karnthner...

– Voilà qui est réjouissant ! Avez-vous parlé au comte Salm ?

– Allons-y ensemble puisque vous êtes responsable de ce secteur. L'important est que cette découverte reste secrète le plus longtemps possible. L'or de Soliman a acheté certains Viennois. J'ignore par quels moyens ils communiquent avec les Turcs. Raison de plus pour nous montrer prudents.

Le caractère d'urgence de ce nouveau danger n'échappa pas à Nicolas Salm. Il y avait dans la garnison quelques spécialistes des techniques de siège, parmi lesquels un certain Spinola, ingénieur espagnol. On établit un cordon de surveillance autour de la porte de Karnthner et les sapeurs se mirent à l'ouvrage.

Afin de déterminer l'emplacement et l'orientation des galeries, Spinola tendit des peaux de tambours sur des cadres de bois. Il plaça ensuite des pois sur les peaux et observa leurs réactions aux vibrations. On disposa également çà et là des bassines d'eau dont les frémissements lui fournirent d'utiles renseignements. Enfin il donna ses conclusions en traçant des lignes sur un plan :

– Leur réseau comporte trois galeries principales, chacune rayonnant en deux ou trois galeries secondaires. Un tunnel semble plus avancé, mais cela ne veut rien dire, les Turcs cherchant peut-être à nous induire en erreur. Celui-ci, ajouta-t-il en désignant un trait, n'est probablement qu'un leurre afin de protéger les deux autres.

– Nous nous en remettons à votre expérience, approuva Salm. Comment comptez-vous procéder ?

Les sapeurs viennois percèrent d'abord des contre-galeries et enfumèrent les Turcs. Ensuite, ils creusèrent une contre-mine et les noyèrent. Les Turcs ne se découragèrent pas pour autant : leur troisième galerie était encore intacte et constituait une véritable route d'accès à la forteresse. Spinola rassembla alors trente combattants d'élite, choisis parmi les plus petits. Une contre-galerie permit de surprendre les sapeurs turcs. De sauvages affrontements eurent lieu sous terre, à la lumière des torches ou dans une obscurité complète. Les Viennois massacrèrent leurs ennemis à coups de couteaux, de pelles et de haches.

– Nous avons remporté grâce à vous une victoire appréciable, le complimenta Philippe de Bavière.

L'ingénieur secoua la tête d'un air dubitatif.

– Je ne suis pas certain d'avoir détruit toutes les galeries. Les Turcs sont rusés. Ils ont pu creuser jusqu'à la muraille un quatrième tunnel et interrompre les travaux afin d'endormir notre méfiance.

– Comment savoir ?

– Il n'y a aucun moyen. L'avenir seul le dira.

Dans la nuit du 13 au 14 octobre, des catapultes projetèrent sur Vienne des pots contenant un mélange de soufre, de poix et de salpêtre. Hébétés de fatigue, les défenseurs rejoignirent leurs postes. Les projectiles incendiaires traçaient d'extraordinaires arabesques multicolores avant de retomber sur les toits qu'ils enflammaient instantanément.

– Seigneur Dieu ! Le feu grégeois !

En s'emparant de Constantinople, un siècle auparavant, les Turcs avaient hérité du secret de cette arme diabolique que détenaient les Byzantins, à qui elle avait longtemps permis de vaincre, sur terre comme sur mer. D'ordinaire, les sultans répugnaient à l'employer, sinon pour faire un exemple en livrant aux flammes une cité révoltée. Si la résistance des assiégés ne l'avait exaspéré, Soliman, qui tenait à prendre ses quartiers d'hiver dans Vienne et savait qu'une cité réduite en cendres ne lui serait d'aucune utilité, ne l'aurait certainement pas employée...

A l'appel du tocsin, les équipes de garde-pompes volontaires se constituèrent immédiatement. Dans les premiers jours du siège, on avait déjà arraché les lattes des toits afin de réduire les risques d'un embrasement général. Mais le feu grégeois se répandait sur la pierre comme sur le bois et s'alimentait de n'importe quel combustible. Ses flammèches collaient aux vêtements et rongeaient les tissus comme les chairs. En quelques minutes, la nuit rougeoya. Dans leur rage impuissante, les soldats postés sur les remparts ne pouvaient qu'encourager leurs concitoyens à combattre le fléau. Ogier songea un instant à courir à Saint-Rupert. Mais, donnant l'exemple, il maîtrisa son angoisse et interdit à ses hommes de s'absenter. D'ailleurs les canons turcs reprenaient leurs tirs et une grêle de boulets s'abattait sur la muraille.

– Aux créneaux ! rugit le chevalier.

Mais il ne pouvait s'empêcher de se retourner à tout instant vers la ville éclairée comme en plein jour et de prier pour qu'Hélène et Marie aient fui leur maison et se soient réfugiées dans l'église ! Gera avait juré de les protéger, mais le pourrait-il devant le feu grégeois ?

Gera s'éveilla avant le tocsin, oppressé par un étrange pressentiment. Quelque chose d'anormal se passait, un danger était imminent... Il bondit hors du lit et, sans prendre le temps d'enfiler ses bottes, courut à la fenêtre et repoussa le volet plein. Le bois était brûlant, la douleur lui arracha un gémissement.

Il ouvrit la porte de la soupente. Le couloir était noyé de fumée, une forme rampait à ses pieds. Alors qu'il se penchait pour saisir Ada, l'huile enflammée ruissela à travers la charpente et les vêtements de la fille s'embrasèrent d'un coup, transformant la malheureuse en torche vivante.

Gera recula. Il ne pouvait plus rien pour elle et pas davantage pour l'autre servante asphyxiée sans doute déjà dans la chambre voisine. Il se rua dans l'escalier et, toussant et crachant, il en dévala les degrés.

Une terreur abjecte s'empara de lui. Il revivait une autre nuit. Celle à laquelle ni son épouse ni ses enfants n'avaient survécu et où lui-même n'avait réussi qu'à grand-peine à sauver sa vie...

En bas, la chaleur était intenable. Il n'y avait pas un instant à perdre...

– Gera ! Au secours, Gera !

Hélène ! Marie ! Il aurait voulu les oublier !...

L'incendie dévorait l'étage supérieur. Les poutres noircissaient et fumaient. Gera tituba, le visage boursouflé, son œil unique réduit à une fente. Il n'avait pas le temps d'atteindre les chambres avant la chute du toit. Seul, il pouvait encore s'échapper.

– Gera !

L'appel avait faibli. Il se ressaisit.

– Dame, je suis là ! hurla-t-il.

Il allait réussir là où il avait échoué autrefois. Le chevalier lui avait confié son épouse et sa fille, il les sauverait ! Même s'il devait y laisser la vie ! Agitant les bras comme un noyé, il plongea dans les rouleaux de fumée. Plus que trois mètres, plus que deux... Il enfonça la porte d'un coup d'épaule. La pièce était un enfer, les lambris des murs se détachaient en crépitant, le dallage rougeoyait. Pétrifiées d'épouvante, Hélène et Marie se serraient l'une contre l'autre. Gera enleva la fillette dans ses bras et entraîna la jeune femme vers la sortie.

Ils avaient à peine fait un pas que le plafond s'effondrait.

Depuis les remparts, Ogier assistait impuissant aux incendies qui ravageaient la ville. Les canons ennemis ne laissaient aucun répit aux assiégés. La muraille tiendrait-elle ?

De son poing ganté de fer, il martela la pierre.

– Messire, cria un arquebusier, regardez !

– Fais chauffer la mèche ! Ils arrivent !

Les *azabs* avançaient à travers les ruines des faubourgs. On entendit bientôt le son des flûtes, des tambourins et des trompettes, les encouragements des derviches...

– Tout le monde à son...

La voix du chevalier se perdit dans un fracas de fin du monde. Comme frappée par le poing d'un géant, la tour-porte de Karnthner s'éventra par le milieu, catapultant alentour moellons et tronçons de madriers. Le chemin de ronde ondula, des soldats basculèrent dans le vide en hurlant, le sol manqua sous les pas d'Ogier. Puis le souffle de l'explosion le projeta dans l'énorme nuage de poussière qui montait de la brèche. Sa chute lui parut interminable, une avalanche de gravats l'ensevelit...

Peu à peu, Ogier reprit conscience et comprit ce qui venait de se passer. Spinola avait vu juste : il existait une quatrième galerie. Il dégagea ses bras, repoussa les débris amoncelés sur ses jambes et, encore étourdi, se releva. Autour de lui, c'était le monde à l'envers. En gémissant, un Espagnol contemplait avec incrédulité son bras arraché. D'autres soldats allaient et venaient sans but, le regard vide. Certains, recroquevillés sur eux-mêmes, vagissaient comme des nouveau-nés. Un archer styrien appelait sa mère...

Le chevalier fit deux ou trois pas hésitants. Apparemment, il ne souffrait que de contusions. A travers la brèche, il vit au loin l'ennemi avancer.

– Jésus-Marie-Joseph !

Un tiers de ses hommes avait disparu dans l'explosion. La plupart des survivants étaient blessés et les rares soldats valides, trop hébétés pour organiser la défense. Sur ce qui restait du chemin de ronde, l'artillerie se taisait. Ah ! les Turcs avaient parfaitement combiné leur attaque. Ils allaient submerger ce secteur, s'ouvrir un chemin jusqu'à la Hofburg et s'emparer de Vienne ! Leurs sapeurs avaient fait du bon travail, Soliman pouvait être content !

Le chevalier jeta au loin son casque à la visière complètement faussée et chercha une arme. Son regard tomba sur une guisarme à moitié enfouie sous les gravats. Il ramassa la longue et lourde serpe prolongée d'une pointe. Il n'avait jamais manié cette arme, mais il la savait efficace, d'estoc comme de taille, face aux fantassins comme face aux cavaliers.

– Des renforts ! cria-t-il à un soldat. Cours à la Hofburg prévenir le comte Salm ! Nous allons essayer de retenir les Turcs !

– Mais...

– Cours et ne reviens pas sans eux si tu tiens à tes os !

– Oui, messire !

– Vous autres, à vos armes ! Rassemblez-vous autour de moi ! Les piquiers, à genoux, les arquebuses et les arbalètes derrière ! Serrez les rangs !

Il relevait sans ménagement et rameutait tout ce qu'il apercevait d'hommes valides.

– Sur le rempart, tenez bon !

– Comptez sur nous, messire ! répondit une voix.

– Braves garçons, murmura Ogier.

Si Roggendrof, Zriny ou un autre n'arrivaient pas très vite avec des troupes fraîches, les défenseurs de la porte de Karnthner auraient vécu... Mais il leur restait encore une faible chance...

Les premiers *azabs* se faufilèrent par l'ouverture béante.

La veille au soir, Soliman avait convoqué son état-major et écouté chacun attentivement. Les arguments en faveur de la levée du siège ne manquaient pas : les provisions s'amenuisaient, on avait épuisé les réserves en poudre, boulets et munitions, la mauvaise saison avançait, les pluies tombaient, quelques flocons de neige faisaient leur apparition, l'inconfort des cantonnements, l'humidité et la boue démoralisaient la troupe et, fait plus grave, les janissaires commençaient à murmurer. Encore quelques jours et les *ortas* se mutineraient, renverseraient les marmites et brûleraient leurs tentes. Le cas n'avait rien d'exceptionnel : ils avaient contraint Sélim lui-même à abréger sa campagne contre les Perses.

– Dans ce cas, avait admis Soliman, nous lancerons demain un dernier assaut en mettant les chances de notre côté.

Ce qui signifiait jeter toutes ses forces dans la bataille : créer des diversions en incendiant des quartiers de Vienne, préparer l'assaut par un feu roulant d'artillerie, entasser les réserves de poudre dans la galerie secrète, déclencher l'explosion et lancer enfin trois colonnes d'attaque sur la porte de Karnthner ! Chaque janissaire toucherait une prime de mille aspres en or. Le premier à prendre pied sur les remparts ou à pénétrer par la brèche en recevrait trente mille...

La nouvelle avait fait le tour des bivouacs et déchaîné l'enthousiasme. Toutes rancœurs oubliées, les janissaires avaient fourbi leurs armes, endossé leur grande tenue et acclamé Soliman venu de nuit les visiter.

Quelques heures plus tard, le sultan, qui s'était retiré sous sa tente pour prier, était apparu sur le seuil de son palais de toile dans la lumière des torches et avait donné le signal aux catapultes.

Décimés par les tirs, les *azabs* des premières lignes n'avançaient qu'à contrecœur sous les injures et les coups de fouet de leurs officiers. Ils tombaient par centaines et leurs corps s'amoncelaient devant la brèche. Les défenseurs résistaient, mais les arquebusiers avaient épuisé le contenu de leurs poires à poudre, les arbalétriers et les archers manquaient de traits.

– Courage ! répétait Ogier, courage ! Tenez bon !

Il lui restait à peine quarante hommes, tous saignant de multiples blessures. Debout comme un titan au milieu de la brèche, le chevalier paraissait invulnérable. Les flèches s'écrasaient sur son armure, les balles abattaient ses compagnons, les *azabs* cédaient la place aux janissaires enragés par cette résistance inattendue... Et lui, jambes écartées et grimaçant d'effort, il moissonnait les têtes, les bras et les jambes avec son fauchard de paysan !

Le jour s'était levé, on pataugeait dans le sang et les membres coupés.

– Jésus ! Jésus ! Jésus !

Ogier tressaillit. Le cri de ralliement de Nicolas Zriny !

Le jeune comte surgit à son côté, l'épée au poing.

– Enfin ! souffla Ogier.

– Le temps de rassembler ceux que nous pouvions à la Hofburg ! Roggendrof s'occupe des remparts ! Salm a tenu à venir ! rugit le comte.

Et il perça un janissaire hurlant, de part en part.

Les chrétiens repoussaient maintenant les Turcs au-delà de la brèche et les poursuivaient hors les murs. Il n'était que temps ! Ogier se laissa tomber sur un tronçon de madrier. Le visage maculé de sang, de poussière et noirci de poudre, on eût dit un démon échappé de l'enfer. Il entendit comme dans un rêve les clameurs de victoire qui saluaient la retraite des janissaires, puis aussitôt des lamentations de désespoir. Il leva un regard éteint vers la muraille.

– Que se passe-t-il ?

Un boulet turc avait pulvérisé le rempart derrière lequel combattait Nicolas Salm. Grièvement touché, le vieux lion gisait entre les bras de Roggendrof. On le transporta dans sa chambre où les chirurgiens royaux qui se pressèrent à son chevet s'avouèrent impuissants à le sauver. Le comte alors demanda à être entendu en confession, reçut l'extrême-onction et attendit la mort.

Tout au long de cette journée du 14 octobre, les Turcs renouvelèrent leurs tentatives pour entrer dans Vienne par la brèche de la porte de Karnthner. Mais chaque fois ils se heurtèrent au courage inébranlable des défenseurs.

La nuit venue, Ogier était toujours à son poste. De temps à autre, il montait sur le rempart. Dans le camp des Turcs, silencieux sous la pluie battante, brûlaient quelques feux de bivouacs. La cité, où la plupart des incendies avaient été maîtrisés, était également silencieuse. Depuis des heures, le chevalier attendait Gera. Plus le temps passait, plus l'angoisse l'étreignait. Un pressentiment...

– Pensez-vous qu'ils reviendront, messire Ogier ?

– Que dis-tu ?

– Pensez-vous que les Turcs reviendront demain ?

Le jeune Espagnol qui l'interrogeait lui rappela Alvaro, son écuyer tué le premier jour du siège. Une éternité déjà... Le chevalier haussa les épaules.

– Avec l'aide de Dieu, nous les avons repoussés aujourd'hui... Cela seul compte.

Une silhouette approchait sur le chemin de ronde.

– Roggendrof ! Quelles nouvelles de Salm ?

– Quand je l'ai quitté, il avait toute sa connaissance... Il m'a chargé de vous remercier. Monseigneur Philippe aussi. Tous s'accordent à reconnaître que, sans vous, les Turcs tiendraient ce soir la ville. Je suis fier d'être votre ami... Mais ce n'est pas pour ça que je suis ici. J'ai une bien triste nouvelle à vous apprendre. Je ne crains ni Dieu ni diable, vous le savez, mais si un autre pouvait s'en charger à ma place...

– Parlez, Roggendrof.

– Il s'agit de dame Hélène et de l'enfant... Le quartier Saint-Rupert a été réduit en cendres, les habitants n'ont pas eu le temps de s'échapper. En quelques minutes, le feu grégeois a tout embrasé. On fouille en ce moment les décombres à la recherche des victimes. Une chapelle ardente a été installée dans l'église.

– Seigneur Dieu ! murmura Ogier.

Des larmes roulèrent sur ses joues, délayant le masque de poussière et de poudre. Se sentant défaillir, il s'adossa au créneau.

– Elles sont maintenant en Paradis, mon ami. En compagnie de toutes ces innocentes victimes...

– Mais moi, j'ai risqué la mort cent fois, et cent fois j'ai survécu...

– Dieu l'a voulu. C'est sans doute pour que vous le serviez encore qu'il vous a épargné. Venez. La nuit sera calme, votre présence ici n'est plus indispensable. Je vous accompagne à Saint-Rupert...

– Laissez-moi seul, Roggendrof, je vous en prie...

Le baron hocha la tête et s'éloigna. Ogier leva les yeux vers le ciel, espérant y trouver la réponse qui l'apaiserait...

Il avait quitté le château familial douze ans auparavant et sa destinée l'avait conduit en Hongrie pour combattre l'Infidèle. Il y avait trouvé l'amour d'une femme et connu les joies de la paternité, la quiétude d'un foyer. Tout cela venait de lui être arraché... Était-ce pour l'avoir tout entier à Son service que Dieu le dépouillait ainsi ? Était-ce bien là Sa volonté ?

La souffrance qui le submergeait raviva en sa mémoire le souvenir d'Hélène. Il se revit dans la salle d'honneur du Var, posant pour la première fois son regard sur elle. Puis dans le lit nuptial de l'hôtel Cibaco, la pressant contre lui...

Enfin il la vit, épuisée et radieuse après ses couches, l'enfant endormie près d'elle...

Mortes, elles étaient mortes ! Dans sa détresse, il entendait leurs cris, leurs appels. Car elles avaient dû crier, appeler ! Et Gera, qui avait cherché à les sauver, avait sûrement péri, lui aussi... Il était seul de nouveau. Plus seul qu'il ne l'avait jamais été.

– Vous m'avez appelé, messire chevalier ?

Le cœur battant, l'écuyer attendait.

– Non, mais puisque tu es là, je te confie le secteur. Tu organiseras les tours de garde.

– Mais si les Turcs reviennent ?

Ogier soupira, parler lui coûtait :

– Ils ne reviendront pas cette nuit, je peux te l'assurer. Je serai de retour au lever du jour.

– Ce fut une rude journée, messire... On ne parle que de vous dans Vienne, et de vos exploits sur la brèche !

– Ce fut une rude journée en effet.

Roggendrof avait dit vrai : le quartier Saint-Rupert n'était plus que ruines. Partout flottaient des odeurs de fumées et de chair brûlée. Certains s'étaient réfugiés dans l'église. A la lumière des torches, d'autres fouillaient les décombres de leur maison sans bien savoir ce qu'ils y cherchaient. Ogier découvrit ce qui restait de la sienne : le soubassement de pierre et un amas de poutres calcinées.

– Messire chevalier ! C'est bien vous !

Un homme entre deux âges avançait timidement la main et touchait le bras d'Ogier comme pour s'assurer qu'il ne rêvait pas.

– Oui, c'est moi... Mais toi, qui es-tu ?

– Vous ne vous en souvenez pas, messire ? Votre voisin, maître Josef, le fabricant d'épingles !

– Ah, oui ! Maître Josef. Tu en as donc réchappé...

– Oui, messire, murmura l'artisan, vu que, la nuit dernière, j'avais rejoint mon poste à la porte de Salz... Mais mon épouse et mes deux derniers sont morts dans cette maison. Quant à mon aîné, c'est pendant l'assaut qu'il a été tué...

L'homme eut un sanglot. Oubliant sa propre détresse, Ogier en fut bouleversé. Que l'on soit noble ou manant, on souffrait également. Pensant aux survivants de la cité martyre qui, en cet instant, pleuraient ceux qu'ils aimaient, il posa sa large main sur l'épaule de l'artisan.

– Le Seigneur nous a repris ce que nous avions de plus cher. Si tu le veux, nous prierons ensemble cette nuit. Ensuite, nous regagnerons les remparts car nous n'en avons pas fini avec le Turc. Tant qu'il sera sous nos murs, il n'y aura pour nos frères chrétiens ni paix ni bonheur en ce monde.

21

La tente impériale, dont un vent chargé de neige soulevait les pans de toile, contenait à grand-peine tout ce que l'expédition comptait d'officiers et de dignitaires.

Les yeux rougis par le manque de sommeil, Soliman prit place sur son trône. Il garda un long moment la tête baissée, ruminant de sombres pensées. Vienne ne céderait jamais sous les assauts de la Porte, la campagne se soldait par un échec. A qui en imputer la responsabilité ?

Mais chercher et désigner dans son entourage le ou les responsables serait reconnaître que, pour la première fois de son règne, il avait été battu ! Lui, Soliman. Soliman le Grand, le Législateur, le Magnifique ! Plus qu'une erreur, ce serait une stupidité ! L'Ombre de Dieu sur la Terre, Commandeur des croyants, ne pouvait laisser douter de sa toute-puissance. Pourtant...

S'attardant sur un visage puis sur un autre, il parcourut d'un regard mauvais l'assemblée silencieuse. L'angoisse de ces hommes était presque palpable. Il la comprenait. N'avaient-ils pas de fautes à se reprocher, tous autant qu'ils étaient ? Du simple officier incapable d'entraîner ses troupes au-delà du mur d'enceinte au vizir de Roumélie ou à celui d'Anatolie, à l'*aga* des janissaires, à Ibrahim lui-même ! Ils s'attendaient à voir tomber des têtes, ils se demandaient lesquelles...

Caressant sa moustache rougie au henné, il savoura un instant la peur qu'il inspirait. Piètre consolation.

– La mauvaise saison est là, nos soldats se sont couverts de gloire sous les murs de Vienne et j'ai donné aux Caphars une leçon qu'ils n'oublieront pas. Mon peuple bien-aimé attend avec impatience le retour de son Padichah. Aussi ai-je décidé que nous rentrons à Istanbul recevoir les lauriers de notre grande victoire.

Un frémissement parcourut l'assemblée. Puis, comme une digue rompue laisse passer des eaux tumultueuses, la joie éclata en acclamations.

– Approche, Ibrahim, toi le *serasker* de mon invincible armée !

Le grand vizir se prosterna face contre terre. Soliman leva la main et le silence revint.

– Relève-toi, mon ami, et accepte ces présents en récompense de ton dévouement.

Sur un signe de Soliman, des serviteurs chargés d'objets précieux apparurent. Le sultan remit à Ibrahim cinq bourses de pièces d'or, quatre cafetans doublés de soie et fourrés de zibeline et, honneur suprême, un sabre où d'incomparables rubis étaient sertis.

Courbé en deux, le grand vizir s'avança jusqu'au trône et baisa la main de son souverain.

– Reste auprès de moi, dit Soliman.

Il appela ensuite, par ordre de mérite et de rang, le *beylerbey* d'Anatolie, le gouverneur de Bosnie, l'*aga* des janissaires, les officiers généraux de chaque corps, et remit à chacun d'eux un présent.

On ne vit pas le gouverneur de Serbie et pour cause : son cadavre se balançait à une potence et son successeur n'avait pas encore été nommé.

– La campagne auguste s'achève, conclut Soliman. La couardise du roi Charles des Espagnes et de son frère Ferdinand sera bientôt connue de toute la chrétienté : ils ont refusé le combat que je leur offrais. Il n'entra jamais dans mes intentions de prendre Vienne, mais seulement de défaire une fois pour toutes les ennemis de l'Islam. Ce n'est que partie remise.

– Gloire au Padichah ! Gloire à Soliman ! clama encore l'assemblée avant de se retirer.

La tente se vida et chacun se prépara au départ. Soliman et Ibrahim restèrent seuls. Le grand vizir feignait de contempler l'épée offerte.

– Je sais que tu as fait l'impossible pour prendre Vienne, murmura Soliman, et je ne t'en veux pas. Tu as joué de malchance. D'abord ces crues qui ont ralenti notre marche, la perte de nos canons, imputable au seul Koz Ali bey, puis les revers de nos sapeurs et ceux des janissaires... Enfin l'arrivée précoce de l'hiver.

– Seigneur des seigneurs, j'ai sous-estimé l'opiniâtreté des chrétiens.

– Moi aussi, avoua Soliman. Rhodes fut enlevée en une seule campagne, et Belgrade, Buda et tant d'autres places fortes... J'imaginais qu'il en irait de même avec Vienne ! Pourtant, ajouta-t-il avec amertume, Mehmet prit Constantinople qui était autrement défendue...

– Oui, ses murailles étaient hautes et puissantes. Mais si l'on en croit les chroniques, les chrétiens se trouvaient divisés et l'empereur Constantin Dragasès disposait à peine de cinq mille hommes. Dont une moitié de mercenaires qui s'enfuirent à la première blessure de Giustiniani, leur chef.

– C'est vrai.

Les deux hommes cherchaient à se convaincre, mais ils éprouvaient la même déception. Une déception que les cloches de la cathédrale Saint-Étienne qui se mirent à sonner à toute volée furent loin d'atténuer ! Bientôt toutes les églises joignirent leurs voix de bronze au tumulte des Viennois qui, massés sur les murailles, regardaient les Turcs lever le camp et manifestaient leur joie.

Soliman pâlit affreusement. Jamais il n'avait subi pareille humiliation.

– Ibrahim !
– Oui, Seigneur des seigneurs ?
– Combien reste-t-il de prisonniers chrétiens dans le campement ?
– Un millier de paysans raflés par les *akinjis* et une cinquantaine de soldats capturés il y a huit jours.
– Le vent souffle en direction de Vienne. Fais dresser des bûchers et qu'on brûle ces prisonniers. Nous verrons ce qu'il en sera de la joie des chrétiens !

Les cloches se turent et un grand silence se fit sur les murailles où le vent apportait d'épais panaches de fumée et les hurlements des suppliciés.
– Jésus ! Ils massacrent leurs prisonniers ! Il faut intervenir !
Pleurant sans honte, des soudards endurcis maudissaient Soliman. Chacun s'imaginait entendre l'appel d'un compagnon, d'un ami, d'un frère. Des grappes d'hommes enfiévrés dévalèrent les escaliers du chemin de ronde et abattirent les obstacles amoncelés devant la brèche.
– Restez ici ! s'interposèrent Roggendrof et le Palatin Philippe, il est trop tard pour les sauver !
– A mort les Turcs ! Sus à Soliman ! Le vieux Salm nous aurait approuvés !
– Un peu de patience et ces malheureux seront vengés ! Reculez ! Reculez !
Immobile sur le rempart déserté, Ogier contemplait cette agitation. Il partageait les sentiments des Viennois et, s'il avait suivi son premier mouvement, il aurait couru aux Turcs comme eux. Mais il envisageait aussi les désastreuses conséquences d'un revers : la cavalerie turque enveloppant leur horde désordonnée, les janissaires profitant de la porte ouverte et de l'absence de défenseurs sur la brèche, et la cité perdant en une matinée sa liberté si âprement et si chèrement disputée !

Quelques excités se ruant déjà dehors, il comprit que Philippe de Bavière et ses capitaines ne contiendraient pas longtemps la foule. Il dévala l'escalier et s'arrêta sur les premiers degrés, dominant de sa haute stature tous les soldats.

– Compagnons ! tonna-t-il.

– Conduis-nous, chevalier ! Mort à Soliman !

Ogier leva les bras pour réclamer le silence. Tous les regards étaient fixés sur lui. Ses exploits lui avaient valu l'admiration des Viennois et ses malheurs leur compassion.

– Mes amis, écoutez-moi ! Mon épée crie vengeance et elle raccompagnera Soliman jusqu'à Buda et Istanbul, si Dieu le permet !

– Oui ! Vengeance ! Vengeance !

– Mais il est trop tôt pour abandonner nos remparts ! Trop tôt pour courir aux Turcs ! C'est demain, lorsque leur armée sera retirée et qu'ils seront pressés de regagner leurs foyers, que nous les harasserons ! Soliman a perdu trente mille hommes sous nos murs. Il en perdra encore autant avant de revoir son palais !

– Peux-tu le jurer ? cria une voix.

– Si monseigneur Philippe le permet, je vous conduirai !

– Ogier de Mercœur vous commandera et il vengera les morts de cette cité, dit le Palatin sans la moindre hésitation.

La foule laissa éclater sa joie. A pas lents, Ogier regagna le rempart. Plus rien ne le retenait à Vienne. Rien ne lui rendrait sa douce Hélène et sa tendre Marie, non plus que le pauvre Gera. Pouvait-il rester les bras croisés tandis que l'ennemi s'en retournait tranquillement chez lui ? Puisque Soliman aimait la guerre, on allait lui en offrir une dont il se souviendrait !

Les hurlements s'étaient tus. Un à un, les bûchers s'éteignirent, noyés de neige fondue. Une neige qui tombait dru et qui finit par dissimuler les Turcs aux chrétiens.

A regret, les Viennois regagnèrent leur poste et Roggendrof tendit un pichet à Ogier.

– Du vin herbé bien chaud, de quoi vous donner du cœur au ventre !

– Merci, baron. Je regrette d'avoir forcé la main du Palatin, mais je ne voyais pas pour arrêter ces exaltés d'autre moyen.

– Philippe tenait à vous récompenser. Au nom de Ferdinand, il vous confie le soin de harceler Soliman. A votre retour, le roi vous confiera le commandement d'une de ses forteresses.

Ogier frissonna. Le commandement d'une forteresse, n'était-ce pas ce qu'Hélène souhaitait pour lui ?

– Laquelle ?

– Güns, probablement. Vous êtes le plus qualifié pour tenir le verrou de l'Autriche.

L'armée turque en retraite s'étirait sur plusieurs lieues. Les troupes d'élite ouvraient la marche, précédant le train des chariots, des pièces d'artillerie et des chameaux. Ensuite venaient les cavaliers féodaux, la masse des vassaux et des irréguliers *azabs*. Fermant la marche, les colonnes volantes d'*akinjis*.

Les Tatars, quant à eux, avaient disparu dès l'annonce de la levée du siège. Probablement déjà en route pour la Crimée. Soliman savait qu'aucun sultan n'avait jamais réussi à s'imposer à ces hommes aussi insaisissables que le vent. Il avait d'autres soucis en tête : il cherchait à gagner Buda au plus vite.

Soixante lieues à peine séparaient Vienne de la capitale hongroise, mais chaque vallon, chaque village en ruines, chaque lisière de bois pouvait dissimuler une embuscade.

La neige qui tombait en rafales noyait dans une même blancheur le ciel et la terre. Enveloppé dans un épais manteau au col relevé, Soliman chevauchait sans parler, le visage fermé. Il lui pressait de retrouver Istanbul et Roxelane, et de préparer l'éclatante revanche qui mettrait Charles à genoux.

On dressait chaque soir la tente impériale, mais, contrairement à ses habitudes, Soliman n'y conviait personne, pas même Ibrahim. Il dînait, servi par ses muets, puis s'abîmait dans ses pensées. Les rires, la musique et les chants de Roxelane lui manquaient. Il relisait les lettres reçues et imaginait entendre la voix de son épouse tandis qu'elle évoquait sa vie au Sérail.

> *Seigneur, ton humble servante frotte son front dans la poussière. L'écho de tes exploits devant Vienne est parvenu jusqu'à Istanbul et j'en ai informé tes fils qui ne rêvent que de te rejoindre et combattre à tes côtés...*

L'humeur des janissaires s'accordait à celle du maître. En échouant devant Vienne, ils avaient déçu l'attente du sultan et failli à leur réputation d'invincibilité. La discipline se renforçait, les sanctions pleuvaient à la moindre incartade. Mais personne ne se plaignait.

A l'avant-garde à l'aller, les *akinjis* tenaient cette fois l'arrière-garde et saccageaient, pillaient, brûlaient tout ce qui leur avait échappé quelques semaines auparavant.

Revenus dans leur village, quelques paysans n'avaient pas prévu que les sauvages repasseraient : leurs cadavres égorgés ou lardés de flèches gisaient dans la neige teintée de sang, près de leurs chaumières qui achevaient de se consumer.

– Dois-je faire creuser une fosse commune ? demanda le *rittmeister* Nekmer.

– Non, répondit Ogier. Le sol est gelé, nous n'avons pas le temps de les enterrer chrétiennement. Nous ne pouvons pourtant pas les laisser aux loups. Les maisons serviront de bûchers funéraires.

Deux cents cavaliers, choisis parmi plus de mille volontaires, servaient sous ses ordres. Il avait écarté ceux qui avaient charge de famille, ainsi que les plus jeunes, et n'avait dans sa troupe que des vétérans aguerris.

– Les Turcs n'ont laissé aucun survivant ?

– Aucun, messire.

– Combien a-t-on fait de prisonniers ?

– Onze. La bande comptait une cinquantaine de *konjari*, mais quelques-uns ont réussi à s'échapper.

Depuis trois jours, ses soldats harcelaient l'armée en retraite et c'était la cinquième bande qu'ils surprenaient.

Le casque au creux du bras, Ogier traversa le village dévasté jusqu'à l'enclos où attendaient les captifs agenouillés, pieds et poings entravés. Il examina ces Turcomans que des chefs locaux avaient enrôlés le temps de la campagne. Ils ne touchaient aucune solde de la Porte, ils avaient leur seul butin pour salaire. En temps de paix, ils assuraient la garde aux frontières, dans les provinces de Serbie, Moldavie, Valaquie et Grèce.

– L'un d'entre vous parle-t-il langue de chrétien ?

Ogier répéta sa question en allemand puis en hongrois. Leurs yeux noirs luisants de haine, les *akinjis* l'observaient sans répondre. Ils devinaient qu'ils n'avaient aucune pitié à attendre de ce géant. Pourtant, un individu plus âgé que les autres se souleva :

– Moi, Caphar, je parle et je comprends un peu le hongrois.

– Tu es leur *tovijeler*, leur chef, n'est-ce pas ?

– C'est possible.

– Alors explique-moi : pourquoi tuer ces paysans désarmés ? Vous pouviez vous contenter de voler leurs maigres biens. As-tu une réponse à me donner ?

Le Turcoman haussa les épaules. Il n'y avait qu'un chrétien stupide pour poser de pareilles questions. Il dit quelques mots à ses compagnons qui éclatèrent de rire. Le regard d'Ogier, qui se maîtrisait pour ne pas massacrer toute la bande de ses mains, flamboya.

– *Rittmeister*, les hommes sont-ils prêts à se remettre en route ?

– Oui, messire.

Plusieurs cavaliers mirent pied à terre, saisirent les prisonniers et les entraînèrent au cœur du village où d'autres s'employaient à enfoncer dans le sol onze longs pieux pointus aux deux extrémités. A la vue des pals, le *tovijeler* pâlit et se débattit vainement. On arracha les vêtements des captifs, on ne leur laissa que leurs bottes.

– Allons, dit Ogier, qu'on en finisse.

Quelques instants plus tard, Ogier et ses hommes quittaient le village, abandonnant les suppliciés.

Allongé sur un amoncellement de coussins dans sa propre tente, à portée de voix de la tente impériale, le grand vizir interrompit sa lecture de *Kalila et Dimna*, un roman qu'il avait fait traduire de l'hindou à son usage personnel. Si l'ouvrage était aussi intéressant que le prétendaient les lettrés, peut-être proposerait-il au sultan de lui en faire la lecture afin d'égayer son humeur... Il considérait d'un air absent le *beylerbey* d'Anatolie. Le dignitaire commandait l'arrière-garde, poste peu enviable dans les présentes circonstances.

– Que veux-tu, Muhzir Ali bey ?

Le *beylerbey* était un homme d'une quarantaine d'années, petit et mince, très soigné de sa personne. Ses responsabilités, la fatigue et le manque de sommeil avaient creusé ses traits. Il s'exprimait en phrases hachées, à peine audibles. Seul un intense effort de volonté l'empêchait de s'effondrer. Ibrahim nota son regard brûlant de fièvre, ses lèvres décolorées, sa respiration sifflante.

– Excellence, s'inclina le dignitaire, pardonne le désagrément que t'occasionne ma présence, mais il s'agit d'une affaire de la plus haute importance.

A regret, Ibrahim referma son livre.

– Je t'écoute.

– Excellence, mes hommes ont peur.

– De quoi ?

– La nuit, les chrétiens surprennent les bivouacs, massacrent les sentinelles et les soldats endormis et, le jour, ils fondent sur les détachements isolés, sur les unités de fourrageurs.

– Ce n'est pas la première fois qu'une arrière-garde est harcelée par l'ennemi... Il y a autre chose, n'est-ce pas ?

– Oui, Excellence. On parle d'un homme qui conduit les chrétiens, un géant aux cheveux et à la barbe couleur de flammes...

– Ah ? fit pensivement Ibrahim.

– Il fait empaler ses prisonniers. Les *akinjis* terrorisés disent...

– Que disent-ils, Muhzir Ali bey ?

– Ils racontent que Vlad Tepes est de retour, Excellence... Rien ne saurait les faire taire ni changer d'avis...

– Sornettes, sourit Ibrahim. Celui qu'on surnommait Drakul est mort bien avant ma naissance et la tienne. Il sévissait du temps du glorieux Mehmet, en Transylvanie, en Valaquie, en Bulgarie... Pas dans les régions que nous traversons.

– Sans doute, Excellence, mais n'importe qui vous dira qu'on n'a jamais retrouvé le cadavre de ce *strigoï*, de ce *nosferat*, comme le qualifiaient ses propres sujets. Avant de disparaître, il a promis à son peuple de revenir nous combattre aussi longtemps que ce serait nécessaire...

– Ne me dis pas que tu prêtes foi à ces racontars de vieille femme, Muhzir Ali bey ?

– Non... Excellence, non, bien sûr... Mais je ne peux empêcher les soldats d'en parler autour des bivouacs.

– Eh bien ! fais bastonner les bavards. Ou plutôt, fais-les pendre ! Et tu verras qu'ils te craindront plus que le prétendu fantôme de Drakul !

Le dignitaire baissa la tête.

– Excellence, je te supplie de m'aider.

Ibrahim soupira. Il comprenait l'angoisse du *beylerbey*. Si l'on n'y mettait bon ordre, l'arrière-garde ne serait bientôt plus qu'un troupeau affolé, incapable de la moindre résistance, et la panique gagnerait le reste des troupes. Toute une armée s'effritant sans raisons, les meilleurs se débandant, une retraite ordonnée tournant au désastre, cela s'était déjà vu.

– Tu as eu raison de venir me parler, Muhzir Ali bey. Je vais m'en occuper personnellement. Rejoins tes officiers maintenant et tranquillise tes hommes.

Le dignitaire s'inclina et se retira. Ibrahim appela ses serviteurs qui l'aidèrent à s'équiper. Il ceignit le sabre offert par Soliman et coiffa un casque à rideau descendant jusqu'aux épaules. Par-dessus sa chemise de mailles il portait une *chairaina* [1] au damasquinage d'or. A trente ans passés, constata-t-il en examinant son reflet dans son bouclier, il avait toujours fière allure.

Il jeta une pelisse sur ses épaules et sortit. La neige avait cessé de tomber, mais une bise acérée chargée de grésil balayait le campement.

– Rassemble mes *silihdars*, ordonna-t-il à l'officier de permanence.

– Nous levons le camp, Excellence ?

Ibrahim dédaigna de répondre. Le capitaine s'inclina et tourna les talons.

Ce chevalier français qu'il avait libéré à Mohacs correspondait à la description qu'en avait faite Muhzir Ali bey... S'agirait-il de ce Mercœur ? Un individu courageux, mais dangereux qu'il fallait mettre rapidement hors d'état de nuire...

1. *Chairaina* ou « quatre miroirs » : cuirasse indienne constituée d'un plastron, d'une dosière et de deux plates pour les flancs.

Ibrahim sourit. Il ne pouvait s'empêcher d'éprouver de la sympathie pour ce chrétien intrépide, un homme qu'il eût aimé avoir pour ami. Cette pensée le ramena à Soliman et son sourire se figea. Bien que cordiaux, ses rapports avec le Padichah avaient changé depuis l'époque de Manisa. A qui la faute ? Il ne pouvait incriminer la seule Roxelane. Avec le temps, les sentiments se modifiaient. Chacun s'enfermait dans sa propre prison intérieure, faite de préoccupations, d'ambitions, de jalousie... Pouvait-on ranimer un feu qui s'éteignait ?

– Excellence ? Les *silihdars* attendent tes ordres.

– Qu'on amène mon cheval. Cette nuit, nous partons en chasse.

– Qu'allons-nous chasser, Excellence ?

– Une ombre peut-être, répondit Ibrahim. Mais plus sûrement un homme comme toi et moi.

Devait-il signaler son absence au sultan ? Après avoir réfléchi, il décida que non. D'ailleurs, à cette heure de la nuit, Soliman devait dormir.

Deux cents cavaliers, l'élite des *kapikulu* de la Porte, l'accompagnaient. A leur tête, Ibrahim s'éloigna du campement. Il ignorait où et quand l'ennemi frapperait, mais il se doutait qu'une attaque aurait lieu avant l'aube, au moment où les sentinelles transies de froid et exténuées de sommeil perdent de leur vigilance et où les soldats endormis sont une proie facile. Il faudrait faire vite pour intercepter les agresseurs. L'affaire serait chaude, mais Ibrahim s'en réjouissait par avance.

La compagnie chevaucha jusqu'à une colline basse d'où l'on pouvait voir les feux des bivouacs. Les cavaliers mirent pied à terre, il ne restait plus qu'à attendre. Ibrahim expliqua au capitaine et à ses dizainiers la raison de cette sortie nocturne et les *silihdars* jubilèrent à l'idée du carnage de chrétiens qu'ils allaient faire.

Les heures passèrent. Les *silihdars* s'impatientaient. Leur capitaine demanda respectueusement :

– Excellence ? La nuit est avancée. Pensez-vous que les chrétiens viendront...

– N'entends-tu point ? l'interrompit Ibrahim.

On percevait en effet le martèlement de sabots.

– En selle ! cria Ibrahim.

A peine avait-il mis pied à l'étrier qu'une détonation retentit et qu'un *silihdar* roula à terre : les chrétiens avaient déjoué le piège qui se refermait sur les chasseurs !

– Ils viennent sur nous ! dit le capitaine.

En se maudissant, Ibrahim dégaina son sabre. Il croyait surprendre les chrétiens ! Sans doute se dissimulaient-ils depuis le crépuscule quelque part dans ces collines...

Une première vague d'assaillants surgit des ténèbres et une mêlée s'engagea, violente et sans merci. Les *silihdars* défendaient chèrement leur vie, mais ils furent pris en tenaille et débordés par le nombre. Un feu roulant d'arquebuses et de pistolets précédait les charges furieuses des reîtres.

Ibrahim fit volter sa monture, une détonation retentit et il sentit la chaleur du plomb sur sa joue. Son adversaire jeta son arme vide et, abattant son épée, porta un coup terrible. La lame heurta le bouclier du grand vizir qui chancela. De son sabre, il para un deuxième coup, se dégagea à grand-peine et éperonna sa monture qui bondit en avant.

Incapables de se regrouper et de former une ligne de défense, les *silihdars* rompaient le combat et tentaient de sauver leur vie. Se voyant enveloppé d'ennemis, Ibrahim chercha une issue. Le grand vizir qu'il était n'allait quand même pas tomber dans ce combat d'arrière-garde, ce ridicule accrochage ! La honte l'étouffait à imaginer son cadavre lardé de coups abandonné aux loups. Quelle serait la réaction de Soliman ? Voilà qui était plus important que sa mort en cet instant !

C'est alors qu'il comprit que le combat avait cessé. La plupart des *silihdars* avaient fui et il restait seul au milieu de cadavres d'hommes et de chevaux. Une voix déclara :

– Un prisonnier de choix, messire Ogier. Un bey à en juger par la richesse de son équipement !

Un cercle de torches s'alluma, éclaboussant de lumière visages et cuirasses. Vingt fers le menaçaient. Son bouclier bosselé pendait au bout de son bras comme un poids mort. Désespéré, il rengaina son sabre.

Le cercle menaçant s'écarta pour laisser passage à un géant monté sur un destrier. Le cavalier releva la visière de son casque. Dans le trou d'ombre, Ibrahim vit luire son regard.

– Tu fais erreur, Nekmer, ce n'est qu'un *sipahi* mieux équipé que les autres. Un dizainier peut-être.

– Alors, qu'il meure !

– Depuis quand prends-tu les décisions à ma place ? gronda Ogier. Occupe-toi plutôt de faire soigner nos blessés et, si quelque autre Turc vit encore, achève-le. Donne-moi ta torche !

Le *rittmeister* tourna bride en grommelant et les cavaliers s'en allèrent autour de la colline dépouiller les cadavres ennemis. Depuis quelque temps, l'attrait du butin les animait autant que le désir de venger les morts de Vienne.

– Tu me reconnais ? demanda Ogier.

– Oui, dit Ibrahim. La dernière fois que nous nous sommes rencontrés, tu étais prisonnier. Aujourd'hui, les rôles sont inversés. Mais si j'avais réussi à surprendre ta troupe, je ne t'aurais pas laissé une seconde chance. Que vas-tu faire de moi ? Le pal, comme pour tes prisonniers ? A voir le grand vizir hurler de douleur sous la lune, Muhzir Ali bey croira cette fois définitivement que Vlad Tepes est revenu d'entre les morts !... Si tu éprouves quelque reconnaissance pour moi, accorde-moi de mourir en soldat.

Arrachant sa pelisse, Ibrahim délia les cordons de sa *chairaina* qu'il jeta dans la neige. Il se débarrassa aussi de son casque et de sa chemise de mailles. Vêtu de sa seule chemise de soie, il murmura en frissonnant :

– Frappe.

Ogier secoua la tête.

– Au lendemain de Mohacs, tu as épargné ma vie. Cette nuit, j'épargne la tienne. Nous sommes quittes maintenant. La prochaine fois, grand vizir Ibrahim, je te tuerai sans hésiter...

Mettant pied à terre, Ogier ramassa la pelisse et la donna au grand vizir.

– Pique des deux jusqu'à ton campement. Ne tarde plus, mes hommes reviennent...

Ibrahim dégaina son sabre et, le tenant par la pointe, le tendit au chevalier.

– Tiens, chrétien ! Les joyaux du sultan feront de toi l'égal d'un prince en ton pays !

Ogier saisit le sabre et, du plat de l'arme, assena au cheval d'Ibrahim une claque retentissante. Hennissant de douleur, la monture emporta son cavalier.

– Messire Ogier ! Messire Ogier !

– Laisse, Nekmer ! Nous ne le rattraperons pas, il a déjà trop d'avance. D'ailleurs, le jour va se lever. Pensons plutôt à filer d'ici avant que les Turcs n'arrivent.

Le chevalier glissa le sabre dans la couverture roulée derrière sa selle et mit le pied à l'étrier.

– Demain, Soliman arrivera en vue de Buda. Nous ne saurions poursuivre les Turcs au-delà.

– Vous voulez dire, messire, que nous rentrons à Vienne ?

– C'est exactement ce que je veux dire, *rittmeister*. N'en as-tu pas assez de toutes ces tueries ? N'aspires-tu pas au repos ? Moi, si...

Les cavaliers écoutaient en hochant la tête. Oui, ils avaient la nostalgie de Vienne et de ses clochers, de la chaleur des chambrées, des amis retrouvés.

– Vous avez raison. Rentrons, messire Ogier.

Trois jours plus tard, ils pénétraient par la porte de Salz dans une cité en pleine effervescence. On avait déblayé les ruines et le roi Ferdinand s'était réinstallé avec sa cour en la Hofburg. Le bruit courait même que l'empereur Charles Quint visiterait bientôt Vienne la glorieuse.

– Mes amis, dit Ogier, le moment est venu de nous séparer. Nous nous retrouverons pour rendre compte de notre mission à Sa Majesté. Prenez en attendant un repos mérité.

Les hommes se dispersèrent. Ils avaient toutes les raisons d'être satisfaits car, au prix de pertes minimes, ils revenaient auréolés de gloire et chargés du butin pris aux Turcs. Ogier les regarda s'éloigner en groupes bruyants. Un Viennois s'approcha et, mettant chapeau bas :

– Pardonnez ma curiosité, messire, mais n'êtes-vous pas le fameux chevalier de Mercœur qui a accompli tant de prouesses à la porte de Karnthner ?

– En effet, mon ami.

Des curieux entourèrent son destrier.

– Pour nous avoir sauvés des Turcs, je te bénis, mon fils, murmura une vieille femme.

Une autre se pencha et baisa avec ferveur sa botte. Un homme hissa son fils sur ses épaules et lui désigna bruyamment le héros dont le nom était sur toutes les lèvres. Embarrassé par ces manifestations, Ogier salua.

– Vive Mercœur ! cria une jeune fille, vive le gentil chevalier !

S'arrachant à la cohue, il gagna Hoher Markt. Pas un Viennois qui ne se retournait sur lui. Était-il donc devenu une sorte de Roland, d'Amadis ou de Galahad pour tous ces braves gens ? Voilà qui serait plaisant !

Il traversa la grande place où, en dépit du temps maussade, se tenait le marché quotidien et s'engagea dans la rue des Juifs qui menait à l'église Saint-Rupert. Arrêtant sa monture devant une échoppe, il confia la garde de son cheval à un adolescent en échange d'une piécette, prit sa couverture de selle dissimulant le sabre d'Ibrahim et entra.

C'était une boutique toute en longueur. Sur les étagères courant le long des murs, s'entassaient nombre d'objets gagés, aiguières d'argent, couverts d'étain, plats en terre cuite vernissée, mais aussi pièces d'armures, armes blanches ou à poudre, outils... Un coffre ouvert débordait de vêtements dépareillés, un autre de chaussures, ceintures et pièces de sellerie.

Au fond, deux jeunes gens en robes jaunes s'activaient derrière un comptoir. Ils pesaient sur une balance les pièces de monnaie qu'ils tiraient de sacs. Le premier communiquait à voix basse les mesures, le second les consignait en colonnes sur un cahier. Apercevant le chevalier, le peseur fit le tour du comptoir et s'approcha.

– Que puis-je pour votre service, messire ?

– J'aimerais m'entretenir avec maître Isaac.

– S'il s'agit d'un dépôt sur gage ou d'un emprunt à terme, je suis habilité à...

– Va dire à maître Isaac que le chevalier de Mercœur désire le voir, coupa Ogier.

Soulevant une tenture, le jeune homme disparut. Surveillé du coin de l'œil par le comptable, Ogier examina en l'attendant les objets exposés. Enfin, le peseur de monnaies reparut.

– Si vous voulez bien me suivre, messire : maître Isaac va vous recevoir.

La porte dissimulée derrière la tenture ouvrait sur un couloir sombre menant aux appartements privés.

– Entrez, messire.

La pièce était meublée d'un bureau à abattant, de deux fauteuils en cuir et d'une armoire qui regorgeait de rouleaux et de livres de comptes. Dans une cassolette posée sur une table basse brûlait de l'encens.

– Messire de Mercœur ! Quelle heureuse surprise ! Quelle joie et quel honneur pour ma maison !

Isaac l'usurier était un homme entre deux âges. De haute taille, le teint bistre et les yeux sombres enfoncés dans leurs orbites, les cheveux très noirs rasés sur la nuque et roulés sur le front. Il portait un ample surcot et une houppelande à plis en tuyaux d'orgue, à capuchon dentelé. Il désigna au chevalier un fauteuil :

– Je vous en prie... Puis-je vous offrir à boire ? Un doigt de clairet, peut-être ?

– Ce n'est pas de refus, dit Ogier, en s'asseyant et en posant la couverture sur sa cuisse.

Puis il étendit les jambes, labourant le tapis de ses éperons.

– Vous me pardonnerez de ne pas trinquer avec vous, dit Isaac en déposant le verre et la carafe.

Le chevalier se servit généreusement et apprécia sans retard le vin âpre et fruité. Agréablement engourdi par la chaleur du logis, il luttait pour ne pas s'endormir. Maître Isaac s'installa en face de lui.

– On ne parle que de vous à Vienne, messire Ogier. Au nom de mes coreligionnaires, permettez-moi de joindre ma voix à ces éloges. Permettez-moi aussi de vous présenter mes condoléances pour la perte de votre épouse et de votre fille. Ce fut un terrible malheur et nous sommes tous consternés. Dame Hélène était si belle, si bonne, si douce...

– Maître Isaac, je vous remercie. Il y a trois ans, lors de notre arrivée à Vienne, vous nous avez beaucoup aidés en offrant un prix honnête des bijoux de mon épouse. Vous m'avez par la suite accordé un emprunt grâce auquel j'ai pu m'équiper. Le moment est venu de vous rembourser.

– Rien ne presse, messire Ogier. Je serais même heureux de vous accorder d'autres délais, tous les délais que vous souhaiterez ! Et si vous aviez besoin d'autre argent, je serais très honoré de...

– Il ne s'agit pas de cela, dit le chevalier en ouvrant la couverture.

Il en retira le sabre d'Ibrahim et le présenta à l'usurier. Maître Isaac resta sans voix. Son regard s'alluma de convoitise et, d'une main qui tremblait, il saisit l'arme et caressa les pierres incrustées dans la poignée.

– C'est tout ce que je possède aujourd'hui, reprit Ogier. Mais il me semble qu'il y a là de quoi vous rembourser.

– Assurément, murmura l'usurier.

– A combien estimez-vous ces pierres ? Je ne parle pas du sabre qui a sans doute quelque valeur...

– Eh bien ! messire Ogier, fit l'usurier d'une voix altérée, un seul de ces rubis, non seulement efface votre emprunt, mais fait de moi votre débiteur.

– Choisissez donc celui qu'il vous plaira et je vous tiens quitte de la différence. Seriez-vous acquéreur des autres pierres ?

– Même si je le voulais, avoua Isaac, je ne le pourrais pas... Les Fugger d'Augsbourg seraient sans doute capables d'acquitter un pareil trésor, mais je ne suis pas un Fugger.

– En faisant appel à vos confrères de Vienne, disposeriez-vous de la somme ?

– Ni de la moitié... ni même du quart. J'ignore en quelles circonstances vous avez obtenu ce sabre, messire Ogier... C'est une arme de facture ottomane et le sultan seul est assez riche pour...

– L'arme appartenait à Soliman, en effet. Elle est tombée entre mes mains. Une prise de guerre.

L'usurier posa le sabre sur la table sans pouvoir en détacher son regard.

– Je vais vous faire une proposition, dit Ogier.

– Je vous écoute, messire.

– J'ai toute confiance en votre honnêteté. Je vous laisse l'arme et vous me versez une certaine somme nécessaire à mes projets. Vous négociez par la suite la vente des pierres, prenez votre commission et placez dans vos affaires la différence à mon nom.

– En quelque sorte, une association ?

– Cela se peut-il ?

– Ce ne serait pas la première fois qu'un gentil, noble ou bourgeois, ferait ainsi fructifier sa fortune.

– Je l'ignorais.

Maître Isaac éclata de rire.

– Servez-vous encore de mon claret, messire Ogier. Ensuite, avec votre permission, j'expertiserai chaque pierre et j'établirai une valeur globale qui servira de base à notre association. De quelle somme avez-vous besoin ? En quelle monnaie ? Florins de Florence, tournois de France ? Je vous conseillerais plutôt des ducats de Venise.

– Va pour les ducats, dit Ogier. En attendant, je bois et vous estimez.

Deux heures plus tard, sa ceinture lestée de cent ducats d'or comptés par l'usurier, Ogier se présentait devant le doyen des chanoines du chapitre de l'église Saint-Rupert :

– Voici une bourse de trente ducats. Pour aider les gens de ce quartier que le siège a ruinés.

– En leur nom, je vous remercie, s'inclina le doyen, sans manifester la moindre surprise à l'énoncé de la somme. Je sais quel malheur a frappé votre famille, mon fils. Les noms de Dame Hélène et de l'enfant Marie sont cités dans nos prières depuis cette funeste nuit. Là où elles sont, elles ne peuvent qu'approuver ce que vous faites pour nos frères les plus démunis... Puisque vous êtes ici, souhaitez-vous que je vous entende en confession ?

– La chose risque de durer, mon père, car il y a longtemps que je n'ai pas dit mes péchés.

– Nous avons tout notre temps, venez...

Ils se retirèrent un moment puis le doyen raccompagna Ogier jusque sur le parvis.

– Vous avez subi une cruelle épreuve, mon fils. Mais vous êtes un homme courageux et vous la surmonterez, avec l'aide de Dieu. Puis-je faire quelque chose pour vous ?

Ogier réfléchit.

– Peut-être. Je ne sais ni lire ni écrire...

Le doyen sourit.

– Revenez demain et nous arrangerons cela.

L'après-midi était avancée lorsque le chevalier trouva enfin l'homme qu'il cherchait.

– Ah ! Maître Josef ! Je commençais à désespérer de te retrouver et je me demandais si tu n'avais pas quitté la ville...

Le propriétaire de l'échoppe à l'enseigne de ceinturonnier s'avança timidement pour demander :

– Messire, que puis-je pour votre service ?

– Rien. J'ai seulement deux mots à dire à ton ouvrier. Viens, Josef, sortons un instant.

Une fois dehors, il posa son énorme main sur l'épaule de l'artisan.

– Ainsi, tu as abandonné les épingles pour les ceintures ?

– Par force, messire. C'était ça ou crever de faim : tout mon matériel a brûlé avec notre logis.

– Pourquoi ne pas reprendre ton ancien métier ?

– J'y ai songé, messire... Mais mon patron n'est guère généreux. Il se passera des années avant que j'aie pu économiser la somme qu'il me faut.

– Tu n'attendras pas si longtemps, sourit Ogier. Voici vingt ducats de Venise.

– Messire ! souffla l'homme en pâlissant.

– Tu ne vas pas t'évanouir, au moins ? Prends ces ducats et écoute-moi. Tu vas faire rebâtir notre maison comme elle était avant, exactement. Tu achèteras ton matériel, engageras des ouvriers et installeras ton atelier au rez-de-chaussée. Les étages seront miens. Je les meublerai plus tard à ma convenance.

– Messire, je ne sais comment... Dieu vous bénisse !

– Allons, protesta Ogier en relevant l'homme qui s'agenouillait. A bientôt, maître Josef !

Il détacha son cheval, sauta en selle et prit la direction de la Hofburg, apaisé. Il savait qu'Hélène l'accompagnait.

L'armée turque fit étape à Buda, mais Soliman refusa l'invitation de Zapolya. Ayant hâte de rentrer à Istanbul, il fit établir le campement à quelque distance de la cité plutôt que de s'installer au Var comme son vassal le lui proposait. Une pluie glacée ayant succédé aux premières chutes de neige, les janissaires ne cessaient de maugréer contre l'inconfort de leurs installations.

Jan Zapolya fut convoqué chez le sultan.

– On dit Soliman de méchante humeur depuis son échec devant Vienne. Aurait-il des raisons de m'en vouloir ?

– Aucune, le tranquillisa Luigi Gritti. Si le sultan devait blâmer quelqu'un, ce ne pourrait être que le grand vizir et ce serait bien dommage. Ibrahim a accompli tout ce qui était humainement possible pour prendre la ville.

Les paroles de son conseiller apaisèrent les craintes du voïvode de Transylvanie. Mais, dans le camp turc qu'il traversait en compagnie de son escorte, il ne voyait que visages fermés, unités désœuvrées et rassemblées autour de maigres feux, chariots et canons aux roues embourbées, animaux de trait abandonnés. Sans compter les soldats blessés, les uniformes tachés de boue et de sang, les plaintes et les gémissements... Force était de constater que la retraite ne se déroulait pas dans les meilleures conditions.

Un officier du corps des *solaks* attendait devant l'entrée de la tente impériale. Il fit signe à l'escorte de reculer : seuls le voïvode et son conseiller seraient autorisés à présenter leurs hommages au sultan. Puis il précéda les deux hommes entre les portiques.

La tente était plongée dans une semi-pénombre. Ni courtisans ni serviteurs affairés, mais des gardes alignés de chaque côté. Au fond, Soliman était assis sur son trône de campagne. Il n'avait auprès de lui aucun dignitaire, pas même le grand vizir. Rien que son secrétaire particulier, le vieil historien Mehmet Zaïm, chargé de retranscrire pour les archives de la Porte les faits et gestes officiels du sultan.

Zapolya et Gritti parcoururent la moitié du chemin qui les séparait du trône, puis s'immobilisèrent et se prosternèrent à trois reprises. Ensuite, ils attendirent. Feignant de les apercevoir seulement, Soliman leva la tête.

Gritti fut frappé par la métamorphose du sultan. Son visage amaigri était d'un gris terreux, ses yeux cernés, ses lèvres décolorées, son front barré de profondes rides.

– Seigneur des seigneurs, Padichah, Distributeur des couronnes aux Monarques du globe, ta gloire resplendissante efface celle de tous les conquérants qui t'ont précédé ! Quel honneur pour moi d'être le premier à te féliciter pour cette nouvelle campagne victorieuse dont l'écho retentit déjà dans le monde entier !

– Il est vrai que j'ai infligé une rude leçon au roi des Espagnes et à ceux qui le soutiennent, dit le sultan. Je pense que nul ne contestera plus ta légitimité sur le trône de Hongrie. Avant de repartir pour ma capitale, je te confie le soin de faire prospérer cette province et d'y maintenir la paix en mon nom. Tu es mon fidèle serviteur et tu as mérité ma gratitude : on te remettra dix caftans et trois chevaux harnachés d'or.

– Merci, Auguste Majesté.

L'entretien était terminé. Zapolya et son conseiller mimèrent le baiser à la main que Soliman leur tendait de loin, puis ils se prosternèrent à nouveau trois fois et quittèrent la tente à reculons.

– Le sultan serait-il malade ? demanda Zapolya à voix basse quand ils furent sortis.

– Malade d'orgueil blessé, oui ! répondit Gritti. Il n'avait jusqu'à ce jour jamais échoué dans ses entreprises... Un conseil d'ami, si vous me permettez, ne le décevez pas !

– C'est-à-dire ?

– Vous n'êtes pour lui ni plus ni moins qu'un gouverneur de province et, dans son esprit, c'est à l'Empire qu'appartient la Hongrie. Pour garder le trône et le sceptre, il nous faudra contrer les Habsbourg avec énergie. Vous pouvez être certain que, d'ici peu, Ferdinand enverra une nouvelle ambassade à Istanbul pour réclamer la couronne. Mais je serai sur place et veillerai sur vos intérêts.

L'officier qui les avait accueillis reparut :

– Les présents offerts par le Sultan des sultans, dit-il, montrant les caftans et les chevaux que l'on amenait.

Le lendemain, l'armée turque levait le camp et, cinq semaines plus tard, Istanbul acclamait Soliman.

22

Septembre 1533

Dix-huit galères se présentèrent à l'entrée du Bosphore. Au grand mât de chacune d'elles étaient hissés l'étendard vert du Prophète et la bannière de Hayreddin Barberousse, le corsaire barbaresque.

A cinquante ans, Barberousse était un homme corpulent. Il avait, dès l'adolescence, renié son nom et sa religion pour se mettre au service de l'Islam et, dans son visage basané, seul le bleu des yeux révélait encore ses origines grecques et chrétiennes.

Debout à l'arrière de son bâtiment, sur la plate-forme conduisant à la poupe, Barberousse savourait ce moment attendu depuis plus de vingt ans. Des quatre fils du potier de Mytilène, Elias était mort le premier, puis Ishak. La fin brutale d'Aroudj son aîné avait fait d'Hayreddin l'héritier de ses ambitions. Il avait juré allégeance à la Porte et reçu en retour le titre de *beylerbey* du Maghreb. Aujourd'hui, il venait visiter Soliman en sa cité d'Istanbul, une faveur dont Aroudj lui-même n'avait jamais osé rêver !

Sous le soleil ardent, la surface étale de la mer de Marmara semblait un bouclier de cuivre chauffé à blanc. Pas un souffle de vent. On avait amené les voiles et, dans la chambre de nage, la chiourme suffoquait à maintenir la vogue de parade.

Derrière la silhouette du château des Sept Tours qui fermait l'entrée du Bosphore, se profilèrent – vision magique ! – les contours de la cité de blancheur et de lumière, Istanbul l'unique, Istanbul la magnifique.

– Aroudj, Elias, Ishak ! murmura Barberousse, goûtez avec moi notre triomphe !

La mort n'avait pas aboli en son esprit les liens de complicité et d'amitié qui l'unissaient à ses frères. Mais la dispariton d'Aroudj l'avait plus affecté que celles d'Elias et d'Ishak. Aujourd'hui encore, il lui arrivait de verser des larmes au souvenir de son aîné à qui un soldat avait tranché la tête à Tlemcen. Et il haïssait ces Espagnols qui avaient alors dansé de joie dans les rues, et leur Charles Quint qui avait anobli l'assassin...

Un signal monta au grand mât de la galère capitane. Sur chaque bâtiment, le *comite* signifia le changement de rythme et la vogue en dedans du banc qui diminuait la vitesse. De chaque côté de la capitane, vingt-cinq paires de rames s'élevèrent et plongèrent ensemble sans provoquer la moindre éclaboussure. Le capitaine s'approcha de Barberousse.

– Hayreddin bey, nous sommes prêts à manœuvrer. La flotte attend tes ordres.

– Parfait, Bagdadli Hassan. Dirige-nous droit sur le phare près duquel se trouve le port où nous accosterons.

La capitane se rapprochant de la rade, une rumeur enfla et parvint jusqu'au corsaire. Les Turcs par milliers s'étaient rassemblés sur les quais. Ce n'était pas seulement l'allié fidèle du sultan que l'on accueillait, mais aussi le fléau du commerce chrétien en Méditerranée, le protecteur des intérêts de la Porte.

Barberousse regagna sa chambre de poupe. Après la chaleur accablante qui régnait à l'extérieur, la fraîcheur de l'endroit surprenait. Il saisit le tissu parfumé que lui tendait un serviteur et s'essuya le visage. Devant lui, les coffres contenant les présents destinés au grand vizir et au sultan : livres précieux, instruments d'astronomie, aigrettes ornées de joyaux, armes richement décorées. Il vérifia la solidité des serrures, s'assit un instant et but à petites gorgées l'eau citronnée qu'on lui avait apportée.

Il devait maintenant veiller à ne faire aucune erreur qui compromettrait ses efforts. Le protocole prévoyait de rendre d'abord hommage au grand vizir, puis d'attendre l'invitation officielle de Soliman... Du côté du Harem non plus, il ne devait pas commettre d'impair ! La valide sultane passant pour avoir une influence à la cour, il conviendrait de lui rendre visite. Mais il y avait surtout Roxelane, Hürrem sultane, l'épouse en titre, sur le compte de qui tant de rumeurs circulaient qu'il était difficile de savoir lesquelles étaient vérités et lesquelles ragots...

Du temps de Sélim, les choses étaient plus simples : il y avait le sultan et personne d'autre ! Pas comme aujourd'hui où de multiples lignes de forces, alliées ou antagonistes, régissaient les humeurs de la Porte ! Dieu merci, Soliman avait besoin de lui et d'une flotte puissante pour affronter les chrétiens...

Quand les dix-huit galères entrèrent dans la rade, l'enthousiasme de la populace fut indescriptible. Les Barbaresques durent même repêcher dans les eaux du port une dizaine de spectateurs tombés par accident.

Le grand vizir accueillit Barberousse dans les jardins de Sütlüce, sur la Corne d'Or. On avait disposé sous une tonnelle, près d'un ruisselet, les mets les plus raffinés.

– Sois le bienvenu à Istanbul, Hayreddin bey. As-tu fait bon voyage ?

– Sans la présence d'Andrea Doria à Coron qui m'a contraint à redoubler de vigilance, tout aurait été parfait, Ibrahim Pacha.

– Il est vrai que le Génois est un adversaire redoutable, dit Ibrahim. Je t'en prie, Hayreddin bey, goûte ces fruits, c'est pour toi qu'ils ont été cueillis. Souhaites-tu entendre des musiciens ? Voir des danseuses peut-être ?

– Je te remercie mille fois pour ton accueil, Ibrahim Pacha. Après les semaines passées dans la chaleur et la puanteur des galères, ce lieu est un enchantement pour le corps et l'esprit.

– Sa Majesté impériale Soliman te considère comme le meilleur des capitaines. Il compte sur toi pour réorganiser sa flotte, recruter et former des équipages, reprendre Lépante et Coron aux chrétiens et rétablir l'équilibre des forces en Méditerranée. Demain, il te recevra en audience solennelle et te nommera grand amiral de sa flotte et *beylerbey* des Iles. Ces titres ne sont pas seulement honorifiques : ils feront de toi l'un des premiers personnages de l'Empire.

– Je servirai la Porte avec fidélité et loyauté, assura Barberousse d'une voix altérée.

Il espérait ces honneurs, mais entendre le grand vizir les lui confirmer le comblait. Le ruisselet à ses pieds, le jardin embaumé, la vaisselle en or, les mets délicats..., tout concourait à donner au Barbaresque un avant-goût du Paradis parfumé d'Allah.

– Combien je regrette, reprit Ibrahim, de ne pas voir ton frère Ishak associé à ta fortune.

– J'ignorais que tu le connaissais : il est mort depuis plus de vingt ans.

– Notre rencontre remonte à une trentaine d'années. J'étais jeune alors, mais je ne l'ai pas oublié...

– Puis-je te demander en quelles circonstances ?

– Mon père était un pêcheur grec. Ishak nous captura et, s'étant pris d'affection pour moi, il s'inquiéta de mon avenir et me vendit à une veuve de Manisa qui m'éleva comme son fils. C'est ainsi que j'entrai au service de Sa Majesté, alors gouverneur de la cité...

– La Main de Dieu s'était posée sur toi. Ishak n'a été que l'instrument de Sa volonté.

– Tu as sans doute raison, approuva Ibrahim, l'air songeur. Le hasard n'existe pas, nos actes procèdent d'un obscur dessein d'Allah. Trois êtres ont infléchi mon destin. En conduisant mes pas jusqu'à Soliman, ton frère fut le premier.

Barberousse se demandait qui pouvaient bien être les deux autres. Répondant à sa question muette, le grand vizir poursuivit :

– Ogier de Mercœur, un chevalier chrétien, est le deuxième. J'ai épargné sa vie un jour, il a épargné la mienne en retour. Mais je n'en avais pas fini avec ce diable d'homme. L'an passé, après l'échec des négociations avec les ambassadeurs de Ferdinand, mon maître, tu le sais, entreprit une nouvelle campagne dans les pays danubiens. Il marchait sur Vienne, mais une dernière forteresse se dressait sur sa route.

– Laquelle ?

– Güns, une misérable place défendue par moins de huit cents soldats. Nicolas Juritchitch en était le gouverneur. Ogier de Mercœur, qui commandait la troupe, nous opposa une résistance acharnée. Après plusieurs semaines de siège, devinant le chevalier à bout de ressources, sinon de courage et de vaillance, je promis la vie sauve à ce qui restait de la garnison en échange de sa reddition.

– Il accepta ?

– Il ne pouvait faire autrement. La forteresse tomba. Mais Sa Majesté impériale jugea la saison trop avancée pour marcher sur Vienne. Après avoir ravagé la région, menacé Graz et Maribor, il ordonna notre retour.

Barberousse considéra son interlocuteur. Deux campagnes danubiennes, deux échecs. Le sultan les imputait-il au grand vizir, chef de ses armées ? C'était bien possible.

– Tu as parlé de trois êtres qui ont pesé sur ton destin, Ibrahim Pacha. Qui est le troisième ?

– Roxelane, Hayreddin bey. La femme que j'ai achetée pour l'offrir à mon maître.

Les traits d'Ibrahim s'assombrirent, sa voix se fit dure et sa main se crispa sur la soie blanche qui couvrait sa poitrine. Barberousse comprit que le grand vizir cherchait en lui un allié.

– En dix années, gronda Ibrahim, la Russe a réussi à ensorceler mon maître qui n'a plus jamais posé les yeux sur une autre... Imagines-tu cela, Hayreddin bey ? Aucune femme n'a obtenu depuis ses faveurs ! Gülbahar lui avait donné un fils, Roxelane lui en a donné quatre. Mon maître l'a épousée et ne jure que par elle...

Inquiet du tour que prenait la conversation, Barberousse jeta un regard alentour.

La voix d'Ibrahim se radoucit.

– Hayreddin bey, Sa Majesté impériale s'intéresse désormais aux Safavides de Perse. Tandis que tu réorganiseras sa flotte, mon maître mènera une nouvelle campagne auguste. J'ai juré qu'il recueillerait dans Bagdad l'héritage des Califes. Dès notre retour, j'aimerais ajouter à son triomphe un présent personnel et tu peux m'aider.

– Je t'écoute, Ibrahim Pacha.

– On m'a parlé d'une chrétienne, à la beauté si éclatante qu'elle inspire les poètes et les peintres de toute l'Europe. Elle vit quelque part sur la côte italienne...

– Giulia de Gonzague, dit Barberousse, ce ne peut être qu'elle. L'épouse de Vespasiano Colonna.

– La divine Giulia, c'est cela. Je t'offre pour sa capture cent mille ducats.

Ahuri par l'énormité de la proposition, Barberousse sursauta. Il était prêt à débarquer à Naples, à ce prix-là !

– J'offrirai cette femme à Soliman, dit Ibrahim posément.

L'été suivant, Barberousse organisa un débarquement sur la côte d'Italie. Les Barbaresques investirent Fondi de nuit et se précipitèrent au palais Colonna d'où Vespasiano, retenu à Rome pour affaires politiques, était absent. Mais ils ne purent pour autant mettre la main sur Giulia de Gonzague. Vêtue de sa seule chemise de nuit, la belle s'était enfuie à cheval dès l'alarme donnée avec un gentilhomme de sa suite. Son apparition aux portes de la cité voisine y suscita le lendemain un émoi certain.

Déçu, Barberousse rembarqua avec ses corsaires et sa flotte cingla sur Tunis. Ainsi, le projet d'Ibrahim tourna court et aucune rivale ne menaça Roxelane auprès du sultan.

L'armée turque, pendant ce temps, menait une difficile campagne et tentait d'engager le fer contre son insaisissable adversaire perse. Ibrahim s'empara de Tabriz, capitale de l'Empire safavide, et attendit l'arrivée triomphale de Soliman. Le chah pratiquant de son côté la tactique de la terre brûlée, les Turcs désespérèrent de mener à bien leur conquête. Ils se retirèrent de Tabriz, traversèrent les monts Zagros et, après des semaines de marche épuisante, parvinrent sous les murs de Bagdad. Soliman pouvait désormais porter le titre « d'héritier des califes ». La campagne auguste n'était pas terminée pour autant. Une nouvelle fois, les Turcs marchèrent contre les Perses et, une nouvelle fois, le chah évita l'affrontement.

La campagne – la plus longue jamais organisée par la Porte – durait depuis deux ans. Bagdad était tombée, mais Soliman avait perdu quarante mille hommes, le quart de son armée. La révolte grondait parmi les janissaires, le moindre incident aurait suffi pour mettre le feu aux poudres.

C'est alors qu'un message d'Istanbul décida le sultan à rentrer : depuis quelques semaines, l'état de santé d'Hafsa Hatun n'avait fait qu'empirer et les médecins de la cour s'avouaient impuissants à la sauver.

A peine franchie la grande porte en marbre noir et blanc du Sérail, Soliman se précipita au chevet de la valide sultane. Le chef des eunuques noirs, la Gardienne des bijoux, la Maîtresse des robes et la Directrice de la table se prosternèrent à l'apparition du sultan.

– Comment va-t-elle ?

Le *kizlar agasi* secoua la tête d'un air navré. Soliman l'écarta et entra. La chambre était plongée dans la pénombre. Deux médecins se penchaient sur la mourante.

– Laissez-nous seuls, ordonna Soliman.

Il s'approcha du lit où reposait Hafsa Hatun. Il n'avait certes pas revu sa mère depuis plus de deux ans, mais ne s'attendait pas à un tel changement. La femme, dont la sauvage beauté avait séduit Sélim, n'était plus qu'une créature décharnée, de la taille d'une fillette de huit ans. La maladie avait brûlé toutes les chairs et les graisses de son corps.

– Mère, dit le sultan en s'agenouillant, m'entends-tu ? Reconnais-tu ma voix ? C'est moi, ton fils préféré !

Dans le visage émacié, le regard sombre palpitait encore. Les lèvres décolorées s'entrouvrirent :

– Mon fils préféré ? Est-ce toi Murad ? Est-ce toi Mahmud, ou bien toi Abdullah ? Est-ce toi, Soliman ?

– Mère... je suis Soliman !

– Où sont tes frères ? murmura Hafsa Hatun.

Soliman baissa la tête et ne répondit pas.

– J'avais donné quatre fils à Yavuz. Il ne reste plus que toi, Soliman. Alors, tu dois te montrer méfiant, car Yavuz guette sa proie. La bête cruelle est impitoyable, elle dévore ses propres enfants... Promets-moi d'être prudent, Soliman !

– Oui, mère, je serai prudent ! dit Soliman, comprenant que sa mère ne faisait plus la différence entre le passé et le présent, et priant Allah de lui accorder de finir sans souffrir.

– Soliman, chuchota Hafsa Hatun, approche !

Elle leva la main pour effleurer le visage de son fils, mais ses doigts tremblants retombèrent.

– Heureusement, tu as un ami, le jeune Grec aux cheveux noirs...

– Ibrahim ?

– Ibrahim... oui. En lui seul, tu peux avoir confiance... Il donnerait sa vie pour toi. T'en souviendras-tu ?

– Oui, mère.

Épuisée, la valide sultane ferma les yeux et Soliman pensa son heure venue. Pourtant, elle battit des paupières encore et, lucide cette fois, son regard se planta dans celui du sultan.

– Soliman, je pensais ne jamais te revoir sinon au paradis d'Allah !

– Je suis revenu dès que j'ai reçu le message du *kizlar agasi*. Comme je regrette d'avoir été absent aussi longtemps !

– Mais tu es là et je meurs heureuse. Je t'en prie, ne me regarde pas ainsi, je sais en quel état m'a mise la maladie. Sais-tu comment il m'appelait ?

– De qui parles-tu ?

– Du sultan Sélim... J'étais sa « panthère circassienne ». Il a fait de moi une épouse royale car le sang du Kha Khan Gengis, ton ancêtre, coule dans mes veines...

– Je sais cela, mère. Je sais aussi ce que je vous dois, votre aide, vos conseils avisés, votre amour...

– Tu as été mon fils aimant et respectueux, il est temps de nous dire adieu. Va, et que ma fin prochaine ne détourne pas ton esprit des problèmes de ton gouvernement...

– Adieu donc, ma mère, dit Soliman.

Il inclina son visage baigné de larmes et posa ses lèvres sur la main décharnée de la valide sultane. Le dernier fil qui le reliait à sa jeunesse allait se rompre. La mort de celle dont il avait depuis toujours subi l'influence marquerait un tournant dans sa propre existence, il le savait.

Il se releva et recula jusqu'au seuil de la chambre.

– Vous avez fait tout ce qui était en votre pouvoir pour maintenir la reine mère en vie jusqu'à mon retour, dit-il aux médecins. Je saurai m'en souvenir et vous récompenser. Il est temps maintenant de mettre fin à ses souffrances.

– Avec ta permission, Seigneur, dirent les deux hommes en s'inclinant, et grâce à nos drogues, sa mort sera paisible.

Soliman hocha la tête. La vie du Harem semblait arrêtée. Le chef des eunuques noirs attendait, les femmes attendaient...

– Retournez à vos affaires, ordonna le sultan. C'est désormais à Hürrem sultane que vous vous adresserez.

Les femmes se retirèrent, le *kizlar agasi* chuchota :

– Altesse impériale...

– Que veux-tu ?

– Le grand vizir était très attaché à la reine mère. Il souhaite lui rendre un dernier hommage. Il attend ton autorisation dans la *hunkar sofasi* [1]. Dois-je le faire venir ?

– Non, dit Soliman. Les yeux de ma mère se sont refermés sur mon visage et c'est bien ainsi.

A cette heure avancée de la nuit, la lampe à huile de Roxelane était la seule à brûler encore dans le Sérail. Assise devant une table basse, un coffret à maquillage ouvert devant elle, la jeune femme souriait à son miroir en argent poli. Ses grossesses n'avaient pas modifié sa silhouette. Elle portait toujours avec aisance le corsage et le gilet ajusté, et la ceinture de satin brodé de diamants soulignait comme il convenait sa taille au-dessus du pantalon bouffant.

– Le temps n'a pas encore altéré ma beauté, mais qu'en sera-t-il dans quelques années ? murmura-t-elle.

C'était son grand souci. Aussi surveillait-elle son poids lorsque Soliman résidait à Istanbul. Mais dès qu'il s'absentait, sa gourmandise reprenait le dessus et elle se gavait, par désœuvrement le plus souvent.

Dieu merci, la mort d'Hafsa Hatun avait consolidé sa situation. Le sultan pouvait se détacher d'elle et lui préfé-

1. Salle du trône de l'intérieur.

rer des femmes plus jeunes et plus jolies, le rang de valide sultane lui appartenait désormais ! Tant que Sélim serait considéré comme l'héritier, il est vrai...

Elle se leva et fit quelques pas. D'après le chef des eunuques noirs, Soliman avait manifesté son intention de venir la rejoindre cette nuit, mais il n'était toujours pas là. Que fallait-il en conclure ? Après ses adieux à sa mère, le sultan avait tenu conseil dans la salle du Divan. Puis il avait reçu les ambassadeurs de France, de Venise, de Pologne et de Russie venus le féliciter pour le succès de sa campagne auguste. Mais pourquoi tardait-il autant ?

Elle retira impatiemment sa toque argentée et ses cheveux croulèrent sur ses épaules. Pour se distraire, elle saisit un oud et improvisa un accompagnement tout en fredonnant « Leylâ et Mecnun ». Le sort tragique des amants contrariés et leur amour plus fort que la mort lui firent oublier sa solitude inquiète. Le poème était long, mais elle en connaissait chaque distique, chaque nuance, et les notes venaient naturellement sous ses doigts. Peu à peu, sa voix s'éleva, vibrante...

Je suis Leylâ, le désir de ton âme, l'aspiration de ton cœur malade et pleurant...

Viens auprès de moi, ne laisse pas l'occasion s'enfuir...

– Je suis près de toi, dit la voix émue de Soliman.

Roxelane s'immobilisa et les dernières notes moururent sous ses doigts. Rejetant l'instrument, elle s'agenouilla devant le sultan.

– Seigneur ! Tu es revenu !

Soliman releva son épouse et enfouit ses mains dans sa chevelure couleur de cuivre. Sa bouche effleurait le front pâle, les pommettes, les paupières et cherchait les lèvres... Roxelane répondait avec fièvre à son baiser.

– Deux longues années sans goûter la saveur de ta peau, sans respirer ton parfum... Tu es toujours aussi belle et ta voix m'enchante toujours autant !

– Tu m'as manqué, Seigneur. Chaque jour m'a semblé une éternité !

– Sois rassurée, mon aimée, je ne resterai plus jamais absent aussi longtemps.

Durant les heures qui suivirent, tels de jeunes amants curieux et fougueux, ils se redécouvrirent.

– La valide sultane est morte pendant son sommeil, dit Soliman tandis qu'ils reposaient, épuisés et heureux. Je suis allé dans la chambre des Reliques écouter quelques pages du Livre sacré. C'est la raison pour laquelle j'ai tardé.

– Je sais combien ta mère t'était chère. Nous n'avons pas toujours été dans les meilleurs termes, elle et moi, mais nous avions en commun notre amour pour toi.

– Tu prendras en charge les affaires du Harem, poursuivit Soliman. C'est une tâche délicate parfois, mais le chef des eunuques noirs t'assistera.

– Je m'efforcerai de me montrer digne de ta confiance, Seigneur.

Discernant dans la voix du sultan une tension qui n'y était pas autrefois, Roxelane le considéra avec attention. Comme il avait changé en ces deux années ! Ses traits s'étaient durcis. Ses cheveux, sa moustache et sa barbe viraient au gris.

– A quoi songes-tu, Seigneur ? Tu sembles troublé.

Soliman ferma les yeux. Roxelane posa sa tête sur son épaule.

– Crois-tu que les victimes injustement condamnées puissent revenir d'entre les morts pour se venger ?

La jeune femme hésita avant de répondre.

– Je l'ignore, Seigneur... En Ruthénie, où je suis née, on craint toutes sortes de prodiges et particulièrement les *nosferats*, ces morts qui reviennent la nuit tourmenter les vivants. Lorsqu'on soupçonne quelqu'un d'en être un, on cloue son cadavre au cercueil après l'avoir décapité et on lui remplit la bouche de chaux vive... J'ai vu faire cela plusieurs fois dans mon village, ajouta-t-elle en frissonnant.

– Depuis que j'ai quitté Bagdad, je fais le même cauchemar chaque nuit. Te souviens-tu du *defterdâr* Iskender Celebi ?

Oui, Roxelane se souvenait de ce ministre des finances qui, chaque semaine, lui faisait porter un présent. Un homme de belle prestance, ambitieux et intelligent. On prétendait qu'il briguait la place du grand vizir Ibrahim...

– Quelques jours avant de quitter Bagdad pour marcher sur Tabriz, le *defterdâr* m'affirma en audience particulière qu'Ibrahim conspirait contre moi avec les Persans. Qu'il avait reçu de shah Tahmasp la promesse d'une fortune pour faire échouer la campagne et qu'il était déterminé à m'éliminer et à s'emparer du trône des Osmanli ! Il m'en donna pour preuve qu'à son entrée dans Tabriz, le grand vizir s'était fait donner le titre de *serasker* sultan.

– Ibrahim, comploter contre toi, Seigneur ?

– J'ai confronté Ibrahim à son accusateur et le grand vizir m'a démontré que Celebi agissait par intérêt et jalousie. Ibrahim m'a sauvé deux fois la vie, il a toujours été à mon côté dans les plus graves dangers, il a épousé ma sœur et j'ai fait de lui l'homme le plus puissant et le plus riche de l'Empire. Comment croire à sa culpabilité ? Aussi ai-je retiré sa charge de ministre à Iskender Celebi. Mais pour Ibrahim, cela n'a pas suffi ! Il estimait que les faux témoignages du *defterdâr* méritaient la mort et j'ai fini par céder. Celebi a été pendu à Bagdad sur la place du marché.

– A-t-il avoué avant de mourir ?

– Au contraire. Alors que le bourreau lui passait la corde autour du cou, il protestait encore de son innocence et jurait par le Saint Nom d'Allah qu'il avait dit la vérité.

Soliman étant agité de tremblements, Roxelane attira sa tête sur sa poitrine, comme l'on fait d'un enfant.

– La nuit qui suivit sa pendaison, Iskender Celebi m'est apparu en songe. La nuit d'après aussi. Et chaque nuit depuis !... Oh ! l'horrible vision que sa face convulsée au-dessus du cou rompu, ses lèvres violacées entre lesquelles darde une langue noircie... Et comme si cela ne suffisait pas, sa voix me reproche un crime que j'ai peut-être commis !

– Aussi effrayant qu'il puisse être, ce n'est qu'un rêve.

– Mais si Ibrahim avait réellement comploté ?

– Cette nuit, je veillerai sur ton sommeil, Seigneur.

A mi-voix, Roxelane se remit à chanter. Vaincu par la fatigue et bercé par la magie des mots murmurés, Soliman s'assoupit.

Tandis qu'il dormait, Roxelane réfléchissait à l'étrange tournure prise par les événements. Pendant des années, elle avait jalousé l'influence du grand vizir et cherché tous les moyens de la combattre. Et voilà qu'il lui suffirait d'entretenir les remords de Soliman et de profiter de ses obsessions pour abattre son rival !

A dire vrai, l'idée d'Ibrahim cherchant à s'emparer du trône était ridicule puisque, même si Soliman mourait, un de ses fils lui succéderait !

Un de ses fils !...

Le cœur battant, Roxelane se dressa sur la couche. Comment n'y avait-elle pas pensé avant ? Si Soliman mourait, Mustafa reviendrait ! Et tout s'enchaînerait : la loi du Fratricide, Sélim et ses frères exécutés pour laisser le champ libre à un seul héritier, elle chassée du Sérail et enfermée dans quelque forteresse, empoisonnée peut-être et... Ibrahim gouvernant l'Empire avec le fils de la rivale détestée !

Iskender Celebi avait peut-être soupçonné la vérité ! Oui, la mort de Soliman ferait d'Ibrahim un homme tout-puissant !

Pour tenter de maîtriser l'émotion qui l'agitait, Roxelane se mit à arpenter la chambre. Soliman dormait toujours, calme et reposé. Soudain, son visage se crispa et il grommela, bras et jambes animés de mouvements convulsifs. Ses paupières s'ouvrirent sur le blanc de ses yeux révulsés. Il gémit et leva les bras devant son visage comme pour se protéger d'un danger...

– Mon seigneur ! Réveille-toi !

Soliman émit une longue et lugubre plainte puis se dressa et essuya ses tempes baignées de sueur.

– Le *defterdâr* est revenu !

– Je sais, murmura Roxelane. Et il reviendra jusqu'au jour où son âme apaisée aura obtenu vengeance de son meurtrier.

Après sa prière du soir, le sultan dîna frugalement d'un potage de fines herbes et d'un pigeon rôti. Il gagna ensuite ses appartements où l'attendait le grand vizir.

– Tu souhaitais ma présence, Auguste Majesté ? demanda Ibrahim.

– J'aimerais entendre la fin des aventures de Joseph et Zuleykha. Peux-tu me faire ce plaisir ?

– Avec joie, Seigneur. Je vais chercher le poème.

Soliman s'installa sur ses coussins en l'attendant. Ibrahim reparut et s'assit en tailleur aux pieds du sultan.

– Le récit s'achève avec le retour de Joseph. Les deux amants sont heureux de se retrouver, mais le bonheur de Zuleykha ne sera complet que quand ils se seront connus charnellement.

Et, avec ce talent qui ravissait Soliman, Ibrahim lut la centaine de distiques concluant le poème. Quand tout fut dit, Soliman revint à la réalité et se pencha sur son ami.

– C'était parfait. Je n'ai jamais rien entendu d'aussi beau.

– Je te remercie, Seigneur.

– Vois-tu ce coffret là-bas, sur la table basse ? Apporte-le-moi, je te prie.

Ibrahim tendit l'objet au sultan.

– Sais-tu ce qu'il contient ?

– Non, Majesté impériale.

Soliman plaça le coffret sur ses genoux et l'ouvrit. Il en sortit des liasses de feuillets qu'il éparpilla autour de lui.

– Notre jeunesse est là, Ibrahim. Dans ces billets que nous échangions à toute heure du jour lorsque nous étions séparés. Tu as écrit celui-ci pendant ton séjour en Égypte et je l'ai reçu alors que je me promenais dans les jardins du palais, en proie à la mélancolie. Je l'ai gardé sous ma chemise jusqu'à ce que je sois capable d'en réciter chaque mot. En voici un autre, c'était à Manisa...

A mi-voix, Soliman relut le billet et sourit.

– Nous étions fous.

– Oui, Seigneur, mais notre folie était splendide... Voici un message que je t'ai envoyé de Varna. Il pleuvait sur la ville, je m'en souviens, mais la pluie n'était rien comparée aux larmes que je versais en t'écrivant !

– Ibrahim, dit soudain Soliman, ai-je changé ? As-tu changé ?

– Que veux-tu dire, Seigneur ?

– Nous avons vieilli... Le temps tue-t-il les sentiments ? Sommes-nous devenus pareils à ces vieux amants que lient les vagues souvenirs d'une passion éteinte ?

– Seigneur, la haine, le mépris ou même l'indifférence peuvent succéder à l'amour. Mais l'amitié est d'une essence que rien ne peut altérer. Tu as fait de moi ton ami et ton confident. Je t'ai supplié de ne pas m'élever si haut : rester près de toi m'aurait suffi. Mes sentiments n'ont pas changé.

Le grand vizir posa son front sur le pied du sultan.

– Je passerai la nuit dans cette chambre, dit Soliman. Tu dormiras dans la chambre voisine, comme autrefois.

– Merci, Seigneur.

Le grand vizir se retira. Resté seul, le sultan rassembla les feuillets, les rangea dans le coffret et appela le Has oda basi qui l'aida à se dévêtir.

Puis il s'allongea, les yeux fixés sur la porte.

La chambre était restée inoccupée pendant des années, mais son entretien quotidien donnait à Ibrahim l'impression de ne pas l'avoir quittée. Des fruits garnissaient les corbeilles, des fleurs embaumaient, et l'on avait changé l'huile des lampes. Dans un coin était posé un oud qui lui rappela celui de Manisa.

Oui, ils avaient vieilli, son seigneur et lui... Mais leur amitié aurait pu résister si une femme ne s'était interposée. Que restait-il aujourd'hui de cette belle amitié à part quelques feuillets au fond d'un coffret ?

Négligeant les vêtements de nuit que l'on avait préparés pour lui, il s'allongea sur le lit et posa son sabre à portée de main sur le tapis. Des années durant, il avait dormi ici, tel un chien veillant sur le repos de son maître, se précipitant au moindre appel. Ce soir, Soliman semblait vouloir renouer avec le passé. Allaient-ils se réconcilier ?

Ibrahim soupira. Il ressentait encore l'affront qui lui avait été infligé lorsqu'on lui avait interdit le chevet d'Hafsa Hatun. L'ordre venait du sultan, évidemment, qui regrettait peut-être la mesquinerie de son geste...

Un son feutré, derrière la porte, alerta Ibrahim. Ne pouvant trouver le sommeil, Soliman venait sans doute le chercher. Ils allaient passer la nuit à évoquer leur jeunesse et demain serait un nouveau jour. Sans jalousies ni suspicions, rien que le pardon...

La porte s'ouvrit sur quatre géants noirs au crâne rasé – robes blanches, poignard glissé dans la ceinture et long lacet de cuir pendant au poignet gauche. Les muets !

En un éclair, Ibrahim fut debout, le sabre à la main. La chambre possédait une autre issue, il y courut. Mais quatre autres colosses entrèrent de ce côté, aussi silencieux que les premiers.

– Pourquoi, Seigneur ? gémit le grand vizir.

Impassibles, les muets l'observaient. L'un d'eux fit un pas en avant, montra le sabre puis le lit, invitant le grand vizir à se débarrasser de son arme et à s'allonger pour leur faciliter la tâche.

– Non, dit Ibrahim d'une voix sourde, je n'offrirai pas mon cou à vos lacets, ni ma poitrine à vos poignards... A moins que mon seigneur lui-même ne me l'ordonne ! As-tu entendu, Soliman ?

Le muet se tourna vers la porte entrebâillée, guettant une réponse du sultan, puis son regard revint se poser sur Ibrahim et il secoua la tête.

– Seigneur, as-tu oublié ta promesse ? Moi vivant, as-tu dit, jamais on ne touchera un cheveu de ta tête ! Je t'ai sauvé la vie à Manisa, je t'ai sauvé à Mohacs, l'as-tu oublié ? S'il m'est arrivé de te décevoir, je ne t'ai jamais trahi, je le jure par le Saint Nom d'Allah. Si quelqu'un t'a assuré du contraire, il a menti !

La porte se referma et Ibrahim comprit. Enfiévré par la peur, il imagina le sultan trempé de sueur, adossé à la porte, le cœur battant à se rompre. Éclatant d'un rire terrible, il se ramassa sur lui-même, décidé à combattre jusqu'à son dernier souffle.

Les muets se consultèrent du regard puis s'avancèrent. Le sabre du grand vizir fendit l'air et l'un des colosses s'effondra. Avec un total mépris de la mort, ses compagnons se ruèrent et le sabre frappa, frappa encore. Surgissant de la mêlée, les vêtements en lambeaux, le visage hagard et tuméfié, Ibrahim se rua vers la porte. Un lacet passa devant ses yeux et s'enroula autour de sa gorge, des bras l'immobilisèrent, des poignards lacérèrent sa chair. Les tapis, les murs, les coussins et même les fleurs se teintèrent de son sang.

Bien que sa vie s'écoulât par vingt blessures, une volonté indomptable l'animait encore. Les muscles bandés, il traîna ses bourreaux jusqu'à la porte de Soliman.

Ses lèvres bleuies s'ouvrirent pour un ultime appel, puis ses forces l'abandonnèrent.

Quelques heures plus tard, les derviches de la communauté de Canfeda reçurent la visite de cavaliers transportant le corps du grand vizir Ibrahim. Obéissant aux instructions du sultan, ils creusèrent une fosse dans les jardins de leur communauté, y jetèrent le cadavre et le recouvrirent de terre.

La végétation repoussant, plus rien ne distingua bientôt la tombe du favori.

23

1538

Neuf ans s'étaient écoulés depuis le siège de Vienne. Si les murailles, entamées par les canons turcs, avaient été relevées et renforcées, les Autrichiens hésitaient encore à rebâtir les faubourgs dont les ruines étaient pour l'heure recouvertes de neige.

Les cloches de la cathédrale Saint-Étienne sonnèrent tierce. Enveloppé dans une épaisse houppelande et coiffé d'une toque de fourrure, Ogier franchit la porte de Stuben. Il gagnerait Buda par petites étapes. Si on l'interrogeait sur les motifs de son voyage, il produirait la lettre de maître Isaac l'accréditant auprès de la communauté juive de Hongrie. En cas de mauvaise rencontre, il avait sa fidèle épée, une arquebuse à rouet dissimulée dans sa couverture de selle et un pistolet à trois canons qui lançait des dards d'acier...

– Une arme étrange fabriquée en Allemagne, avait dit le roi Ferdinand en la lui donnant. Mon frère possède l'autre exemplaire de la paire. Voyez l'aigle impériale qui orne le contre-rouet. Si quelqu'un mérite ce présent, c'est bien vous, l'héroïque défenseur de Vienne et de Güns.

Tout en menant son hongre au petit trot, Ogier évaluait les difficultés de son entreprise. L'homme qu'il avait juré d'éliminer comptait parmi les plus puissants de l'Empire ottoman. Conseiller de Jan Zapolya, Luigi Gritti était non seulement l'œil et l'oreille de Soliman, mais aussi le chef de ses armées dans les provinces balkaniques.

N'importe ! Dût-il y laisser la vie, l'odieux Vénitien, qui avait fait assassiner Johann Berger puis le pauvre évêque Cibaco et fait décapiter le brave Roggendrof récemment, subirait son châtiment !

Deux mois auparavant en effet, un corps de vingt-cinq mille hommes – allemands, bohêmiens et autrichiens – commandé par Roggendrof avait été exterminé ou presque par les Turcs à Osijek. Trop malade pour participer à l'expédition, Ogier l'avait appris par le comte Zriny.

– Ce fut un carnage, Mercœur... Une tempête de neige a surpris notre armée. Lorsqu'elle s'est calmée, les Turcs nous enveloppaient. La situation était désespérée ! Roggendrof a ordonné de former les *tercios* [1] de piquiers et d'arquebusiers pour résister aux charges de leur cavalerie, mais les batteries turques nous ont alors mitraillés à bout portant... Les *tercios* rompus, que pouvaient nos fantassins contre des nuées de *sipahis* ? L'armée a battu en retraite et des milliers d'hommes se sont noyés dans les eaux glacées de la Drave. Avec ses derniers escadrons, Roggendrof a lancé contre-charge sur contre-charge pour ralentir les Turcs. C'est ainsi qu'il fut blessé et capturé. Pour ma part, j'ai pu m'échapper et retrouver de l'autre côté de la rivière les débris de notre armée. Luigi Gritti, *beyoglü* comme le surnomment les Turcs, a fait exécuter tous ses prisonniers et envoyé la tête de Roggendrof à Soliman. On prétend qu'en récompense, le sultan lui a offert un palais à Istanbul, dans les vignes de Péra...

Tout en chevauchant, Ogier ruminait. Roggendrof avait été son seul véritable ami à Vienne après la mort d'Hélène

1. Carré tactique de combattants (terme d'origine espagnole désignant les piquiers soutenus par des arquebusiers).

et de Marie. Sans lui, il aurait mené une existence d'ivrogne sans but ni intérêt... Si Dieu lui prêtait assistance, jamais Gritti ne foulerait le sol de son palais. Le Vénitien n'était-il pas aussi responsable des malheurs de la Hongrie ? Oui, ce serait faire acte de justice qu'abattre ce traître vendu au sultan !

A bientôt quarante ans, Ogier ne ressemblait plus au chevalier avide de gloire et de fortune qu'il avait été autrefois. La gloire lui était advenue, la fortune aussi, mais tous ceux qu'il aimait avaient disparu. Si c'était le prix à acquitter, c'était trop cher payé !

Il parcourait une campagne où le ciel se confondait avec la terre. Une tempête de neige l'obligea à se réfugier dans un village où il partagea la maigre nourriture d'une famille de paysans. Puis il se joignit à une troupe de marchands. Enfin, il arriva en vue de Buda.

Le Danube charriait des glaçons. Aux portes de la ville, des soldats emmitouflés jusqu'aux yeux et le bonnet de fourrure abaissé sur les oreilles battaient la semelle en filtrant les rares entrées. Ils contrôlèrent les marchandises, prélevèrent l'octroi et firent signe aux voyageurs de poursuivre leur chemin.

Ogier prit congé des marchands et s'enfonça dans la cité.

Pour tuer le temps, Ogier vérifiait l'état de ses armes à la lueur de la lampe à huile. On frappa à la porte, il alla ouvrir.

Mordechaï, son hôte, était un individu replet de taille moyenne. Dans son visage empâté, ses yeux disparaissaient presque sous les épais sourcils noirs et les lourdes paupières.

– Vous excuserez la modestie de cette hospitalité, dit-il.

La pièce était petite en effet. Ses murs étaient blanchis à la chaux. Pour tout mobilier, un lit en fer, une table et un tabouret. Un paravent dissimulait le coin toilette. Sa fenêtre donnait sur des jardins recouverts de neige. Au-delà, s'élevait un bâtiment trapu.

– S'il ne tenait qu'à moi, poursuivit Mordechaï, je vous aurais offert la chambre la plus confortable de cette maison. Mais puisque vous tenez à la discrétion...

– Pour ma sécurité et la vôtre, mieux vaut éviter que vos domestiques ou vos voisins me voient.

– J'ai pris connaissance du message de maître Isaac. Il vous tient en haute estime et me demande de vous apporter toute l'aide dont vous pourriez avoir besoin, ajouta Mordechaï avec un regard oblique sur l'arquebuse et le pistolet à dards.

– N'ayez aucune crainte, dit le chevalier à qui ce regard n'avait pas échappé. Tout ce dont j'ai besoin, c'est de quelques heures de sommeil, d'un repas chaud et surtout de renseignements... Une question, d'abord : Jan Zapolya est-il à Buda ?

– Oui, messire. Il reçoit l'ambassadeur du roi Sigismond de Pologne.

– Luigi Gritti, son conseiller, est donc au Var aussi ?

– Non, messire. Gritti a quitté Buda voici trois jours pour se rendre à Iasi, en Moldavie, à la cour du voïvode Pierre Rares.

– Ah ? s'exclama Ogier déçu.

– C'est du moins ce que j'ai entendu dire. Je peux faire vérifier l'information si elle vous intéresse.

– Elle m'intéresse au plus haut point, maître Mordechaï.

Le juif se pencha en avant pour murmurer :

– Messire Ogier, vous feriez bien de vous montrer prudent. Tant que vous résiderez à Buda en tout cas... Vos liens avec l'évêque Cibaco, votre rivalité avec Gritti et surtout vos exploits à Vienne et à Güns sont connus de tous les Hongrois. Y compris des partisans de Zapolya ! L'homme qui expédierait votre tête au sultan serait comblé de faveurs !

– C'est pourquoi je quitterai votre maison dès demain, maître Mordechaï. Je ne veux vous faire courir aucun risque. Gritti est en route pour la Moldavie, disiez-vous ? Y a-t-il une communauté juive à Iasi ?

Mordechaï secoua la tête.

– Hélas, non... La Moldavie n'est ni la Pologne ni la Hongrie. On y accueille fort mal mes coreligionnaires.

– Dommage. Pouvez-vous m'en dire plus sur ce pays ?

– La province est tributaire de l'Empire ottoman. Mais le voïvode Pierre Rares, avec l'appui de ses boyards, a toujours manœuvré pour garder une semi-liberté. Chaque année, il verse à la Porte quatre mille ducats, auxquels s'ajoutent quarante juments et vingt-quatre poulains. En échange, Soliman lui laisse les coudées franches. Il l'a nommé *çorbaci basi*[2] d'un corps de ses janissaires, et Rares affecte de porter le bonnet et la louche correspondant à ce grade. Mais chacun s'accorde à penser que le voïvode saisira la première occasion de se libérer de la tutelle ottomane. Si Gritti s'est rendu sur place, c'est pour rappeler à Rares qui est le vrai maître de la Moldavie...

– Je vous remercie pour votre aide, maître Mordechaï.

– Je vous apporte de quoi souper et vous pourrez vous reposer... Je crois deviner pourquoi vous vous intéressez aux déplacements de Luigi Gritti. En vérité, messire, vous vous attaquez à forte partie...

Ogier sourit.

– « Méné, Tékel, Pérès[3] », a écrit la main de Dieu sur le mur du palais de Balthazar. Comme le roi babylonien, Gritti a été pesé dans la balance divine et il a été trouvé léger. Dieu a compté le règne du Vénitien et c'est mon épée qui y mettra fin.

---

2. « Chef des faiseurs de soupe » : grade équivalent à celui de colonel.
3. « Mané, Tecel, Pharès », d'après la Bible.

Dès le lendemain, Ogier quitta Buda. Pendant la nuit, Mordechaï l'avait instruit des difficultés qu'il aurait à affronter. Le juif avait même dressé pour lui une carte rudimentaire des régions à traverser.

– Après Debrecen, vous serez en territoire ennemi et ferez bien de rester sur vos gardes car la région est sous contrôle turc. Sachez aussi qu'en Transylvanie comme en Moldavie, chaque boyard se comporte en roitelet sur ses terres et cherchera à vous dépouiller ! Ne faites confiance à personne et ne dormez jamais que d'un œil, même dans les auberges qui vous paraîtront accueillantes. Enfin, il vous faudra traverser les Carpathes par le col de Borga. En cette saison, vous aurez besoin d'un guide.

– Pas de guide, grommela Ogier, je me débrouillerai seul.

Mais il dut convenir qu'un voyageur solitaire susciterait des convoitises. Aussi, comme il ne tenait pas à pourrir au fond d'une vallée, garda-t-il à portée de main arquebuse, pistolet et épée.

Ayant franchi la Tisza et laissé Debrecen derrière lui, Ogier entra en Transylvanie. Le mauvais temps le ralentissait et il se félicitait d'avoir choisi le hongre pour monture : l'animal avait une résistance à toute épreuve et emmenait son cavalier à travers des champs de neige où il s'enfonçait parfois jusqu'au poitrail.

Lui qui avait espéré couvrir vingt lieues par jour, il dut se contenter de la moitié et n'arriva en vue des Carpathes qu'après une semaine de voyage. Depuis Buda, il avait évité chaque cité. Mais ressentant le besoin d'une nuit de vrai sommeil, il décida de s'arrêter dans une bourgade au pied des montagnes. Il y avait là une auberge où il choisit de dormir sur la paille de l'écurie. La grimace du tenancier se transforma en un sourire édenté lorsque le chevalier lui remit une piécette pour sa paille, son fromage de chèvre et sa tranche de lard fumé...

– Je vois que messire est étranger. Je me permets de lui donner un conseil. Si vous comptez franchir la montagne par le col de Borga, vous devriez attendre le passage d'une caravane de marchands et de son escorte de soldats. Voyager seul est dangereux... Les brigands, comprenez-vous ? Ils tuent les voyageurs pour moins que rien, une paire de bottes ou un morceau de pain. Il est vrai que vous semblez de taille à vous défendre et cette longue épée...

Ogier grommela un remerciement et congédia l'homme. Après s'être restauré, il s'allongea sur la paille et s'endormit.

Il faisait encore nuit lorsqu'il sortit de l'écurie. Il brisa la glace qui couvrait l'abreuvoir et fit une toilette rapide. Puis il passa ses armes en revue, chargea l'arquebuse jusqu'à la gueule et vérifia que sa réserve de poudre était sèche. Ensuite, il mangea pain et lard et termina sa bouteille de vin. Ragaillardi, il sella le hongre et s'éloigna. Dans le petit jour brumeux, il devinait, plus qu'il ne les voyait, les sommets enneigés des Carpathes.

Il chemina la plus grande partie de la journée sans forcer sa monture. Plus il montait, plus la bise soufflait. Le soir venu, il fit halte dans un cabanon en ruines. A part les loups dont les hurlements l'inquiétèrent un moment, la nuit se passa sans incident.

La route n'étant plus qu'un sentier, Ogier mit pied à terre et, luttant contre le vent, entraîna son cheval par la bride. A l'entrée du col se dressait une auberge dont les lumières semblaient inviter les voyageurs. L'établissement, une bâtisse ramassée en contrebas de la paroi, n'avait par ailleurs rien d'engageant. Une charrette bâchée étant remisée sous le hangar délabré, Ogier attacha son cheval à la barrière et poussa la porte.

Suffoqué par la chaleur et l'odeur, il distingua dans la pénombre un comptoir de poutres grossièrement équarries, des tables et des bancs d'une propreté douteuse.

Dans la pièce commune, des gens de tous âges, vêtus de peaux de moutons, étaient réunis autour d'un foyer où grillaient des quartiers de viande.

L'aubergiste était un géant qui le dépassait d'une tête. Une tunique en peau de loup lui descendait jusqu'aux genoux, il était coiffé d'un bonnet de fourrure et chaussé de bottes en feutre. Des traits rudes, un regard sombre et des sourcils broussailleux accentuaient encore son aspect inquiétant. Il contourna son comptoir et, d'une voix cordiale, demanda en valaque d'abord, puis en hongrois :

– Que puis-je pour votre service, étranger ?

– Un abri pour mon cheval, un repas et une chambre pour moi.

L'aubergiste hocha la tête.

– J'ai par chance à vous proposer un morceau de taureau sauvage. Un *zubr* abattu il y a quelques jours par des chasseurs. Vous m'en direz des nouvelles. En attendant, conduisez votre monture à l'écurie.

Ogier installa le hongre, le bouchonna et garnit sa mangeoire puis réapparut dans la salle commune. Les autres voyageurs s'étaient retirés pour dormir. Il dévora jusqu'à la dernière bouchée la grillade qui l'attendait, vida son pichet de vin et rôta par courtoisie.

– Maintenant, le seigneur souhaitera sans doute se reposer ? Pas sur la paillasse commune avec les autres voyageurs, mais dans une vraie chambre et un vrai lit ?

– Avec grand plaisir. Dis-moi, mon ami...

– Kepes, pour vous servir, messire.

– Dis-moi, Kepes : les voyageurs sont plutôt l'exception en cette saison ?

– En effet. Ceux qui dorment à côté viennent de Suceava. Ils se rendent à Bistrita, de l'autre côté de la montagne. Mais à part eux et vous, je n'ai vu personne depuis deux jours.

– Deux jours ? Ne s'agissait-il pas d'un seigneur et de sa suite ?

– Si. Un noble et riche seigneur, avec une escorte de dix cavaliers armés jusqu'aux dents ! Le connaissez-vous ?

– Fort bien. Il s'agit du prince Gritti, conseiller du roi Jan de Hongrie ! Je dois lui délivrer un message urgent. Mais on m'a mis en garde contre les brigands qui infestent ces montagnes...

L'aubergiste éclata de rire.

– Si vous voulez mon avis, messire, les brigands ont mieux à faire en cette saison que geler dans la montagne ! Au printemps, je ne dis pas !... En revanche, méfiez-vous des loups.

Le lendemain, frais et dispos, le chevalier prit congé. Il franchit dans le brouillard le col de Borga, puis entreprit sa descente vers la vallée.

Cinq jours plus tard, il traversait la rivière Moldova et arrivait en vue de Iasi. Le temps s'étant radouci, la pluie qui avait succédé à la neige transformait la route en bourbier. Il dépassa des paysans et des marchands, croisa des soldats rejoignant leur garnison et des colonnes de serfs enchaînés qui allaient couper le bois dans la forêt.

La capitale de la Moldavie ne payait pas de mine avec son rempart de terre et de rondins mal équarris. Au-delà de la porte à double battant qui le trouait, s'arrondissaient des toits de chaume. Aucune sentinelle en vue, mais des grappes de miséreux qui se précipitèrent sur le chevalier pour mendier. Ogier les repoussa d'abord gentiment, puis, agacé par leur bousculade, beaucoup moins courtoisement. Pour finir, il saisit le manche de son fouet et chassa de quelques coups les plus obstinés.

Le rempart franchi, il aperçut une tour dominant les toits, le « palais » du voïvode certainement, et s'enfonça dans un dédale de rues boueuses.

Iasi attirait de partout trafiquants et commerçants. C'était un marché permanent où se côtoyaient Ukrainiens et Valaques, Bulgares, Turcs et même Tatars venus de la mer Noire. Les quartiers s'y succédaient avec leurs échoppes et leurs manufactures, halles aux draps et aux grains, grand bazar ouvert où de petits hommes engoncés dans des fourrures palabraient avec de grands gaillards tatoués et des cavaliers moustachus.

Après son long voyage solitaire, la cacophonie de langues et de dialectes étourdissait Ogier. Après maints détours, il parvint sur la place principale que dominait une forteresse de bois, un kreml flanqué de hautes tours. De part et d'autre du porche, flottaient des bannières aux armes de Moldavie et de Valachie, étoile et croissant jaunes sur fond écarlate.

Maintenant qu'il y était, lui restait à trouver un moyen d'entrer dans la place.

Il se mit d'abord en quête d'une auberge, mais toutes étaient bondées et la moindre paillasse était déjà louée, la foire aux fourrures de fin d'hiver attirant les visiteurs. Sans compter les émissaires de Soliman venus percevoir le tribut annuel.

Sa ceinture alourdie de ducats lui permit cependant de négocier au prix fort son couchage, ses repas et l'entretien de son cheval dans une hostellerie proche du palais. Pour le satisfaire, le tenancier jeta à la rue deux marchands bosniaques qui tardaient à le payer et le chevalier s'installa dans le réduit ainsi libéré. Il dîna d'une soupe aux choux, de boulettes de viande et de fromage, le tout arrosé de lait de jument fermenté. Bien que, dans la salle commune, le vacarme fût assourdissant, Ogier put glaner dans les conversations échangées autour de lui quelques renseignements. Il apprit ainsi que, depuis plusieurs jours, le kreml était le cadre de banquets et de beuveries et d'un incessant va-et-vient de boyards.

Debout dès l'aube, il endossa sa houppelande, coiffa son bonnet de feutre, ceignit son épée, glissa son pistolet chargé dans l'une de ses bottes et quitta l'auberge.

Il passa sa journée à aller et venir sur la place parmi la foule et les marchands, attentif aux entrées et sorties du palais. A la fin de l'après-midi, une troupe bruyante de boyards éméchés se présenta à la grande porte. Ogier se joignit à eux et, comme eux, tituba, brailla et bouscula les gardes qui semblaient avoir l'habitude de telles visites.

Toujours riant et chantant, les boyards grimpèrent quelques marches et s'engouffrèrent dans le bâtiment principal. Avisant une ouverture sur le côté, Ogier s'y faufila et referma la porte derrière lui. Désormais, trouver Gritti n'était plus qu'une question de temps...

Il s'engagea dans un escalier, déboucha dans un couloir désert et, après un moment d'hésitation, décida de s'aventurer plus avant. Il poussa une porte, puis une autre, et se retrouva dans une pièce aux murs tendus de tapisseries et meublée de banquettes garnies de coussins, de deux fauteuils, d'un coffre et d'une bibliothèque chargée d'ouvrages.

Il allait faire demi-tour lorsqu'il entendit des pas. Il n'eut que le temps de se dissimuler derrière les rideaux de velours d'une fenêtre. Deux hommes entraient.

– Mon cher Gritti, vous m'inquiétez. Vous êtes mon invité depuis quatre jours et je ne vous ai pas vu sourire une fois ni assister à un seul de mes banquets !

Ogier glissa un regard furtif. Celui qui venait de parler était de toute évidence le voïvode Pierre Rares. Un individu de taille moyenne, mais corpulent, dont la barbe grise s'étalait jusqu'à la ceinture et qui portait sur ses larges épaules un caftan de zibeline. Luigi Gritti, vêtu de noir comme toujours, avait peu changé. Si ses traits délicats s'étaient légèrement empâtés, il avait les mêmes longs cils bruns et la même fine moustache

– Monseigneur, comprenons-nous bien, prononça-t-il de sa voix dédaigneuse. Je n'ai pas fait tout ce chemin pour ripailler et rouler sous vos tables avec les porcs qui vous tiennent lieu de courtisans ! Mon temps est précieux.

A l'heure où je vous parle, je devrais déjà être reparti pour Istanbul.

– Mes boyards sont peut-être gens frustes, dit Rares piqué au vif, mais ils sont fidèles et prêts à verser pour moi jusqu'à leur dernière goutte de sang !

– Je n'en doute pas, monseigneur. Il n'empêche que je n'ai toujours pas obtenu de votre part de réponses à mes questions. Réponses qui intéressent au plus haut point Sa Majesté impériale Soliman.

– Je sais, dit le voïvode. Mais pourquoi le sultan prendrait-il ombrage de malheureux incidents...

– Des incidents qui ont entraîné les plaintes des *sancakbeys* de Bessarabie et de Bulgarie ! Faut-il vous rappeler les faits ? Convois de marchands pillés, escortes massacrées, incursions répétées sur la rive orientale du Prut, attaques de villages, populations réduites au servage ! Sans oublier...

– Il est vrai que mes boyards sont indisciplinés, admit Pierre Rares.

– Sa Majesté impériale réclame la restitution des biens, la libération de tous les prisonniers et un châtiment exemplaire pour les coupables, dit Gritti. Et ce, dans les plus brefs délais ! Faute de quoi il usera de représailles. Tel est le message que je suis chargé de vous transmettre... Si je peux me permettre un conseil, ne prenez pas à la légère les menaces de Soliman. Le khan de Crimée a rassemblé huit mille cavaliers et n'attend qu'un ordre du sultan pour se mettre en marche. Ce n'est pas tout...

– Quoi d'autre encore ?

– Si j'étais vous, je m'inquiéterais pour mon trône aussi, ricana Gritti. Les fidèles boyards qui vous ont élu voïvode pourraient bien vous déposer pour élire votre frère Étienne avec l'approbation du sultan.

Étouffant de fureur contenue, Pierre Rares arpenta la pièce en silence sous le regard impassible du Vénitien.

– Les coupables seront appréhendés et exécutés, assurez-en Soliman. Avez-vous autre chose à me dire ?

– Non, monseigneur.

– Dans ce cas, je ne vous retiendrai pas plus longtemps. Vous quitterez Iasi demain avec les ambassadeurs et le tribut à la Porte.

Le voïvode sorti, Luigi Gritti eut un petit rire satisfait et s'étira dans son fauteuil.

– Allons, murmura-t-il, j'avais pensé la tâche plus difficile.

– Moi aussi, fit Ogier en écartant le rideau.

– Qui êtes-vous et que faites-vous ici ?

– Faites un effort de mémoire, seigneur Gritti... Non, appeler vos gardes ne servirait à rien, ajouta Ogier en pointant le canon de son pistolet sur le Vénitien. Vous seriez mort avant que quiconque franchisse cette porte...

– Maintenant, je vous reconnais, fit Gritti sourdement. Ogier de Mercœur ! Le Français !

– Nous y sommes, seigneur Gritti.

– Cet imbécile de Rares vous aurait-il engagé pour m'assassiner ?

– Le voïvode ignore ma présence dans son palais. Avez-vous peur de la mort, *beyoglü* ?

Cherchant comment il pourrait échapper au Français, le Vénitien ne répondit rien.

– Avez-vous peur de la mort ? répéta Ogier. Moi pas. Tant d'êtres chers m'attendent de l'autre côté que je n'éprouve aucune appréhension à quitter ce monde. Ma femme et ma fille ont péri dans l'incendie de notre maison, lors du siège de Vienne. Avant elles et grâce à vous, l'évêque Cibaco à Buda... Il y a peu, le baron Roggendrof... Dieu, qui tiendra compte de mon repentir et pardonnera mes fautes, me permettra de les revoir. Mais vous, le cercle des damnés de l'Enfer éternel vous attend, Luigi Gritti !

– Vous ne pouvez me tuer ainsi ! balbutia l'homme en

blêmissant... Je suis gentilhomme et vous l'êtes aussi. Ne m'accorderez-vous pas de mourir l'épée à la main ?

– Avez-vous accordé cette faveur au pauvre Cibaco, à Roggendrof et à tant d'autres ? dit Ogier en appuyant sur la détente du pistolet.

Le dard troua la poitrine du Vénitien, le clouant à son fauteuil. Les yeux exorbités, il talonna frénétiquement le plancher et tenta de se dresser. Un flot de sang jaillit d'entre ses lèvres. Il s'affaissa pour ne plus se relever.

La nuit tombait. Ogier avait encore le temps de sortir du palais, de récupérer sa monture à l'auberge et de quitter Iasi. Une page était définitivement tournée. Il ne savait pas ce qu'il allait faire du reste de sa vie.

24

Mars 1558

Bien que Soliman ne fût pas revenu depuis longtemps dans la salle des Souvenirs, il lui sembla avoir poussé la veille le lourd rideau de cuir. Il tendit l'oreille, croyant entendre la voix de son fils aîné, les rires et les questions des plus jeunes... *« Le sultan de Konya récompensa notre ancêtre en lui offrant un fief et des terres. Ainsi commença la Maison d'Osman... »*

Mais ce n'était qu'une illusion, une de celles que provoquent chez un vieil homme la fatigue et l'absence de sommeil. Ou le remords, peut-être...

Cinq ans que Mustafa était mort, exécuté sous les yeux de Soliman.

« Ses décisions peuvent être bonnes ou mauvaises, mais elles n'appartiennent jamais qu'à lui et il doit en porter seul l'entière responsabilité devant son peuple et chacun de ses descendants... », avait encore prononcé Mustafa.

Des mots qui retentissaient en Soliman comme un rappel permanent. La mort du prince était-elle justifiée ? Songeait-il vraiment à trahir et à s'emparer du trône ? Sur un simple soupçon, le sultan n'avait-il pas sacrifié un innocent ?

Yavuz avait agi de même, il est vrai. Mais Yavuz était dément !... Tandis que lui, Soliman le Magnifique, le Législateur, Sultan des sultans et Ombre de Dieu sur la Terre n'était pas une bête sauvage assoiffée de sang !

Ses janissaires ne s'étaient pas privés de marquer leur désapprobation et leur colère en l'apostrophant. « Vieux fou ! Assassin ! Meurtrier ! », hurlaient-ils sur son passage. Ils pleuraient, ils s'arrachaient la barbe, se couvraient la tête de cendres, se tailladaient le corps et l'arrosaient de leur sang...

Un étourdissement saisit Soliman qui vacilla. Autour de lui, les reliques de ses ancêtres, casques, sabres, boucliers, semblaient s'animer pour l'accuser : « Qu'as-tu fait ? Il était le plus digne de te succéder ! »

– Il complotait contre moi ! hurla le sultan dont la voix se brisa. Rüstem Pacha me l'a assuré. Semsi, l'*aga* de mes *sipahis*, aussi ! Mustafa me trouvait trop âgé pour tenir le sceptre. Il disait que la guerre contre les Perses réclamait un bras plus vigoureux que le mien ! Il le disait, Allah m'en soit témoin !

Visage imberbe, sourcils et crâne rasés, le responsable de la chambre privée apparut sur le seuil, l'air inquiet :

– Majesté impériale ? Est-ce que tout va bien ?

– Laisse-moi seul ! grinça Soliman.

Rüstem, Roxelane, Semsi..., tous accusaient le prince héritier de comploter. Afin d'en avoir le cœur net, Soliman avait convoqué à son camp d'Aktepe son fils aîné.

– Le traître craindra ta colère et ne viendra pas, avait assuré Rüstem Pacha.

Mais Mustafa était venu. Seul et sans escorte. Il s'était jeté aux pieds de son père et avait clamé son innocence. Pourquoi en avoir douté ?

Le prince était venu désarmé. Sous prétexte de s'entretenir avec lui en privé, Soliman l'avait conduit à l'arrière de la tente impériale. Là, sur un signe du sultan, les muets s'étaient jetés sur lui. Mais à trente-sept ans, Mustafa était un athlète, un furieux combattant. Il avait réussi à s'emparer d'un sabre et il avait démembré et décapité alentour, et le sang avait giclé. « Tuez-le, misérables ! Tuez-le ! », hurlait Soliman. Ils l'avaient tué enfin. On avait enveloppé dans un tapis son corps massacré et on l'avait déposé devant la tente afin que tous pussent le contempler. Murad, le fils de Mustafa, le petit-fils de Soliman, avait été tué quelques jours après.

L'exécution du frère qu'il idolâtrait avait plongé dans un tel désespoir Cihangir, le petit bossu, l'infirme que Soliman aimait tant, qu'il s'était laissé mourir de soif et de faim. Il était resté allongé, avait refusé obstinément toute nourriture, avait rejeté celle que l'on tentait de lui faire ingurgiter et s'était éteint doucement, indifférent au chagrin des siens.

Des quatre fils nés de Roxelane, ne restaient que Sélim et Bayezid... Aussi différents que le jour et la nuit. Après la mort de Mustafa, tandis que Bayezid traquait sans pitié un illuminé qui se prétendait le prince héritier, le gros Sélim qui s'adonnait à la luxure et à la boisson !

– Majesté impériale ! appela le Has oda basi.

– Qu'y a-t-il ?

– Les princes sont arrivés. La *bash kadin* les reçoit en ce moment.

Depuis quelques années, Roxelane avait quitté le Sérail pour le nouveau palais de Topkapi où elle tenait sa cour. Soliman la visitait souvent et les deux époux passaient des heures à bavarder, assis l'un près de l'autre, comme autrefois. Mais l'état de santé de Roxelane se dégradant, elle avait sollicité de Soliman l'autorisation de revoir ses deux derniers fils vivants.

Qu'elle tente de les réconcilier s'il se peut ! Sinon, il lui faudrait choisir entre eux... ou les laisser s'affronter.

Le salon était éclairé par trois fenêtres voûtées. Le sol était jonché de tapis. Un grand plateau de cuivre où vingt eunuques du service de bouche déposaient les repas auxquels Roxelane touchait à peine occupait le milieu de la pièce.

A cinquante-deux ans, un mal insidieux rongeait l'épouse du sultan et l'affaiblissait inexorablement en dépit des efforts des médecins. Elle éprouvait des vertiges de plus en plus fréquents et gardait avec peine son équilibre. Elle avait renoncé à la danse et la musique ne lui était plus d'aucun réconfort. Tout cela inquiétait Soliman.

Adossée à des coussins, jambes étendues, la *bash* sultane buvait à petites gorgées du café brûlant. Cette boisson, introduite depuis peu à Istanbul, avait eu très vite la faveur du public. Autour du Bedestan, fleurissaient des centaines d'établissements, les *kahvane*, où l'on sacrifiait à la nouvelle mode. Roxelane y avait goûté sur les conseils des médecins, qui supposaient au café des vertus curatives, et elle en consommait depuis autant par plaisir que par nécessité.

Le chef des eunuques noirs entra et salua. Comme son prédécesseur, c'était un Nubien. Remarqué et choisi par Roxelane, il lui était dévoué corps et âme. Sur un signe de la *bash* sultane, il saisit la tasse vide, la porta jusqu'au plateau et la remplit avant de la rapporter à sa maîtresse. Fermant les yeux, Roxelane savoura le liquide dont l'amertume la fit frissonner.

– Tes fils attendent ta permission pour se présenter.

– Fais-les entrer et veille à ce qu'on ne nous dérange pas.

Roxelane considéra ses fils un long moment sans parler. Bayezid tout d'abord, son préféré. Agé de trente-trois ans, il tenait de Soliman sa haute taille, ses membres déliés, son cou mince et son nez busqué. Mais ses cheveux clairs et le bleu de ses yeux, c'est de sa slave de mère qu'il les tenait.

Sélim, qui venait de fêter son trente-cinquième anniversaire, était de taille moyenne et obèse. D'aspect négligé, il laissait pousser sa barbe sans jamais la peigner, la soie de sa chemise était maculée de taches, et la fourrure du caftan sans manches qu'il portait par-dessus arrachée en plusieurs endroits.

– Approchez, ordonna Roxelane en leur lançant des coussins.

Bayezid s'assit à ses pieds. Prenant ses distances, Sélim se laissa tomber en soufflant, ce qui fit ricaner son frère...

– Paix ! commanda la bash sultane, n'en finirez-vous donc jamais ? Tu tenais à peine sur tes jambes, Bayezid, que tu le défiais ! Et toi, Sélim, tous les prétextes étaient bons pour le rosser dès que j'avais le dos tourné ! Paix, vous dis-je !

Les deux hommes baissèrent la tête. Ils craignaient Soliman, mais encore plus leur mère qu'ils adoraient.

– Comment te portes-tu ? demanda Bayezid.

– Il est bien temps de me poser cette question, toi dont je n'ai aucune nouvelle depuis plus d'un an ! Pas une lettre, pas une visite ! Il paraît que tu voyages beaucoup...

– Il rallie ses partisans pour me faire la guerre ! éructa Sélim. Il se pose en champion des *timariotes*, en providence des paysans ! Il...

– Et toi, outre à vin, tu flattes les janissaires et tu leur promets des monceaux d'or en échange de leur soutien !

– Il soudoie mes serviteurs pour me faire empoisonner !

– Le jus du raisin t'empoisonnera plus sûrement que n'importe quel assassin ! Pendant que je combattais le faux Mustafa, ce porc me calomniait auprès du sultan !

– Il suffit ! hurla Roxelane.

Son visage soudain perdit toute couleur et elle se renversa en arrière. Aussitôt, les deux princes se précipitèrent, mais elle les repoussa et, le souffle court, murmura :

– J'ai eu de Soliman quatre fils et une fille. Ne parlons pas de Mirimah : elle a épousé Rüstem Pacha et mène l'existence pour laquelle on l'a éduquée. Mehmet est mort en bas âge et je l'ai pleuré. Cihangir est mort aussi et je l'ai pleuré, d'autant plus qu'il a été souffrant toute sa vie.

Maintenant je pleure sur vous deux, mes aînés, car la haine vous fait oublier que vous êtes nés de la même chair, que vous avez bu le même lait, qu'ensemble vous avez dormi, mangé, étudié...

– Je sais surtout que je suis l'aîné et que le trône m'a été promis ! Or mon frère conspire pour m'arracher le sabre d'Osman !

– Le sabre d'Osman appartient à celui qui en est le plus digne et les fils du sultan sont tous égaux devant la loi ! intervint Bayezid. Tu n'as pas plus droit au titre que Mustafa ou Cihangir !

Roxelane se pencha et saisit la main de Sélim.

– Ton frère a raison... Je ne me suis jamais préoccupée de savoir lequel de mes fils régnerait pourvu que l'un d'eux monte sur le trône. Mais je vous ai toujours souhaités unis... Regardez-moi ! Une langueur pèse sur moi que les médecins s'avouent impuissants à soigner. Je sens mes forces m'abandonner. Voulez-vous assombrir mes derniers jours en vous dressant l'un contre l'autre comme des chiens enragés ? Si vous éprouvez quelque amour pour votre mère, réconciliez-vous et attendez avec sérénité le choix du sultan...

La voix de Roxelane se brisa. Émus, les deux princes enlacèrent ses genoux et couvrirent ses mains de baisers.

– Allez maintenant et laissez-moi me reposer... Mais n'oubliez pas mes paroles.

– Je ne les oublierai pas, promit Bayezid en s'inclinant.

– Moi non plus, assura Sélim.

Les deux frères se retirèrent, résolus à respecter la trêve... tant que leur mère vivrait.

Plongée dans une lourde somnolence, Roxelane n'avait toujours pas quitté le salon quand la Maîtresse des robes vint lui annoncer la visite de Soliman. Le sultan se pencha sur elle.

– Ne bouge pas, ma bien-aimée, reste allongée.

Il s'assit près d'elle, attirant sa tête dans le creux de son bras. Ils restèrent ainsi un long moment sans parler.

– Mon seigneur, pardonne-moi...

– Qu'ai-je donc à te pardonner ?

– Je ne suis plus en mesure ni de chanter ni de danser pour toi... Et je te reçois ici quand j'aimerais tant pouvoir t'accueillir sur ma couche...

– Nous sommes ensemble, n'est-ce pas ce qui importe ? Veux-tu entendre le poème que j'ai composé aujourd'hui en pensant à toi ?

– Rien ne me ferait plus plaisir.

– « Mon amour plane au-dessus de moi comme un oiseau de paradis. Je suis devenu souverain du monde en mendiant à ta porte [1]. »

– Je n'ai jamais rien entendu de plus beau, mon cher seigneur...

Soliman se pencha et but une larme qui perlait à la paupière de Roxelane.

– « La rosée a fixé sur la branche de rose un larmillon.

De nouveau sur la rose une tache est éclose de vermillon [2] »...

– Soliman..., dit Roxelane dans un souffle.

– Oui, dit Soliman.

– Pourquoi n'allume-t-on pas ? Je distingue à peine ton visage et j'ai si froid... Je t'en prie, réchauffe-moi. Serre-moi dans tes bras.

Il fit ce qu'elle demandait et la berça doucement. Soudain, elle se raidit.

– Ma Joyeuse ! appela Soliman. Réponds-moi ! C'est moi, Muhibbi, ton doux amant !

Mais en voyant son regard fixe, le sultan comprit que celle qui avait été sa compagne pendant plus de trente

---

1. Trad. Thérèse Bittar.
2. Trad. Gilles Venstein.

ans avait cessé de vivre. Il dénoua alors les cordons du bonnet de velours brodé de perles et de diamants et enfouit son visage dans la chevelure grise libérée. Il resta longtemps ainsi dans l'obscurité. Jusqu'à ce que le Has oda basi, alarmé par le silence, ose entrer :

– Majesté impériale !

– Hürrem sultane est morte. Appelle ses suivantes, dit Soliman.

Et il se rendit dans la chambre des Reliques où il écouta toute la nuit les imams lire le Coran.

Les funérailles de Roxelane furent empreintes de simplicité. Soliman fit construire pour elle un mausolée dans l'ombre de la Grande Mosquée. En attendant de l'y retrouver.

25

1566

Les *solaks* de la garde traînèrent Nicolas Zriny dans la tente de Soliman et l'obligèrent à s'agenouiller aux pieds du sultan. Nicolas Zriny était un homme dans la force de l'âge, dont les mâchoires carrées et les épais sourcils se rejoignant au-dessus du nez trahissaient le caractère brutal et emporté. Une moustache poivre et sel aux pointes tombantes barrait son visage buriné et ses cheveux tombaient jusqu'aux épaulières de son armure. Une lourde chaîne d'or pendait à son cou.

Le comte écumait de rage et d'humiliation. Seigneur tout-puissant dans sa cité et sur ses terres, il n'avait pas l'habitude d'être ainsi traité et il tenta de se relever, mais les *solaks* le maintinrent dans sa posture de suppliant sans se soucier de son sang qui maculait les tapis. Il avait en effet reçu plusieurs blessures au cours de sa folle tentative de sortie.

Un *silhatar* tendit au sultan la longue *hegyestör* à percer les cuirasses, « l'épée de sa jeunesse » ainsi que la désignait affectueusement Zriny. La lame était souillée de taches brunes et ébréchée par la violence des combats. Son attention concentrée sur le rebelle, Soliman la regarda à peine.

– Tu as osé, dit-il d'une voix vibrante de colère, tu as osé te dresser contre moi, le Sultan des sultans, le Souverain des souverains et l'Ombre de Dieu sur la Terre.

Contre moi qui suis le chef de la troupe des prophètes, par la grâce de celui dont la parole est glorifiée et par les miracles sacrés de Mohammed – que sur lui soient la bénédiction de Dieu et le salut ! J'ai résolu de porter mes armes dans ce pays et de planter ma tente sur le Danube et toi, misérable insecte, tu es resté sourd à mes propositions de paix comme à mes menaces !

Sokullu Mehmet Pacha et le médecin personnel du sultan échangèrent un regard navré : l'état de santé du vieux souverain les préoccupait et ils appréhendaient les conséquences d'un accès de colère. Le grand vizir saisit l'épée des mains du *silhatar* et la posa sur un coffre débordant de robes en soie. Le médecin considéra sévèrement le prisonnier.

Nicolas Zriny releva la tête et répliqua sans paraître le moins du monde troublé :

– Pour t'honorer, Padichah, j'ai fait tendre de draps écarlates les murs de ma forteresse et clouer des plaques de métal étincelant autour des remparts... N'est-ce pas une preuve de l'estime que j'ai pour toi ?

– Ton obstination m'a coûté un mois entier, reprit Soliman comme si le prisonnier n'avait pas parlé. Maintenant que tu es à ma merci, tu vas payer chaque heure de chaque journée, et tes insolences aussi !

A plus de soixante-dix ans et malgré ses joues creuses, sa barbe clairsemée et ses difficultés à marcher, Soliman avait toujours belle allure. De terribles accès de goutte l'obligeaient le plus souvent à rester couché, mais, en cette circonstance exceptionnelle – la capture du seigneur de Szeged –, il avait enfreint les prescriptions de son médecin.

– Tu vas mourir, annonça-t-il.

Zriny sourit avec mépris. Lorsqu'il avait pris le commandement de ses six cents compagnons, ordonné d'ouvrir la porte de la tour centrale et chargé les Turcs en criant trois fois « Jésus ! », il n'ignorait pas que ce jour pluvieux de septembre serait le dernier de son existence. Son unique regret était de ne pas avoir succombé l'épée à la main.

– Mon destin repose entre les mains de Dieu, dit-il courageusement. Je ne crains pas le sabre de ton bourreau.

La colère enflamma le regard de Soliman.

– Te souviens-tu du supplice que tu infligeas à l'*ethüda* Ali qui représentait mon administration ? T'en souviens-tu, Zriny Pacha ?

Le comte pâlit.

– Que s'accomplisse ma volonté ! ordonna Soliman.

Les *solaks* emmenèrent le comte et Sokullu Mehmet Pacha suivit. Resté seul avec son médecin, le sultan se recoucha.

La pluie tombait depuis plusieurs jours. Un déluge qui noyait hommes et matériel. L'armée cantonnée autour de Szeged pataugeait dans la boue, les réserves de poudre étaient gâtées par l'humidité et les officiers guettaient dans le ciel assombri une éclaircie qui permettrait de reprendre les hostilités.

– Mehmet Pacha, demanda Zriny d'une voix rauque, n'y a-t-il aucun moyen de faire revenir ton maître sur sa décision ?

– Aucun.

Le groupe s'éloignait du village de tentes qui abritait le sultan et sa suite. Tout au long du chemin transformé en fondrières, étaient massés les janissaires des *ortas* d'élite, auxquels se mêlaient des *acemi oglan*, les apprentis-janissaires reconnaissables à leur bonnet pointu.

Zriny redressa la tête. Puisque son destin semblait scellé, il montrerait à ces mahométans comment meurt un chevalier chrétien.

Le camp regroupait quatre-vingt-dix mille hommes soutenus par trois cents canons. Dans des ateliers en dur, travaillaient forgerons, menuisiers, artificiers et cuisiniers. Les officiers ottomans et les alliés transylvaniens occupaient des tentes. Les simples soldats s'entassaient dans des cahutes construites de bric et de broc et recouvertes de paille.

Les *solaks* et leur prisonnier arrivèrent au sommet d'un coteau devant une position d'artillerie. Dévastée par les tirs de contre-batterie, la végétation se réduisait alentour à quelques arbustes dénudés. Une douzaine de gabions protégeaient les pièces dont certaines dataient du règne de Sélim et se chargeaient encore par la culasse.

Cinquante à soixante *topdjis*[1] servaient les douze grosses pièces montées sur des affûts à roues qui pilonnaient la tour centrale de Szeged, seule à se dresser encore parmi les ruines des bastions emportés par les Turcs. Vêtus de brun et le torse cuirassé, coiffés d'un casque maté afin de se camoufler, des arquebusiers d'élite se dissimulaient entre les gabions. Ils étaient chargés de couvrir le chef-artilleur lorsqu'il s'exposait au tir ennemi pendant le pointage des pièces.

L'apparition du grand vizir et des *solaks* interrompit toute activité. Trois hommes laissèrent tomber le cabestan avec lequel ils réglaient leur gros mortier. Le visage noir de poudre, le chef-artilleur, un renégat français converti à l'islam, s'approcha et salua Mehmet Pacha.

– Prépare une pièce, ordonna le grand vizir.

Le Français regarda Nicolas Zriny. Il avait compris. Pas besoin cette fois d'étudier la cible ni d'utiliser le quadrant ou la réglette ! Il conduisit Mehmet Pacha vers une pièce moyenne dont il décrassa le canon à l'aide d'un écouvillon. Ensuite il dosa soigneusement les composants de la poudre – charbon de bois, soufre et salpêtre –, chargea

1. Artilleurs turcs ou mercenaires vénitiens, germaniques ou français.

la pièce d'un boulet de douze kilos, plaça la gargousse [2] et saisit le boutefeu.

Les lèvres remuant silencieusement pour une prière, Nicolas Zriny suivait toutes ces opérations avec une attention extrême. Sur un signe du grand vizir, les *solaks* l'entraînèrent et l'attachèrent aux tourillons de l'affût, visage devant la gueule du canon.

– Es-tu prêt, maître-artilleur ? demanda Mehmet Pacha.

Le Français hocha la tête.

– Que s'accomplisse alors la volonté de Son Illustre Majesté.

Le Français approcha le boutefeu, le comte ferma les yeux. La détonation retentit, la pièce vibra et recula dans ses bragues, une gerbe de flammes jaillit. Décrivant une trajectoire tendue, le boulet percuta de plein fouet la tour centrale de Szeged tandis que le corps décapité de Nicolas Zriny s'affaissait dans la boue.

Quelques heures après l'exécution de Nicolas Zriny, Sokullu Mehmet Pacha se présenta devant Soliman. Le sultan était allongé sur sa couche, visage exsangue, lèvres décolorées. Il leva sur le grand vizir un regard fatigué.

– Que veux-tu ?

– Pardonne-moi de troubler ton repos, Illustre Majesté, mais un émissaire chrétien souhaite te rencontrer. Dois-je lui faire couper le nez et les oreilles avant de le renvoyer ?

– Qui est-il ?

– Je l'ignore, Sublime Souverain. Il a refusé de révéler son nom. Mais il prétend – l'insolent ! – avoir tenu un jour ton existence entre ses mains !

Soliman haussa les sourcils tandis qu'un afflux de sang colorait soudain ses joues.

2. Charge de poudre à canon.

– L'état de santé de Sa Radieuse Majesté lui interdit toute fatigue, intervint le médecin.

– A quoi ressemble cet émissaire ? gronda Soliman, négligeant l'interruption.

– Il s'agit d'un chevalier d'une soixantaine d'années, encore très robuste. Il parle le hongrois et l'allemand avec un drôle d'accent. Il est vraisemblablement étranger à la région.

– Polonais ? Espagnol ?

– Je pencherais plutôt pour un Français, quoique...

– Ces rebelles de Szeged souhaitent récupérer le corps de Zriny afin de lui offrir une sépulture en terre chrétienne. Peut-être vient-il aussi négocier la reddition de la garnison...

– Dans ce cas, Padichah, je peux lui répondre. Laisse-moi lui faire arracher la langue pour le châtier de son entêtement.

Avec difficulté, Soliman prit appui sur ses avant-bras et se souleva. Il s'assit, souffla, puis fit quelques pas hésitants.

– Je le recevrai.

– Cet homme pouvant être chargé de venger le comte, Sultan des sultans, les *solaks* assureront ta sécurité.

– Les muets plutôt, coupa Soliman. Sokullu Mehmet Pacha, amène-moi ce mystérieux émissaire. Et qu'on le fouille et le désarme, si ce n'est déjà fait.

Soliman enfila un manteau tissé de fils d'or et s'assit sur son trône constellé de pierreries. Les muets firent leur entrée. Deux d'entre eux encadrèrent le trône, deux autres se placèrent de chaque côté de la porte et les quatre derniers se tinrent en retrait. Puis ils croisèrent les bras et attendirent, aussi immobiles que des statues.

Soliman pendant ce temps interrogeait sa mémoire. En quelle occasion un infidèle avait-il disposé de sa vie ? Il lui était impossible de se le rappeler ! Contrarié, le sultan gronda comme un vieux lion et les muets se tendirent, prêts à l'action. Si quelqu'un indisposait le Padichah, malheur à lui !

Les pans de cuir s'écartèrent et le grand vizir introduisit un inconnu avant de se retirer. Aussitôt, les deux muets placés à l'entrée saisirent les bras du visiteur. L'homme n'esquissa pas le moindre geste de défense. Il s'inclina au contraire et, de loin, fit mine de baiser la main décharnée que tendait Soliman. Les deux muets l'entraînèrent et l'invitèrent à s'asseoir sur un amas de coussins richement brodés où l'inconnu s'installa confortablement.

Comme l'avait dit Mehmet Pacha, il s'agissait d'un chevalier d'une soixantaine d'années, une espèce de colosse coiffé de tissu sous le casque à écailles et accoutré de façon disparate. Par-dessus son haubert de mailles, il portait une brigandine couverte de velours. Sur sa poitrine, au centre d'un blason bleu nuit, figurait un corbeau noir tenant un anneau doré. Un fourreau vide, de facture russe ou ottomane, pendait à son côté.

Soliman vit en lui un professionnel de la guerre, un mercenaire ne possédant pour tout bien que son épée et son cheval et prêt à s'engager au service du plus offrant. Déçu, il allait renvoyer ce visiteur lorsque l'homme leva les yeux. Soliman tressaillit. Oui, il avait déjà rencontré ce vieux chevalier... Mais en quelles circonstances ? Sa mémoire se brouillait.

– Je te salue, Sultan des sultans, Souverain des souverains, conquérant. Je te salue, glaive flamboyant et sabre victorieux, et te remercie pour l'audience que tu daignes m'accorder.

L'homme s'exprimait dans un turc acceptable, d'une voix ferme et assurée.

– Qui es-tu ?

– Mon nom est Ogier de Mercœur. Je suis né en royaume de France, mais je sers l'empereur Maximilien de Habsbourg, ce qui explique ma présence à Szeged.

– Ogier de Mercœur... Ce nom me dit quelque chose, avoua Soliman. As-tu par le passé accompagné quelque ambassade de Ferdinand ou du roi François ?

– Non, Padichah... Mais nous nous sommes rencontrés autrefois et, ce jour-là, Dieu fut de ton côté.

– Dieu est toujours du côté de son plus fidèle serviteur, dit Soliman.

– C'était il y a quarante ans.

– Mohacs ! souffla le sultan. Je me souviens, maintenant !

Le souffle court, il s'adossa à son trône.

– Mohacs, sourit le chevalier. Toi et moi étions jeunes alors, Padichah. Tes *solaks* tranchèrent les jarrets de ma monture qui s'abattit à tes pieds. Ils m'arrachèrent mon épée et s'apprêtaient à me tuer sur place lorsque ta voix les arrêta.

– Oui, murmura Soliman, c'est ainsi que cela se passa. Mohacs ! Une glorieuse journée... La plus glorieuse de toutes !

– La plus écrasante défaite jamais subie par les chrétiens... Il s'en est fallu de peu que notre défaite ne se transforme en victoire...

Soliman soupira. Les paroles du vieux chevalier faisaient resurgir tant de souvenirs qu'il croyait définitivement enfouis en sa mémoire ! Quarante années s'étaient écoulées depuis cette fantastique journée. Combien d'êtres aimés avaient disparu depuis dans la tourmente du règne ! Ibrahim, Mustafa, Cihangir... Et Roxelane, la seule femme qu'il eût aimée...

Comme s'il lisait dans les pensées du sultan :

– En vérité, elle se nommait Alexandra Lisowska, dit le chevalier. Elle venait d'avoir quinze ans quand je la vis pour la première fois dans son village de Ruthénie.

Soliman sursauta.

– De qui parles-tu ?

– D'Hürrem sultane, la Joyeuse, fit Ogier de Mercœur. Comme tu le vois, Padichah, nos destins s'étaient déjà croisés bien avant Mohacs.

– Que veux-tu exactement ?

– J'étais venu plaider la cause des derniers défenseurs de Szeged, te demander de leur accorder une reddition honorable. Tout en sachant que tu refuserais et qu'après l'exécution du comte Zriny, tu exigerais une capitulation sans conditions. Peu importe : j'ai déjà fait le sacrifice de ma vie et toi-même, tu n'en as plus pour longtemps.

Un sourire étira les lèvres décolorées de Soliman, le premier depuis bien des années. Il accorderait à cet homme la fin chevaleresque qu'il méritait et non une mort sordide sous le lacet des muets. Ce chrétien regagnerait vivant la tour croulante de Szeged, il le jurait par le Saint Nom d'Allah.

– Qu'on apporte de quoi manger, de l'eau parfumée de citron pour moi et du vin de Hongrie pour mon invité, ordonna-t-il.

Abandonnant leur faction, deux muets disparurent silencieusement dans la pénombre. Le chevalier prit ses aises sur les coussins. Dehors, la nuit était venue et les tirs de batterie s'étaient tus.

Dans la lumière vacillante des lampes à huile, Ogier contemplait le vieillard qui trônait à l'autre bout de la tente. Il avait devant lui le monarque le plus riche et le plus puissant d'Occident et d'Orient, un souverain autoritaire qui présidait à la destinée de plus de trente millions de sujets. Il lui suffisait de faire un signe pour qu'on le débarrasse du chevalier et qu'on rejette son cadavre hors de la tente. Mais Ogier comprenait que – curiosité ou estime – le sultan n'en ferait rien...

Portant une table basse surchargée de fruits et de pâtisseries, les muets reparurent. La vaisselle destinée au chevalier était en or et en argent, celle de Soliman en simple terre cuite. D'un geste de la main, le sultan invita Ogier à se servir. Le chevalier égrena une grappe de raisin, avala un gâteau enrobé de miel. La disette sévissant dans la cité assiégée, il se sentait un féroce appétit.

– Parle-moi comme à un vieil ami, le pria Soliman. Si, comme tu le prétends, Dieu lia nos destins, j'écouterai volontiers ton récit.

– Cela risque d'être long, Padichah.

– Nous avons toute la nuit. Depuis longtemps, le sommeil me fuit.

– Dans ce cas...

Et Ogier de Mercœur raconta...

Sa naissance, en l'an 1500 de Notre Seigneur, en royaume de France, sous le règne de Louis le Douzième. Son entrée à dix-huit ans au service de l'ordre Teutonique. Comment quatre années plus tard, il quittait les chevaliers à la Croix noire...

– En l'année 900 de l'Hégire pour nous autres musulmans, si je te suis bien, l'interrompit le sultan qui cherchait ses propres repères, je régnais depuis deux ans à peine...

– Sept cents navires commandés par Mustafa Pacha, ton serasker, menaçaient Rhodes alors. C'est cette nouvelle qui conduisit mes pas à travers l'Europe jusqu'au royaume de Hongrie...

– Va...

Et le chevalier continua à raconter...

Rohatyn et sa rencontre avec Alexandra, la cour de Buda, sa rivalité avec le Vénitien, la folle charge de Mohacs...

Soliman, dont les yeux brillaient de plaisir au récit de cette journée, ne put s'empêcher de froncer les sourcils en apprenant le rôle joué par Ibrahim dans l'évasion d'Ogier.

Mais déjà, le chevalier enchaînait avec le siège de Vienne. L'héroïque défense de la porte de Karnthner enthousiasma le vieux souverain. Il fallut tout lui dire : les attaques repoussées sur les remparts, les mines et les contre-mines, l'incendie, le dernier assaut...

Puis Ogier évoqua la lente et terrible retraite des Ottomans, les combats d'arrière-garde, Ibrahim capturé puis rendu à la liberté. Et, pour finir, les longues années de lutte au service des Habsbourg, la dette de vengeance...

– C'est donc toi qui as tué Gritti bey ? dit Soliman. De ce crime-là, Pierre Rares était innocent ?

– C'est la vérité, Padichah, dit Ogier sans se troubler. J'ai tué le Vénitien et si c'était à refaire, je le referais. Il avait cent fois mérité son sort !

Le sultan hocha la tête. Après la mort de Gritti, Soliman avait marché sur Iasi, incendié le palais et poursuivi Rares jusqu'en Transylvanie. Rares avait été capturé et exécuté. Son frère Étienne lui avait succédé sur le trône d'une province rattachée désormais à l'Empire ottoman...

– Plus rien ne me retenant en Hongrie, reprit Ogier, j'ai souvent pensé à regagner la France. Mais quelque chose m'en empêchait. La volonté de Dieu, sans doute, qui veillait à ce que mon destin s'accomplisse sur cette terre où reposent tous ceux que j'ai aimés. C'est ainsi, Padichah, que nous nous sommes enfin rencontrés, toi le plus puissant des monarques et moi le plus humble des chevaliers.

– Puisque tu es venu jusqu'à moi en émissaire, dis ce que veulent les défenseurs de la forteresse ?

– Récupérer le corps du comte Zriny afin de l'enterrer chrétiennement.

– Va pour le corps. Mais la tête sera envoyée à l'empereur Maximilien. Quoi d'autre ?

– Trois mille combattants résistent toujours dans la tour centrale de Szeged. Si tu promets de les épargner et de leur laisser quitter la cité, ils ne résisteront pas plus longtemps.

– Je ne veux pas te promettre ce que je ne saurais tenir. Après un mois de combats meurtriers, mes janissaires sont fous de colère. Ils veulent se venger. Rien ni personne ne pourra les en empêcher.

– Il ne nous reste donc plus qu'à mourir, dit Ogier en se levant.

– Attends ! On donne demain le dernier assaut. Reste ici et tu vivras.

– Pourquoi cette faveur, Padichah ?

– Pourquoi pas ? Je ne te demande rien en échange, tu partiras quand tu le voudras. Ainsi, les fils de nos destins se seront noués une dernière fois...

Le chevalier coiffa son casque.

– Mes compagnons attendent ta réponse. Adieu, Padichah !

– Adieu, chevalier, répondit Soliman en tendant sa main droite.

Inquiétés par cette entorse à l'étiquette, les muets s'agitèrent, prêts à intervenir. Ogier se pencha et baisa la main du sultan. Puis, les yeux dans les yeux de Soliman, il sortit à reculons.

Soliman congédia les muets et s'allongea sur sa couche. Il se sentait en paix avec lui-même, mais si las... Il ferma les yeux et son souffle s'accéléra tandis qu'il revivait ce passé que le chevalier avait ressuscité...

« Elle se nomme Roxelane, Seigneur, et personne au palais n'a encore vu son visage à part moi-même.

« Est-elle belle ? Oui, bien sûr, je suppose qu'elle l'est... Dieu n'a pu avoir la malice d'offrir pareil don à un laideron ! »

Aux premières lueurs de l'aube, une explosion retentit et la tour de Szeged s'écroula sur Ogier et ses compagnons. Rendu pendant son sommeil au paradis parfumé d'Allah, le vieux sultan ne l'entendit pas.

Cet ouvrage composé
par D.V. Arts Graphiques à Chartres
a été achevé d'imprimer sur presse Cameron
dans les ateliers de Brodard et Taupin
à La Flèche (Sarthe)
en juin 1999
pour le compte des Éditions de l'Archipel
département éditorial
de la S.A.R.L. Écriture-Communication.

Imprimé en France
N° d'édition : 284 – N° d'impression : 1278W
Dépôt légal : juin 1999